W0361865

IM
MOR
TELS

CATE TIERNAN

IM MOR TELS

Traduit de l'anglais (États-Unis)
par Blandine Longre

hachette

Toute mon affection va à mon époux, Paul –
pour ton soutien inconditionnel.
Ton aide et ton amour ont tout rendu possible.

Ma gratitude et mon affection vont à Erin Murphy,
pour m'avoir tenu la main et avoir stimulé mon enthousiasme,
ainsi que pour ton instinctive perspicacité.

Merci.

Illustration de couverture : © Séverine Scaglia

L'édition originale de cet ouvrage a paru en langue anglaise
chez Little, Brown and Company, a division of Hachette Book Group, Inc.,
sous le titre :

IMMORTAL BELOVED

© 2010 by Gabrielle Charbonnet.
Published by arrangement with Rights People, London.
© Hachette Livre, 2011 pour la traduction française.
Hachette Livre, 43 quai de Grenelle, 75015 Paris.

CHAPITRE 1

La nuit dernière, tout mon univers s'est écroulé. Je suis maintenant en fuite, talonnée par la peur.

On mène tranquillement sa vie, dans sa propre réalité, et, tout à coup, un événement inattendu vient bouleverser à jamais cette harmonie. Cela vous est-il déjà arrivé ? On voit ou on entend quelque chose et, soudain, tout ce qu'on est, tout ce qu'on se trouve en train de faire, tout cela se brise en milliers d'éclats acérés, à l'image de ce qu'on vient de comprendre avec amertume.

C'est ce qui m'est arrivé la nuit dernière.

J'étais à Londres. Avec des amis, comme d'habitude. Nous étions de sortie, comme d'habitude.

— Non, non ! Tournez ici ! s'est écrié Boz en se penchant vers l'avant pour donner un petit coup sur l'épaule du chauffeur de taxi. Ici !

L'homme, dont la large carrure rentrait à peine dans un sweat et un gilet à carreaux, s'est retourné et a décoché à Boz un regard qui aurait incité une personne normale à se rasseoir et à se taire.

Sauf que Boz n'avait rien d'une personne normale. Il était plus mignon, plus bruyant, plus amusant, mais aussi, Dieu m'est témoin, plus idiot que la plupart des gens. Nous revenions tout juste d'une boîte de nuit où une bagarre à l'arme blanche avait soudain éclaté. Deux furies se tiraient les cheveux et piaillaient comme des poissonnières ; l'une d'elles a fini par sortir un couteau. Mes amis voulaient rester en spectateurs – ils adorent ce genre de trucs –, mais, en fin de compte, quand on a assisté à une seule bagarre au couteau, c'est comme si on les avait déjà toutes vues. Je les ai évacués de force et nous avons quitté la boîte pour nous retrouver dans la rue, hagards ; par chance, nous avons pu attraper un taxi avant que l'air froid de la nuit nous oblige immédiatement à dessoûler.

— Ici ! Laissez-nous entre ces deux immeubles, brave homme ! a lancé Boz.

Le chauffeur l'a gratifié d'un regard meurtrier – *heureusement que le port d'armes est contrôlé dans cette bonne vieille Angleterre*, ai-je pensé.

— *Brave* homme ? s'est mise à ricaner Cicely, assise à côté de moi.

Nous étions six, entassés à l'arrière de cette énorme voiture noire. Nous aurions pu être plus nombreux encore, mais nous avions découvert qu'un taxi londonien ne pouvait contenir plus de six immortels ivres – encore faut-il qu'ils s'abstiennent de vomir.

— Oui, mon brave, a repris Cicely d'un ton enjoué, arrêtez-vous là.

Le chauffeur a écrasé la pédale de frein et nous avons tous été projetés en avant. Boz et Katy se sont cogné la tête sur la cloison de verre qui nous séparait du chauffeur. Stratton, Innocencio et moi, catapultés hors de nos sièges, avons atterri sur le plancher crasseux de la voiture sans pour autant cesser de rire.

— Hé ! s'est écrié Boz en se frottant le front.

Innocencio m'a retrouvée dans un fouillis de jambes et de bras.

— Est-ce que ça va, Nas ?

J'ai fait oui de la tête, toujours en riant.

— Foutez le camp de mon taxi ! a hurlé le chauffeur.

Il est sorti précipitamment de son véhicule, l'a contourné et a brusquement ouvert la portière contre laquelle mon dos reposait. J'ai basculé dans le caniveau et ma tête a heurté le bord du trottoir.

— Aïe !

Le sol était mouillé – il avait plu, évidemment. Mais j'ai à peine senti la douleur, le froid et l'humidité. Hormis la bagarre au couteau, j'avais traversé cette soirée de festivités comme enveloppée dans un cocon de bien-être embrumé.

— Sortez de là ! a crié le chauffeur en m'attrapant par les épaules pour finir de me tirer hors du taxi.

Il m'a balancée sans ménagement sur le trottoir, puis est passé à Incy.

À cet instant, c'est vrai, j'ai éprouvé un brin de colère et retrouvé une certaine lucidité. Les sourcils froncés, je me suis rassise en me massant les épaules. Nous nous trouvions à un pâté de maisons du *Cachot*, un bar clandestin miteux où nous avions l'habitude de traîner. C'était tout près, mais la rue était pourtant sombre et déserte – des terrains vagues jouxtaient d'anciennes maisons incendiées où l'on avait dû vendre du crack, ce qui donnait à l'endroit l'allure d'une bouche édentée.

— Ça va, j'ai compris ! Bas les pattes ! a maugréé Innocencio en atterrissant près de moi sur le trottoir.

Blême de fureur, il paraissait plus réveillé que je ne l'avais cru d'abord.

— Écoutez-moi, vous autres, a craché le chauffeur. Des gens comme vous, j'en veux pas dans mon taxi. Gosses de riches ! Vous vous croyez supérieurs à tout le monde !

Il s'est de nouveau penché dans la voiture et a tiré Katy par le col de son manteau pendant que Boz s'empressait de sortir tout seul du véhicule.

— Oh !... je me sens mal, a gémi Katy, encore à moitié dans le taxi.

Boz s'est écarté d'un bond tandis que l'estomac de Katy, rempli de tout le whisky absorbé en une soirée, se vidait... sur les chaussures du chauffeur.

— Nom d'un chien ! a rugi ce dernier en secouant ses pieds avec dégoût.

Boz et moi n'avons pu nous empêcher d'éclater de rire. Quel sale type, ce chauffeur...

Il s'est emparé des bras de Katy, avec l'intention de la traîner sur le trottoir. Soudain, Incy a murmuré quelques mots et ouvert grand la main devant lui.

J'ai à peine eu le temps d'analyser ce qui se passait. Le chauffeur a titubé, comme si on venait de lui assener un coup de hache. Il a lâché Katy et s'est affaissé vers l'arrière, le dos à demi arqué, avant de s'écrouler lourdement sur le sol, le visage livide, les yeux écarquillés.

Une vague de nausées et d'épuisement s'est abattue sur moi. J'avais peut-être trop bu, plus que je ne croyais.

— Incy, qu'as-tu fait ? ai-je demandé, déconcertée, tandis que je me relevais. Tu lui as jeté un sort ? ai-je ajouté avec un petit rire, tant cette idée me paraissait ridicule.

Appuyée contre un réverbère, j'ai tendu mon visage vers la brume froide. Après quelques profondes inspirations, je me suis sentie déjà mieux.

Katy a cligné ses yeux vitreux. Boz a gloussé.

Innocencio s'est redressé et, l'air furieux, a regardé ses bottes Dolce & Gabbana flambant neuves, à présent constellées de gouttes de pluie. Stratton et Cicely sont sortis du taxi et nous ont rejoints. Ils ont baissé les yeux vers le chauffeur immobile, étendu sur la chaussée mouillée, et ont secoué la tête.

— Joli coup, a dit Stratton en s'adressant à Incy. Vraiment impressionnant, monsieur le magicien. Tu peux relever ce pauvre con, maintenant.

Nous nous sommes tous dévisagés avant de reporter notre attention sur le chauffeur. Quand avais-je vu quelqu'un se servir de la magie pour la dernière fois ? J'avais oublié. Peut-être pour obtenir une bonne table dans un restaurant, ou pour attraper un dernier métro…

— Je ne crois pas, Strat, a répondu Innocencio, le visage crispé. Je ne pense pas que cet homme le mérite.

Le regard de Stratton a croisé le mien. J'ai tapoté l'épaule d'Innocencio. Lui et moi, nous faisions équipe depuis près d'un siècle, et nous nous connaissions vraiment très bien, mais je n'étais pas habituée à cette rage froide.

— Dans ce cas, laisse-le où il est, ai-je conseillé. Il ira mieux d'ici quelques minutes, pas vrai ? Allons-y, je meurs de soif. Et Katy aussi, à ce qui me semble.

Celle-ci m'a adressé une grimace.

— Ouais, allons-y, a renchéri Cicely. Il y a un concert, ce soir, et moi, j'ai envie de danser.

— Et quand il reviendra à lui, nous serons déjà loin, ai-je ajouté en tirant Incy par la manche.

— Attends, a répliqué ce dernier.

— Laisse-le où il est, ai-je insisté.

Je me sentais un peu coupable d'abandonner ce type sous la pluie glaciale, même s'il se rétablirait dès que le sort cesserait de faire effet.

Innocencio a repoussé mon bras, ce qui m'a étonnée. Aussitôt, il a tendu les mains en direction du chauffeur, les a écartées et a murmuré quelque chose que je n'ai pas entendu.

Un craquement atroce a retenti. L'homme a été comme soulevé du sol en un sursaut et sa bouche s'est ouverte sur un cri qu'il était incapable de pousser.

J'ai de nouveau senti la nausée m'envahir et mes yeux se sont voilés. J'ai cillé à plusieurs reprises en tendant la main vers le bras de Cicely. En me voyant chanceler, elle a laissé échapper un gloussement, mettant cela sur le compte de la boisson. Au bout d'un instant, ma vue s'est éclaircie. Je me suis redressée et j'ai dévisagé Incy, puis le chauffeur.

— Qu'as-tu encore fait ?

— Oh ! Incy, a commenté Stratton en secouant la tête. Tss tss. Était-ce vraiment nécessaire ? Bon, allons-y maintenant.

Il s'est mis en route en direction du *Cachot* en refermant son manteau douillet pour se protéger du froid.

— Incy... Qu'as-tu fait ? ai-je répété.

— Ce connard l'a bien mérité, a-t-il répondu d'un air indifférent.

Katy, qui avait décidément mauvaise mine, a fixé le chauffeur d'un œil terne, puis s'est tournée vers Innocencio. Elle a toussé, secoué la tête, puis s'est éloignée pour rejoindre Stratton. J'ai lâché Cicely ; avec un haussement d'épaules, elle a pris le bras de Boz. Tous deux ont suivi le reste de la troupe et leurs pas se sont bientôt évanouis dans l'obscurité.

— Incy, ai-je repris, éberluée que nos amis soient tout simplement partis, lui as-tu... brisé la colonne en lui lançant un sort ? Où as-tu appris un truc pareil ? Non... je ne peux pas croire que tu aies agi ainsi, dis-moi que je me trompe.

Une expression amusée s'est affichée sur son beau visage ténébreux, mystérieux. Ses boucles noires étaient constellées de minuscules diamants de pluie qui scintillaient à la lueur du réverbère.

— Ma chérie, tu as bien vu quel genre de type c'était, n'est-ce pas ?

J'ai regardé Innocencio, puis le chauffeur de taxi ; il était toujours immobile, les lèvres déformées par un rictus de douleur et de terreur.

— Tu lui as *brisé* le dos ? ai-je répété, soudain sobre et horriblement consciente, tandis que mon cerveau ne savait comment se débarrasser de cette pensée, semblable à une étincelle incandescente qui lui brûlait les neurones. Tu t'es servi de la magie pour… bon sang ! OK, d'accord. Maintenant, remets-le sur pied. J'ai certes besoin d'un verre, mais ça peut attendre un peu.

Moi-même, je ne pouvais pas venir en aide à cet homme. Je ne savais pas où Incy avait appris un tel sortilège, encore moins comment le contrecarrer ou l'inverser. La plupart du temps, j'évitais d'avoir affaire à la magie, celle dont les immortels sont dotés dès la naissance, ce pouvoir qui nous vient naturellement. En général, cela me rendait physiquement malade et me causait trop d'ennuis. La dernière fois que je m'en étais servie, j'avais, au pire, obligé quelqu'un à se cogner dans une porte ou à se renverser du café sur lui. Et ça s'était passé des décennies plus tôt. Rien à voir avec ce qu'Innocencio venait de commettre.

Ce dernier ne m'a pas répondu. Il a baissé les yeux vers le chauffeur.

— Écoute bien, mon pote, a-t-il commencé à voix basse. Voilà ce qui arrive quand on est grossier avec mes amis. Compris ? J'espère que ça te servira de leçon.

L'homme le dévisageait de ses yeux exorbités, dans lesquels se reflétaient choc et douleur. Voyant qu'il ne parvenait pas à parler, pas même à grogner, j'ai tout à coup saisi qu'un sortilège « nul-vox » l'en empêchait. En plusieurs siècles, je n'avais pas assisté à cela plus d'une fois ou deux. Et jamais je n'avais vu Incy se comporter ainsi.

— Allez, inverse ton sort, ai-je lancé avec impatience. Il a compris, je crois. Les autres nous attendent. Dépêche-toi, qu'on puisse les rejoindre.

Incy a haussé les épaules et s'est emparé de ma main, qu'il a serrée si fort que j'en ai eu mal.

— Je ne sais pas l'inverser, ma belle, a-t-il dit en la portant à ses lèvres pour l'embrasser.

Puis il m'a entraînée dans la direction du *Cachot*.

J'ai jeté un coup d'œil par-dessus mon épaule pour regarder le chauffeur.

— Comment ça, tu ne peux pas annuler le sort ? Tu lui as brisé la colonne pour de bon ?

J'ai fixé celui qui était mon meilleur ami depuis près d'un siècle. Il m'a décoché un grand sourire, son visage d'ange auréolé par la lumière du réverbère.

— Autant ne pas faire les choses à moitié, a-t-il rétorqué d'un ton joyeux.

J'étais bouche bée.

— Et que vas-tu inventer d'autre, ensuite ? Trucider Stratton ? ai-je demandé d'une voix plus forte, tandis que la brume s'épaississait et retombait en fines gouttes sur mon visage.

Incy a éclaté de rire, déposé un baiser dans mes cheveux et m'a forcée à avancer. Pendant ces quelques instants, j'avais entrevu une lueur différente dans ses yeux – elle exprimait plus que la simple indifférence ou l'insensibilité, plus qu'un besoin passager de vengeance. Incy avait pris du *plaisir* à briser la colonne de cet homme, à le voir se contorsionner de peur et de douleur. Cet incident l'avait *excité*.

Mon cerveau tournait à toute allure. Devais-je appeler les services d'urgence ? Était-il déjà trop tard pour le chauffeur ? Allait-il mourir ? Je me suis écartée d'Incy, prête à faire demi-tour, quand j'ai senti vibrer le sol : les percussions sourdes et graves d'une musique résonnaient sous mes pieds. Le *Cachot*, un autre monde, une autre réalité, m'appelait à lui, et son bruit apaisant m'autorisait à oublier le chauffeur paralysé qui gisait dans la rue et le choc affreux que j'avais éprouvé. J'avais tellement envie d'y succomber…

— Mais… Incy… tu dois…

Incy m'a décoché un regard amusé. Une minute plus tard, nous descendions les marches glissantes et humides de l'escalier abrupt menant au *Cachot*. Alors que j'étais toujours dans la plus grande indécision, Incy a tambouriné contre la porte peinte en rouge, et j'ai eu l'impression que nous venions d'emprunter l'escalier menant en enfer et attendions d'y être admis. Un judas s'est entrebâillé et Guvnor, le videur, a acquiescé et nous a ouvert. Une vague immense de trépidations musicales s'est abattue sur nous puis nous a attirés dans les ténèbres parsemées des bouts rougeoyants de cigarettes allumées. Tandis que des centaines de voix rivalisaient avec le groupe qui hurlait sur scène, l'odeur suave de l'alcool se mêlait à chacune de mes respirations.

J'ai soudain repensé au chauffeur de taxi – et j'ai eu l'impression que c'était là ma dernière chance. Ma dernière chance de passer à l'action, de réagir comme une personne normale.

— Nasty !

Je me suis retrouvée dans les bras de mon amie Mal, qui m'a serrée maladroitement contre elle.

— J'adore ta coupe de cheveux ! a-t-elle hurlé aussi fort que possible dans mon oreille. Viens danser ! a-t-elle ajouté en passant un bras autour de mes épaules et en m'entraînant dans la salle obscure, aux voûtes basses.

J'ai hésité pendant un millième de seconde.

Puis, sans plus réfléchir, j'ai laissé derrière moi le monde extérieur et me suis abandonnée au bruit et à la fumée. J'étais pourtant horrifiée – et si vous étiez au courant de toutes les fois où j'ai pu me comporter en imbécile, ces mots auraient tout de suite plus de poids pour vous. Toujours dans l'incertitude, je me suis éloignée d'Incy. Il venait de commettre la pire chose dont j'aie jamais été témoin. Bien sûr, il y avait eu cette histoire de cheval du maire, dans les années 1940. Et trente ans plus tard, le fiasco avec la pauvre fille qui avait voulu l'épouser. J'avais réussi à m'expliquer ces mésaventures et à trouver de bonnes excuses à Incy. Mais, cette fois, ça m'était beaucoup plus difficile.

Il m'a adressé un dernier sourire lumineux et, pareil à un prédateur, s'est éloigné dans la foule, où plusieurs personnes, hommes et femmes confondus, prêtaient déjà attention à lui. Incy était un irrésistible séducteur capable d'aimanter la plupart des gens, qu'ils soient humains ou immortels, et tous succombaient à son charme qui dissimulait une facette en réalité beaucoup plus sinistre qu'on ne pouvait l'imaginer.

Vingt minutes plus tard, sur un canapé au revêtement collant, j'étais fort occupée à embrasser Jase, un ami de Mal, un garçon joyeux, ivre et adorable. J'avais envie de sombrer en lui, de devenir une autre, d'être la personne que Jase voyait de l'extérieur. Il n'était pas immortel, ne savait pas que je l'étais, mais j'acceptais cette distraction bienvenue avec une nervosité pressante. Tout autour de nous, les gens bavardaient, buvaient et fumaient, tandis que je glissais ma main sous sa chemise et qu'il enroulait ses jambes autour des miennes. Il a plongé ses doigts dans mes cheveux, que j'avais courts et noirs, et j'ai soudain senti un filet d'air tiède dans mon cou.

Je me suis vivement retournée pour rattraper mon écharpe ; j'étais en train de la rajuster, quand j'ai entendu Incy me demander :

— Nas ? Qu'est-ce que t'as, là, sur la nuque ?

J'ai fait volte-face. Il se tenait à l'autre extrémité du canapé, un verre dans une main, une longue cigarette au bout rougeoyant dans l'autre. Ses yeux étaient comme deux trous noirs scintillants qui me scrutaient dans la pénombre.

Mon cœur battait à tout rompre. *Pas de panique, Nasty.*

— Rien du tout, ai-je répondu avec un haussement d'épaules, avant de m'écrouler sur Jase, qui me tendait les bras.

— Nas ? a repris Incy d'une voix calme mais ferme. J'ai beau me creuser la mémoire, je crois que je n'ai jamais vu ta nuque, tu sais.

J'ai laissé échapper un petit rire forcé et j'ai levé les yeux, tandis que Jase essayait de m'embrasser.

— Bien sûr que si, ne sois pas idiot. Maintenant, dégage. Tu vois bien que je suis occupée.

— C'est un tatouage ?

— Oui. Un tatouage qui dit : « Si tu arrives à lire ceci, c'est que tu es beaucoup trop près. » Allez, fiche le camp !

À mon grand soulagement, Incy a ri et s'en est allé. Quand je l'ai de nouveau aperçu, une belle fille mince, vêtue de satin, l'enlaçait comme un serpent.

Je me suis interdit de repenser au chauffeur de taxi. Quand cette vision s'immisçait dans mon esprit, je fermais très fort les yeux et je buvais un autre verre. C'est le lendemain que tout m'est revenu. Le visage de l'homme à l'agonie. Jamais plus il ne marcherait ni ne conduirait, et cela à cause d'Innocencio, qui lui avait brisé la colonne avant de l'abandonner dans une rue de Londres, sous la pluie, dans un état pire que la mort.

Et je n'avais rien fait pour l'empêcher. *Rien.*

Être immortel présente un avantage : on peut boire jusqu'à plus soif. Mais il y a aussi un inconvénient : on ne peut pas en mourir. Ainsi, quand on se réveille le lendemain (ou parfois le surlendemain), on éprouve tout ce à quoi on aurait pu échapper si on avait eu la chance d'y rester.

Il faisait plus ou moins jour quand j'ai enfin réussi à soulever les paupières quelques secondes de suite. J'ai parcouru la pièce d'un œil vitreux et j'ai aperçu une fenêtre. La lumière, rose pâle, était soit celle de l'aube, soit celle du crépuscule. Ou bien le quartier était en flammes. Une éventualité à ne pas écarter.

Je savais que j'allais avoir du mal à me redresser, alors j'ai pris mon temps, ne bougeant qu'une partie de mon corps à la fois. J'ai prudemment soulevé la tête de quelques centimètres. Le matelas, orné d'un motif de roses jaune délavé, m'est apparu peu à peu. Un matelas nu, sans draps. Une fenêtre où filtrait la lumière. Des murs de brique peints, comme dans une usine.

Je me suis lentement tournée et j'ai découvert un corps endormi près de moi. Des cheveux hérissés, teints en vert, une épaisse chaîne en argent autour du cou, un tatouage de dragon contorsionné qui lui couvrait presque tout le dos. Euh… qui était ce type ? Jeff ? Jason ? Jack ? Son nom commençait par un J, j'en étais quasi certaine.

Quelques minutes plus tard, je suis arrivée à me redresser tout à fait. Là, en proie à une puissante nausée, mon corps a tâché de se débarrasser des toxines ingurgitées la veille au soir.

Je n'ai pas eu le temps de courir aux toilettes – désolée, Jeff.

Je me sentais vide, tremblante, et me suis mise à regretter que mon immortalité soit si incroyablement littérale, quand je me suis aperçue que j'étais encore habillée – ce qui voulait dire que soit M. J., soit moi, soit tous les deux, nous avions été trop ivres pour… approfondir notre relation. C'était tout aussi bien. D'instinct, j'ai porté la main à mon écharpe. Elle était toujours là, enroulée autour de mon cou. Je me suis un peu détendue, puis me suis rappelé l'instant où Incy m'avait demandé ce que j'avais sur la nuque. J'avais du mal à croire que cela était arrivé le même soir que notre rencontre avec le chauffeur de taxi. J'ai dégluti, grimacé et décidé de repenser à tout ça plus tard.

Détail troublant, j'avais égaré mon blouson en cuir et l'une de mes belles bottines en lézard vert. L'autre bottine à la main, j'ai discrètement pris congé de Jay – même si je me doutais qu'un séisme n'aurait pu le réveiller. J'étais convaincue qu'il était encore en vie – sa poitrine semblait se soulever. Je me suis vaguement souvenue que j'avais bu deux fois plus que lui.

En me dirigeant vers la sortie, j'ai enjambé deux ou trois autres corps endormis. L'endroit était un immense entrepôt vide, probablement dans une zone industrielle à la périphérie de la ville. Alors que je descendais en boitillant les marches de brique, j'ai senti que mon épaule et mes fesses étaient endolories, tout autant que mes muscles courbaturés. Dehors, le froid était mordant. Des détritus soulevés par le vent tourbillonnaient dans la rue déserte.

Il ne pleuvait pas, c'était déjà ça. Et soudain, contre mon gré, tout a refait surface dans mon cerveau : la soirée, la bagarre au couteau, la pluie, ma chute sur le trottoir, Incy et le chauffeur de taxi, moi qui avais failli perdre mon écharpe devant tout le monde. Mon estomac a de nouveau protesté et je me suis arrêtée un instant pour inspirer de l'air froid ; et tandis que je passais en revue les détails de la veille, une question est revenue me tarauder : où Innocencio avait-il appris la magie ? Jamais il ne s'était vanté de posséder un quelconque pouvoir, et il y avait rarement eu recours depuis que je le connaissais, en tout cas pas d'une façon aussi sinistre. Dans notre entourage, personne n'avait jamais affiné son talent dans ce domaine.

J'ai pris appui contre le mur de l'entrepôt, couvert de graffitis, pour enfoncer un pied nu dans mon unique bottine. J'ai inspiré l'air glacial et mon nez s'est mis à couler. Tout à coup, la matinée m'a paru lumineuse, atrocement limpide. Incy avait commis une chose terrible. Et ma complicité l'était tout autant : j'avais vu Incy briser la colonne de cet homme et je n'avais pas réagi. J'étais partie *m'amuser* dans un bar. Comment en étais-je arrivée là ? Quelqu'un avait-il découvert le chauffeur ? Oui, certainement. Même si ce quartier était la plupart du temps désert. Même si tout s'était déroulé très tard dans la nuit. Et qu'il pleuvait.

Malgré tout, quelqu'un avait dû tomber sur lui et l'emmener à l'hôpital. Non ?

Pour couronner le tout, Incy avait aperçu la marque que j'avais sur la nuque. Et il n'allait peut-être pas l'oublier de sitôt. Quelle ironie… Pendant quatre cent quarante-neuf ans, j'avais, de manière obsessionnelle, toujours veillé à dissimuler ma nuque et, en un instant, ces efforts avaient été réduits à néant. Incy pouvait-il comprendre l'importance de ce qu'il avait vu ? Impossible. Personne n'en était capable. Personne qui soit encore en vie, en tout cas. Alors, pourquoi étais-je aussi terrifiée ?

Voilà que toutes ces pensées effroyables, enfiévrées, nous ramènent à mon point de départ.

La nuit dernière, tout mon univers s'est écroulé. Je suis maintenant en fuite, talonnée par la peur.

CHAPITRE 2

Après tout ce que j'avais déjà vécu, la nuit précédente aurait dû ressembler à une partie de plaisir. Il m'était arrivé de fuir dans la nuit, agrippée à la crinière d'un cheval, avec pour seuls vêtements ceux que j'avais sur le dos, tandis qu'une ville en flammes se consumait derrière moi. Ou bien de voir des corps couverts de pustules, victimes de la peste bubonique, empilés les uns sur les autres dans les rues, car il n'y avait plus assez de vivants pour les enterrer. Le 14 juillet 1789, je me trouvais à Paris – croyez-moi, il est difficile d'oublier la vue d'une tête tranchée au bout d'une pique.

Aujourd'hui, nous n'étions pas en guerre. Nous menions une vie ordinaire – du moins, aussi ordinaire que celle qu'un immortel peut mener. En effet, ce genre d'existence a toujours une part d'irréalité. Mais quand on vit longtemps, qu'on traverse nombre de guerres, d'invasions ou d'attaques de pilleurs scandinaves, on finit par se défendre, parfois de manière extrême. Si quelqu'un se rue sur vous en brandissant une épée, et que vous avez une dague cachée sous votre jupe, eh bien…

Naturellement, votre assaillant n'allait probablement pas vous tuer – il n'est tout de même pas si fréquent d'être décapité de façon nette et précise –, mais cela importait peu : on avait toujours l'impression que notre vie en dépendait, et on réagissait comme si c'était effectivement le cas.

La nuit dernière, elle, s'était déroulée… normalement. Ni guerre, ni fou furieux, ni danger mortel. Juste un chauffeur de taxi en rogne.

Où Incy avait-il déniché ce sortilège ? Nous sommes immortels, oui, la magie coule dans nos veines, mais nous devons l'étudier pour en faire usage. Au fil des années, j'avais rencontré des gens qui n'avaient que ça en tête, potasser la magie, apprendre des sortilèges et toutes sortes de techniques. Pour ma part, je n'en avais pas envie, j'en avais décidé ainsi depuis longtemps. J'avais vu les morts et les destructions que la magie pouvait entraîner, je savais que certains étaient prêts à tout pour s'en servir et je refusais d'être mêlée à ça. Je préférais agir comme si elle n'existait pas. J'avais rencontré d'autres Aefrelyffen (un terme ancien pour désigner les immortels) qui étaient du même avis, et on tenait bon.

Oui, c'est vrai, il m'arrivait parfois de me servir un peu de mes pouvoirs magiques pour trouver un taxi plus facilement un jour de pluie. Ou pour que, à la boulangerie, le client qui se trouvait devant moi n'ait soudain plus envie d'acheter le dernier pain au chocolat. Ce genre de broutilles. Mais rompre la colonne vertébrale de quelqu'un, et par jeu de surcroît !

J'avais déjà vu Incy manipuler des gens, briser le cœur de filles ou de garçons, commettre des vols ou se montrer impitoyable – et tout cela participait de son charme. Il était imprudent et égoïste – sauf avec moi. Au contraire, avec moi, il était doux et généreux, amusant et prêt à n'importe quoi, n'importe où. Il était capable de me proposer de partir au Maroc dans la minute. C'était lui que j'appelais quand j'avais besoin d'être tirée d'affaire. Si un type refusait de me laisser tranquille, Incy était là, affichant son sourire carnassier. Si une femme m'adressait une remarque sarcastique, un mot d'esprit d'Incy suffisait à l'humilier en public. Il m'aidait à choisir mes vêtements, me rapportait des objets fabuleux de ses voyages, et jamais il ne me critiquait, jamais il ne me mettait mal à l'aise.

De mon côté, je lui rendais la pareille. Un jour, j'avais fracassé une bouteille sur le crâne d'une femme qui se ruait sur lui, armée d'une longue lime à ongles en métal. J'avais soudoyé des concierges, menti à des policiers et à des gendarmes, je m'étais fait passer pour sa femme, sa sœur, sa maîtresse furibonde, selon les circonstances. Ensuite, on en riait bruyamment ensemble, parfois jusqu'aux larmes, en s'écroulant dans les bras l'un de l'autre. Nous n'avions jamais été amants, ce qui évitait tout malaise entre nous et rendait les choses plus parfaites encore.

Incy était mon meilleur ami – le seul que j'aie jamais eu. Nous étions inséparables depuis près d'un siècle. Raison pour laquelle j'avais été si déconcertée la nuit précédente. Déconcertée que nos amis aient réagi avec autant d'indifférence. Déconcertée que j'aie pu atteindre un tel degré d'insensibilité. De lâcheté. Même pour moi. Par-dessus le marché, Incy avait aperçu ma nuque. De mieux en mieux.

Dès mon retour dans mon appartement londonien, j'ai pris une douche. Assise sur le sol de marbre, j'ai laissé l'eau chaude couler sur ma tête pendant un long moment, pour essayer de me débarrasser des odeurs de l'alcool et de l'entrepôt qui semblaient incrustées dans ma peau. J'étais incapable de formuler ce que j'éprouvais. De la peur ? De la honte ? J'avais l'impression de m'être réveillée dans une vie différente, d'être devenue quelqu'un d'autre. Et moi et cette nouvelle existence, nous étions soudain beaucoup plus sombres, excessives et dangereuses que je ne l'avais cru.

Je me suis savonnée avec soin, et j'ai littéralement senti l'alcool quitter chaque pore de ma peau. Je me suis lavé les cheveux en évitant d'instinct de toucher à mon... Non, ce n'était pas un tatouage. Évidemment, les immortels se font tatouer, et l'encre reste longtemps, neuf décennies peut-être. Sur nous, les blessures ou les brûlures cicatrisent, puis disparaissent peu à peu, plus vite que sur les autres êtres humains. Deux ou trois ans après, on n'en voit plus aucune trace.

La marque que j'avais sur la nuque résultait d'une brûlure infligée à l'âge de dix ans, mais jamais elle n'avait changé ni ne s'était estompée. La peau était légèrement creusée, dentelée, et la marque formait un cercle de presque six centimètres de diamètre. Quatre cent quarante-neuf années plus tôt, une amulette chauffée au rouge avait été appliquée sur ma peau. Bien entendu, en dépit de ma paranoïa, quelques personnes avaient déjà aperçu cette brûlure au cours de ces quatre siècles et demi passés. Mais, pour autant que je sache, ces gens n'étaient plus en vie. À l'exception d'Incy.

J'ai fini par sortir de ma douche, la peau toute fripée. Je me suis enveloppée dans un épais peignoir de bain volé dans un hôtel, en évitant de me regarder dans le miroir. J'ai erré dans le salon, tel un fantôme. Devant la porte de l'appartement, j'ai retrouvé le *London Times* que j'avais écarté du pied en entrant. Je l'ai ramassé et suis allée dans la cuisine, où je n'ai trouvé qu'un vieux paquet de biscuits ainsi qu'une bouteille de vodka dans le réfrigérateur.

Assise sur le canapé, j'ai mangé les biscuits rassis en parcourant le journal. L'entrefilet que je cherchais était coincé entre la rubrique nécrologique et les petites annonces.

Trevor Hollis, quarante-huit ans, chauffeur de taxi indépendant, a été agressé la nuit dernière par l'un de ses clients. La colonne vertébrale brisée, il subit actuellement des examens au service des urgences de l'hôpital Saint-James. Selon les médecins, il restera probablement tétraplégique à vie. Il est dans l'impossibilité de nommer ou de décrire son agresseur. Son épouse et ses enfants sont à ses côtés.

Tétraplégique. Paralysé des épaules aux pieds. Si j'avais appelé une ambulance, s'il avait reçu des soins plus tôt, cela aurait-il changé la donne ? Combien de temps était-il resté étendu sur le trottoir, incapable d'appeler au secours ? Pourquoi n'avais-je pas téléphoné aux urgences ? C'était quoi, mon problème ? Il aurait pu mourir. Peut-être cela aurait-il mieux valu, d'ailleurs. Il ne conduirait plus jamais son taxi. Et sa famille ? Quel genre de mari et de père allait-il devenir à présent ? Mes yeux se sont brouillés et les biscuits rassis se sont coincés dans ma gorge.

J'avais été complice de ce méfait. Je ne l'avais pas secouru. Ce qui avait dû aggraver son cas.

Qu'étais-je devenue ? Et Incy ?

Le téléphone a sonné, mais je n'ai pas décroché. Mon Interphone a retenti trois fois, mais j'ai laissé le concierge s'en charger. J'avais perdu mon téléphone mobile quelques jours auparavant, et je ne l'avais pas encore remplacé ; je n'avais donc rien à craindre de ce côté. Finalement, vers 8 heures, je me suis levée. J'ai pris ma plus grosse valise, celle qui pouvait contenir un âne mort (ne vous inquiétez pas, ça n'a jamais été le cas). À la hâte, comme confrontée à une urgence soudaine, j'ai attrapé au hasard des vêtements et des babioles et j'ai fourré le tout dans la valise. Je l'ai refermée, j'ai enfilé un blouson et quitté l'appartement. Gopala, le concierge, a appelé un taxi pour moi.

— M. Bawz et M. Innosauce vous cherchaient, mademoiselle Nastalya, m'a-t-il dit.

La manière dont il écorchait nos noms m'avait toujours amusée. Évidemment, il se débrouillait beaucoup mieux que je ne l'aurais fait si je m'étais retrouvée au beau milieu de Bangalore, à chercher du travail.

— Je reviens bientôt, lui ai-je annoncé pendant que le chauffeur du taxi soulevait ma valise pour la mettre dans le coffre.

— Ah, vous partez voir vos parents, miss Nastalya ?

Comme toujours, je m'étais inventé des parents, histoire de justifier mon indépendance et mes revenus illimités, choses rares pour une adolescente.

— Oh ! non, ils sont encore en... Tasmanie, ai-je répondu après avoir très vite réfléchi. Je vais faire du shopping à Paris.

Était-ce une dépression nerveuse ? Je me sentais effrayée, angoissée, honteuse et méfiante, comme si tous les chauffeurs de taxi de Londres avaient placardé sur leur rétroviseur un avis de recherche avec ma photo. À chaque instant, j'avais l'impression qu'Innocencio allait surgir devant moi – que ferais-je, si cela arrivait ? Je me rappelais l'expression qu'il avait affichée, alors qu'il était assis à l'autre bout du canapé, dans le bar. Il avait eu l'air... intrigué. Calculateur ? Même s'il ne pouvait comprendre l'importance de la marque sur ma nuque, l'idée qu'il l'ait vue m'horrifiait. J'avais l'impression que je ne serais plus jamais capable de supporter sa présence. Or il était mon meilleur ami. Un meilleur ami qui avait gravement blessé quelqu'un la nuit précédente, et dont j'avais... peur à présent. C'était ça, ma vie. La situation dans laquelle je me retrouvais. Par ma propre faute.

J'ai grimpé à l'arrière du taxi, après avoir laissé un gros pourboire à Gopala.

— À bientôt !

Le concierge a souri et acquiescé, tout en portant la main à sa casquette.

— Vous allez à la gare de Saint-Pancras ? a demandé le chauffeur en mettant son compteur à zéro. Vous devez prendre l'Eurostar ?

— Non, ai-je répliqué en m'enfonçant dans le siège. Emmenez-moi à l'aéroport de Heathrow.

Le lendemain matin, j'étais à Boston, aux États-Unis, où j'ai loué une voiture dans une petite compagnie qui acceptait les conducteurs de moins de vingt-cinq ans.

— Tenez, mademoiselle Douglas, a dit l'employé en me tendant les clés. Je n'ai pas bien entendu votre prénom…

— Phillipa, ai-je répondu.

Comme tous les immortels, je possédais une ribambelle de passeports, de cartes d'identité et de permis de conduire différents. Il y a toujours quelqu'un qui a un ami qui connaît quelqu'un qui peut vous procurer ce dont vous avez besoin. Pendant des années, je m'étais fournie auprès d'un petit homme qui vivait à Francfort. C'était un génie. Il avait fabriqué des milliers de fausses pièces d'identité durant la Seconde Guerre mondiale. Chacun de mes passeports portait un nom, un lieu de naissance et un âge différents (dans mon cas, cela allait de dix-huit à vingt-cinq ans). La vie avait été tellement plus simple avant que les gouvernements se mettent à surveiller les gens… Tous ces extraits de naissance, ces numéros de Sécurité sociale, un sacré casse-tête !

— C'est un joli prénom, a fait observer l'employé en me gratifiant d'un sourire enthousiaste.

— Moui. Où est garée la voiture ?

Dès la sortie de Boston, je me suis rangée sur le bas-côté de la route et j'ai déplié une carte du Massachusetts. J'aurais pu demander à la compagnie de location de m'indiquer l'itinéraire à suivre pour me rendre à West Lowing, mais, si quelqu'un venait plus tard leur poser des questions, ils se souviendraient peut-être de moi.

Et pour l'instant, tout ce que je souhaitais, c'était disparaître de la circulation. Comme si j'avais le diable aux trousses. Comme si une catastrophe menaçait de s'abattre sur moi et que je devais simplement fuir le plus loin possible.

Pendant les sept heures de vol entre Londres et Boston, j'avais eu le temps de réfléchir. Ce n'est pas assez pour méditer en profondeur sur plus de quatre cents ans d'une existence qui venait de prendre un tour stupide et de plus en plus sinistre. Cependant, c'est amplement suffisant pour faire remonter à la surface nombre de points négatifs et pour avoir l'impression d'être pareille à une limace dissimulée sous une carapace. Pire qu'une limace. Une moisissure gluante.

J'ai trouvé West Lowing sur la carte. Au beau milieu du Massachusetts, près du lac Lowing et sur les berges de la rivière Lowing. Je suppose qu'il y a deux cents ans, un gros bonnet du nom de Lowing avait éprouvé le besoin de laisser son empreinte dans tous les coins de la région.

D'après mes calculs, j'avais seulement deux heures de route devant moi. En Irlande, on parcourait les trois quarts du pays d'est en ouest en deux heures. On pouvait traverser le Luxembourg encore plus vite. En revanche, les États-Unis sont vastes. Assez vastes pour que je m'y perde ? Il fallait l'espérer.

Bon, passons à cette histoire d'immortels. Vous avez certainement des questions. Je n'ai pas toutes les réponses. Je ne sais pas combien nous sommes. J'en ai rencontré des centaines au fil des ans et, si on suit un raisonnement logique, on peut imaginer que nos rangs grossissent sans cesse, non ? Il en naît constamment et les plus âgés cassent rarement leur pipe. Sans le savoir, vous en avez vous-même probablement croisé quelques-uns. En bref, les Aefrelyffen sont des êtres humains qui ne meurent pas quand leur heure est arrivée.

La plupart d'entre nous pensent qu'il y a toujours eu des immortels, tout comme les gens qui croient aux vampires pensent qu'il y en a toujours eu. Je ne sais pas où tout a commencé, ni quand ni pourquoi, mais j'ai connu des immortels de toutes les ethnies. Il faut deux immortels pour fabriquer de nouveaux petits immortels ; de ce fait, quand un immortel s'accouple avec un mortel, leurs rejetons ne sont pas immortels – mais, la plupart du temps, ils vivent beaucoup plus longtemps que la moyenne, jusqu'à un âge canonique. Il y a eu le cas d'une femme, en France ; et en Géorgie (le pays, pas l'État américain), il existe une ville où une proportion anormale de la population est centenaire. On attribue cela à une vie saine et à une consommation élevée de yaourt. Quelle blague. En réalité, cela veut seulement dire qu'un immortel a vécu là-bas et qu'il s'y est largement reproduit.

Nous prenons de l'âge, mais différemment. Généralement, jusqu'à seize ans, une année équivaut à une année et, ensuite, à une centaine d'années humaines. J'ai connu des Aefrelyffen qui vieillissaient plus vite ou plus lentement, mais je ne connais pas la raison de ce phénomène. L'immortel le plus âgé que j'aie rencontré devait avoir dans les huit cents ans. Un homme affreux, mesquin et malfaisant, imbu de sa personne. Ce qui est bizarre, c'est de rencontrer des immortels qui n'ont que quarante ou cinquante ans – ils n'ont pas encore saisi ce qu'ils sont vraiment. Ils ont l'impression d'être des adultes, alors qu'ils ont l'apparence de très jeunes adolescents ; ce qui les laisse dans une drôle d'incertitude. Souvent, ils ne savent pas comment se comporter.

Quant à moi, je suis née en 1551, un joli chiffre bien symétrique. Quatre cent cinquante-neuf ans plus tard, on me demande encore ma pièce d'identité dans les bars. Avant que vous vous mettiez à crier : « Waouh, génial ! », il faut que vous sachiez à quel point c'est insupportable. Je suis une adulte. Depuis presque toujours. Pourtant, je ne peux sortir de cet état d'adolescence éternelle, ni modifier mon apparence. Remarquez, de nombreux adolescents ont l'impression de se sentir immortels, comme si rien ne pouvait les affecter. L'idée de danger ou de mort leur est complètement étrangère, sans poids ni réalité. Il est donc possible que je sois toujours une adolescente... Ça va, j'ai compris, je ne suis pas vraiment à plaindre.

Nous n'avons ni cancers, ni diabète, ni aucune maladie de ce genre. Nous pouvons prendre froid, attraper la grippe ou la peste, mais nous guérissons toujours. Pour information, les cicatrices de la variole s'estompent au bout de quinze ans environ. Il nous arrive d'être brûlés, de perdre des membres, de subir d'horribles blessures – mais tout cicatrise, comme je l'ai expliqué plus haut, même si cela prend du temps. Les membres repoussent, un processus à la fois fascinant et horrible. Cela demande plusieurs années. Et malgré tout, nous pouvons être tués ; mais cela n'est pas facile, alors, ne vous mettez pas en tête d'essayer.

Que faisons-nous de tout ce temps à notre disposition ? La plupart des choses que font les mortels. Nous vivons sur la même planète, nous avons les mêmes ressources. Certains parmi nous sont des fêtards invétérés (je ne nommerai personne – d'accord... moi). D'autres passent le temps avec plus de sagesse : ils étudient, s'instruisent, cultivent des talents artistiques ou bien voyagent. D'autres encore ne font rien de tout cela et vivent dans un état perpétuel d'insatisfaction ; ils n'aiment rien, ont toujours de bonnes raisons de se lamenter, détestent les autres immortels et les humains en général. J'ai connu quelques spécimens de ce genre et, chaque fois, j'ai eu envie de les installer sur un morceau de banquise et de les pousser vers l'océan.

Nous marions-nous ? Parfois. J'ai été mariée. C'est un problème – si on épouse un mortel, peu importe l'amour qu'on peut éprouver pour lui, il vieillit et puis meurt. Ainsi, à un moment donné, il faut lui révéler ce qu'on est, ou bien le laisser dans l'ignorance, ce qui risque de le troubler. Soit vous gardez votre secret, soit vous le partagez. Pire, si on a des enfants avec un mortel, on les voit prendre de l'âge et mourir – mais je reviendrai plus tard sur la question. Et si on épouse un autre immortel, le mariage va durer trèèès longtemps.

Quatre heures, trois espressos et un paquet de chips plus tard, j'ai débarqué à West Lowing. J'ai traversé la ville de bout en bout en moins de dix minutes. L'endroit n'avait rien d'une mégalopole, c'était le moins qu'on puisse dire. J'ai fait demi-tour et l'ai parcouru en sens inverse, mais en sillonnant cette fois les quartiers et les routes sinueuses qui se trouvaient à l'extérieur du centre. Je ne savais même pas ce que je cherchais vraiment. Un signe, peut-être ? Soit un panneau, comme « River's Edge, tournez à droite », soit un avertissement métaphorique – un buisson ardent ou un éclair qui pointerait dans la bonne direction.

Deux minutes plus tard, j'étais de nouveau sortie de la ville. Je me suis garée sur le bas-côté, j'ai posé le front sur le volant et frappé le tableau de bord de mes deux mains.

— Nastasya, tu es une imbécile. Une idiote de première, et tu l'as bien mérité.

En réalité, je méritais bien pire, mais j'ai tendance à me montrer assez coulante quand il s'agit de moi.

Je suis restée plongée dans mes pensées pendant quelques instants, puis je suis descendue de voiture et me suis enfoncée dans les bois qui bordaient la route. Aucun autre véhicule n'était passé par là depuis un moment. Au bout de quelques mètres, invisible depuis la chaussée, je me suis agenouillée et j'ai posé mes mains à plat sur le sol. J'ai récité une poignée de mots – tellement anciens qu'on aurait dit une suite de syllabes incohérentes. Des mots déjà anciens à l'époque de ma naissance.

Des mots qui révélaient ce qui était caché.

L'une des seules formules magiques que je connaissais. Quand m'en étais-je servie la dernière fois ? J'avais oublié. Peut-être dans les années 1990, pour retrouver des clés perdues ?

J'ai fermé les yeux, puis, peu à peu, des images se sont mises à flotter dans mon esprit, de plus en plus précises. J'ai vu une route, un virage, la forme distincte d'un érable dont le feuillage arborait ses couleurs d'automne. J'ai compris où je devais me rendre.

Tout en prenant une profonde inspiration, je me suis relevée. Là où mes mains s'étaient posées, les brindilles et les feuilles avaient été réduites en poussière et continuaient de se désintégrer. Des tiges de trèfles tardifs se flétrissaient, à l'agonie, leurs cellules privées de vie afin que ma petite formule puisse marcher. Deux empreintes de mains étaient visibles sur le sol, indiquant l'endroit d'où j'avais tiré mon pouvoir. Car c'est ainsi que les immortels font de la magie : en dérobant l'énergie d'un autre être vivant. Du moins, la plupart d'entre nous procèdent de cette façon.

Je suis remontée en voiture et j'ai de nouveau sillonné les routes sinueuses qui traversaient la ville et ses environs, en observant tout en détail afin de me repérer. Je savais que je m'étais trouvée sur cette route quelques minutes plus tôt, mais, cette fois, j'ai examiné chaque arbre, chaque bifurcation.

J'ai fini par découvrir ce que je cherchais : un érable rouge feu dont les larges branches formaient un V, comme s'il avait été frappé par la foudre des années plus tôt, au bord d'un chemin de terre. Je m'y suis engagée. La petite voiture de location cahotait sur la chaussée – sans doute impraticable en cas de fortes chutes de neige, je l'aurais parié. Je commençais à avoir froid et j'ai mis le chauffage en marche. Je m'étais bourrée de caféine et de sucre, et, soudain, ce que j'avais entrepris m'a paru parfaitement ridicule.

J'étais folle. Comment avais-je pu m'embarquer dans une aventure aussi stupide ? La panique, certainement, ainsi que ma dépression nerveuse.

Je me suis brusquement arrêtée et j'ai posé le front sur le volant, que je n'avais pas lâché. J'avais parcouru tous ces kilomètres pour chercher une femme du nom de River. C'était tellement crétin que moi-même, j'avais du mal à y croire. Qu'est-ce qui m'était passé par la tête ? Il fallait que je fasse demi-tour, que j'aille rendre la voiture et rentre chez moi. Quel que soit le chez-moi où j'allais choisir de m'installer, cette fois.

Quand avais-je rencontré River ? En 1920 ? Ou 1930 ? Je me rappelais seulement son visage, son teint mat et sa peau lisse, ses mains, robustes mais fines, et ses cheveux gris – chose rare pour une immortelle. Ça s'était passé le jour où Innocencio avait bousillé sa toute première voiture.

Était-ce en 1929 ? Oui, ça devait être ça. Deux semaines plus tôt, mon ami s'était offert une superbe Model A, d'un bleu vaporeux. Une des premières que Ford avait importées en France. Il l'a envoyée dans un fossé, à la sortie de Reims. Une autre voiture s'est arrêtée pour nous aider. Il faisait nuit. J'avais traversé le pare-brise et atterri dans le fossé. Mon visage était en lambeaux – à l'époque, il n'y avait ni vitre sécurisée ni ceinture. Et le froid était glacial.

Innocencio et Rebecca avaient eux aussi été éjectés du véhicule. Elle avait un tas d'os brisés. Mortelle, elle s'est certainement retrouvée à l'hôpital. Imogen, elle, était morte – la nuque brisée contre un tronc d'arbre. Innocencio et moi, nous étions dans un sale état, mais nous allions nous en tirer, évidemment. Nous avions rencontré Imogen et Rebecca le jour précédent, à l'occasion d'une fête. Toutes deux étaient jolies, riches et prêtes à s'amuser.

Malheureusement, leur route avait croisé la nôtre.

Une voiture s'est donc arrêtée. Une femme et deux hommes se sont précipités pour nous porter secours. Les hommes ont soulevé Rebecca et l'ont déposée sur le siège arrière de leur véhicule. Puis ils ont découvert Imogen, morte. La femme est allée voir Innocencio, qui commençait déjà à se relever en se lamentant sur la perte de sa voiture toute neuve. Elle l'a laissé pour venir s'agenouiller près de moi, alors que je me hissais hors de l'eau glacée du fossé. Elle m'a dit en français que tout irait bien, que je devais m'étendre, puis elle a voulu vérifier mon pouls. J'ai écarté mes cheveux trempés de mes yeux, remonté mon col en renard et lui ai demandé l'heure – nous étions en route pour un réveillon du jour de l'an. Imogen était morte, c'était dommage, vraiment, mais cela m'affectait à peine, me laissait plutôt indifférente. Après tout, Incy ne l'avait pas tuée délibérément. Les humains semblaient tellement... fragiles, parfois.

À cet instant, la femme m'a dévisagée. Elle a pris mon menton entre ses mains et m'a fixée au fond des yeux. Je l'ai imitée, et nous nous sommes reconnues : nous étions toutes deux immortelles. Il n'y a rien de particulier dans nos regards, aucun signe distinctif, pas même un I majuscule inscrit sur notre rétine, mais nous sommes capables de nous reconnaître mutuellement.

Elle s'est assise près de moi en contemplant le tableau : la voiture dans le fossé, la fille morte, l'autre mal en point, Innocencio et moi, tous deux presque remis de l'accident.

— Pourquoi vivre de cette façon ? m'a-t-elle demandé.

— Pardon ?

Elle a secoué la tête. Ses yeux d'un marron chaleureux étaient tristes.

— Tu pourrais avoir beaucoup plus, avoir une vie plus intense.

J'ai senti monter mon agressivité. J'ai essuyé le sang qui me coulait sur le front et me suis levée.

— Je m'appelle River, a-t-elle dit en faisant de même. J'ai une maison, en Amérique. Dans le nord du Massachusetts. Une ville du nom de West Lowing. Tu devrais venir, a-t-elle ajouté en indiquant l'automobile qui fumait et les hommes qui transportaient délicatement le corps d'Imogen jusqu'à leur véhicule.

Elle a jeté à Incy un coup d'œil qui parut lui suffire à le cataloguer : un fêtard, un bon vivant, un mur contre lequel toute sagesse s'écrasait vainement.

— J'ai été dans le Massachusetts, ai-je répondu. C'était ennuyeux, guindé et glacial.

Elle m'a brièvement adressé un sourire peiné.

— Ce n'est pas le cas de West Lowing. Tu devrais venir, quand tu seras lassée de tout cela, a-t-elle repris en regardant une nouvelle fois la voiture et Incy. Comment t'appelles-tu ?

Elle avait des yeux vifs, intelligents – qui semblaient mémoriser les traits de mon visage, la forme de mon oreille.

— Christiane.

— Christiane, a-t-elle acquiescé. Quand tu auras envie d'autre chose, viens à West Lowing. Ma maison s'appelle River's Edge. Tu la trouveras sans mal.

River et ses deux compagnons sont remontés en voiture et sont partis en emportant Rebecca et le cadavre d'Imogen. Ils m'ont laissée seule avec Incy et sa belle voiture désormais fichue. Un autre véhicule est passé un peu plus tard sur la route et nous a déposés plus loin. Nous avons pris un train pour Paris, puis pour Marseille, où il faisait plus chaud. Le printemps y était merveilleux ; River, Rebecca et Imogen sont complètement sorties de mon esprit.

Elles ont refait surface il y a deux jours. Quatre-vingts années plus tard, j'ai décidé de répondre à l'invitation de River. Comme si, après tant de temps, elle tenait encore. Ainsi que vous pouvez vous en douter, les Aefrelyffen sont de grands nomades. Vivre dans le même village pendant cinq décennies sans changer physiquement risquerait d'éveiller les soupçons. Voilà pourquoi nous restons rarement dans le même endroit plus de quelques années de suite. Pour quelle raison pensais-je que River se trouverait encore à West Lowing ? C'était que… elle m'avait paru éternelle.

Un cliché sans intérêt dès qu'il s'agit d'immortels, je sais. Ou plutôt, elle m'avait semblé solide comme un roc. Et puisqu'elle avait dit que je pouvais venir quand j'en avais envie, elle y serait encore, voilà tout.

J'avais avalé tant de cafés que mes mains tremblaient et que mon estomac se soulevait. *Que faire ?* me répétais-je, indécise.

J'ai entendu taper contre ma vitre et j'ai bondi, en étouffant à grand-peine un cri.

Mes yeux affolés ont vu un homme se pencher pour me dévisager.

Un rire presque hystérique m'a chatouillé le fond de la gorge et j'ai dû le réprimer. C'était un dieu viking qui avait donné un petit coup contre la vitre. À présent, il me regardait d'un air inquiet – ou soupçonneux. Sa beauté flamboyante était à couper le souffle, comme si un personnage mythique s'était incarné devant moi et qu'un sang chaud s'était mis à couler dans ses veines.

Je l'ai scruté. Son visage m'était familier. Était-il mannequin ? L'avais-je vu à Times Square, dans une publicité géante pour sous-vêtements ? Ou bien était-il acteur ? Peut-être dans une série télé ? Impossible de m'en souvenir. J'ai baissé ma vitre. *Je vous en prie*, ai-je supplié en silence, *pourvu que ce soit un pervers assoiffé de sexe qui veuille m'enlever et faire de moi son amante et son esclave.*

— Oui ? ai-je demandé d'une voix rauque.

— C'est un chemin privé, a répondu le dieu, en me toisant d'un air réprobateur.

Il avait quoi, vingt-deux ans ? Moins ? Avait-il un faible pour les adolescentes ? Je l'ai regardé en cillant et une nouvelle fois, à la périphérie de ma conscience, j'ai senti que je l'avais déjà vu quelque part.

— Ah… je vois. Je suis à la recherche de River. Vous connaissez River's Edge ?

Une lueur de surprise a éclairé ses yeux topaze. L'idée qu'elle avait peut-être dissimulé sa maison à la vue des voisins a traversé mon esprit. Si du moins elle vivait encore là.

— Vous la connaissez ? ai-je insisté.

— Vous savez qui est River ? m'a-t-il demandé lentement. Où l'avez-vous rencontrée ?

Qui était-il ? Son garde du corps ?

— C'était il y a très longtemps. Elle m'a dit que je pouvais venir lui rendre visite, ai-je répliqué avec assurance. Sa maison se trouve-t-elle dans les environs ?

Une main robuste a touché ma joue, si vite que je n'ai pas eu le temps de réagir. Ses doigts étaient chauds, fermes et doux à la fois, et j'ai su que ma peau devait lui paraître glacée.

C'était un immortel, et il venait de se rendre compte que j'en étais une, moi aussi.

J'ai penché la tête de côté.

— On se connaît ? Je vous ai déjà croisé quelque part ?

Si je l'avais rencontré, j'aurais certainement dû me le rappeler avec plus de clarté et d'intensité. Personne ne pouvait oublier ce visage, cette voix. Malgré tout, j'avais tant de fois parcouru tous les continents de long en large qu'il était possible que je ne m'en souvienne plus. Peut-être n'était-il pas très vieux. Ou bien…

Il était l'un d'eux. Il appartenait à une autre catégorie d'immortels ; ceux avec lesquels je n'avais rien en commun. Ceux que j'évitais comme la peste et dont mes amis et moi nous nous moquions sans cesse. Ceux que je méprisais presque autant qu'eux me méprisaient.

Ceux qui, je l'espérais, pourraient me… sauver. Me protéger. Les Tähti.

— Non, a-t-il finalement répondu en ôtant sa main de mon visage.

J'ai frissonné. J'avais froid, plus que jamais.

— C'est au bout de cette route, là-bas, a-t-il ajouté d'une voix qui m'a paru réticente. Il y a un virage à gauche. Ensuite, au carrefour, prenez la première à gauche.

— River vit donc toujours ici ?

Son visage était impassible. Fermé. Pas moyen d'y décrypter quoi que ce soit.

— Oui.

CHAPITRE 3

Je l'ai regardé s'éloigner dans mon rétroviseur. Il était grand et large d'épaules, et la vue de son jean moulant ses fesses était un plaisir rarement égalé. Tandis que j'observais son dos, j'ai eu la même sensation que quelques instants plus tôt : celle de l'avoir déjà rencontré. Les sourcils froncés, j'ai fouillé ma mémoire. À cet instant, je me suis aperçue dans le petit miroir et j'ai gémi à haute voix. Ma peau avait la pâleur maladive de quelqu'un qui passe son temps en boîte de nuit, mes lèvres étaient quasiment aussi livides que mon visage, mes lentilles bleues donnaient une lueur étrange à mon regard et mes cheveux noirs étaient ternes et hirsutes. J'étais tout le contraire de lui. L'homme parfait. Tandis que j'étais l'imperfection faite femme. Épuisée, malade. Eh bien, ça m'était égal. Mieux, je m'en fichais royalement.

Après avoir roulé quelques minutes sur une route creusée de nids-de-poule, j'ai fini par m'arrêter devant un long bâtiment d'un étage qui avait l'allure d'un dortoir ou d'une école plutôt que d'une vraie maison. L'édifice était large et rectangulaire, peint d'un blanc immaculé, sévère, et chaque fenêtre précisément délimitée, encadrée de volets vert foncé. Il y avait au moins trois bâtiments annexes sur les côtés ainsi qu'un mur de pierre qui devait entourer un grand jardin.

Je me suis garée sur l'herbe sèche aux couleurs d'automne, près d'un vieux camion rouge. J'avais l'impression que les minutes à venir seraient essentielles, qu'elles décideraient de mon avenir. Si je sortais de la voiture, ce serait comme avouer que j'avais gâché ma vie. Que j'étais une épave. Que j'avais peur de mes amis, de moi-même, de ma noirceur, de mon histoire. Tout m'incitait à rester dans cette voiture, vitres remontées, portières verrouillées, pour toujours. Si je n'avais pas été immortelle, « toujours » n'aurait signifié qu'une soixantaine d'années, et peut-être serais-je restée. Mais dans mon cas, « toujours » aurait été insupportablement long. Je n'avais pas d'autre choix.

J'étais venue à River's Edge pour une bonne raison. J'avais quitté mes amis et disparu dans la nature. Dans l'avion pour Boston, j'avais pris conscience que des centaines, voire des milliers de choses m'avaient menée jusqu'ici – et pas seulement l'incident du chauffeur de taxi et le dégoût que j'éprouvais envers ma passivité et ma paranoïa après qu'Incy avait vu ma cicatrice. Toutes ces choses m'attaquaient de l'intérieur, si bien que j'avais la sensation de n'être désormais qu'une coquille vide, sans plus rien de vivant en moi.

Je n'avais massacré personne ni incendié de villages, mais j'avais toutefois semé la destruction partout où j'étais passée. Cet examen de conscience, je l'avais fait jusqu'à la nausée. Le résultat n'était pas beau à voir. J'abîmais tout ce que je touchais. Des gens étaient blessés, des foyers brisés, des voitures accidentées, des carrières détruites – les souvenirs s'écoulaient sans relâche, pareils à des ruisseaux d'acide rongeant mon cerveau au point que j'avais envie de hurler.

J'avais ça dans le sang, je le savais. Une noirceur. *La* noirceur. J'en avais hérité, tout comme j'avais hérité de mon immortalité et de mes yeux sombres. Plus jeune, j'y avais résisté. J'avais prétendu qu'elle n'existait pas. Mais au bout d'un moment, j'avais cessé de la combattre, je lui avais cédé. Pendant longtemps, j'avais vécu avec elle. Cependant, la nuit précédente, la noirceur qui m'avait accompagnée pendant plus de quatre cents ans était venue m'écraser et son poids me suffoquait. Je haïssais le monstre que j'étais devenue.

Si j'avais été mortelle, j'aurais été tentée de me tuer. En réalité, j'avais failli m'écrouler de rire en comprenant que même si je réussissais à me décapiter, je ne pourrais pas être certaine que ma tête serait suffisamment loin de mon corps pour vraiment mourir. Avais-je d'autres solutions ? Me jeter tête la première dans une scieuse mécanique, par exemple ? Et si la machine se coinçait avant que je sois complètement déchiquetée ? Vous imaginez le temps de repousse que ça demanderait ? Nom de Dieu.

Soudain, j'avais l'impression que ma vie était en chute libre, que j'allais sombrer pour toujours dans un désespoir grandissant et que jamais plus je ne serais heureuse. Je ne me souvenais pas de la dernière fois où j'avais éprouvé un réel bonheur. De l'amusement ? Oui. Du bonheur ? Non, pas vraiment. Je ne me rappelais même plus ce qu'on ressentait.

La seule personne qui avait proposé de m'aider, qui avait eu l'air de me comprendre, c'était River. Des décennies plus tôt. Et à présent j'étais là, devant chez elle.

J'ai de nouveau parcouru les alentours du regard et, cette fois, je l'ai vue. Elle se tenait sur l'escalier de bois de l'entrée. Chose inhabituelle, elle n'avait pas changé du tout. Nous avons tendance à souvent modifier notre apparence, et ce, de manière extrême. En quatre-vingts ans, cela avait dû m'arriver une bonne vingtaine de fois. Je ne voyais pas comment elle aurait pu me reconnaître. Elle m'observait ; à l'évidence, elle attendait que je fasse le premier pas.

J'ai pris une grande inspiration, avec l'espoir qu'il faisait bon dans la maison, que je pourrais y boire un thé et prendre un bain chaud. Se souviendrait-elle de moi ?

Son invitation était-elle toujours d'actualité ? Je savais qu'il était ridicule de s'accrocher à des paroles prononcées quatre-vingts ans auparavant. Mais que pouvais-je faire d'autre ?

Bon, c'est vrai, il m'était arrivé d'agir de manière plus pitoyable encore. Je suis sortie de la voiture, me suis blottie dans mon vieux blouson en cuir et j'ai traversé la pelouse couverte de feuilles mortes, planifiant déjà les semaines à venir, une fois qu'elle m'aurait demandé de quitter les lieux. J'irais me réfugier dans un pays chaud, c'était certain. Les îles Fidji, par exemple. J'y resterais jusqu'à ce que je me sente mieux. Ça finirait bien par arriver. Peu à peu, Incy me semblerait moins effrayant. Peu à peu, j'oublierais le chauffeur de taxi – tout comme j'avais oublié Imogen pendant des décennies.

— Bonjour, m'a dit River quand j'ai été suffisamment près. Bienvenue.

Elle portait une longue jupe de cachemire et un châle de laine recouvrait ses épaules. Ses cheveux gris, raides, étaient relevés par des barrettes.

— Salut, ai-je lancé. River ?

— Oui, a-t-elle répondu en scrutant mon visage. Quel est ton nom, petite ?

J'ai laissé échapper un rire bref. « Petite » ? À mon âge ? Quelle blague !

— En ce moment, c'est Nastasya.

— Je t'ai déjà rencontrée.

Ce n'était pas une question.

J'ai opiné de la tête, tout en écrasant quelques feuilles mortes sous ma botte.

— Il y a longtemps. Tu m'as dit… de venir à West Lowing si un jour j'avais envie d'autre chose.

Machinalement, j'ai regardé au loin et vu des nuages se rassembler vers le sud-ouest.

— Nastasya, a-t-elle répété.

Elle examinait mes cheveux, mes lentilles de contact dont le bleu correspondait aux informations consignées sur mon passeport américain. J'ai essayé de me souvenir à quoi je ressemblais quand je l'avais rencontrée en France, en vain.

— Christiane, ai-je dit.

Un prénom parmi une longue série. Pas celui qu'on m'avait donné à la naissance.

— Je m'appelais ainsi, ai-je expliqué. Nous nous sommes croisées en France, après un accident de voiture. À la fin des années 1920, je crois.

— Ah ! oui, a-t-elle acquiescé au bout d'un instant. Une nuit terrible. Mais je suis contente d'avoir fait ta connaissance. Et de te voir ici aujourd'hui.

— En réalité... ai-je commencé d'un ton hésitant, incapable de la regarder en face. Je sais que ça fait un bail, mais j'ai pensé que...

— Je suis contente de te voir, Chris... Nastasya, a-t-elle répété. Tu es la bienvenue ici. Tu as des bagages ?

J'ai fait oui de la tête, en me souvenant de mon énorme valise. Et de mon fardeau d'émotions.

— Parfait. Je vais te montrer ta chambre. Ensuite, tu pourras t'installer.

J'avais une chambre ?

— C'est un hôtel ici, ou un endroit du même genre ? ai-je demandé en la suivant dans la maison.

Dans l'entrée, un vase rempli de branches d'érable séchées trônait sur une table ronde. Un bel escalier, large et incurvé, menait au premier étage. Tout était blanc, sobre, élégant. Dès que j'ai franchi le seuil, je me suis sentie... plus apaisée ? Moins... vulnérable, peut-être ? Bizarre. Juste un tour que me jouait mon imagination, probablement.

— Dans le temps, cette maison était un lieu de réunion de quakers, a expliqué River en montant les marches.

Je percevais la présence d'autres gens dans le bâtiment, mais les lieux semblaient calmes et paisibles.

— Au XIXe siècle, une quarantaine d'entre eux ont vécu là, à travailler la terre, a-t-elle poursuivi. Je possède cette propriété depuis 1904, sous diverses identités.

Comme nous tous, River avait dû incarner des personnes différentes au fil des ans, afin que nul ne s'étonne de sa longévité. Elle avait dû faire croire à son décès, puis réapparaître comme la fille de la morte pour hériter de la maison, et ainsi de suite.

— Et à quoi sert cet endroit, maintenant ?

River et moi avons remonté un long couloir, puis tourné à droite, et nous sommes retrouvées dans un second couloir avec des fenêtres d'un côté et des portes régulièrement espacées de l'autre. Elle m'a adressé un léger sourire qui l'a soudain rajeunie.

— Un foyer pour immortels égarés, évidemment.

— Et que croient les gens du coin ?

— Qu'il s'agit d'une petite ferme familiale, où l'on enseigne des techniques d'agriculture biologique. Ce qui n'est pas faux, cela dit.

Elle s'est immobilisée devant une chambre qui se trouvait face à une fenêtre. Le soleil ambré arrivait de biais sur la porte, qu'elle a ouverte.

J'ai jeté un coup d'œil à l'intérieur.

La pièce était petite, vétuste et pratiquement vide à l'exception d'un lit étroit, d'une minuscule armoire, d'un bureau en bois et d'une chaise. La dernière fois que j'avais voyagé, j'avais séjourné au *George-V* à Paris. La fois d'avant, j'étais au *Saint Regis* à New York. J'ai tendance à apprécier tout ce qu'il y a de plus luxueux en matière de confort.

— Une ferme bio tenue par des moines ? ai-je fait observer.

River a ri.

— Non, pas des moines, a-t-elle répondu en entrant dans la chambre. Seulement des gens, des Aefrelyffen, qui ont envie d'autre chose à un certain moment de leur existence. Mais tu peux arranger cette pièce à ta manière, la rendre plus personnelle.

Je me suis souvenue du désordre habituel que je répandais autour de moi – le sol jonché de vêtements, les bouteilles d'alcool vides, les cendriers qui débordaient, les livres, les magazines, les boîtes de pizza, etc. Et j'ai pensé : *Non, peut-être pas.*

— Nous sommes donc nombreux, dans la maison ? ai-je demandé en m'asseyant sur le lit.

— En ce moment, il y a quatre professeurs et huit étudiants, a précisé River.

Elle a refermé la porte et s'est appuyée au chambranle, le visage sérieux.

— Donne-toi une semaine et vois si tu as envie de rester, Nastasya, a-t-elle poursuivi. J'espère que oui. Je pense que cela t'apportera beaucoup et que, si tu y mets du tien, tu seras capable de trouver le bonheur dans ce lieu. Mais que tout soit bien clair : ce n'est ni un Spa ni un hôtel. Notre organisation relève autant du kibboutz que du centre de désintoxication. Il y a du travail et nous y participons tous. Il y a des choses, difficiles et douloureuses, qu'il te faudra apprendre. Au fil des années, nous avons élaboré des méthodes qui, selon nous, fonctionnent. Les nouveaux venus doivent se plier à nos règles.

— Euh... je vois.

Je resterai peut-être quelques jours, histoire de mettre au point mon plan B, et ensuite je filerai d'ici, ai-je pensé.

River a souri. Elle paraissait si sincèrement chaleureuse et accueillante que j'ai regretté de ne pouvoir me montrer à la hauteur. Mais ça me semblait déjà impossible à envisager.

— Si cela ne te va pas, personne ne t'obligera à séjourner parmi nous. Personne n'essaiera de te convaincre qu'il faut te sauver toi-même. Si tu n'es pas une grande fille après... deux cents ans, c'est ça ?

— Quatre cents, ai-je dit. Quatre cent cinquante-neuf, pour être précise.

Une lueur de surprise a traversé son regard, et j'ai eu l'impression désagréable que c'était mon attitude plutôt que mon apparence qui lui avait fait croire que j'étais plus jeune.

— Quatre cent cinquante-neuf, d'accord. Mais si tu n'es pas une grande fille après tout ce temps, cela ne nous intéresse pas de t'avoir ici contre ton gré. Nous t'aiderons du mieux que nous pourrons, de toutes les manières possibles, tant que tu effectueras ta part de travail. En revanche, si tu veux te défiler, cet endroit n'est pas pour toi.

— Euh... je vois.

River a ri de nouveau. Puis elle s'est approchée, s'est penchée vers moi et m'a serrée dans ses bras. Son corps était chaud, solide, réconfortant. À quand remontait la dernière fois que quelqu'un m'avait tenue ainsi ? Je ne m'en souvenais pas. Gauchement, je lui ai rendu son étreinte tout en lui tapotant le dos.

— Je n'ai pas l'intention de t'effrayer, a-t-elle dit. Je veux que tu restes. Mais je n'ai pas envie que tu te comportes de façon immature ici, tu vois ?

J'ai acquiescé. Aucune parole brillante ne me venait à l'esprit. Pour l'instant, et plus que jamais, je n'avais pas la moindre idée de ce que je fichais là. J'avais sans doute dramatisé la situation. Tout ça n'avait été qu'une erreur ridicule. Au moins, j'étais persuadée que j'en rirais un jour. D'ici quelques décennies. *La fois où j'ai tenté de fuir, ha ha ha.* En fin de compte, je n'étais peut-être pas si malfaisante. Et puis je me suis rappelé le chauffeur de taxi, son visage éclairé par la lumière crue du réverbère, comment je l'avais abandonné là – et quelque chose s'est encore une fois effondré en moi.

— Quel âge as-tu ? ai-je demandé sans réfléchir.

River s'est arrêtée sur le seuil de la chambre.

— Disons que je suis plus vieille que toi, a-t-elle répondu d'un ton nostalgique, tout en écartant quelques mèches de cheveux de son visage.

— C'est-à-dire ?

Je ne sais pas pourquoi cela m'importait – je n'avais sans doute pas envie que quelqu'un de plus jeune que moi soit capable de se comporter avec tant d'aplomb.

Elle m'a regardée droit dans les yeux.

— Je suis née en 718 à Gênes, dans le royaume d'Italie. La ville n'a pas tellement changé depuis.

— Oh.

Elle a souri une dernière fois, puis m'a quittée en refermant la porte derrière elle. Par chance, je n'avais pas laissé échapper la première remarque qui m'était venue à l'esprit : « Bon Dieu, t'es sacrément vieille ! »

Je me suis écroulée sur le lit. J'étais atrocement fatiguée. Cet endroit n'était décidément pas pour moi. Il s'en dégageait calme et paix, un mode de vie à la fois monotone et changeant. De mon côté, je me sentais pareille à un shuriken qui traverse l'existence, tourbillonnant et déséquilibré. Je semais le trouble dans mon sillage. Un désespoir glacial s'est emparé de mon cœur – quel plan risible. C'était pourtant le seul que j'avais su échafauder. Oh, bon sang, j'étais foutue.

Un petit radiateur métallique réchauffait convenablement la pièce. J'ai ôté mon blouson et mes grosses bottes de motard avec la sensation d'être libre, légère, bien installée pourtant. Je portais une chemise en velours pour homme et je l'ai réajustée autour de mon cou. Un réflexe.

J'ai refermé mes lourdes paupières, quand on a frappé à ma porte, tout doucement – j'avais remarqué qu'aucune n'avait de verrou. Trop bizarre.

— C'est ouvert, ai-je dit, en pensant avec regret au service en chambre des hôtels que j'avais fréquentés.

Le dieu viking est entré. Je l'ai scruté derrière mes paupières mi-closes, encore troublée par ce sentiment de le connaître – une sensation qui s'estompait dès que j'essayais de la cerner. Il avait ma valise à la main – qui pesait évidemment plus lourd que moi. Il l'a posée par terre.

— Tiens.

— J'étais sur le point d'aller la chercher.

Je me suis redressée, soudain consciente de mon apparence – je savais à quoi je ressemblais.

Il y a eu des périodes où j'étais vraiment belle. J'ai des traits symétriques, de jolis yeux, une bouche pulpeuse, de hautes pommettes et ainsi de suite. À l'occasion, quand je contrôle la situation, je sais que je peux être séduisante. Seulement, cela ne m'était pas arrivé depuis une quarantaine d'années. Je me savais aussi maigre qu'une junkie, avec mes cheveux hérissés, d'un noir artificiel, criard. J'avais certainement l'air d'une momie ou d'une victime du choléra. Les vêtements que je portais étaient dépareillés – les seuls que j'avais trouvés qui n'étaient pas tachés et que j'avais enfilés à la hâte. Bref, je n'aurais pas pu avoir pire allure.

Le dieu viking, lui, était éblouissant : une peau cuivrée, lumineuse, des cheveux d'un blond-roux, ébouriffés de façon étudiée, et des yeux dorés de la couleur d'un vin que j'avais autrefois goûté en Géorgie (le pays, pas l'État). Il était grand, mais pas trop, robuste et musclé, des traits masculins ni trop rugueux ni trop doux. Il avait une petite bosse sur le nez, dont l'arête était légèrement tordue, comme après un accident. Cela, bien entendu, accentuait sa perfection. Où avais-je vu ce visage ? Peu importait, au fond – sa vue me coupait le souffle.

On aurait dit que cela l'ennuyait de devoir m'aider, ce qui, malheureusement, le rendait encore plus attirant.

— Comment tu t'appelles ? ai-je demandé en feignant l'indifférence.

— Reyn.

Rêne ? Règne ? Rennes ?

— Moi, c'est Nastasya.

— Je sais.

Il n'était pas plus amical qu'accueillant. Pourquoi vivait-il ici ? Les habitants de ce lieu étaient-ils tous des causes perdues, comme moi ? Étais-je la seule à être venue ici pour me cacher ? J'avais envie de connaître l'histoire de ce type. Avec un peu de chance, elle serait plus horrible encore que la mienne.

— Eh bien… merci, ai-je dit brièvement, déstabilisée par son attitude.

— River m'a prié de te dire que nous dînons à 19 heures.

Il a reculé et quitté la pièce en refermant la porte. J'aurais voulu savoir où se trouvait la salle à manger, mais sans doute m'aurait-il répondu de me fier à mon odorat.

Je suis retombée sur le lit, de nouveau bien réveillée. Mon cœur s'est serré à l'idée que tout ça n'allait rien donner. Le comportement de ce type en était une preuve supplémentaire. Ces gens devaient sûrement être obnubilés par leurs bonnes actions, afin de mener au mieux leur existence éternelle. De mon côté, j'essayais seulement d'échapper à la noirceur qui se répandait sur tout ce que je touchais. Mon but était de me cacher – d'Incy, de moi-même, de mon passé et de mon présent, et même de mon avenir.

Incy. J'ai frissonné et me suis frotté les bras. Il devait se demander où j'étais. Il se passait rarement un jour sans qu'on se voie ou se parle. Était-il inquiet ? Que pensaient les autres ? Allaient-ils essayer de me retrouver ?

Je ne pouvais pas revenir en arrière. J'en étais convaincue. Mais je ne pouvais pas rester ici non plus. Bon. Un ou deux repas, une ou deux nuits de sommeil, et je partirais, *baby*, loin d'ici. De toute façon, il n'y avait pas grand-chose à sauver.

CHAPITRE 4

San Francisco, Californie, 1967

— Allez, je *veux* une photo de nous deux, a dit Jennifer en tirant la manche de mon caftan.

J'ai rejeté mes longs cheveux blonds derrière mes épaules.

— Pas de problème.

Jennifer et moi avons posé sur les marches du large escalier en souriant à Roger, muni de son Polaroid. Dans le salon, en contrebas, des gens hurlaient de rire. « Eight Miles High » passait sur le luxueux tourne-disque. De l'encens et des bougies se consumaient et la nouvelle machine à lumières projetait des motifs psychédéliques sur les murs.

J'avais une allure incroyable, j'en étais consciente : mes yeux très maquillés, à l'égyptienne, le rouge à lèvres le plus pâle qui soit, le caftan de soie à col Nehru que je m'étais procuré en Inde, couvert de tourbillons de couleurs vives. Par précaution, j'avais une écharpe de soie Peter Max autour du cou. J'adorais les années 1960. Les années 1940 avaient été si déprimantes, toutes de grisaille, d'ennui et d'esprit de sacrifice. Quant aux années 1950, je les avais détestées – les masses prenant pour argent comptant le rêve américain, achetant des automobiles aussi grosses que des éléphants, aux pare-chocs énormes.

Les années 1960 étaient parfaites pour mes amis immortels et moi. Tout était possible. Le monde se comportait de manière folle et ceux qui ne suivaient pas étaient considérés comme des raseurs coincés, et mis à l'écart. Sans parler des fêtes. La dernière fois que j'avais été plongée dans une atmosphère de festivités aussi intense, ça avait été à Long Island, dans l'État de New York, à la veille du krach boursier de 1929.

— Hope !

Un homme a glissé une flûte de champagne dans ma main et m'a embrassée sur les deux joues, avant de repartir, sa veste de velours violet se faufilant dans la foule.

— Hmmm.

J'ai bu une longue gorgée tandis que l'appareil photo de Roger continuait de crépiter. Il s'est arrêté pour changer le flash et a jeté celui qui était usé par-dessus son épaule. Il a atterri dans la fontaine qui ruisselait dans le vestibule et nous avons ri.

— Hope.

— Salut, Max, ai-je dit en lui adressant un large sourire.

Je me sentais pétillante et légère, belle et délicieuse.

— As-tu l'âge de boire ça ?

Derrière ces mots, il paraissait presque sérieux. Max était producteur de films à Los Angeles – un type très célèbre. Pas un immortel. Ils n'étaient pas très nombreux ce soir-là à participer à la fête.

— T'as peur d'une descente de flics, d'être coffré pour avoir servi de l'alcool à des mineurs ? ai-je répliqué d'un ton insolent.

J'ai cligné des yeux, les paupières soudain très lourdes. L'instant d'après, la situation m'a paru être la plus drôle que j'aie jamais vécue, tellement amusante, et j'ai eu l'impression d'être la personne la plus heureuse au monde. Et que cette fête était la plus géniale qui soit.

— Oui, c'est à peu près ça, a répondu Max en rajustant ses lunettes et en me regardant de haut.

— Oh, nom de Dieu… ai-je murmuré en scrutant les bulles de champagne qui remontaient en chapelet à la surface du vin doré. Nom de Dieu, je les vois toutes. C'est trop beau.

Max m'avait-il posé une question ? J'avais oublié. Seul m'importait d'examiner chacune des bulles avant qu'elle éclate. Si je réussissais à m'immerger totalement dans cette observation, alors je percerais les secrets de l'univers, j'en étais certaine.

— Bon sang, a marmonné Max. Roger ? Roger ! Quelqu'un a-t-il mis de la drogue dans le champagne ?

Roger a eu un petit rire idiot qui m'a arrachée à la contemplation de ma flûte. Il continuait de prendre des photos, des carrés gris encadrés de blanc que son appareil crachait sur le plancher, et sur lesquels apparaissaient peu à peu visages, sourires, couleurs. C'était magique.

— Ouais, mec ! a répliqué Roger. La meilleure came de Berkeley !

Max a gémi. Il m'a pris ma flûte des mains et j'ai paniqué, comme si mon univers était sur le point de s'effondrer.

— Non ! ai-je crié. Il faut que je regarde les bulles ! Rends-moi ma flûte !

Max tenait le verre au-dessus de ma tête.

— Arrête, Hope. Tu es trop jeune pour avaler ça. Tu ne devrais même pas être là ce soir. Bon Dieu, si on se fait coincer…

— Donne-moi ça ! ai-je hurlé en essayant d'attraper mon champagne.

J'ai vacillé, pareille à un saule dans un ouragan.

— Oh… Regardez, je vois toutes mes mains !

Quand je bougeais mes doigts, des ombres apparaissaient dans leur sillage, comme s'ils avaient été filmés au ralenti. J'étais merveilleuse.

— Hope, tu es merveilleuse, a dit Jennifer en passant un bras autour de ma taille.

— Je sais ! me suis-je exclamée. Regarde mes mains !

— Hope ! Viens par là !

Quelqu'un m'appelait depuis un canapé de cuir orange. D'un coup de pied, je me suis débarrassée de mes chaussures – sinon, pas moyen de marcher – et mes orteils se sont enfoncés en se tortillant dans le tapis d'alpaga blanc. Mais ce contact a vite été trop intense.

— Non, je veux mes sandales, ai-je décidé à haute voix.

Je me suis assise pour les renfiler et, sans le vouloir, j'ai entraîné Jennifer sur le sol avec moi. Étendues sur le tapis, nous avons souri au plafond.

— Hope, tu es si belle… a-t-elle déclaré.

— Qu'est-ce que tu fabriques par terre, Hope ? T'es idiote.

Incy était penché au-dessus de moi. Il me souriait. Puis il s'est allongé à côté de moi. Nous avions tous les trois les yeux fixés sur le lustre de cristal de Max.

— Salut, Michael, ai-je dit, fière de m'être souvenue du prénom qu'Incy avait dernièrement adopté.

— Hope est si belle, lui a annoncé Jennifer.

Incy a souri et Jennifer, qui semblait hypnotisée, a retenu son souffle.

— Hope, et si toi et tes amis, je vous ramenais chez vous ? a proposé Max.

Ses yeux, derrière ses lunettes cerclées d'écaille, avaient une expression aimable, mais il avait quand même l'air coincé avec son pull à col roulé marron et son pantalon de coupe classique.

— D'accord ? Roger n'aurait pas dû t'inviter, c'était idiot de sa part. Reviens d'ici deux ou trois ans, peut-être, hein ?

— Il faut que Hope soit là, tout le temps ! a insisté Jennifer. Pas de fête sans elle !

J'ai souri à Max. J'ai eu l'impression de le voir au bout d'un très long tunnel.

— Sans moi, pas de fête ! lui ai-je rappelé.

— Ouais ! a renchéri Incy. Il nous faut Hope !

À quelques pas de là, une fille l'a entendu et l'a répété, comme s'il s'agissait du dernier mantra à la mode. Une minute plus tard, au rez-de-chaussée de l'immense maison de Max, tout le monde psalmodiait : « Il nous faut Hope ! Il nous faut Hope ! »

Ils parlaient de moi… et je me sentais belle, aimée, désirée, populaire – c'était tellement drôle et agréable. Je voulais que ça dure… toujours.

— T'inquiète, Max, ai-je dit d'un ton rêveur. J'ai quatre cent… seize ans. Tout ce qu'il y a de plus légal, comme âge.

Incy a explosé de rire. Jennifer, qui pourtant ne comprenait plus rien, a eu un grand sourire. Max a soupiré en levant les yeux au plafond.

Je ne sais pas comment je suis rentrée chez moi.

Max est mort il y a deux ans. Je l'ai appris aux infos. Il avait soixante-quatorze ans.

J'ai encore l'apparence d'une fille de dix-sept ans.

À bien réfléchir, je crois que c'était la dernière fois où je me suis sentie heureuse.

Une cloche a retenti dans le lointain, qui m'a obligée à ouvrir les yeux. Je m'attendais presque à voir le jeune Max, penché au-dessus de moi avec inquiétude, à sentir la fine soie indienne contre ma peau, et je me demandais déjà où se déroulerait la fête suivante.

Au lieu de quoi, j'ai vu un plafond blanc et une mince fissure qui commençait à s'étendre dans un des coins. J'avais un peu froid et j'étais allongée sur un lit dur et étroit.

Nom de Dieu. On était des décennies plus tard. À River's Edge. Je n'avais pas encore quitté cet endroit. Et la cloche devait annoncer l'heure du dîner.

J'ai roulé sur le côté en serrant ma chemise de velours autour de moi. Impossible d'affronter ce repas. Mon estomac a alors laissé échapper un grognement féroce, comme pour me dire qu'il fallait que je me bouge le cul. Je n'avais rien avalé depuis les chips, ce matin.

Je me suis levée à grand-peine et j'ai ramassé une de mes lourdes bottes de motard. J'ai jeté un coup d'œil à la porte et j'ai tendu l'oreille. Je n'ai rien entendu dans le couloir, ni voix ni bruit de pas. Très vite, j'ai tiré une fine épingle de métal de la botte et l'ai insérée dans un trou presque invisible qui se trouvait dans le talon. Tout en lançant un autre regard à la porte, j'ai appuyé sur le talon, dont le haut a pivoté, révélant une cavité. L'objet ancien en or a alors brillé sous mes yeux. Je n'ai pu m'empêcher de l'effleurer du bout du doigt pour sentir les runes et les autres symboles dont je ne connaissais ni le nom ni l'utilité.

J'ai refermé le talon d'un coup sec et glissé l'épingle dans le cuir, à sa place. J'ai enfilé mes bottes et me suis redressée. Mon amulette était toujours bien cachée, en sécurité. Du moins, la moitié que je possédais, celle qui correspondait à la brûlure que j'avais sur la nuque.

Une fois dans le corridor, je n'ai pas pu me souvenir par quel côté j'étais arrivée. J'ai toutefois remonté le couloir, puis un autre, et j'ai fini par trouver un escalier. Une odeur de cuisine est montée jusqu'à moi et mon ventre a émis un nouveau grognement.

Mon souvenir de San Francisco avait été si réjouissant. Je m'étais trouvée sur une large volée de marches, qui ressemblait un peu à celle-ci. Mais avec ma chemise d'homme, mon pantalon noir usé et mes grosses bottes, j'étais loin de mon caftan en soie et de mes sandales dorées.

En reniflant comme un cochon truffier, j'ai suivi les effluves de nourriture jusqu'à la salle à manger : une pièce sobre, tout en longueur, avec du parquet ; une large table qui pouvait accueillir une vingtaine de personnes ; de hautes fenêtres munies de rideaux, derrière lesquelles il faisait nuit ; un grand miroir ancien au cadre doré au-dessus d'une cheminée ; et douze personnes qui me dévisageaient avec surprise, curiosité et, dans le cas de River, bienveillance.

— Bonsoir, Nastasya, a-t-elle dit en souriant.

Elle a déplié une serviette qu'elle a posée sur ses genoux.

— Je suis contente que tu te sois réveillée pour dîner. Tu dois avoir faim. Tiens, assieds-toi près de Nell, là, a-t-elle précisé.

Elle m'indiquait une place libre sur un… banc de bois. Bonjour le confort. Avec l'impression d'être une écolière maladroite du XIXe siècle, j'ai enjambé le siège en essayant de ne frapper personne avec mes bottes de motard.

— Voici Nastasya, a-t-elle annoncé à l'assemblée en tendant la main vers une soupière blanche. Elle va séjourner quelque temps parmi nous. Aussi longtemps qu'elle le souhaitera, a-t-elle ajouté en croisant mon regard.

— Salut, Nastasya, m'a lancé une fille de l'autre côté de la table.

Elle avait une mine sombre et sérieuse, des lunettes à monture de métal, une coupe de cheveux sage et la peau bronzée.

— Je suis Rachel. D'où viens-tu ?

Qu'entendait-elle par là ? Voulait-elle connaître mes origines ? Prise de court, je me suis tournée vers River, tandis que quelqu'un me passait la soupière remplie d'un truc… fumant. On aurait dit des légumes verts poêlés. Ô joie. Je m'en suis servi une petite quantité avant de tendre le récipient à Nell, sur ma droite.

— Soit récemment, soit à l'origine, a clarifié River. À toi de voir.

Je n'allais pas rester ici bien longtemps. Nul besoin de leur raconter ma vie.

— Je suis née dans le nord de l'Europe, ai-je donc répondu. Et là, je viens d'Angleterre.

— Je viens du Mexique, a dit Rachel, à l'origine.

— Cool, ai-je répliqué en m'emparant du saladier suivant.

De gros morceaux orangés. Des patates douces.

— Présentons-nous, a suggéré River. Au fait, Nastasya, ce que nous mangeons est produit ici, dans notre ferme. Nous sommes très fiers de nos cultures. Tu les découvriras demain. Tout est biologique, et équilibré en termes énergétiques.

Oui, si tu veux, ai-je pensé, indifférente.

J'ai acquiescé et baissé les yeux vers les petits tas de nourriture qui se trouvaient dans mon assiette. Une mixture de graines (peut-être du quinoa ?) indéfinissable côtoyait les patates douces et les légumes verts mous et foncés que j'allais devoir mâcher comme un ruminant.

De quoi avais-je réellement envie, en cet instant ? De sushis, accompagnés d'une bonne bouteille de saké. J'ai parcouru la table du regard en quête de vin, mais n'en ai pas vu… à mon grand désespoir. Pourvu qu'il y en ait quelque part.

— Je m'appelle Solis, a commencé un homme qui avait une allure de maître nageur.

J'ai failli pouffer de rire, amusée par son prénom – j'ai compris plus tard qu'il s'agissait de son nom de famille. Il avait la peau mate, des cheveux blonds coupés court, une grosse barbe rousse, presque rougeâtre, ainsi que de beaux yeux noisette encadrés de longs cils.

Comme River me l'avait expliqué, il y avait quatre professeurs : River, Asher (son compagnon), Solis et Anne.

Venaient ensuite les étudiants. Rien à voir avec une école classique, où l'on peut généralement distinguer les enseignants des élèves en fonction de leur âge. River était la plus ancienne des professeurs, mais l'un des étudiants, Jess, paraissait plus âgé encore. Celui-ci était un vieil homme ratatiné et décharné qui paraissait avoir traversé de rudes épreuves au cours de sa vie, davantage que moi.

Quant à Anne, qui semblait avoir vingt ans, elle avait la peau claire, des cheveux noirs raides et fins, un visage rond et des yeux bleus qui m'examinaient avec une curiosité amicale.

Ils ont continué à se présenter (je n'ai pas retenu la plupart des noms), tandis que j'avalais tant bien que mal les légumes, en prenant garde de ne pas m'étouffer – à croire que ça les aurait tués d'y ajouter de la crème ou du beurre…

Avec raideur, le dieu viking a hoché la tête dans ma direction.

— Je suis Reyn.

— Tu veux dire… comme une reine ? ai-je demandé, la bouche pleine de patates douces.

La fille assise à côté de moi m'a adressé un charmant sourire. Le portrait tout craché d'une servante anglaise – une peau saine et rosée, des yeux d'un bleu lumineux et une chevelure châtain clair, légèrement bouclée, qui flottait dans son dos.

— Reyn est un nom allemand, a-t-elle expliqué avec un petit rire, avant de l'épeler.

— Allemand… je vois, ai-je commenté d'un ton qui sous-entendait que je le tenais pour responsable de la Seconde Guerre mondiale.

La mâchoire du Viking s'est crispée – *quel coincé, ce type, impossible de ne pas le provoquer.* Je l'ai dévisagé avec plus d'attention. J'étais à présent quasi certaine de ne l'avoir jamais rencontré. Il me rappelait peut-être quelqu'un que j'avais un jour croisé.

— Je suis hollandais, a-t-il ajouté. À l'origine.

— Hum... ai-je marmonné en tâchant de ne pas m'étrangler avec la mixture de céréales.

Pour faire passer le tout, j'ai bu deux grandes gorgées d'eau – oui, de l'eau, plate de surcroît !... Un peu de Coca n'aurait pourtant pas été de refus.

— Et, comme te l'a dit River, je suis Nell, a dit la donzelle anglaise. Bienvenue, Nastasya. J'espère que tu seras heureuse ici. Si tu as besoin de quoi que ce soit, je suis là pour t'aider, n'hésite pas à demander.

— OK, ai-je répondu. Euh... merci.

Je me sentais crasseuse, grossière, vulgaire et ainsi de suite. Dès qu'il ferait jour, je lèverais le camp. Je saurais régler mes problèmes toute seule, ai-je pensé, alors que mon cerveau, cet ignorant, me chuchotait : *Quelle blague.*

Tous les autres noms me sont passés au-dessus de la tête. Leurs visages – féminins ou masculins, blancs, asiatiques, noirs ou hispaniques – se confondaient dans mon esprit. Je n'ai pas essayé de les distinguer les uns des autres ; aucune importance, puisque je n'avais pas l'intention de rester. Je me suis vaguement demandé ce qui les avait amenés ici : avaient-ils vécu une vie misérable ? Ou voulaient-ils seulement suivre les enseignements de River ? Et qu'apprenaient-ils ici, en fin de compte ? La magie ? Comment supporter son sort d'immortel sans péter les plombs ? Ou bien... seulement l'agriculture bio ? Selon River, cet endroit était un refuge pour immortels égarés. À la dérive. Mais en regardant autour de moi, seul Jess avait l'air d'appartenir à cette catégorie. Les autres semblaient en bonne santé, heureux, nullement tourmentés. Et moi, de quoi avais-je l'air à leurs yeux ?

Résumons la situation : je me trouvais dans une salle à manger vétuste, glaciale, à peine meublée, en train de manger des plats sans saveur, entourée d'une bande d'immortels qui donnaient l'impression de vouloir être super gentils. Sérieux, je n'avais rien à faire dans cet endroit. Ni à Londres, du reste, avec Incy, Boz et les autres. Rien qu'à l'idée de les revoir, je me sentais comme oppressée. Si j'avais pu, je serais retournée dans les années 1960, où j'avais été fabuleuse et adulée. J'ai contemplé mon assiette d'un air sombre, sans même plus espérer de dessert, persuadée qu'il n'y avait aucune chance qu'une drogue amusante puisse être mélangée à cette infâme nourriture.

Pourquoi m'étais-je infligé tout ça ? Bonne question. Je me l'étais posée des milliers de fois au fil des années, dans des situations diverses et variées. Une constante de mon existence.

CHAPITRE 5

Le dîner s'est enfin achevé. Je m'apprêtais à filer dans « ma » chambre, histoire de me blottir en position fœtale sur mon lit et de m'apitoyer sur mon sort, lorsque l'une des étudiantes m'a demandé si j'allais me joindre à leur promenade nocturne.

Mon absence d'enthousiasme a dû s'afficher sur mon visage. Elle a ri avant d'enfiler un blouson et d'enrouler une écharpe de laine autour de son cou.

— Tous les soirs après le repas, nous allons marcher un peu, m'a dit River de sa belle voix modulée.

Elle a enfoncé un béret sur ses cheveux argentés et m'a souri.

— Cela nous permet d'observer le monde qui nous entoure, a-t-elle précisé. Nous regardons les étoiles, la lune, les ombres des arbres.

— On aperçoit des oiseaux différents la nuit, a expliqué l'un des étudiants, le beau type qui avait l'air italien (Lorenz ?). Nous découvrons leurs chants et leurs habitudes.

J'ai hoché la tête d'un air grave, tout en pensant : *Je n'en doute pas, ça doit être d'un palpitant…*

— À cette époque de l'année, les arbres ont déjà perdu presque toutes leurs feuilles, est intervenue Nell, qui était en beauté dans un douillet trench-coat Burberry. Tu pourras découvrir lesquels se dénudent le plus vite et la vitesse de ce processus.

Il faudra d'abord me passer sur le corps, ai-je songé. (Oui, même les immortels emploient cette expression, elle a encore plus de poids pour nous.)

— Quand c'est la pleine lune, on se croirait en milieu de journée, a ajouté Solis, dont les yeux noisette me scrutaient attentivement, comme s'il essayait de deviner pourquoi j'étais réellement venue ici. Ce soir, la lune est gibbeuse, ce qui lui confère une beauté qui lui est propre.

Je te crois sur parole, pas de souci, ai-je pensé.

— Tu as envie de nous accompagner ? a demandé River, le regard amusé, pétillant.

Cherchait-elle à me tester ? Si c'était le cas, je serais heureuse d'échouer.

— Non, merci, ai-je poliment répondu.

— Oh ! parfait, a répliqué River, l'air soulagé. Ceux qui restent à la maison s'occupent de la vaisselle. La cuisine est de ce côté, a-t-elle indiqué.

Je l'ai regardée sans rien dire.

Tout en se retenant de pouffer, elle a franchi la large porte d'entrée peinte en vert.

Le score ? River : un. Nasty : zéro.

Vu mon grand âge, j'avais cessé d'essayer de faire plaisir aux autres il y a environ quatre cent quarante ans, rien de plus naturel. J'aurais pu me contenter de remonter dans ma chambre, de me mettre en position fœtale, comme prévu, et de laisser couler les choses – ça ne m'aurait pas dérangée le moins du monde. Et pourtant…

J'avais vraiment l'impression qu'elle avait marqué un point. Elle savait d'avance que je me défilerais et que je refuserais d'aller me balader avec elle et les autres campeurs, j'en aurais mis ma main à couper. Elle savait aussi ce qui m'attendait – des corvées de bonniche. Ennuyeux, tout ça.

Et maintenant, elle imaginait sans aucun doute que j'allais monter dans ma chambre et me mettre en position fœtale sur mon lit – comme si elle me connaissait déjà par cœur. C'était terriblement vexant.

J'ai serré les dents et me suis rendue dans la cuisine. *Je suis ici de mon plein gré*, me suis-je dit. *Je suis ici parce que je ne sais plus distinguer le bien du mal, la lumière de l'obscurité. Parce que je ne peux plus supporter d'être moi-même. Parce que je veux que personne ne sache où je suis.*

La cuisine était une vaste pièce mal éclairée, qui avait dû être à la pointe de la modernité dans les années 1930. Il n'y avait ni lave-vaisselle professionnel qu'on aurait pu remplir toutes les deux minutes, ni plan de travail en granite, ni placards munis de portes en verre taillé. Mais de hautes étagères de bois où s'empilait la vaisselle en grès blanc que nous avions utilisée pendant le repas. Sur un autre rayonnage, des bocaux de pâtes, de riz, de graines, de haricots secs et de céréales. De larges fenêtres laissaient voir la nuit et le pâle reflet du plafonnier dans les vitres.

Et vous savez la meilleure ? Mon pote Reyn se tenait devant l'évier de pierre, les yeux fixés sur moi. Il a soupiré ouvertement, levé les yeux au ciel, puis m'a tendu une assiette couverte de mousse.

— T'as qu'à rincer, a-t-il dit en m'indiquant l'autre bac de l'évier, rempli d'eau propre.

Preuve que la maturité ne se mesure pas à l'âge de quelqu'un, j'ai salué militairement et me suis avancée vers lui au pas de l'oie.

— À vos ordres, *Herr Kommandant* ! ai-je répondu en rejetant mon écharpe derrière mon épaule.

J'ai remonté mes manches, trempé l'assiette dans l'eau et l'ai posée sur l'égouttoir.

Il m'en a tendu une deuxième. Même opération.

Je faisais de mon mieux pour prendre un air nonchalant – du genre « je suis vraiment trop cool pour me soucier de toi, je te capte même pas ». Comme s'il n'était qu'un grand robot imposant dont la tâche consistait à me passer une assiette après l'autre. La vérité était plus humiliante que ça : ce mec était à tomber, littéralement, et je me trouvais si près de lui que j'étais sur le point de défaillir, chose qui m'arrivait rarement.

Je n'ai pas vraiment de « type » d'homme – pas besoin qu'ils soient grands ou petits, minces ou musclés ; de même, la couleur des yeux ou de la peau n'a aucune espèce d'importance. En réalité, je ne m'intéresse pas tant que ça aux mecs. Quand j'en branche un, c'est plus par commodité, histoire de tuer le temps et de me débarrasser d'une démangeaison passagère, comme avec M. Entrepôt. À quand remontait la dernière fois que j'ai été amoureuse ? Il a été tué en Inde, quand les Anglais ont finalement réussi à annexer la Confédération marathe. En… 1818, je crois. À partir de là, les Britanniques ont commencé à construire un vaste empire et moi, je me suis interdit de tomber amoureuse d'un autre mortel. Depuis, je n'ai plus aimé personne, pas même un immortel. Par ailleurs, j'aurais été incapable d'avoir une relation amoureuse avec un Aefrelyffen, une situation trop permanente à mon goût. Et puis, réfléchissez un peu : rompre avec quelqu'un au risque de le croiser de nouveau, peut-être heureux avec une autre, au cours des *centaines* d'années suivantes ! Très peu pour moi, merci.

Pourtant, tandis que je me tenais là, près de Reyn, je percevais la chaleur de son corps, sentais la bonne odeur de lessive de ses vêtements, et il me paraissait… unique. Du genre à pouvoir gérer n'importe quelle situation, vous voyez ? Une part de moi avait envie de l'enlacer et de poser la joue contre sa poitrine, à hauteur de son cœur. À cette idée, mon visage s'est empourpré. Mais j'avais la sensation qu'à cet instant n'importe quoi aurait pu arriver – une chute de météore, un coup d'État, un tremblement de terre – et qu'il aurait suffi à Reyn de s'avancer pour tout arranger et protéger... celle qui se serait trouvée avec lui. Car malgré son attitude distante, voire son antipathie à mon égard, il dégageait quelque chose de... sécurisant. Comme s'il n'était capable que de faire uniquement les bons choix et tout ce qu'il fallait, même contre son gré.

Il semblait être l'antithèse d'Incy, dont les seuls talents se résumaient ainsi : obtenir ce qu'il voulait, charmer les gens, contourner les règlements, les lois et les obligations sociales. En revanche, il émanait de Reyn, dont je ne savais pourtant strictement rien, une certaine solidité, de la force et de la détermination. Et j'ai pris conscience qu'aucun de mes amis ne possédait ces qualités.

Bien sûr, il donnait aussi l'impression d'être snob, coincé et d'un dédain insolent, ce qui confirmait le proverbe : personne n'est parfait ! *Contente-toi de rincer la vaisselle*, me suis-je dit, *et admets que ce type irrésistible n'est qu'un sale con qui se fiche éperdument d'être attirant ou non, tout comme il se fiche de savoir si tu l'es – il n'a aucune envie de te draguer, vu qu'il a des préoccupations plus importantes et plus nobles.* Je déteste ce genre de mec – je me suis souvenue d'un prêtre superbe que j'avais rencontré à Malte dans les années 1930... mais c'est une autre histoire.

Les joues en feu, je me suis efforcée de respirer plus lentement et de répéter mes gestes machinaux : prendre l'assiette, la tremper, la poser sur l'égouttoir. Une fois ma pile bien haute, M. Dédaigneux m'a tendu un torchon propre. J'ai commencé à essuyer les assiettes. Je me sentais de nouveau angoissée – une nervosité malvenue, qui ne me ressemblait pas. Mes amis étaient habitués à moi, ils m'acceptaient telle que j'étais, sans questions ni commentaires. Parmi eux, j'étais bien. Ici, je détonnais trop. Je comprenais qu'à force de m'être écartée des normes sociales, j'avais l'air presque marginale à côté des habitants de River's Edge. Ce sentiment bizarre me déstabilisait et intensifiait mon désir de fuite. Et, bien sûr, j'étais si anxieuse que mon potentiel d'arrogance s'en trouvait augmenté.

— J'imagine que tout le monde est super zen, ici, ai-je dit, sur un ton qui sous-entendait qu'être zen équivalait à attraper la peste.

Reyn m'a toisée quelques secondes et n'a pas répondu.

Je mesure un mètre cinquante-sept, ce qui était *très* grand autrefois, en particulier pour une femme. Comparée aux autres, j'étais une véritable amazone, même en Islande, avec notre souche de robustes pilleurs scandinaves. Il y a une centaine d'années, j'avais encore une taille honorable dans quasiment tous les pays, sauf aux Pays-Bas. À présent, grâce aux progrès de l'alimentation et à l'amélioration des soins prénatals, tout le monde me dépasse de plusieurs têtes – si bien que je ne suis même plus de taille *moyenne*. C'est tellement injuste, puisque j'ai terminé de grandir.

De sorte que j'étais furieuse que Reyn soit si grand. Furieuse qu'il soit si grand, si beau, si lumineux – l'individu le plus extraordinaire que j'aie jamais vu, hommes et femmes confondus. Furieuse aussi de ne pas être indifférente à sa présence.

— Tiens.

J'ai été interrompue au beau milieu de mes jérémiades muettes : Reyn me tendait une assiette, apparemment depuis quelques instants, sans que je m'en sois rendu compte.

Je l'ai prise et l'ai rincée d'un air aigri, en regrettant de ne pas être une comtesse et lui un paysan, histoire que je puisse faire de lui ce que j'aurais voulu sans porter à conséquence. Ah, le bon vieux temps.

À dire vrai, je n'ai jamais été comtesse.

— Demain, le temps devrait être froid et le ciel dégagé, a soudain déclaré Reyn.

J'ai sursauté. En l'entendant parler, j'ai cette fois décelé une légère sécheresse dans ses consonnes, à peine audible, qui confirmait ses origines hollandaises – une autre singularité qui le rendait plus attirant encore. Et à retenir contre lui.

— Merci pour l'info, ai-je répliqué d'un ton cassant.

J'ai essuyé une autre assiette, puis suis allée ranger la pile de vaisselle sur une étagère de bois, là où leurs petites copines les attendaient.

— Les routes seront donc praticables, a-t-il ajouté.

J'ai enfin saisi ce qu'il insinuait.

— Tu n'as rien à faire ici, ça saute aux yeux, a-t-il poursuivi avec une impassibilité toute teutonne. Je sais que tu es arrivée à la même conclusion. L'existence que nous menons t'horrifie, c'est évident, a-t-il continué en haussant les épaules. Elle ne convient pas à tout le monde. D'ailleurs, la plupart des gens ne pourraient pas la supporter. Cela ne veut pas dire que tu es… faible.

Il m'a passé une assiette avec un mouvement un peu plus agressif. De mon côté, je bouillais de rage.

— Tu es fin psychologue, ai-je répondu en rinçant l'assiette. Tu dis le contraire de ce que tu penses pour me mettre en rogne et que je me sente rejetée, histoire que je me décide à rester et te prouve que tu te trompes sur mon compte, pas vrai ?

Ses yeux dorés se sont légèrement plissés de façon envoûtante et il m'a de nouveau regardée de haut.

— Oh ! non. Tu te trompes, a-t-il rétorqué avec une assurance insultante. Je pense sincèrement que tu devrais partir. On vit bien, ici, l'enseignement que l'on reçoit et notre travail nous suffisent. On n'a pas besoin qu'une tornade détraquée vienne perturber le cours des choses et le mettre en pièces.

J'ai serré la mâchoire. Il avait vu juste sur presque tous les plans et cela a redoublé ma colère.

— Tout le monde comprendra, a-t-il continué en me tendant la dernière assiette, avant de se laver les mains à l'eau claire. Y compris River. Tu n'es pas la première âme égarée qui espère trouver ici un palliatif facile et bon marché. River les collectionne, comme des chiens errants.

Il a déroulé les manches de sa chemise le long de ses avant-bras puissants, couverts de fins poils blond foncé.

— Tu ferais mieux de t'installer à New York, à Paris ou à Rome. Des grandes villes, des lumières clinquantes, voilà ce qu'il te faut, a-t-il repris en m'adressant un bref sourire sardonique. Pas les étendues sauvages du Massachusetts, où il n'y a rien à faire hormis travailler, respirer et prêter attention aux étoiles, à la lune gibbeuse et à la façon dont les arbres perdent leurs feuilles. Oublie jusqu'à notre existence, d'accord ?

Il m'a dévisagée attentivement, comme s'il essayait concrètement de me vider la mémoire. Utilisait-il la magie ? Peut-être. Ces gens s'en servaient sans doute sans arrêt. Au-dessus de l'évier, sur le rebord de la fenêtre, il y avait un petit pot d'herbes aromatiques, et j'y ai jeté un coup d'œil pour voir si elles se flétrissaient et se recroquevillaient. Mais elles sont restées vives et vertes, signe qu'il n'avait pas puisé leur énergie pour me lancer un sort. Quand j'ai de nouveau regardé Reyn, il a légèrement levé les sourcils.

Preuve de ma maturité grandissante : je ne lui ai pas filé un grand coup d'assiette en grès sur le crâne, histoire d'effacer ce sourire arrogant de son visage.

J'étais pourtant furieuse. Une émotion étrange : d'habitude, j'avais du mal à ne pas ressentir autre chose que de l'ennui ou de l'irritation. Cela faisait un bail que j'avais cessé d'éprouver des sentiments extrêmes, car ceux-ci m'épuisaient. Mais Reyn, à l'aide de sa beauté et de son mépris ostensible, avait réussi à percer mon cuir épais ; intérieurement, je poussais des cris d'hystérie. Du moins, j'espérais que tout cela ne se passait que dans ma tête.

J'ai inspiré, expiré, en quête du commentaire mordant qui porterait un coup à son orgueil, au milieu de cette stupide cuisine. Et…

— Tu… tu n'es pas si beau que ça, tu sais, ai-je finalement répliqué d'un ton cassant.

Ses yeux se sont légèrement écarquillés – il s'était probablement attendu à une repartie de meilleure qualité.

— Ton nez est trop pointu, ai-je poursuivi, mortifiée de sentir ma poitrine se soulever tandis que je reprenais ma respiration. Et tes lèvres, trop fines. Tu es trop grand et tes cheveux sont d'un châtain douteux, certainement pas dorés. Quant à tes yeux, ils sont petits et vitreux.

À présent, il me fixait comme si c'était la première fois qu'il assistait à une crise psychotique et qu'il trouvait cela fascinant.

J'ai jeté le torchon par terre, humiliée par cette énumération de clichés.

— J'oubliais, ai-je sifflé, t'es vraiment un sale con !

J'ai fait volte-face et me suis précipitée vers la lourde porte de bois battante. Si j'avais été Scarlett O'Hara, il se serait empressé de me suivre, de me prendre dans ses bras musclés et de m'emporter à l'étage pour faire de moi une vraie femme. Au lieu de quoi, la porte que je venais de franchir est restée fermée. J'avais l'air d'une pauvre idiote. J'ai entendu les rires et les pas de gens heureux, bien intégrés, qui s'approchaient de l'entrée.

J'ai grimpé l'escalier quatre à quatre et puis j'ai paniqué car je n'ai pas retrouvé tout de suite ma chambre. Une fois que j'y suis parvenue, je me suis ruée à l'intérieur, j'ai claqué la porte et m'y suis appuyée, exactement comme dans les films.

Voilà pourquoi je prends tant de peine à m'interdire toute émotion.

Parce que ça fait *mal.*

CHAPITRE 6

La seule chose qui rachetait cet endroit à mes yeux était l'eau chaude. Il y en avait à revendre. J'essayais d'assimiler le fait que cette eau chaude, très chaude, se trouvait dans la salle de bains *commune* des femmes, à *plusieurs* portes de ma chambre. Il y avait, dans un coin, une belle et profonde baignoire à pieds griffus, des toilettes et deux douches séparées par une cloison. Une rangée de cinq lavabos, surmontés chacun d'un petit miroir, occupait tout un pan de mur – on se serait cru dans un pensionnat. Aucun spot lumineux pour se maquiller, ni grand miroir… rien n'encourageait à la vanité, dans cet endroit !

Ce qui, entre nous, n'est pas une si mauvaise chose quand on a si peu prêté attention à son apparence depuis, disons, plusieurs décennies.

Je me suis immergée dans un bain, soudain transportée dans une baignoire fabuleuse que j'avais autrefois utilisée, dans une demeure plutôt délabrée mais élégante où j'avais vécu quelque temps, à La Nouvelle-Orléans. La baignoire aurait pu accueillir un ours polaire. L'agent immobilier m'avait expliqué qu'elle avait été conçue pour un juge qui avait habité la maison dans les années 1930 – celui-ci avait fait éventrer et souder deux baignoires, créant un véritable mammouth aux pattes griffues dans lequel je pouvais entièrement m'allonger.

La baignoire de River ne manquait cependant pas de confort, en dépit des ampoules fluorescentes qui projetaient une lueur froide, cadavérique, dans la pièce. L'eau était si chaude qu'elle dégageait de la vapeur, le savon rugueux était fait maison et contenait des fleurs de lavande séchées ; il y avait aussi une petite boîte en bois pleine d'herbes aromatiques. Pourquoi s'en priver ? J'en ai saupoudré une poignée sous l'eau qui giclait du robinet. Leur fragrance a empli mon nez et ma gorge, tandis que je m'allongeais et fermais les yeux.

La vapeur m'a rappelé Taiwan en 1890, alors que l'île était colonisée par les Japonais. J'avais attrapé la tuberculose quelque temps auparavant et les quintes de toux me rendaient folle. J'avais essayé en vain nombre de remèdes, jusqu'à ce que l'on me recommande les eaux à Taiwan, sur la montagne Yangmingshan. Sur l'un de ses versants, l'air était saturé de vapeur sulfureuse qui s'enroulait autour de la montagne verte, comme une mince écharpe de soie brumeuse. L'odeur de soufre avait d'abord été insupportable, mais je n'y avais plus prêté attention au bout de deux ou trois jours. Matin et soir, je prenais place dans un fauteuil d'invalide au bord d'une source d'eau chaude naturelle afin d'en inspirer les émanations. Nombreux étaient les gens qui séjournaient là pour des raisons de santé diverses – surtout des maladies de peau ou pulmonaires. Je regardais les autochtones s'accroupir près de la source, là où l'eau était peu profonde et bouillonnait doucement au-dessus du fond sablonneux. À l'aide de baguettes de bois, ils fabriquaient de petites barrières qu'ils plantaient en cercle dans le sable. Puis ils plaçaient quelques œufs au centre pour les faire cuire dans l'eau chaude. Selon eux, manger de ces œufs était excellent pour la santé. J'y suis restée deux mois, à jouir de la beauté luxuriante de Taiwan et à respirer l'air sulfureux. Cela a suffi à me guérir.

Maintenant, à plus d'un siècle de distance, je respirais une vapeur sans soufre. Je suis brusquement revenue au temps présent. Étais-je encore à Londres deux jours avant ? Ou bien était-ce hier ? Sans que je m'y attende, des larmes ont jailli de mes yeux sous mes paupières fermées, tandis que le visage du chauffeur de taxi m'apparaissait de nouveau. Était-il encore en vie ? Que ressentait sa famille ?

Je me suis rassise. Un sentiment de culpabilité me collait à la peau, comme une enveloppe savonneuse. J'ai attrapé le shampooing. J'étais innocente – contrairement à Incy. Simplement, j'avais... fui.

Je me suis lavé les cheveux, puis, pour les rincer, j'ai plongé sous l'eau. Celle-ci avait commencé à refroidir un peu. J'ai pris une éponge de mer pendue à un crochet, l'ai couverte de savon et me suis frotté tout le corps, avec l'impression de me débarrasser d'une pellicule de peau. Plus je frottais, plus elle rougissait, picotait, et mon esprit, bizarrement, s'éclaircissait, ma respiration se calmait. J'ai regardé l'eau tourbillonner tandis que la baignoire se vidait. Je me sentais propre, vivante.

Idiot, non ?

Par chance, je n'ai croisé personne en retournant dans ma chambre, où mon lit avait été fait. Une tasse de thé m'attendait sur la petite table de chevet.

— Pas de chocolat ? ai-je murmuré.

J'ai fouillé dans ma valise. Je n'avais pas apporté de chemise de nuit, mais j'ai déniché un vieux tee-shirt qui n'avait pas l'air en trop mauvais état. Pas moyen de trouver de brosse. J'ai peigné mes cheveux avec mes doigts et démêlé la plupart des nœuds. J'ai ensuite enroulé mon écharpe de laine autour de mon cou, me suis assise dans le lit et j'ai humé le thé. Une tisane, bien entendu. Décidément, ces gens avaient une véritable obsession pour les herbes aromatiques.

Le breuvage avait un goût de menthe, agrémenté d'une légère touche de réglisse. Il faisait froid dans la chambre, mes cheveux étaient encore mouillés et la chaleur de la tisane était bienvenue. J'ai éteint la lumière, me suis blottie sous la couverture et l'édredon, confortables et douillets, chose étonnante. Le lit était étroit et le matelas, dur, mais j'avais déjà dormi dans des tas d'endroits moins agréables – dans des cabines de bateau, sur des banquettes arrière de voiture et dans des millions de compartiments de train. Le fait qu'il n'y ait pas de verrou à la porte me déplaisait, mais je me suis endormie avant d'avoir le temps de m'en inquiéter.

Je ne suis pas une grosse dormeuse. Généralement, mon cerveau continue de fonctionner. Quand je suis sur le point de sombrer dans le sommeil, je me mets soudain à penser à des tas de trucs – à un voyage à entreprendre, à une vieille ferme à restaurer dans le sud de la France, aux chaussures que je ne trouve plus, ou encore à la gastronomie de la région où je me trouve.

Et puis, quand je dors, je fais la plupart du temps de mauvais rêves. En réalité, ce ne sont pas vraiment des rêves. Plutôt des souvenirs. Souvent désagréables. Je me remémore des gens que j'ai connus et qui sont morts, des moments horribles que j'ai vécus (comme la fois où je me suis retrouvée dans une prison turque, dans les années 1770. Pas une partie de plaisir, croyez-moi) ; des pestes, des guerres mondiales, des accidents de voiture, de train, de calèche… Malgré mon épuisement, la terreur me réveille et les souvenirs se rappellent à moi avec insistance pour que je les affronte de nouveau. Comme s'ils voulaient que je subisse éternellement les mêmes émotions.

D'habitude, je prends tant de somnifères que, même si je rêve, j'ai tout oublié au matin. Ça marche plutôt bien, jusqu'à un certain point, mais les effets secondaires peuvent être brutaux.

Au réveil, tout en gardant les yeux bien fermés pour ne pas être éblouie par la lumière rosâtre qui filtrait par la fenêtre, j'ai immédiatement écarté tous les souvenirs que j'avais pu avoir la veille au soir. J'ai attendu que m'envahissent les habituelles nausées matinales, tout en essayant de calculer à combien de mètres se trouvait la salle de bains ou s'il ne fallait pas mieux se pencher à la fenêtre, tout simplement.

Et puis j'ai compris que je me sentais... bien. J'ai ouvert un œil. Sur la table de chevet, le réveil indiquait 06 : 17. Du matin ? Mince, il était super... tôt. J'ai grimacé en repensant à la soirée de la veille. Mais en réalité, le seul moment vraiment embarrassant avait été ma conversation stupide avec le dieu viking. J'ai inspiré à plusieurs reprises sans me sentir malade. En fait, j'avais l'impression d'avoir dormi... pour de bon. Je me suis lentement redressée et me suis souvenue que je n'avais pas bu une seule goutte d'alcool ni rien avalé, hormis les aliments les plus ennuyeux du monde.

La chambre était froide, le radiateur se mettait tout juste à siffler et j'ai fouillé dans mes affaires, à la recherche de vêtements « propres » – enfin, tout est relatif. Je me suis empressée de les enfiler, tandis que mon souffle formait de petits nuages brumeux dans l'air.

Ensuite, j'ai rangé tout mon barda dans la valise et l'ai fermée. Je la porterais en bas dès que quelqu'un m'aurait préparé une tasse de café. Je l'ai posée près de la porte et j'ai mis mes bottes de motard. Ma main a effleuré un des talons et j'ai cru sentir l'énergie de l'amulette – peut-être m'étais-je imaginé cette sensation ? En tout cas, c'était comme si quelqu'un l'avait cachée à l'intérieur d'un livre, dans une immense bibliothèque, et qu'il m'avait suffi de faire courir mes doigts sur le dos de chaque ouvrage pour savoir aussitôt où la chercher. Stupide, pas vrai ?

Mes clés de voiture étaient dans ma poche et la carte était restée dans le véhicule. Je retrouverais facilement mon chemin jusqu'à Boston, ou même vers quelque aéroport régional. La main sur la poignée, j'ai marqué une pause. L'idée de rentrer à Londres était comme un nuage sombre qui se dressait devant moi. Ce que j'éprouvais, c'était... de la terreur. Voilà pourquoi j'avais menti à Gopala, mon concierge, et utilisé un passeport qu'Incy ne connaissait pas. Je suivais mon instinct... mais lequel ? Incy ne m'avait jamais fait de mal. M'avait-il ennuyée ? Oui. Exaspérée ? Souvent. Blessée, effrayée ? Jamais.

Je ne savais pas où aller, ni quoi faire, ni pour quoi. Un sentiment que je connaissais bien.

Après une profonde expiration, j'ai ouvert la porte. Je déciderais de ma prochaine destination une fois arrivée à l'aéroport. D'abord, du café, ce précieux breuvage qui m'ouvrirait les yeux et réveillerait mes neurones. *Pourvu qu'il y ait du café, du vrai*, ai-je pensé.

La salle à manger était vide et je me suis dirigée vers la cuisine, les narines frémissantes. J'ai lentement poussé la lourde porte... rien à voir avec la salle à manger : la pièce était en effervescence – les lumières étaient allumées, les gens parlaient et riaient et l'air était rempli d'odeurs.

— Nastasya !

J'ai vivement tourné la tête. River me souriait.

— Je suis seulement passée prendre un café, ai-je commencé.

— Le petit déjeuner n'est pas tout à fait prêt… La plupart sont encore occupés à leurs tâches matinales.

— Je ne prends jamais de petit déjeuner, en revanche, le café…

— Viens ici, m'a alors ordonné River.

Bizarrement, mes pieds lui ont obéi.

— Montre-moi tes mains, a-t-elle ajouté.

Quoi ? Une inspection des ongles, maintenant ? J'ai pourtant obtempéré, soulagée de voir qu'ils n'étaient pas sales, grâce à mon bain de la veille. Était-elle versée dans la chiromancie ? Pourvu que non…

— Tu possèdes des mains incroyables, a déclaré River, l'air satisfait. Robustes. Tiens, essaie ça.

— Hein ?

Elle a remonté mes manches. J'ai tressailli quand elle a rejeté mon écharpe derrière mes épaules. Puis elle s'est emparée de mes mains et les a littéralement enfoncées dans une énorme boule de pâte tiède qui était posée sur le plan de travail. On aurait dit une grosse larve.

— Euh…

J'étais figée sur place, comme si mes doigts étaient piégés… Impossible de les extirper.

River m'a fixée de ses yeux limpides, d'une couleur pareille à du cuir tanné.

— Tu sais pétrir le pain, a-t-elle affirmé d'une voix douce.

J'ai rougi. Elle se référait au fait que de nombreux immortels étaient nés à une époque où le pain était fait chez soi. La plupart d'entre nous (du moins, les femmes) avaient certainement dû pétrir leur propre pain des milliers de fois – à moins d'être né riche et de l'être resté.

J'étais née noble, mais, à partir de dix ans, je suis devenue aussi pauvre qu'une paysanne. J'ai vécu dans plusieurs fermes, avant de comprendre que je préférais de loin les villes.

Aussi, je savais pétrir le pain.

— Ça fait un bout de temps… ai-je répondu, toujours immobile. Genre, des centaines d'années.

— Oui, a dit River encore plus doucement. Mais ça ne s'oublie jamais.

Elle a placé ses mains sur les miennes. Ensemble, nous avons repoussé la pâte, l'avons ramenée sur les côtés pour la pousser de nouveau.

À l'autre bout de la cuisine, quelqu'un – un rouquin, était-ce Charles ? – s'est mis à faire frire du bacon dans une poêle en fonte, sur l'énorme fourneau ancien. La fille noire – Brynne, peut-être ? – a sorti deux plats du four, les a retournés sur un torchon propre placé sur la table. Du pain fumant, fraîchement cuit, est apparu, doré dans la lumière de l'aube.

J'ai tout à coup repéré une odeur de café ! Oui ! Merci, mon Dieu, merci, Brahma, saint Francis et compagnie !

Je me suis aperçue que River s'était éloignée de moi et versait à présent du cidre dans des cruches. J'ai continué à pétrir la pâte à pain, avec des gestes automatiques.

À un moment, j'ai levé les yeux et j'ai vu Brynne qui me souriait.

— Tu t'en sors bien, m'a-t-elle lancé en essuyant son front en sueur.

J'ai marmonné quelques mots inintelligibles. À quand remontait la dernière fois où l'on m'avait adressé un compliment ? J'avais oublié. À dire vrai, je n'avais pas un seul talent.

— Tiens, m'a dit River.

Elle a porté une lourde tasse de grès à mes lèvres. Sans ôter mes mains de la pâte, j'ai bu quelques gorgées d'un café très chaud, coupé avec du lait bouilli et déjà légèrement sucré. Le meilleur café de toute mon existence.

Je crois que j'ai émis un petit gémissement pitoyable de plaisir, car River a alors ri. Elle était si jolie, avec son visage hâlé, rougi par la chaleur de la cuisine, ses cheveux argentés ramenés en arrière, dont quelques mèches s'échappaient. J'ai bu une autre gorgée tout en songeant qu'elle avait presque… mille trois cents ans. Une pensée tellement étrange, même pour une immortelle ; j'aurais pu m'y appesantir, mais il y avait ce café succulent qui coulait dans ma gorge, et je me sentais bien réveillée, lucide, en forme. À cet instant, le dieu viking, les naseaux fumants, a fait son entrée par la porte de derrière – il était vêtu d'une chemise de bûcheron en tissu écossais qui paraissait sortir tout droit d'une parodie des Monty Python.

Il a parcouru la pièce du regard en enlevant des gants de travail en cuir et il m'a vue, moi, la dernière des dernières, en train de malaxer la pâte comme une pro et de boire le café préparé par la cheftaine de la tribu. Qu'aurais-je donné pour m'amuser à pétrir du pain ? Allez, disons vingt dollars. Pour boire ce café idéal ? J'aurais été prête à payer soixante-quinze dollars. Mais l'expression que Reyn a affichée en me trouvant dans la cuisine au lever du soleil était sans prix. À l'insu de tous, je lui ai adressé un petit sourire suffisant et un muscle de sa mâchoire a tressailli. Il est allé se servir une tasse de café pendant que je divisais la pâte en deux parts égales. J'ai couvert l'une d'elles d'un torchon et me suis mise à rouler l'autre sur la table. Quand la pâte a eu une épaisseur d'environ un centimètre, je l'ai étirée du bout des doigts pour former un long serpent bien serré. Puis je l'ai repliée pour reformer une boule et l'ai placée dans un moule beurré après l'avoir incisée sur le dessus. Ma première miche de pain était prête à être enfournée.

Reyn avait l'air tellement dépité que je n'ai pas pu m'empêcher de ricaner. Mon ventre a grogné – la cuisine était emplie d'odeurs de bacon grillé, de pain chaud et de cidre. Je n'avais pas approché un vrai petit déjeuner depuis… des siècles, peut-être. D'ordinaire, je n'avais jamais faim avant midi, et encore. Mais cette fois, c'était tout le contraire.

Je resterais peut-être une journée de plus. Personne ne savait où j'étais. Et puis, j'avais envie de voir ce que mon pain allait donner.

CHAPITRE 7

Au petit déjeuner, quelques pensionnaires m'ont souri ou m'ont saluée, et ceux qui n'ont pas relevé ma présence ne m'ont pas donné l'impression qu'ils me détestaient déjà – ils devaient ne pas être du matin, tout simplement. Très vite rassasiée, j'ai peu mangé, mais les tartines beurrées étaient excellentes, de même que le bacon, qui avait plus de goût que celui qu'on mange d'habitude – trop gras et trop salé, difficile à mâcher.

J'ai sagement porté mon assiette vide à la cuisine, puis River m'a demandé de la suivre. J'ai enfilé au passage mon vieux blouson en cuir noir et l'ai accompagnée dans l'air frisquet. Nous sommes passées devant un bosquet d'érables dont les feuilles écarlates tombaient sur le sol, pareilles à des gouttes de sang. Plusieurs chiens ont couru à notre rencontre et je les ai regardés avec méfiance. River, guère impressionnée, leur tapotait la tête.

— Oui, Jasper, oui, Molly, bons chiens.

À la diagonale de la maison se trouvait une longue grange étroite dont la large double porte était fermée. River a poussé une porte plus petite, située sur le côté. À l'intérieur, il n'y avait pas d'animaux, ni foin ni tracteurs, mais de hautes fenêtres qui laissaient entrer le soleil à flots. Le bâtiment comprenait plusieurs salles spacieuses qui donnaient sur un couloir central. Déjà, les gens entraient à la file, allumaient les chauffages au gaz et alignaient des chaises.

River m'a emmenée dans la troisième pièce sur la gauche. Il y avait là Solis, assis sur un coussin ferme posé à même le plancher brut. River et lui ont échangé un regard que je n'ai pas su interpréter. Puis River m'a adressé un dernier sourire avant de repartir sans bruit.

Quelques personnes sont entrées et ont pendu leur manteau à des patères : Jess, le vieil homme ; Daisuke, un Japonais au sourire permanent ; et la jolie Brynne, dont les cheveux étaient entortillés en petites tresses serrées contre son crâne. Ils m'ont dévisagée avec curiosité, puis se sont installés près des murs et ont ouvert des livres aux couvertures vieillies. *Ça alors*, ai-je pensé, *me voilà à Poudlard.* Solis m'a fait signe de m'asseoir près de lui. J'ai obéi, mais j'ai gardé mon blouson et mon écharpe bien enroulée autour de mon cou.

— Nastasya, a-t-il commencé, si bas que j'étais la seule à l'entendre, River souhaite que je sois ton professeur… Mais je refuse de t'avoir comme étudiante.

C'était tellement inattendu que je n'ai d'abord pas su quoi répondre. Quelle importance, après tout ? J'étais sur le point de quitter cet endroit. Et puis soudain…

— Ah ouais ? Et pour quelle raison ? ai-je lancé d'un ton belliqueux, tout en tâchant de ne pas hausser la voix.

Solis avait l'air à la fois triste et gentil, comme un maître nageur californien attentionné, et moi, j'avais envie de l'étrangler.

— Tu n'es pas motivée, a-t-il répliqué avec franchise. Tu as peut-être eu une crise identitaire. Tu as dû penser que tu avais besoin de changer d'air. Tu t'es souvenue de River et tu t'es dit que cette maison pouvait être une bonne étape. Mais tu n'es pas vraiment présente ici, tu n'as pas l'intention de rester. Ton cœur n'est pas ici. Et je… n'ai pas envie de perdre mon temps avec toi.

Des reparties se sont bousculées par dizaines dans mon esprit, qui toutes essayaient de jaillir simultanément. Et la seule à sortir, lamentablement, a été :

— Qu'est-ce que t'en sais, où est mon cœur ?

Solis a cligné des yeux. La lumière du soleil intensifiait l'éclat de ses courtes boucles blond foncé.

— Je le *sais*, c'est tout, a-t-il répliqué comme s'il s'agissait d'une évidence.

Je me sentais gênée, humiliée devant les autres étudiants. J'ai ricané.

— Ouais, c'est ça, ai-je répondu d'un ton écœuré, en me relevant. Si tu le dis. T'as raison, j'ai rien à faire ici. Tu ne perdras pas ton précieux temps. Et moi non plus.

J'ai ouvert la porte de la salle, consciente des regards intrigués qui me transperçaient le dos.

J'ai refermé le battant d'un coup sec et j'ai remonté le couloir d'un pas furieux, le plancher vibrant sous mes bottes. En me ruant hors de la grange, je me suis retrouvée nez à nez avec Sa Sainteté le Viking, qui a tendu le bras pour me rattraper.

— Lâche-moi, espèce de connard, ai-je aboyé en reprenant mon équilibre. T'as gagné. Tu peux te le garder, ton petit paradis. Je me tire d'ici.

Reyn m'a regardée en plissant les yeux. Une nouvelle fois, j'avais réussi à le surprendre. Bel exploit. Je me suis brutalement dégagée et j'ai fait volte-face. Solis ne m'avait pas expulsée de River's Edge – et j'étais presque certaine que River m'aurait permis de rester, quoi qu'il arrive. Mais Solis avait refusé d'être mon professeur. Il ne manquait plus que ça.

Cinq minutes plus tard, j'avais descendu à grand-peine ma valise. Alors que je tâchais de la hisser dans le satané coffre de la voiture de location, j'ai failli me mettre à pleurer de rage et de frustration – mais plutôt me crever les deux yeux que de demander de l'aide à qui que ce soit.

Finalement, j'ai pris place dans le véhicule, l'ai démarré et suis partie en trombe, comme l'adolescente ringarde que j'étais.

Qu'ils aillent se faire voir.

CHAPITRE 8

Impossible de mettre la main sur cette fichue carte. Ou de me rappeler comment regagner l'autoroute en direction de Boston. À présent, mon petit déjeuner me pesait sur l'estomac, comme du plomb mélangé à de l'acide, tandis que j'arrivais à toute allure dans le parking situé devant le drugstore, *MacIntyre's Drugs*, dans la grand-rue de West Lowing. Oui, il n'y avait qu'une seule rue principale, et j'y étais. *Bon sang, faites que je parte d'ici au plus vite*, ai-je pensé.

J'avais les nerfs en pelote et plus je m'éloignais de River's Edge, plus mon sentiment de malaise, à la limite de la panique, paraissait s'amplifier. Que m'arrivait-il ? Durant les vingt-quatre heures précédentes, ma dépression nerveuse avait paru s'atténuer un peu. Elle revenait en force, maintenant – un hurlement retentissait dans mon cerveau, qui m'ordonnait de me cacher. Du bout des doigts, j'ai effleuré mon écharpe pour m'assurer qu'elle était bien en place.

Dans une large ruelle qui séparait le drugstore d'un bazar, *Early's Feed and Farmware*, quelques jeunes gothiques du coin, vêtus de noir, fumaient assis, adossés au mur. Parmi eux, une fille aux cheveux méchés de vert, dont le nez était percé d'une boucle en argent, a apparemment décidé de me chercher des embrouilles, à moi, l'étrangère.

— Hé, tu peux pas te garer là, m'a-t-elle dit. C'est une place pour handicapé.

Les autres gamins ont ricané bêtement.

En guise de réponse, je lui ai fait un doigt d'honneur et suis entrée dans le drugstore, accompagnée de leurs rires. J'ai jeté un regard rapide autour de moi : des lunettes bon marché, un présentoir de leurres pour la pêche et un vieux congélateur avec un écriteau sur le côté : « Appâts vivants ». Une fille grande et mince se tenait derrière le comptoir. Elle rangeait des boîtes contenant des réveils passablement obsolètes sur une étagère poussiéreuse. Un plumeau était coincé dans la lanière de son tablier. Elle s'est retournée, le sourire déjà aux lèvres, mais, à ma vue, elle a semblé hésiter.

— Je peux vous aider ?

— Vous avez des cartes ? ai-je demandé d'un ton brusque. Du Massachusetts ou du Nord-Est.

— Oui, bien sûr, a-t-elle répondu en passant de l'autre côté du comptoir.

J'ai entendu d'autres rires qui venaient de l'extérieur, suivis d'un bruit de verre brisé. La fille a sursauté, lancé un coup d'œil vers la rue puis s'est mordu la lèvre – visiblement, elle ne voulait pas avoir d'histoires avec les petits rebelles du coin.

— C'est par là, m'a-t-elle dit.

Elle m'a guidée jusqu'à un vieux présentoir métallique tordu et rouillé, dont la peinture jaune s'écaillait.

— En voici une du Massachusetts et une autre de la région Atlantique Nord.

La jeune vendeuse paraissait terne, et ses pâles cheveux blond cendré étaient presque de la même teinte que sa peau et ses yeux.

— Meriwether ! a lancé une voix forte et rude.

Elle a tressailli.

— Je suis là, papa.

— Pourquoi t'es pas derrière le comptoir ? a beuglé l'homme en s'approchant.

Il avait un visage rougeaud, une épaisse chevelure noire et des favoris parfaitement ringards. De gros bras poilus sortaient de ses manches retroussées et il portait des bretelles rouges – sans rire.

— Je montrais simplement les cartes à cette… cliente, a répondu Meriwether.

À l'évidence, elle était circonspecte en présence de son père – ou peut-être le craignait-elle.

Ce dernier m'a examinée de haut en bas, et a paru me cataloguer aussitôt, m'associant sans doute aux jeunes qui traînaient dehors.

— Qu'est-ce que tu veux ?

Je l'ai toisé du regard, j'ai pris les deux cartes que Meriwether me tendait et suis allée les poser sur le comptoir. La jeune fille s'est empressée de reprendre sa place pour les encaisser, en entrant elle-même les prix sur la caisse enregistreuse. J'ai aperçu des canettes de boissons énergétiques, un truc explosif par packs de quatre, et j'en ai pris un. Et puis quelques barres chocolatées.

— OK, a dit Meriwether en toute hâte. Rien d'autre ?

— Non. Merci beaucoup pour ton aide, ai-je délibérément ajouté. Tu m'as bien rendu service.

— Oh ! a-t-elle répondu, surprise.

Son père a émis un grognement avant de retourner dans l'arrière-boutique.

En rougissant, Meriwether m'a rendu ma monnaie et a refermé le tiroir-caisse.

— Merci. Au plaisir de vous revoir, a-t-elle dit, une formule qu'elle connaissait par cœur.

Dans tes rêves, ai-je pensé. *Pas question de remettre les pieds dans ce trou.*

Dehors, la lumière m'a paru éblouissante et il faisait encore froid. Un vent frais transperçait mon vieux blouson.

— Tu ferais mieux de bouger ta voiture de là, m'a de nouveau lancé la gothique.

Je lui ai décoché un regard meurtrier qui l'a prise de court. Elle s'est tournée vers ses amis en riant nerveusement.

— T'as rien de mieux à faire de ta vie ? ai-je rétorqué d'un ton hargneux.

La fille m'a dévisagée d'un air surpris, puis a secoué la tête avec colère en haussant les épaules. J'ai claqué la portière de ma voiture et j'ai démarré en trombe.

Dans chaque grande ville, les Aefrelyffen traînent dans des lieux de prédilection. Pendant des décennies, nombre d'entre nous vont préférer Milan et des tas d'immortels iront s'y installer et fréquenter les boîtes de nuit. Puis Milan ne sera plus en vogue – à cause du climat politique ou économique, ou d'un début de guerre – et une autre métropole, comme San Francisco, deviendra populaire. Mais toute ville, quelle que soit sa taille, abrite une population restreinte et cependant plutôt stable d'immortels.

Certains tombent amoureux d'un endroit et ils y restent pendant des siècles. D'ordinaire, ils détestent l'inévitable modernisation et parlent avec nostalgie du passé, avant l'invention de l'éclairage public, etc., oubliant le fait que, sans réverbères, les rues étaient affreuses, que les gens étaient sans cesse à la merci des pickpockets et mettaient un temps fou à se déplacer. C'est comme l'eau courante : comment pourrait-on se plaindre d'un tel progrès ? Ça me dépasse.

Mais la plupart des immortels ont des villes et des époques qu'ils préfèrent. En ce moment, c'est Londres, l'endroit branché où tout arrive. À Boston, en revanche, je savais où retrouver de vieux amis. La crainte qui m'habitait me semblait inutile et pesante, comme si j'avais dû faire profil bas, disparaître dans je ne sais quel trou. La peur est mauvaise conseillère. À Boston, j'allais pouvoir regagner un peu de sérénité avant de décider où me rendre ensuite. J'ai mis l'autoradio à fond et j'ai filé sur l'autoroute 9 jusqu'à l'embranchement de la 90.

J'avais l'impression que vingt ans s'étaient écoulés depuis mon dernier verre de gin au *Cachot*, dans les bas-fonds de Londres. Comment avais-je pu être aussi inconsciente, seulement… quatre jours plus tôt ? Je n'étais déjà plus la même Nastasya. Peut-être était-il grand temps de me réinventer, de m'installer dans une autre ville, de changer de prénom. Je portais celui-ci depuis environ trente ans. Je pouvais devenir quelqu'un d'autre, quelqu'un qui ne traînait plus avec Boz et Incy.

C'est ce que tu as essayé de mettre en œuvre en allant à River's Edge, ai-je pensé.

Quand il s'agit d'ignorer la petite voix intérieure qui me parle, je suis très forte. Par conséquent, je me suis simplement assise plus confortablement sur mon tabouret et j'ai fait signe à la fille derrière le bar de me servir une autre vodka orange. Elle avait demandé à vérifier ma pièce d'identité, évidemment. Je savais qu'il valait mieux ne pas trop en rajouter : mon permis de conduire américain indiquait que j'avais vingt et un ans passés de quelques mois. J'avais préféré l'époque où il avait été légal de consommer de l'alcool à dix-huit ans, mais je pouvais toutefois passer pour une fille de vingt et un ans qui paraissait plus jeune que son âge.

J'étais arrivée à Boston en fin de matinée et j'avais pris une chambre d'hôtel où je m'étais écroulée jusqu'à 22 heures – là, il avait été temps de sortir. J'avais décidé d'aller au *Clancy*, une boîte que j'avais fréquentée dix ans plus tôt. L'adresse n'avait pas changé, mais la salle avait été rénovée, et ça ne m'a pas plu. Je me souvenais d'un lieu sombre et crasseux, avec une moquette vert olive répugnante qui entourait une piste de danse rectangulaire en parquet. Un minuscule habitacle avait abrité un DJ ringard qui vous passait la musique que vous vouliez à condition d'accepter de vous asseoir sur ses genoux. Un lieu accueillant, confortable et bondé d'immortels.

À présent, la boîte, mieux éclairée, avait un plancher imitation bois, une vraie cabine de DJ surélevée au-dessus de la piste, où un gamin avec une queue-de-cheval rose faisait tourner des vinyles. La clientèle semblait être moitié immortelle, moitié humaine. J'ai reconnu des visages, mais personne ne s'est précipité vers moi en me lançant des baisers.

Bien entendu, les immortels sont des êtres humains. Nous ne sommes pas des extraterrestres venus infiltrer la population pour prendre le contrôle de la Terre. Nous sommes comme tout le monde, même si nous mourons… moins souvent. Quand j'étais enfant, mon père nous avait un jour raconté un conte de fées à propos d'une princesse si bonne qu'elle avait reçu le don de la vie éternelle. Je me demande s'il avait vraiment cru à cette histoire. Selon les cultures immortelles circulent des mythes et des théories diverses, mais, quand on les étudie de plus près, ils en viennent tous au même point : c'est arrivé ! Voilà tout ! Soit il s'agit d'une malédiction, d'un don, soit cela vient d'une potion mystérieuse ou d'une plante magique. De mon côté, l'hypothèse d'une étrange mutation génétique m'est déjà venue à l'esprit.

Vous voulez que je vous révèle un truc marrant ? Je n'ai pas compris que j'étais immortelle avant d'avoir une vingtaine d'années. Je savais que je paraissais très jeune, mais, dans mon souvenir, c'était aussi le cas de ma mère. À l'époque, j'étais domestique à Reykjavik. La maîtresse de maison, Helgar, a reconnu que j'étais une Aefrelyffen et m'en a peu à peu convaincue. Elle est devenue ma meilleure amie et m'a enseigné tout ce que je n'avais jamais appris.

Un jour, nous étions assises dans le salon, qui surplombait la rue pavée. On était en hiver, mais il ne neigeait pas et, dans la grande cheminée sculptée, les flammes crépitaient, bondissantes. Helgar, occupée aux travaux d'aiguille qui convenaient à une dame cultivée, brodait des fleurs et des lapins sur ce qui recouvrirait un agenouilloir, pour l'église que fréquentait la maisonnée. Enfant, j'avais appris à faire cela, quand je vivais dans le *hrökur* familial – un genre de château médiéval, très rustique (rien à voir avec Versailles).

Mais à présent, simple servante, j'étais assise sur un tabouret de bois, en train de carder de la laine.

— Je ne sais pas quand sont apparus les premiers d'entre nous, m'expliquait Helgar de sa voix forte et profonde. Ma mère est née en Angleterre en 1380. Elle appelle encore ce pays « la terre des Angles ». Selon elle, certains villageois de sa connaissance étaient nés aux alentours de l'an mille.

J'ai écarquillé les yeux.

— Quoi qu'il en soit, Sunna, il est logique de penser qu'il y a toujours eu des immortels, a continué ma maîtresse d'un air satisfait. Après tout, le mal existe depuis que le monde est monde. Selon moi, les premiers Aefrelyffen ont été créés dans le jardin d'Éden, juste après Adam et Ève. D'abord la lumière, puis l'obscurité.

— Je ne comprends pas... Qu'entendez-vous par le *mal* ?

— Le Terävä. Tes parents ne t'ont donc rien raconté ?

— Ils sont morts quand j'étais petite, ai-je répondu, la tête baissée, accablée par une douleur familière.

Helgar, déconcertée, en a oublié sa broderie sur ses genoux.

— Morts ! Vraiment ? Tous les deux ?

Je me suis mordu la lèvre. J'éprouvais une honte nouvelle – celle d'avoir eu des parents immortels qui avaient réussi à mourir...

Helgar, prise de court, s'efforçait certainement d'imaginer comment ils avaient été tués. Puisque j'étais une immortelle, eux aussi l'avaient été. Ils étaient pourtant bel et bien morts. Pas de doute à avoir.

— Et à propos du... Terävä ? ai-je demandé.

Au bout d'un long moment, ma maîtresse a fini par sortir de ses pensées.

— C'est un autre mot pour l'Obscurité. Nous autres, immortels, naissons et vivons dans l'obscurité. Nous ne pouvons rien y changer. Le mal est en nous, a-t-elle ajouté, l'air perturbé.

Elle a repris sa broderie, sans me regarder. Ce qu'elle venait d'apprendre à propos de mes parents avait changé sa façon de me voir, m'avait transformée en quelqu'un de différent. J'ai fait semblant de ne pas m'en apercevoir.

— Le mal ? Que voulez-vous dire ? ai-je de nouveau demandé.

— Notre magie, a-t-elle brièvement répondu, paraissant vouloir couper court à la conversation.

— Nastasya !

Je suis revenue à moi. J'étais au *Clancy*. À plus de quatre siècles de distance.

Une inconnue s'est penchée vers moi et m'a embrassée sur les joues – la gauche, la droite, puis de nouveau la gauche. Elle s'est écartée et j'ai aperçu une chevelure châtaine, des yeux marron, un large sourire. Je la connaissais.

— Alanna, ai-je dit avec un enthousiasme forcé.

J'ai passé mon écharpe par-dessus mon épaule et j'ai souri.

— Ma chérie ! Je m'appelle Beatrice, maintenant, a-t-elle déclaré.

Elle s'est installée sur le tabouret voisin et a fait tinter son verre contre le mien. Alanna-Beatrice était plutôt jeune – quatre-vingts ans à peine –, pleine d'énergie et d'entrain, comme il convient à cet âge. Elle avait une coupe de cheveux élégante, portait un collier de vraies perles, un pull léopard en cachemire et un pantalon noir moulant. Elle avait une allure fabuleuse.

— Nasty… tu es encore Nastasya, n'est-ce pas ?

J'ai acquiescé.

— Je ne t'ai pas vue depuis des lustres ! a-t-elle ajouté en souriant à la serveuse et en lui donnant un pourboire. Vraiment, tu as l'air…

Elle a hésité et m'a examinée plus attentivement.

J'ai attendu qu'elle poursuive.

— Tu es sûre que ça va ? a-t-elle fini par demander.

— Oui, je vais bien.

J'ai bu plusieurs gorgées de mon cocktail, rafraîchissant, que dominait un arrière-goût médicamenteux de vodka.

— Et toi, où en es-tu ? ai-je voulu savoir.

— Oh ! je vais et je viens, a-t-elle répliqué avant de laisser échapper un petit rire – à l'évidence, elle avait décidé de ne pas commenter mon apparence. J'ai passé l'été dernier à Venise, un endroit charmant, à condition d'oublier les touristes. Je crois que j'y retournerai l'année prochaine.

Je n'avais pas le courage de lui poser des questions sur son voyage ou de lui demander de me recommander des restaurants ou des hôtels. J'aimais bien Alanna-Beatrice. Toujours joyeuse, contente quoi qu'il arrive. Et elle adoooooorait être immortelle. Pour elle, c'était la chose la plus cool du monde

– après l'invention de la climatisation. Cela ne m'avait finalement pas dérangée de traîner avec elle.

— C'est marrant que je tombe sur toi, tu sais, a-t-elle poursuivi. Il y a des gens qui te cherchent.

— Comment ça ? me suis-je étonnée, saisie par une crainte soudaine.

— On m'a demandé si je t'avais vue. J'ai répondu que non.

« Oh ! je pourrais avoir un autre cocktail, s'il vous plaît ? a-t-elle dit à la serveuse, avant de se retourner vers moi.

« Quelle coïncidence ! Bien sûr, il s'agissait d'Incy et de Boz. Ils sont allés voir plusieurs personnes. Que se passe-t-il ? D'habitude, vous ne vous quittez jamais, tous les trois.

J'ai réfléchi à toute allure.

— Une histoire stupide, tu sais, ai-je expliqué avec un sourire embarrassé. Un soir, on discutait à propos du fait qu'on se connaissait tous, entre immortels, et Incy a affirmé qu'aucun d'entre nous ne pouvait disparaître pour de bon, tu vois ?

Bea buvait en hochant la tête, l'air intrigué.

J'ai laissé échapper un soupir théâtral.

— J'ai donc parié que je réussirais à me volatiliser dans la nature et qu'il ne parviendrait pas à me retrouver. C'est idiot, je sais. Je dois vivre cachée pendant au moins deux mois.

Beatrice a ri.

— C'est du Incy tout craché ! Mais deux mois, c'est long. Qu'avez-vous parié ?

J'ai grimacé.

— S'il me retrouve, je devrai me faire tatouer son prénom sur la fesse droite…

Beatrice a explosé de rire en renversant la tête en arrière et en faisant claquer sa main sur le bar. Un accès de joie véritable. Oui, Incy avait toujours été une sacrée fripouille.

— Oh, mon Dieu ! a-t-elle lancé d'une voix sifflante, tout en tâchant de reprendre son souffle. Est-ce qu'il devra se faire tatouer le tien si tu restes introuvable ?

J'ai acquiescé.

— À l'intérieur d'un cœur. Tu connais la durée de vie d'un tatouage sur nous autres, immortels.

— Bon sang, c'est trop drôle ! Vous êtes dingues, tous les deux ! Bien sûr, tu ne veux pas que je lui dise que je t'ai vue ?

J'ai essayé de lui couler un regard suppliant de petit chien perdu – alors que je devais plutôt ressembler à un écureuil victime de la rage.

— Oui... si tu ne veux pas avoir un affreux tatouage sur la conscience.

Beatrice a de nouveau éclaté de rire.

— Oh, non ! Impossible ! Je serai muette comme une tombe !

Je lui ai souri d'un air reconnaissant mais, au fond de moi, j'étais proche de la panique. Incy était déjà à ma recherche, interrogeant tous ceux qu'il croisait. Dire qu'il n'était pas même ami avec cette fille – elle était certainement l'une des dernières sur sa liste. Il fallait vraiment que je disparaisse pour de bon.

— Tu restes longtemps à Boston ? Tu risques de tomber sur d'autres gens, non ? De mon côté, je crois que je vais m'attarder ici jusqu'à Noël. J'adore cet endroit en hiver, surtout quand il neige.

— Non, ai-je répondu en m'efforçant de sourire. Je suis là pour la soirée, seulement. Je vais rejoindre un groupe qui organise au Pérou une longue randonnée en montagne. Jamais Incy ne me retrouvera là-bas !

En fait, ce n'était pas une si mauvaise idée que ça... J'ai commandé un autre verre. Une chaleur agréable se répandait en moi et je me sentais plus détendue.

— Génial ! a répliqué Beatrice d'un air ravi, avant de faire un geste signifiant qu'elle resterait bouche cousue.

— Bea ! a appelé quelqu'un à l'autre bout du bar.

L'intéressée a pivoté, remplie d'excitation.

— Kim !

Bisou, bisou, bisou.

Kim, cool et sophistiquée à la fois, était une belle blonde qui avait été mannequin dans les années 1970, sous un autre nom, naturellement. Elle avait mal supporté de devoir faire semblant de vieillir et de quitter la scène, mais ça valait mieux que d'endurer toutes les rumeurs vaches et envieuses de chirurgie esthétique qui couraient à son sujet.

— Salut, Kim, ai-je dit en souriant.

— Nastasya !

Bisou, bisou, bisou.

— Je t'ai à peine reconnue, a-t-elle ajouté. Depuis quand as-tu les cheveux courts ?

— Je ne sais plus, ai-je répondu – ce qui était vrai, je ne m'en souvenais pas.

— Et noirs… a-t-elle repris en me regardant d'un œil critique. C'est tellement… *frappant*, avec ton teint.

— Ouais, je sais. J'aime les couleurs printanières, ai-je répliqué d'un ton désinvolte.

— Oh ! non, toi, tu es plutôt de l'hiver, avec cette peau pâle et ces yeux étrangement sombres. Ai-je déjà vu ta vraie couleur de cheveux ?

Kim adorait tout ce qui se rapportait au maquillage, aux vêtements, à la mode.

— Euh… j'en sais trop rien. Bref, quoi de neuf de ton côté ?

Bea a rapidement mis Kim au courant de mon pari avec Incy, et celle-ci, le sourire aux lèvres, a accepté de garder le secret. C'était, il fallait l'admettre, une idée géniale. Ensuite, elle s'est lancée dans un long monologue pour me raconter tout ce qu'elle avait fait ces derniers temps – beaucoup trop de choses, croyez-moi.

C'était ce que j'avais souhaité, non ? Des lumières, du bruit et de l'alcool, et des gens avec lesquels bavarder. Évidemment, je n'avais pas imaginé que les longs tentacules d'Incy tenteraient de me pourchasser jusqu'ici. Mais c'était toujours mieux que cette maison vide et froide de West Lowing. Pourtant, je n'avais pas oublié l'odeur de la cuisine, les rires, le crissement des feuilles sous mes bottes, le parfum de la chemise de Reyn alors qu'il se tenait tout près de moi… À ces pensées, j'ai soudain eu un serrement de cœur.

— … et je me suis donc dit que je pouvais venir faire un tour au *Clancy*, a fini Kim.

— Ah, je vois, ai-je acquiescé en ouvrant plus grand les yeux et en terminant mon verre.

Sans un mot, la serveuse en a placé un autre devant moi. Je l'ai remerciée et lui ai tendu un billet de dix dollars.

— Kim ! s'est alors exclamée Beatrice. Montre ton truc à Nasty !

C'est quoi, ce truc ? ai-je pensé.

— Oh ! ça, a répondu Kim d'un ton modeste et incertain. C'est juste un tour, tu sais.

— Non, vas-y, a dit Bea en aspirant son cocktail à l'aide d'une paille minuscule. C'est trop cool, a-t-elle ajouté en se tournant vers moi. Kim a inventé ça, et c'est tout simplement divin. Kim, il faut que Nastasya voie ça. Regarde, Leo, Susie et Justin sont là eux aussi. Ils vont adorer !

— Bon, puisque tu insistes, a répliqué la belle Kim, rougissante, en descendant de son tabouret.

Bea s'est empressée d'aller chercher plusieurs immortels. Je n'en connaissais aucun.

— Venez ! nous a-t-elle lancé en nous indiquant de la suivre au fond du bar.

Neuf d'entre nous l'ont accompagnée jusque dans un couloir sombre qui donnait sur une montée d'escalier branlant. Nous avons grimpé quatre volées de marches. Bea a poussé une porte de métal noir qui conduisait au toit en terrasse du bâtiment. Des odeurs de goudron froid, de fumée de bois et de cuisine venant du restaurant voisin nous ont accueillis. Dans ce quartier, la plupart des immeubles n'avaient pas plus de cinq ou six étages.

— C'est trop cool, a dit Beatrice. Il faut maintenant poser vos verres et vos cigarettes. C'est assez, neuf personnes ? a-t-elle demandé à Kim.

— Ça devrait aller. Formons un cercle et donnons-nous la main.

Nous allions faire de la magie. J'ai éprouvé un frisson de peur et d'excitation mêlées. Je n'avais pas participé à un cercle depuis… deux cents ans, peut-être ? J'évitais ce genre de pratiques et la plupart de mes amis étaient trop paresseux pour étudier la chose. Les rares fois où j'avais tenté des sorts sans importance, j'avais presque toujours eu des effets secondaires désagréables, comme des vomissements, des maux de tête ou des malaises… Le sortilège que j'avais effectué pour retrouver River's Edge avait été le premier que j'avais tenté depuis des décennies. Je n'avais pas vraiment envie d'essayer de nouveau, mais, autour de moi, personne ne paraissait avoir la moindre réticence et j'aurais eu l'air idiot si j'avais reculé. Je devrais peut-être arrêter d'avoir ce genre de scrupules. Cette fois, tout allait peut-être mieux se passer et je m'en sortirais bien. Soudain téméraire et déterminée, je me suis ressaisie. C'était ce dont j'avais besoin, et ce que je n'aurais pas pu trouver à River's Edge.

J'ai avancé d'un pas et j'ai pris la main de Beatrice et celle de Susie dans les miennes. Nous nous sommes souri. Beatrice a serré mes doigts. Mon intérêt s'était éveillé et je me sentais excitée et chanceuse d'être ici.

— Bon, vous savez tous comment me prêter votre énergie, a dit Kim. Mais attendez que je vous fasse signe avant de prononcer la formule. D'abord, je dois me préparer.

Elle a pris plusieurs inspirations profondes et fermé les yeux. Pendant une minute, le silence a régné autour de nous. Les seuls bruits alentour étaient les voix et les rires des gens qui se trouvaient cinq étages plus bas ; les klaxons des voitures au loin ; une musique que l'on percevait à peine ; un couple qui se disputait dans l'immeuble voisin. Mais là-haut, sur le toit-terrasse, tout était paisible, serein. Paupières closes, j'ai calmé ma respiration. Après avoir assimilé que mes parents étaient morts, Helgar m'avait expliqué que notre magie donnait la sensation qu'un immense serpent se lovait en nous, dont le pouvoir se libérait par notre bouche quand on prononçait une formule. Malgré la simplicité de cette comparaison, c'était encore ainsi que je me représentais ce phénomène.

Je me suis concentrée pour rassembler mon énergie. Il ne suffisait pas de contracter ses muscles. Il s'agissait d'une concentration plus complexe, qui s'apparentait au yoga ou à la méditation – deux choses qui m'avaient toujours ennuyée à mourir.

Kim s'est mise à chanter. Ses mots étaient aussi sombres et anciens que ceux que je connaissais, mais dans une autre langue, peut-être un dialecte roman. J'ai senti un picotement se répandre dans ma poitrine et je me suis efforcée de respirer lentement, en comptant les pulsations de mon cœur. Kim chantait et son sort a commencé à s'enrouler autour de nous et de nos doigts entrelacés, pour nous unir. Mes mains, au contact de celles de Beatrice et de Susie, se sont réchauffées et j'ai senti ma poitrine se comprimer. Je détestais cet instant, qui me donnait toujours l'impression que je n'arrivais plus à inspirer suffisamment d'air, que ma tête était comme près d'exploser et que, si je me mettais à appeler à l'aide, aucun son ne sortirait de ma bouche.

Mais je savais que ça allait passer, et je me suis contentée de contenir ma panique et de me concentrer sur mon souffle. Nos énergies prenaient de l'ampleur et la magie émanait de nous, de la même manière que des insectes s'extirpent d'une branche en feu.

Je reconnaissais les mots de Kim, à présent : elle convoquait nos pouvoirs respectifs. Calmement, j'ai commencé à chanter à mon tour : « *Gefta, ala, Minn karovter. Pav minn gefta, hilgora silder.* » J'ai répété ces mots à plusieurs reprises, sans comprendre leur sens. On me les avait enseignés des siècles plus tôt. Je m'en étais rarement servie, mais, une fois appris, on ne les oubliait jamais.

Quelques minutes plus tard, j'ai entendu quelqu'un réprimer un cri. J'ai brusquement rouvert les yeux. La silhouette de Kim se découpait sur le ciel nocturne, bras écartés, un sourire radieux aux lèvres.

Susie a ri et a lâché ma main brûlante pour l'applaudir. D'autres ont murmuré des mots d'admiration et des compliments. Le « tour » de Kim était en effet stupéfiant : son cou et ses épaules étaient couverts d'oiseaux, rangés par couleurs – il y avait des chardonnerets jaune vif pour dessiner la silhouette, des mésanges d'un gris duveteux le long de ses bras, des roitelets au plumage marron composant une cape sur ses épaules, mais encore des fauvettes, des tyrans, des loriots. L'air était saturé de crépitements magiques et les oiseaux se tenaient parfaitement immobiles, clignant lentement des yeux. Ils formaient des motifs compliqués, élégants, pleins d'énergie, de vie et de petits cœurs battant la chamade.

J'avais rarement assisté à un spectacle aussi magnifique, mais je n'ai pas pu m'empêcher de me demander pour quelle raison idiote Kim avait voulu tenter pareille expérience. Quel intérêt ? Oui, je sais, il faut bien tuer le temps. Malgré tout…

— C'est incroyable, n'est-ce pas ? a chuchoté Beatrice en posant la main sur mon épaule.

— C'est vrai, c'est stupéfiant.

Impossible de détacher mon regard de ce tableau, de ces innombrables yeux noirs et brillants perdus dans le lointain, comme sous l'emprise d'une drogue. Le ventre noué, j'ai soudain regretté d'être ici, d'avoir accepté de participer à ce cercle. Encore une décision stupide à mettre à mon compte.

— Merci, merci à tous, a dit Kim en nous adressant une petite révérence. Je ne vais plus tenir bien longtemps...

Elle a expiré profondément puis prononcé quelques mots afin de libérer les oiseaux du sortilège. Je m'attendais à ce qu'ils secouent la tête et les plumes, reviennent à eux puis s'envolent, déroutés, dans le ciel nocturne.

Cependant, tandis que les premiers d'entre nous se dirigeaient déjà vers l'escalier, j'ai vu les oiseaux fermer les yeux et incliner leurs petites têtes duveteuses. Puis, un par un, ils ont basculé vers le sol. Ils étaient... morts.

— Waouh ! s'est exclamé l'un des types. Des oiseaux à usage unique !

Les autres ont ri et Kim a eu un haussement d'épaules gracieux.

— Oui, ça leur fait toujours de l'effet.

Tous ceux qui étaient restés sont partis. L'instant d'après, je me suis retrouvée seule sur ce toit-terrasse de Boston. J'avais une migraine atroce, un goût amer dans la bouche et, à mes pieds, il y avait des centaines de jolis oiseaux aux couleurs éclatantes, aux corps déjà froids.

CHAPITRE 9

Cette nuit-là, les rêves sont revenus.

J'avais quitté le *Clancy* juste après la séance de magie de Kim. J'étais la seule à en avoir été affectée, la seule dont l'estomac se retournait à la pensée du toit goudronné, jonché de petits cadavres duveteux. Sans parler de ma migraine et de mes nausées habituelles. J'étais partie en m'excusant, laissant Kim, Beatrice et les autres, qui m'avaient regardée d'un air déconcerté. Il était environ minuit et j'étais rentrée à mon hôtel, avec l'impression d'être salie.

J'avais eu peur de ne pas être capable de m'endormir, mais l'inquiétude et l'épuisement m'ont assommée et j'ai sombré dans un état d'inconscience, qui m'a ramenée à l'épisode le plus sombre de mon enfance, à la nuit où ma vie a définitivement changé.

Un violent tremblement me réveille en sursaut. Je me tourne vers ma grande sœur, Eydís, endormie à côté de moi dans le lit que nous partageons. Est-ce un coup de tonnerre ? J'adore les orages. Je regarde vers la fenêtre étroite, scellée de petits carreaux épais en verre véritable. J'aperçois une lueur vacillante. S'agit-il d'un éclair ? Ou bien de flammes ?

Le vacarme se fait de nouveau entendre – un énorme grondement sourd qui secoue notre lit. Eydís soulève légèrement ses paupières ensommeillées et, l'instant d'après, la porte de notre chambre s'ouvre brusquement. Notre mère se tient sur le seuil, les yeux écarquillés, ses longs cheveux dorés tombant dans son dos, sous le petit bonnet de lin qu'elle porte la nuit.

— Moðir ?

— Vite ! s'écrie-t-elle en nous lançant un châle. Levez-vous et enfilez vos chaussures ! Dépêchez-vous !

— Que se passe-t-il, Moðir ? demande ma sœur.

— Ce n'est pas le moment de poser des questions ! Vite !

Le grondement suivant retentit dans mes oreilles alors que je chausse mes pantoufles d'hiver en cuir d'élan, fourrées de pelage de lapin. Il fait si froid dans la chambre. Le feu s'est éteint et les murs de pierre sont couverts d'une fine couche de glace.

Dans le couloir, nous croisons mon frère aîné, Sigmundur, qui, à quinze ans, est déjà plus grand que notre père. Il tient notre petit frère, Háakon, par la main. Tinna, la plus âgée de mes sœurs, est enveloppée dans un épais châle de laine et ses longues tresses blondes tombent sur ses épaules.

— Venez, mes enfants ! Dépêchons !

Ma mère dévale le grand escalier et nous la suivons de si près que ses cheveux nous fouettent le visage.

En arrivant au rez-de-chaussée, nous sommes accueillis par des cris et des bruits de pas qui martèlent le plancher. Nous voyons les hommes de notre père, armés d'épées et d'arcs, vêtus de lourdes armures de cuir. Nous nous pressons contre le mur de pierre tandis qu'ils passent devant nous en courant et en hurlant des ordres, en direction de l'étroit escalier en colimaçon, qui se trouve à l'arrière du bâtiment. Sigmundur nous a expliqué, à Háakon et à moi, l'ingéniosité de son agencement : lorsqu'on le descend pour défendre le château, le bras droit, celui qui tient l'épée, a toute la place nécessaire pour tailler l'envahisseur en pièces. En revanche, l'adversaire qui le monte n'a pas assez d'espace pour manier son arme, ce qui l'oblige à adopter une posture d'attaque qui le déséquilibre.

Un grondement résonne de nouveau et secoue l'édifice. De la poussière tombe du plafond et me fait éternuer.

— Moðir, que se passe-t-il ?

Háakon, sept ans, malade depuis deux semaines, frissonne de fièvre. Il est encore pâle et amaigri, des cernes bleus sous les yeux.

— Des pilleurs venus du Nord ont franchi le mur d'enceinte extérieur, répond ma mère d'un ton ferme, tout en nous conduisant vers le bureau de notre père.

Eydís et moi échangeons un regard apeuré. Le vacarme reprend et Tinna m'attrape la main.

— Ils ont un bélier… murmure-t-elle.

Tandis que nous remontons le couloir en courant, notre mère éteint les torches qui se trouvent au mur, sur leur support de fer, en les jetant à terre derrière nous. Elles heurtent le sol dans une pluie d'étincelles avant de s'éteindre tout à fait, nous laissant dans l'obscurité.

Nous atteignons enfin le bureau de notre père. Une fois tous à l'intérieur, notre mère tourne la grosse clé de cuivre dans la serrure, puis Sigmundur l'aide à placer une lourde poutre de bois en travers de la porte, sur des tasseaux prévus à cet effet. Háakon, mes sœurs et moi allons nous recroqueviller devant la cheminée, pendant que ma mère se dirige vers la grande armoire de bois de notre père et l'ouvre d'une main tremblante. Sigmundur s'avance et s'empare de la plus grosse épée qui s'y trouve – plus haute que moi, une lame droite à double tranchant et une poignée de bois enroulée dans de fines bandes de cuir.

Ma mère observe un instant les armes, puis en choisit une pour Tinna. Les bras de ma sœur ploient sous son poids.

C'est ensuite au tour d'Eydís – à douze ans, elle a déjà six années d'entraînement au combat derrière elle, mais, d'ordinaire, nous utilisons de petites dagues. J'ai dix ans et je tends moi aussi la main. Après un instant d'hésitation, ma mère me confie une courte épée, d'environ quarante centimètres de long. Je la saisis des deux mains, incapable de comprendre ce qui arrive. Même Háakon a droit à une dague, qu'il examine avec des yeux ronds.

— Où est Faðir ? demande Sigmundur en se précipitant vers la fenêtre étroite.

— En bas, avec ses hommes.

— As-tu une épée, toi aussi, Moðir ? s'enquiert Háakon, toujours en admiration devant son arme.

— Non, je possède quelque chose de plus puissant.

Elle passe la main sous le col de sa chemise de nuit et en retire sa lourde amulette, celle que j'aime tant contempler. Souvent, je m'assieds sur ses genoux ; je tiens le bijou entre mes mains et je l'examine. Mais jamais Moðir ne l'ôte ou ne me laisse l'essayer. L'amulette est ronde, presque aussi large que ma paume ; en son centre est incrustée une pierre plate, translucide et laiteuse, d'environ quatre centimètres de diamètre, autour de laquelle des symboles sont gravés. Certains appartiennent à notre alphabet runique, mais d'autres me sont inconnus. Je lui ai demandé en quoi elle était faite. « D'or, m'a-t-elle répondu. D'or et d'énergie. »

À présent, elle referme ses mains autour de l'amulette. Tandis qu'une autre vibration fait trembler la pièce, elle ferme les yeux et se met à chanter.

Je me suis réveillée en étouffant un cri, le visage couvert de sueur glacée, la nuque brûlante. J'ai arraché la fine écharpe avec laquelle je dormais et effleuré la marque que je portais sur la nuque.

Je n'avais pas fait ce rêve depuis longtemps. J'ai secoué la tête, à bout de souffle, et me suis rendue à la salle de bains sur mes jambes tremblantes pour me passer de l'eau sur le visage. Ce n'était pas un rêve, naturellement, mais un souvenir. Celui de ma mère, qui avait essayé de nous sauver, cette nuit-là. Comment aurait-elle pu savoir que, en nous regroupant dans le bureau de mon père, elle nous avait en réalité tous menés à la mort ?

Tous, sauf moi.

Toujours pantelante, j'ai aspergé ma nuque d'eau, puis j'ai de nouveau enroulé mon écharpe autour de mon cou. Dans la chambre, j'ai ouvert les doubles rideaux. Le soleil se levait. J'avais dormi environ six heures. Dès que ma respiration s'est apaisée, je me suis habillée et j'ai cherché des adresses de concessionnaires de voitures d'occasion sur l'ordinateur de l'hôtel.

Trois heures plus tard, les bras croisés, j'ai senti les doigts glacés de l'automne s'insinuer dans la voiture – le break que j'avais acheté le matin même dans un garage anonyme de la banlieue de Boston. Ayant coupé le moteur, je n'avais plus de chauffage, et un frisson né dans mon ventre se répandait dans mon corps crispé. En dépit du soleil, qui filtrait à travers de hauts nuages épars, il faisait à peine quatre degrés.

Je n'avais pas envie de sortir de la voiture.

J'avais détesté ce que Kim avait fait la veille. Sa magie avait engendré douleur et mort. On pratiquait la magie pour gagner en puissance et, lorsqu'on possédait du pouvoir, il y avait toujours des gens pour vous l'envier. Certains se donnaient beaucoup de mal pour vous le dérober. Cela me déplaisait aussi de savoir qu'Incy me cherchait partout. Plus que jamais, je souhaitais rester à l'écart. Ne plus les revoir, lui et tous les autres.

Et puis ce souvenir m'était revenu en mémoire. Je m'efforçais de ne jamais avoir à revivre cette nuit-là et, la plupart du temps, j'y parvenais. Je n'en avais plus rêvé depuis des décennies. Une semaine plus tôt, mes souvenirs et mes émotions étaient encore soigneusement emballés sous des épaisseurs de laine, loin de mes pensées. À présent, la souffrance filtrait de ma carapace craquelée. J'ai laissé échapper un rire sans joie. Était-ce ce qu'Ève avait ressenti quand elle avait goûté à la pomme ? Avait-elle soudain vu des choses qu'elle n'avait pas envie de voir ?

J'ai dégluti, la gorge serrée. J'étais revenue au point de départ. Je n'avais nulle part où aller. Ma petite virée à Boston avait été un désastre. L'idée de rentrer en Angleterre me révulsait. Pire encore, elle me terrifiait.

En vérité, quel choix me restait-il ? J'étais dans une impasse. Après presque cinq siècles de dérive, j'ignorais soudain qui j'étais. J'avais changé de nom un nombre incalculable de fois, mais je m'étais toujours sentie moi-même ; maintenant, j'avais l'impression d'être comme celle que j'avais abandonnée il y avait si longtemps, et, à cette pensée, je contenais à peine ma nervosité. J'avais le sentiment d'être une enveloppe friable autour d'un être desséché et moribond, empli de noirceur.

Dix ans, voire cinq ans plus tôt, j'aurais été jalouse du tour de magie de Kim, impressionnée aussi, et j'aurais presque regretté de ne pas être capable de le réaliser moi-même. Pourquoi avais-je changé ? Qui étais-je en train de devenir ?

Soudain, Solis a tapoté à la vitre et j'ai sursauté. J'étais honteuse, mortifiée, humiliée de revenir en rampant – une ratée qui n'avait nulle part où aller, une loque obligée de demander de l'aide à des inconnus. Je suis sortie de la voiture, avec le sentiment d'être soudain très vieille.

Solis a hoché la tête et m'a observée, tandis que, les yeux baissés vers le sol, je grattais les feuilles mortes du bout de ma botte. Il a effleuré mon bras.

— Viens, a-t-il dit avant de se mettre en marche.

Je l'ai suivi jusqu'à un mur de pierre couvert de vigne vierge, qui se trouvait derrière la grange. Il a ouvert une porte en bois dissimulée sous le feuillage et m'a fait signe de la franchir. J'ai failli pousser un gémissement en voyant les rangées bien ordonnées de légumes, les châssis pour les plantes et la serre. Une envie de suicide a traversé mon esprit, et je l'ai écartée avec réticence.

Plusieurs personnes travaillaient dans le potager. J'ai refusé de les regarder, par crainte d'apercevoir le dieu viking ou, pire, Nell, avec sa gentillesse mièvre et hypocrite. Je n'avais pas non plus tellement envie de tomber sur River – elle se montrerait compréhensive et généreuse, nul doute, ce qui m'obligerait à la haïr, ou pas loin.

Solis s'est penché pour arracher d'épaisses feuilles vertes. Un navet a jailli de la terre noire et j'ai manqué avoir un haut-le-cœur. Je *détestais* les navets, plus que tout. Quand on a traversé deux ou trois famines où il n'y a rien à manger hormis cette horrible racine et des lentilles, on en est dégoûté à vie.

— Les plantes se nourrissent de la terre, m'a dit Solis, comme s'il s'adressait à une attardée mentale.

Je suis restée silencieuse, histoire de ne pas répondre la seule chose qui m'était venue en tête : « Palpitante, ta petite leçon… »

— Elles en tirent les minéraux qui leur sont indispensables, a-t-il poursuivi. Ils se transmettent aux racines et aux feuilles, ce qui leur permet de grandir, puis de germer et de perpétuer le cycle. Mais elles ne peuvent pas pousser dans le noir, pas vrai ? Elles ont besoin de lumière et d'énergie solaire.

Je me suis mordu l'intérieur de la joue pour ne pas hurler d'ennui. Et maintenant, il allait me parler de recyclage, de compost et de notre mère la terre dont il faut prendre soin. Cette fois, sans rire, j'avais vraiment envie de mourir sur place.

— Le Terävä est semblable aux plantes, a-t-il alors ajouté.

Surprise, je lui ai jeté un rapide coup d'œil. La plupart des immortels évitent d'aborder cette notion – l'Obscurité, le Terävä. Helgar avait été une des rares personnes de ma connaissance à prononcer ce mot à haute voix.

— Pour faire de la magie, on tire de l'énergie vitale autour de soi. Comme les végétaux, auxquels il arrive d'appauvrir la terre dont ils tirent leur subsistance, la rendant ainsi improductive, le Terävä épuise les forces de tout ce qui l'entoure. Voilà pourquoi les choses meurent quand on pratique la magie. Je suis certain que tu t'en es déjà rendu compte.

J'ai repensé aux petits oiseaux dont Kim s'était servie, et mon cœur s'est serré.

— Euh… dans ce cas, j'imagine qu'ici, vous ne pratiquez jamais la magie.

Je pouvais parfaitement m'en passer, sans le moindre regret.

— Oh ! si, a répondu Solis avec l'ombre d'un sourire. Tout le temps. C'est notre raison d'être. Sans la magie, nous serions… semblables aux mortels.

De retour dans ma petite cellule de nonne, des *siècles* plus tard, j'ai essayé de nettoyer mes ongles pleins de terre. Au moins, il y avait un lavabo dans la chambre, même s'il me fallait me rendre dans la salle de bains commune pour prendre une douche ou un bain. J'étais épuisée, j'avais les épaules douloureuses. Le visage me picotait à force d'avoir été exposé au vent – j'avais peut-être même attrapé un coup de soleil. Chacun de mes ongles s'était cassé et j'avais dû les couper très court.

On a frappé à ma porte, j'ai tressailli. Peut-être était-ce… Reyn ? Je fantasmais sur le fait qu'il était – très secrètement – heureux de mon retour.

— C'est ouvert, ai-je répondu. *Évidemment*… ai-je ajouté avec ironie.

River est entrée et s'est placée derrière moi, près du lavabo. Elle a posé les mains sur mes épaules tout en me souriant dans le miroir.

— Bienvenue de nouveau, a-t-elle dit d'une voix légère. J'en pince pour ta voiture.

Le terme désuet qu'elle avait employé devait être destiné à me dérider. Je lui ai montré mes mains tout abîmées.

— Et moi, j'en pince pour ton potager, ai-je rétorqué.

Elle a ri, et j'ai essayé de ne pas me réjouir de mon mot d'esprit.

— Solis m'en a parlé. Tu as ramassé ton poids en navets, betteraves et choux, paraît-il. Je suis certaine que tu es impatiente de les voir sur la table du dîner !

J'ai battu des paupières et n'ai pu réprimer un gémissement de consternation. River a ri de plus belle.

— Je sais ce que tu ressens. J'ai moi aussi connu ma part de famines. À une époque, au sud de l'Angleterre, toutes les récoltes avaient été perdues, mais les vaches étaient gonflées de lait. Nous en buvions, avions fabriqué du fromage pour le manger et en nourrir les bêtes – quelle puanteur ! Cela a suffi à me dégoûter des laitages pendant près de soixante ans.

J'ai rajusté mon écharpe et me suis assise sur le lit. Dehors, la nuit était tombée. J'espérais que les autres étaient en train de préparer le dîner à toute allure… puis je me suis rappelé le menu. Misère… Malgré tout, je préférais déprimer à River's Edge plutôt que de ne pas y être. Plutôt que de me retrouver dans le monde extérieur et me perdre dans mes souvenirs. Je me demandais ce que mes amis devaient penser de ma disparition. Avaient-ils abandonné les recherches ? Étais-je vraiment en sécurité ici ?

— Je ne saisis pas pourquoi je dois travailler dans le potager. J'ai juste envie de… j'en sais rien. Qu'on me sauve, ou un truc dans le genre. Dis-moi quoi faire et j'obéirai. Mais je ne vois pas en quoi le jardinage va m'aider.

J'ai frotté mes mains sur mon pantalon – je les avais lavées sans pour autant parvenir à me débarrasser complètement de la terre sèche qui les démangeait.

Un long moment, River est restée pensive, son beau profil se détachant contre l'obscurité du dehors. Je me suis levée pour aller tirer les lourds rideaux. Les carreaux des fenêtres étaient glacés.

— Pour les immortels, le temps passe à toute allure, a-t-elle fini par répondre. Te souviens-tu quand, enfant, chaque journée te paraissait interminable et chaque année était comme une vie entière ? En grandissant, le temps a commencé à filer plus vite, tu te rappelles ?

Pas la moindre envie de me remémorer mon enfance.

— Non.

— C'est malgré tout un sentiment presque universel, a poursuivi River sans se décourager. Cela s'explique : quand on a dix ans, une année représente dix pour cent de l'existence, surtout quand on a oublié ses deux ou trois premières années. Tu comprends ?

— Sans doute, mais quel rapport avec le potager ?…

— À quarante ans, une année correspond seulement à un quarantième de l'existence. Ainsi, chaque année semble passer plus vite, car elle ne paraît pas aussi essentielle. Logique, non ?

— Euh… oui.

River était patiente, comme devait l'être une personne vieille de treize siècles. Ses yeux clairs et chaleureux étaient rivés sur les miens.

— Quand on est un Aefrelyffen, on a l'impression de se projeter... non pas vers l'avenir, mais vers le néant. Ou, pire encore, on prend conscience qu'on sera probablement toujours en vie en l'an 2250 par exemple. Et c'est terrifiant, car on ne peut alors savoir de quoi le monde sera fait. Les décennies, voire les siècles, paraissent s'écouler en un clin d'œil, au point que le XVIIe siècle n'est plus dans ton souvenir qu'une fête ratée à laquelle tu as participé.

Je tripotais mon écharpe, sans dire un mot.

— Vu notre longévité, nombre de choses perdent de leur valeur, de leur poids, a-t-elle continué. Combien d'amants as-tu connus ? À combien d'enfants as-tu donné naissance ? Combien d'amis as-tu aimés qui sont morts à présent ? Pour les mortels, ces événements essentiels peuvent à jamais modifier leur vie. Pour nous, en revanche, ils sont éphémères. Cela fait si longtemps que nous accumulons les deuils que nous oublions comment apprécier les autres, comment ressentir les choses. Nous oublions comment aimer.

Bon, d'accord, tout ça donnait à réfléchir. Certaines de ses explications avaient une tonalité familière, embarrassante.

— Voilà comment nous procédons : nous te donnons d'abord un cours intensif afin de te réapprendre l'importance de chaque instant, chaque minute. Tu t'exerceras à être pleinement consciente du moment présent, à vivre dans l'ici et le maintenant ; à éprouver de nouveau les choses et à apprécier ce qu'elles représentent vraiment. Ce qui te permettra de te sentir plus heureuse et épanouie.

Je me suis mordu la lèvre. Elle avait entièrement raison, j'en avais bien peur, et cette idée m'horripilait.

— Le jardinage, la cuisine, le ménage... ce sont des tâches répétitives, ennuyeuses. Pour un immortel, elles sont presque insupportables. Nous sommes généralement en quête d'émotions, d'événements, de sensations physiques extrêmes, car, au bout d'un certain temps, nous ne parvenons plus à ressentir autre chose.

Oh ! J'avais compris. Une douloureuse vérité.

— Nous t'offrons la possibilité de te réapproprier chaque instant, même quand tu as les mains dans l'eau de vaisselle. De voir et de palper chaque mauvaise herbe que tu arraches. De toucher un navet lisse et dur, de goûter à la verdeur de ses feuilles terreuses. D'être dans ton propre corps sans pour autant avoir envie de courir dans tous les sens en poussant des hurlements. D'être heureuse avec toi-même, d'apprendre à te connaître, à te respecter. Et une fois que tu y parviendras, a-t-elle ajouté en souriant, tu seras prête à aimer, à *véritablement* aimer quelqu'un.

Je suis restée silencieuse. La gorge serrée. Les yeux me piquaient. Courir dans tous les sens en poussant des hurlements ? En effet, c'était à cet instant la seule chose qui me semblait appropriée. Bon sang, elle savait de quoi elle parlait. Horrifiée, j'ai pris conscience qu'elle devait comprendre ce que j'éprouvais, qui j'étais vraiment. À cette idée, je me suis sentie lamentable, humiliée. Au fond de moi, j'étais tellement laide, pathétique, souffrante, que l'idée que quelqu'un d'autre le sache me terrifiait, me tourmentait. Comme un rat en cage, que l'on s'apprête à jeter dans de l'huile bouillante.

— Sans oublier, a-t-elle poursuivi calmement, ne prêtant aucune attention à ma panique grandissante, que tu seras aussi capable de pratiquer la magie sans avoir à tuer quoi que ce soit. Tu seras une Tähti.

J'ai tressailli. *Jamais* personne ne prononçait ce mot. Aucun de mes amis ne l'était, et certains prétendaient même qu'il ne s'agissait que d'un mythe.

— On ne peut pas le devenir… ai-je répondu d'une voix faible. On naît ainsi et on ne peut rien y changer.

— Si, c'est possible, a affirmé River d'un ton posé, assuré. Je suis une Tähti… maintenant. Nous pratiquons la magie sans avoir besoin de l'obscurité, sans rien détruire.

C'était comme si elle m'avait dit que je pouvais apprendre à ne plus être humaine, à me transformer en extraterrestre ou en tigre, que sais-je. Incompréhensible.

— Qu'entends-tu par « maintenant » ? ai-je demandé.

— Je n'ai pas toujours été douce et lumineuse. Autrefois, moi aussi, j'étais pleine de… noirceur, a-t-elle précisé en détournant les yeux, comme si elle en avait trop dit. À présent, les navets nous attendent.

Je l'ai dévisagée, incapable d'assimiler tout ce qu'elle m'avait révélé en seulement quelques minutes – ce qui lui avait suffi à démanteler la personne que j'étais, à mettre au jour le cadavre qui pourrissait en moi. J'étais complètement déboussolée.

Mais j'étais aussi, euh… affamée. Travailler dans le froid, le soleil et le vent avait aiguisé mon appétit.

— Viens, a dit River en me tendant la main. Tu as le droit de paniquer tout en mangeant. Je crois qu'il y a de la tarte aux pommes pour le dessert. Du moins pour ceux qui finiront leurs navets.

Bon sang de bonsoir. Elle me connaissait. Par cœur.

CHAPITRE 10

— À l'aide, Nastasya !

En entendant la voix de River, j'ai fait volte-face et l'ai vue apparaître derrière le vieux camion rouge. Il était très tôt, mais j'étais déjà consciencieusement affairée à rentrer du petit bois pour alimenter les grandes cheminées de la salle commune et de la salle à manger. Je ne savais pas en quoi cette activité m'aiderait à sauver mon âme, mais c'était toujours mieux que de ramasser des betteraves. J'ai lâché la brouette pleine de bois et suis allée rejoindre River. Penchée en avant, elle tenait un des chiens de ferme par le collier.

— Nastasya, il faut que tu t'occupes de Jasper.

De fines mèches de cheveux gris s'échappaient de sa natte et encadraient son visage.

— Euh… OK, ai-je dit en tendant la main vers le chien. Oh ! beurk… il sent le putois, non ?

— Oui, je sais, désolée. Il faut absolument que je livre ces choux au marché avant 8 heures. D'habitude, Jasper vient avec moi, mais il a eu une mésaventure avec une moufette qui a son terrier dans les environs. Peux-tu lui donner un bain, s'il te plaît ?

Je l'ai dévisagée. Jasper haletait à mes pieds, l'air ravi malgré la puanteur sans nom qu'il dégageait.

— Mets-le dans le grand bac de l'écurie et arrose-le de jus de tomate, a-t-elle précisé. C'est le meilleur moyen de le débarrasser de cette odeur. J'ai demandé à Reyn de t'en apporter et de te donner un coup de main.

— D'accord, ai-je marmonné.

À cet instant, River a semblé prendre conscience de la drôlerie de la situation et s'est retenue de rire.

— Excuse-moi, Nastasya, mais tu es mon dernier espoir. Du jus de tomate et un bon shampooing devraient faire l'affaire. Pas vrai, Jasper ?

Le chien avait l'air joyeux et content de lui.

— Il faut que je file. Merci beaucoup !

Elle m'a brièvement tapoté l'épaule et s'est empressée de grimper dans le camion.

J'ai baissé les yeux vers Jasper. À cet instant, si mes amis m'avaient vue… ils m'auraient trouvée tellement misérable.

— Allez, viens, ai-je lancé au chien en l'emmenant vers l'écurie.

Hormis la grange, où se déroulaient les cours, il y avait deux autres bâtiments annexes. River avait six chevaux, installés dans l'écurie qui contenait dix stalles. Le grand bac en inox était en face de la sellerie. Reyn était déjà là, en train de perforer plusieurs grosses boîtes de jus de tomate. Il m'a jeté un coup d'œil qui manquait assurément d'enthousiasme.

— On est censés lui donner un bain, ai-je dit, histoire de meubler le silence.

— Je sais.

Il s'est penché pour prendre Jasper et l'a soulevé sans peine. J'essayais de ne pas penser au fait qu'il était si fort, si efficace et imperturbable. Une fois dans le bac, Jasper a d'abord paru hésitant, puis il s'est immobilisé.

— Bon chien, ai-je dit en tâchant de ne pas respirer par le nez. Nom de Dieu, espérons que ça marche, ce jus de tomate !

— Tiens-le.

Reyn a vidé une boîte de jus sur le dos de l'animal, qui a affiché un air outragé.

— Prends ce bol et verses-en autant que tu peux sur lui, a repris Reyn.

J'ai obtempéré, tout en ayant conscience que Reyn et moi étions seuls dans cette écurie bien chaude, qui sentait le foin. Des rayons de soleil filtraient à l'oblique à travers les vitres. Autour de nous, on entendait le souffle paisible des chevaux, dont les naseaux veloutés frémissaient, dérangés par la puanteur de Jasper.

J'étais mal à l'aise. Je détestais les écuries. Autrefois, j'avais possédé des chevaux que j'avais aimés à la folie, et les perdre avait été trop douloureux.

De ses bras musclés, Reyn vidait boîte après boîte sur Jasper qui, tête baissée, était parfaitement malheureux. Le chien, un corgi, avait de courtes pattes et de larges oreilles de chauve-souris. Je frottais vigoureusement sa fourrure.

— Il faut qu'on discute, Jasper, ai-je dit. Il y a parfois des choix à ne pas faire, dans la vie – que cela te serve de leçon.

Près de moi, Reyn paraissait tellement inébranlable qu'il donnait l'impression de pouvoir résister à un raz de marée. Il sentait l'air sec de l'automne, auquel se mêlait l'odeur de la fumée de bois – et c'était atrocement agréable. Le col de sa chemise à carreaux n'était pas boutonné et je n'avais qu'une envie, appuyer mon visage contre la peau lisse de son torse et m'imprégner de son parfum. Il pourrait alors me prendre dans ses bras, où je serais au chaud, en sécurité… En dépit de son impassibilité, la seule émotion dont il semblait capable, je l'imaginais en train de rire de bon cœur, voire de s'esclaffer. Je l'imaginais ivre, alors qu'il n'avait pas l'air du genre à se laisser tenter par la boisson. Je l'imaginais aussi furieux, enragé… J'ai hésité. Ma main s'est immobilisée dans la fourrure de Jasper.

J'ai de nouveau examiné le visage de Reyn.

Il m'a rendu mon regard.

Reyn furieux, enragé…

J'ai secoué la tête. La vision brumeuse qui venait de traverser mon esprit s'est évaporée. Était-ce… un souvenir ?… Aucune idée. J'ai décidé de saisir le taureau par les cornes.

— Je vois bien que tu ne m'apprécies guère. T'es certain qu'on ne s'est jamais rencontrés ?

Une brève lueur a éclairé ses yeux. Il a vidé la dernière boîte de jus de tomate au-dessus de Jasper.

— Je n'ai… Je n'éprouve aucun sentiment pour toi, quel qu'il soit, a-t-il répondu d'une voix aussi distante que son attitude. Il faut maintenant laisser le jus imprégner la fourrure.

Du coin de l'œil, je voyais le V que formait son col, l'ombre de barbe sur son menton.

— Tu es ici depuis longtemps ?

Il m'a lancé un regard oblique.

— Rince-le, puis shampouine-le. Je file, j'ai du boulot.

— Tu ne peux pas m'aider ? Il va peut-être essayer de s'échapper, ai-je expliqué.

Je n'en croyais pas un mot – Jasper, l'air totalement démoralisé, se contentait de subir son sort. Il s'était même assis dans le bac. La mâchoire de Reyn s'est contractée, presque imperceptiblement. Mais il est resté près de moi. J'ai passé le chien sous l'eau puis je l'ai savonné.

— Oh, Reyn, te voilà !

C'était la voix de Nell. Elle s'approchait de nous, le teint frais, vêtue d'une tenue appropriée pour la saison – un pull-over de laine tricoté à la main et un pantalon de velours rentré dans de vraies bottes en caoutchouc. De mon côté, je ressemblais à quelqu'un qui aurait passé la nuit en boîte avant d'aller laver un chien puant.

— Je te cherchais, a-t-elle dit à Reyn.

Il n'a rien répondu. Elle s'est alors tournée vers moi et m'a regardée de haut en bas, de son air joyeux et amical. J'ai essayé d'oublier que je portais un sweat noir orné d'une tête de mort en strass et un pantalon bouffant violet qui aurait été plus à sa place au Cirque du Soleil. Je m'en fichais, un point c'est tout.

— On dirait que tu as trouvé ta vocation, Nastasya ! a-t-elle lancé en souriant.

Je me suis raidie.

— C'est-à-dire ?

— Comme toiletteuse de chiens ! a-t-elle précisé avec un petit rire. Tu as l'air d'une professionnelle.

J'ai soupiré intérieurement, tout en me retenant de l'asperger avec le jet du bac.

— Reyn, je me demandais si tu pouvais me donner un coup de main, a-t-elle repris en lui décochant un de ses sourires genre servante anglaise, tout en enroulant une mèche de cheveux autour de son doigt – ou si elle ne le faisait pas, c'était tout comme. Il faut que je sème des plants d'épinards.

J'avais déjà remarqué qu'elle essayait toujours d'être près de lui et de recourir à son aide dès qu'elle le pouvait. De son côté, il semblait ne pas s'apercevoir du manège de Nell.

Je m'attendais pourtant à ce qu'il saute sur l'occasion de me planter là, mais il a secoué la tête.

— Je dois terminer ici ; ensuite, Solis veut que j'examine le sabot de Titus.

— Titus est l'un des chevaux ? ai-je demandé sans conviction.

Nell m'a dévisagée avec un sourire condescendant.

— Oui. Reyn est notre palefrenier attitré. Il monte très bien.

J'ai souri à mon tour.

— Je n'en doute pas.

Le visage de Reyn s'est crispé et Nell a rougi, embarrassée.

— C'est un terme équestre, a-t-elle expliqué.

— Vraiment ? Je croyais que tu faisais allusion à autre chose...

Cette fois, tous deux paraissaient carrément gênés, et je me suis accordé quelques points de bonus. Jamais je n'avais connu de gens aussi exaspérants qu'eux. *Ils sont faits l'un pour l'autre*, ai-je pensé, même si cette idée m'a filé la nausée. Je me suis penchée vers le chien et j'ai reniflé son pelage. Le fumet de la moufette était à peine décelable.

— OK, mon vieux, c'est acceptable. Mais ne recommence pas, d'accord ? ai-je dit en le sortant du bac.

Malgré son allure robuste, il ne devait pas peser plus de quinze kilos. Je l'ai posé par terre et... j'ai attendu qu'il se secoue vigoureusement, nous aspergeant d'eau.

— Oh ! s'est écriée Nell en reculant vivement.

Je me suis essuyé les mains sur le torchon rêche, ai lancé un grand sourire à Nell et à Reyn et me suis éloignée d'un bon pas.

— Merci pour ton aide, ai-je roucoulé à l'intention du Viking.

Il m'a regardée un instant, puis est parti à son tour, dans la direction opposée à celle de Nell.

Ils me faisaient royalement chier, ces deux-là.

Ayant apparemment décidé que j'étais à des millions d'années-lumière de pouvoir suivre les cours normaux, River et Solis m'ont tout simplement mise au travail. Mon nom était inscrit sur l'emploi du temps commun et, pendant plusieurs jours, j'ai lutté contre le fardeau omniprésent d'un ennui qui m'engourdissait l'esprit et contre celui d'un désespoir terrifiant, à grincer des dents. Il faut dire que durant des décennies, voire des siècles, j'avais délibérément *évité* toutes les corvées qu'on m'imposait ici.

J'ai néanmoins fini par trouver une tâche qui me plaisait : marteler comme une malade des bouts de bois. Ce jour-là, Brynne, Jess et moi réparions le mur extérieur de la grange. Une activité fort différente de ce que j'aurais pu être en train de faire à Londres, en compagnie d'Incy et de Boz : organiser un fabuleux voyage, peut-être ? Déambuler d'une fête à l'autre ? Prendre un peu de repos après une folle nuit blanche ? Agresser des chauffeurs de taxi ? Tout cela semblait tellement vain. Tandis que moi, là, je rénovais une grange ! Un truc utile, non ?

— Parle-moi un peu de toi, Brynne, ai-je demandé en m'essuyant le nez sur la manche de ma chemise. Qu'est-ce qui t'a amenée ici ?

Elle tenait une planche afin que Jess puisse rapidement la poser à l'aide de quelques clous ; ensuite, nous la fixerions plus solidement.

— Je viens ici tous les dix ans environ, pour une durée d'un an, a-t-elle expliqué.

Brynne avait recouvert ses cheveux d'un fichu aux couleurs vives. Sa beauté élégante lui donnait une allure de jeune mannequin… ou de guépard. Un guépard vêtu d'un bleu de travail et d'un pull vert en loques. Elle m'a décoché un grand sourire qui a illuminé le ciel gris et terne.

— Je rapplique généralement après une terrible rupture. River m'accueille ici, me remonte le moral, j'apprends quelques trucs et, dès que je me sens mieux, je repars.

Je me suis souvenue de la remarque de Reyn, à propos des « chiens errants » de River.

— Quel genre de trucs ?

Brynne a haussé les épaules.

— Attention, Jess, il y a une écharde dans le bois.

« Des tas de choses différentes, m'a-t-elle répondu. La magie, la cuisine, le jardinage, etc. Une année, j'ai aidé

River à repeindre quelques pièces. Une autre fois, j'ai passé mon temps à faire de la pâtisserie. Tu te rappelles, Jess, l'année où j'ai montré à tout le monde comment danser le hip-hop ?

Elle s'est mise à rire en rejetant la tête en arrière – le contour de sa gorge se découpait sur le ciel.

Jess, des clous plein la bouche, a poussé un grognement – le hip-hop ne devait pas être sa tasse de thé.

— Tu as quel âge ? ai-je voulu savoir. Du moins, si tu ne me trouves pas trop indiscrète…

Brynne a réfléchi un instant.

— Oh… Deux cent trente-quatre ans. Waouh ! s'est-elle exclamée en souriant de nouveau.

— Et comment as-tu rencontré River ?

Était-ce judicieux de l'interroger ainsi ? Aucune idée.

Jess m'a désigné la planche d'un signe de tête.

— Vas-y.

J'ai enfoncé un clou avec le marteau – j'adorais ce boulot.

Brynne avait soudain l'air plus sérieux.

— J'étais en colère contre des gens et j'ai voulu les brûler vifs.

Bouche bée, j'ai essayé de donner du sens à ses mots. Jess, de son côté, n'avait même pas levé les yeux de son ouvrage.

— Quoi ?

Bizarre, elle ne ressemblait pas à une psychopathe, pourtant. J'ai repensé avec embarras à certaines choses que j'avais commises.

— Ce n'était pas du vrai feu, a répondu Brynne en s'appuyant contre une planche pour la maintenir en place. Je ne les ai même pas blessés. Mais je cherchais à leur foutre la trouille, et j'ai réussi. Bref, River se trouvait dans cette rue quand tout cela est arrivé – c'était en Italie, en 1910 peut-être, ou en 1913 ? Avant la Première Guerre mondiale, en tout cas. Elle s'est évidemment rendu compte que j'avais utilisé de la magie à mauvais escient et elle est venue me trouver pour me sermonner.

— Et tu l'as alors suivie jusqu'ici ?

— Oh ! non. Je lui ai mis un coup de poing.

Jess a ricané et m'a donné un autre clou.

— J'ai quand même fini par venir. La première fois, c'était en 1923. Après la guerre.

— D'où es-tu originaire ?

— De Louisiane. Ma mère était une esclave africaine. Déportée d'Angola. Mon père était un propriétaire terrien blanc. Tu imagines ? Être une esclave immortelle ! Bon Dieu.

J'ai terminé de fixer la planche et j'en ai tendu une autre à Brynne.

— Que s'est-il passé ? ai-je demandé, impatiente de connaître la suite.

— Mon père a évidemment compris que ma mère était une immortelle comme lui. Il a attendu que sa femme meure pour pouvoir s'enfuir avec elle. Il a vendu sa plantation, a libéré tous ses esclaves, a-t-elle ajouté en riant. Ils sont encore ensemble, et j'ai dix frères et sœurs nés au fil des décennies. Tu en rencontreras peut-être quelques-uns, ils passent parfois dans le coin.

Je lui ai tendu un clou, tout en pensant à ce qu'elle venait de raconter. Il existait peu de couples immortels heureux, mais ses parents en formaient un, à l'évidence. Et ils avaient donné naissance à onze petits immortels, au fil du temps. Ça devait être étrange, d'avoir des frères ou des sœurs de cent ans de plus ou de moins que soi. Dans ma famille, les enfants n'avaient eu qu'un ou deux ans de différence, sans que je sache pourquoi.

— Et toi ? ai-je ensuite demandé à Jess.

— Pas question que j'en parle, a-t-il répliqué de sa voix râpeuse, tout en fixant une énième planche.

Pas de souci, ai-je pensé.

— Brynne, tu connais les histoires des autres ? Celle de Lorenz ? de Nell ? ou de Reyn ?

(Oui, je suis la subtilité incarnée...)

Brynne a haussé les épaules.

— Je crois que Lorenz a cent ans environ et qu'il vient d'Italie. J'ai comme l'impression que sa famille est amie avec celle de River. Nell est anglaise, et n'a que quatre-vingt-trois ans. Quant à Reyn, je ne sais pas grand-chose. Je crois qu'il a environ deux cent soixante ans. Et qu'il est hollandais. Si tu veux plus de détails, tu devras le leur demander directement.

J'ai acquiescé.

— Et toi ? m'a alors demandé Jess, dont la voix évoquait une boîte pleine de vieux clous rouillés que l'on aurait secouée.

D'instinct, j'ai d'abord failli lui renvoyer sa propre réponse – pas question d'en parler. Mais j'étais là pour mûrir, pour apprendre à *m'aimer* davantage, non ?

— Je suis plus âgée que ça, ai-je répondu.

Brynne a eu un large sourire.

— Plus précisément ? Et d'où viens-tu ? Raconte-nous ton histoire.

À cet instant, sans prévenir, les ténèbres de mon passé se sont abattues sur moi – j'étais incapable de me remémorer quoi que ce soit, de partager mon histoire, de poursuivre cette conversation.

J'ai regardé Brynne et je crois qu'elle a deviné ce que j'éprouvais : son visage s'est adouci et elle m'a tapoté le bras.

— C'est pas grave, a-t-elle dit. Certaines routes sont plus longues et plus difficiles que d'autres.

Sans un mot, j'ai hoché la tête, tout en pensant que certaines routes en effet mènent droit en enfer.

Chaque jour, la préparation du dîner était confiée à une équipe de deux ou trois personnes différentes. D'autres pensionnaires étaient chargés de débarrasser la table et de tout nettoyer. Certains allaient marcher presque chaque soir après le repas, qu'il pleuve ou qu'il vente. Parfois, j'étais obligée de les accompagner, même si je détestais être dehors la nuit, en pleine campagne. Cependant, je me sentais moins menacée si je restais au milieu du groupe.

En fait, si j'avais été vraiment cohérente, jamais je ne me serais retrouvée là.

Ce soir-là, j'étais dans la cuisine, occupée à éplucher une montagne de pommes de terre. J'avais ramassé ces satanées patates deux jours plus tôt et la sensation désagréable de la terre sèche me collait encore à la peau. Malheureusement, il y avait des corvées moins amusantes que celle qui consistait à taper avec un marteau. Asher était près de moi, en train de laver du chou.

— Tu es prof, ici, ai-je fait remarquer. Pourquoi es-tu encore obligé de te cogner un boulot pareil ? Ça doit pourtant faire un bail que tu as atteint le nirvana. Tu n'apprécies pas chaque minute de cette palpitante occupation ?

— Au contraire, mon petit chou, a-t-il répondu en souriant. J'apprécie chaque seconde. Mais tu dois comprendre qu'il ne suffit pas de se réapproprier quelques instants pour trouver le bonheur et vivre détendu pour toujours…

Son sens de l'humour m'a déconcertée et j'ai relevé qu'il était semblable à celui de River. En réalité, j'entendais souvent par hasard des plaisanteries, des rires qui venaient de l'autre côté du jardin ou de la cour, ou de l'autre bout du couloir. Bien entendu, je n'avais pas encore vu Reyn sourire, excepté dans mon imagination, et je ne m'attendais pas à ce que cela arrive.

— Qu'entends-tu par là ? Tu penses que jamais je ne réussirai à… m'améliorer ?

— Non, ce n'est pas ça, a répondu Asher en posant une nouvelle pile de feuilles de chou propres sur le plan de travail. Seulement, ça n'a rien à voir avec l'ascension d'une montagne : une fois le sommet atteint, ça ne s'arrête pas là.

Merde.

— Tu veux dire qu'il me faudra l'escalader de nouveau ?

— Non, a-t-il répliqué en s'essuyant les mains. Mais là-haut, tu t'aperçois que la vue est tellement spectaculaire que tu as envie de poursuivre ton chemin.

— J'y comprends plus rien. Laisse tomber ton histoire de montagne et explique-moi ça sans détour.

— Ici, personne n'a subitement décidé de choisir le bien ou la lumière et de laisser les ténèbres derrière soi pour l'éternité, a répondu Asher d'un ton patient. Ce n'est pas une décision qui se prend une bonne fois pour toutes. Nous naissons Terävä, mais ça n'est pas une fatalité. Il est possible de devenir Tähti. Cependant, une fois qu'on l'est, il faut le rester.

L'aisance avec laquelle les habitants de River's Edge abordaient ces notions continuait de me surprendre.

— Et par « bien », j'entends le contraire de « noirceur », ou de « mal », pas un modèle de vertu, tu saisis ?

J'ai acquiescé.

— Le bien est une chose qu'il faut choisir encore et encore. Des milliers de décisions nous attendent chaque jour, plus ou moins importantes. À chaque décision que l'on prend, on avance vers la lumière ou l'on recule vers les ténèbres.

— Bon sang, ai-je gémi. Je ne cherche pas à progresser autant que ça !

Un sourire a éclairé son visage.

— Je vais te confier un secret : aucun d'entre nous ne fait constamment les bons choix. Il nous arrive de nous tromper. Même River, qui est pourtant la meilleure personne au monde que je connaisse.

— Dans ce cas, pourquoi se donner tant de peine, si on est certain de ne jamais réussir vraiment ?

— On gagne de diverses manières, en remportant nombre de petites batailles. Le but de l'existence n'est pas de se montrer « bon » en permanence. C'est d'être aussi bon que possible. Nul n'est parfait.

À cet instant, plusieurs personnes sont entrées dans la cuisine : Lorenz, Nell, Anne et… le dieu viking. Bien entendu, je voyais Reyn tous les jours ; depuis le toilettage de Jasper, j'avais eu le malheur de travailler à son côté à deux ou trois occasions. Il ne parlait que si l'on s'adressait à lui et jamais il ne souriait ni ne riait – bref, il était sinistre, glacial et super chiant. Je continuais vainement à me demander si je l'avais déjà croisé quelque part. Plus je l'observais, plus il m'agaçait. Ironie du sort, je le trouvais plus séduisant que la plupart des types que j'avais pu rencontrer. Il semblait pour sa part totalement indifférent. Mais il m'attirait. Pendant une minute fiévreuse, j'étais allée jusqu'à penser que nous avions peut-être fait connaissance dans une vie antérieure, avant de me ressaisir – vous imaginez ça, si nous autres immortels pouvions nous réincarner ? Sans façon, merci.

Malgré tout, je ne pouvais pas le supporter. Il n'avait pas une seule qualité admirable, hormis sa dévotion totale et tellement ennuyeuse à faire le bien (si on pouvait appeler ça une qualité…). C'était le type le plus coincé, réservé, rabat-joie du monde. Et pourtant, chaque nuit, dans mon petit lit de bonne sœur, il… me manquait, comme s'il avait été mien autrefois et que je le voulais de nouveau près de moi. Je mourais d'envie qu'il vienne me rejoindre, me touche, m'embrasse, je brûlais de briser cette façade, de lui faire perdre ses moyens, de faire battre son cœur.

Généralement, comme je l'ai déjà dit, je ne m'intéresse pas aux hommes ; ils ont pour moi un emploi limité, à court terme. En revanche, j'avais Reyn dans la peau et l'attirance que j'éprouvais était viscérale, intense, que je le veuille ou non.

— Nastasya ?

Asher me regardait. Les autres en faisaient autant.

Je me suis ressaisie et j'ai attrapé une pomme de terre que je me suis mise à éplucher brutalement.

— Bon... Explique-moi encore une fois ce truc du bien et du mal, ai-je dit à Asher.

Tout le monde a ri (sauf Reyn, évidemment) avant de ressortir de la cuisine, tout sourires et joues roses, comme il se devait. Nell s'est immobilisée sur le seuil, avant de se retourner.

— Au fait, Reyn, la porte de ma chambre n'arrête pas de se coincer. Tu pourrais y jeter un coup d'œil, s'il te plaît ? a-t-elle demandé en lui décochant une de ses habituelles œillades.

Le dieu viking a hoché la tête et s'est apprêté à la suivre.

— Reyn ? l'a appelé Asher.

Il s'est arrêté net.

— Oui ? a-t-il répondu d'un ton respectueux – pas exactement chaleureux, mais pas non plus dédaigneux, comme lorsqu'il s'adressait à moi.

Asher a fait signe à Nell qu'elle pouvait quitter la cuisine. Après une seconde d'hésitation, elle a souri puis est partie.

— J'ai décrit à Nastasya notre quête comme une série constante de décisions à prendre au fil de la journée, a poursuivi Asher, tout en essayant de lui expliquer que personne n'atteint jamais la perfection, qu'une existence ne peut se résumer à ça. Saurais-tu l'exposer différemment, afin de l'aider à mieux saisir mon propos ?

Oh, oui, je t'en prie, Nastasya a tellement besoin de tes éclaircissements, ai-je pensé avec malveillance, avant de me gifler mentalement – encore une occasion ratée de choisir la voie du bien... Décidément, j'étais irrécupérable.

Reyn avait l'air horrifié, ce qui m'a un peu remonté le moral : à l'évidence, cela lui déplaisait d'être près de moi, tout autant que sa présence m'irritait.

— Comment se passe ta quête ? ai-je demandé avec désinvolture, tout en envoyant les pelures de pomme de terre valdinguer dans l'évier.

Il était... tout simplement incroyable. Les cheveux ébouriffés par le vent, les yeux brillants, le visage à peine rougi. Il s'en est fallu de peu que je le jette à terre, là, tout de suite, et grimpe sur lui devant Asher. Si je l'assommais d'abord d'un coup de poêle, il ne se débattrait peut-être pas trop...

— C'est difficile. La chose la plus difficile que j'aie jamais entreprise. Une bataille permanente entre la vie et la mort.

Asher a paru décontenancé. D'ordinaire, Reyn ne se livrait pas ainsi.

— Et pourquoi persévères-tu ?

Je n'essayais pas de faire la maligne – j'avais sincèrement envie de comprendre.

Reyn est resté silencieux et j'ai vraiment pensé qu'il allait quitter la pièce sans répondre.

— Parce que, sinon, ce serait admettre que l'adversaire l'a emporté, a-t-il fini par dire. Ce serait accepter la mort et les ténèbres, pour l'éternité. Ce qui mènerait à la folie, au désespoir et à une infinie souffrance.

Asher et moi le dévisagions, ébahis.

— Ah, je vois, ai-je dit.

Le regard de Reyn était indéchiffrable. Il est sorti sans rien ajouter.

Asher paraissait pensif.

— C'est un vrai boute-en-train, ce type, ai-je fait remarquer.

Asher s'est contenté de caresser sa barbe, puis m'a laissée seule avec ma montagne de patates.

CHAPITRE 11

— As-tu décidé de rester parmi nous ?

J'étais en train de plier des torchons propres quand River m'a gentiment interrompue. J'ai ouvert la bouche, avec l'intention de répondre : « Non, je ne peux pas », mais rien n'est sorti.

Ce n'étaient pas vraiment des vacances, ici, mais à bien y réfléchir, je n'avais pas l'impression de souffrir en permanence – ce qui avait été le cas à Boston et à Londres, où j'avais eu la sensation d'être à l'agonie, voire déjà morte.

À River's Edge, je me sentais différente.

Je me demandais encore, malgré tout, ce qu'Incy et les autres pouvaient bien être en train de faire, si je leur manquais, s'ils s'inquiétaient pour moi. Jamais je n'avais disparu ainsi, sans laisser de traces. Évidemment, il m'était arrivé de partir sur une impulsion en laissant un mot du genre « Rendez-vous à Constantinople ». Mais cette fois, je m'étais évanouie comme par enchantement. Comment avaient-ils réagi ? À cette pensée, un frisson m'a parcourue.

Ma vie avait changé du tout au tout. C'était ce que j'avais voulu, pas vrai ? Chaque matin, je m'éveillais suffisamment tôt pour voir les premières lueurs glaciales de l'aube se profiler derrière une colline lointaine. Je faisais mon lit (du moins, je mettais la couverture en ordre...), m'habillais et descendais au rez-de-chaussée. Parfois, mon nom figurait sur le tableau de service pour la préparation du petit déjeuner. D'autres jours, on me chargeait de ramasser les œufs, de balayer les vérandas ou de mettre la table.

Je travaillais toute la matinée, généralement avec un des professeurs ou un des étudiants les plus avancés, comme Daisuke, Charles ou Rachel. Il leur arrivait de me poser des questions précises, auxquelles j'essayais de répondre ; ou bien ils bavardaient de choses et d'autres et c'était seulement plus tard que je me rendais compte qu'ils en avaient profité pour me transmettre la Leçon de Vie n° 47.

Maintenant, je les connaissais tous – leurs noms, leurs origines, leur date d'arrivée à River's Edge, l'emplacement de leurs chambres. En réalité, Jess n'avait que cent soixante-treize ans, mais son alcoolisme était bien plus prononcé que le mien et c'était la cinquième fois qu'il séjournait ici. Jamais je n'avais vu quelqu'un de si jeune paraître aussi décati – des cheveux grisonnants, un visage ridé, le nez couvert de petits vaisseaux sanguins. La dernière fois qu'il avait quitté River's Edge, il s'était soûlé et sa voiture avait accidentellement renversé un cycliste. Ce dernier s'en était tiré, mais Jess disait que la culpabilité pesait trop lourdement sur ses épaules. Il avait pas mal de trucs à régler avec lui-même. Tout comme moi.

Rachel était d'un tempérament sérieux, mais, par instants, elle pouvait se montrer terriblement drôle. Les récits de ses aventures dans les années 1920 étaient hilarants.

Anne, l'un des professeurs, était joyeuse, souriante et toujours pressée. Elle aimait le contact physique avec les gens – me toucher le bras, poser la main sur l'épaule de quelqu'un d'autre, frotter le dos de River. À présent, je n'avais plus de mouvement de recul quand cela survenait. Elle avait trois cent quatre ans et prétendait que son teint de jeune fille était dû à « la vie saine » qu'elle menait – ce qui ne manquait pas de faire pouffer les autres professeurs ; en retour, elle se tordait de rire.

Comme vous le voyez, ils formaient une sacrée bande de rigolos.

Quant à Lorenz et Charles, ils étaient sympas et intéressants ; je n'avais pas déployé beaucoup d'efforts pour mieux les connaître, puisque je n'allais certainement pas rester là encore longtemps. En tout cas, eux ne m'agaçaient pas. Lorenz avait les yeux bleus et les cheveux noirs, combinaison saisissante, ainsi qu'un charmant profil romain, comme tout droit sorti d'une mosaïque. Il parlait plutôt fort et exprimait ouvertement ses émotions. Charles, lui, venait d'Irlande et en avait conservé un léger accent, mais il avait vécu dans le sud des États-Unis ces deux derniers siècles. De caractère enjoué, il avait des cheveux d'un roux pâle, des yeux verts et des taches de rousseur. Il réussissait toujours à paraître soigné et propre sur lui, même lorsqu'il sarclait dans le potager ou trayait les vaches. Brynne, je l'ai déjà dit, ressemblait à un mannequin – grande, mince et gracieuse, un visage à la beauté harmonieuse. Comme Lorenz, elle était pleine de vie, pareille à une fleur. Elle semblait dotée d'une grande maîtrise de soi – le jour où la friteuse avait pris feu, elle l'avait simplement aspergée de sel, sans interrompre l'histoire qu'elle était en train de raconter.

Reyn restait égal à lui-même. Nell se démenait encore pour se montrer amicale et serviable avec moi, mais je sentais combien cela sonnait faux – juste de la poudre aux yeux destinée aux autres. Surtout devant Reyn. J'avais vite compris que Nell était un loup déguisé en brebis et que nul ici ne s'en était rendu compte. Personne ne semblait non plus remarquer à quel point Reyn l'obsédait. Elle était discrète, mais pas suffisamment pour moi. Extérieurement, elle était une charmante petite créature, toujours prête à donner un coup de main, travailleuse, consciencieuse et gentille avec tout le monde.

J'avais pourtant deviné quel désespoir muet l'animait vis-à-vis de Reyn, qui lui passait tous ses caprices, sans toutefois la voir autrement que comme une camarade, une collègue – normal, ce type était borné, totalement indifférent aux autres. Elle, en revanche, avait envie de s'envoler avec lui vers un coucher de soleil Tähti et de le garder pour elle à jamais – littéralement. Je l'observais alors que, sans relâche, elle s'arrangeait pour qu'on leur attribue les mêmes corvées. Elle lui demandait de l'aide pour ses devoirs et ne cessait de se montrer prévenante envers lui.

Généralement, soit les gens m'adorent, soit ils me détestent ; Nell semblait faire partie de la seconde catégorie. Je ne savais pas si elle me haïssait pour de bon, mais, lorsqu'elle me voyait travailler à côté de Reyn, elle me fusillait du regard – et changeait d'expression dès qu'elle s'apercevait que je l'avais remarqué.

Au moins, cela pimentait un peu mes journées.

Plongée dans mes réflexions, j'avais oublié River et sa question. J'ai soudain compris qu'elle attendait une réponse de ma part.

Je regrettais de ne pouvoir lui dire : « Oui ! J'adore ma nouvelle vie ! Trop palpitante ! Mon cœur et mon âme appartiennent désormais à ce lieu et je me sens prête à me métamorphoser ! »

Pas moyen.

— Euh… j'arriverai peut-être à encaisser quelques jours de plus, ai-je seulement été capable de bredouiller.

J'angoissais à l'idée que River me demande de plier bagage.

— C'est bien, a-t-elle dit avant de m'embrasser sur la joue.

Déroutée, j'ai porté la main à mon visage, à l'endroit exact où elle venait de déposer son baiser.

— Une dernière chose, a-t-elle ajouté.

J'ai levé les sourcils.

— Il te faut d'autres vêtements, a-t-elle annoncé en parcourant ma chambre du regard, sans dissimuler sa curiosité. De vrais jeans, des pantalons de velours. Des sous-vêtements confortables. Des chaussettes. Des chemises douillettes, des pulls en laine, des gants épais. Des bottes plus légères ou des chaussures pour travailler. Des baskets. Des pantoufles. Une tenue bien chaude pour la nuit. Tu as ce qu'il te faut dans cette valise ? a-t-elle demandé en la tâtant du bout du pied.

J'ai repensé aux habits disparates et mal assortis, pour la plupart noirs, que j'avais fourrés dedans, les tenues de marque dont je n'avais pas pris soin, les tee-shirts vulgaires et débraillés, les robes miteuses.

— Ouais, tu dois avoir raison, ai-je répliqué d'un ton morose. Vu que je vais *souvent* bosser dehors, d'après ce que j'ai compris.

River m'a adressé un large sourire.

— En effet. L'un de nous ira certainement bientôt en ville et pourra t'emmener faire des courses.

Le lendemain, en milieu de matinée (et j'entends par là 9 heures), je balayais le grand escalier, tout en fredonnant la chanson des petites souris de Cendrillon dans le dessin animé de Walt Disney. Oui, vous pouvez le dire : j'étais tombée bien bas, tant ma vie manquait désormais d'événements palpitants.

— Je vais conduire.

C'était la voix enjouée de Nell. J'ai aperçu son visage dans le hall d'entrée, en contrebas. Près d'elle se tenait Reyn (j'avais décidé de le surnommer Odin, le dieu le plus odieux qui soit).

— Non, je peux conduire, a-t-il répondu.

Une jolie moue est apparue sur les lèvres de Nell et, soudain, je n'ai pu résister à la tentation.

— Surtout, laisse-le prendre le volant, Nell. Il a un zizi, tu sais, ce qui fait toute la différence.

Elle a levé vers moi ses yeux bleus, écarquillés – mon audace la prenait de court –, puis une lueur d'irritation les a éclairés quand elle s'est aperçue que Reyn me regardait, lui aussi.

Je m'ennuyais tellement : il était temps de faire bouger les choses. Tout en continuant de balayer, j'ai ajouté :

— Évidemment, ça ne changera rien à sa conduite. Mais dans d'autres situations… là est toute la différence. Du genre, il peut faire pipi debout, lui, et tout et tout.

— Où veux-tu en venir ? m'a demandé Reyn d'une voix crispée.

— Nulle part. Je défends simplement ton droit de conduire. C'est vrai, ça, t'as l'âge légal, non ? T'as quel âge, au fait ? Trente ans ?

Je savais parfaitement qu'il ne faisait pas plus de vingt, vingt-deux ans, à l'exception de ses yeux étonnants – qui paraissaient avoir des centaines d'années.

Il n'a pas répondu.

— Il a deux cent soixante-sept ans, a répliqué Nell de son accent britannique clair et net, les sourcils froncés. J'en ai quatre-vingt-trois. Et toi ?

— Je suis plus vieille que ça.

J'ai descendu une marche et poursuivi mon travail. J'en avais fait un art : un grand coup de balai de gauche à droite, puis deux coups en X, d'un coin à l'autre. En quoi cela allait-il m'aider à sauver mon âme, exactement ? Je balayais le chemin me menant au bien, ou quoi ?

— Oh ! je suis contente de vous trouver avant votre départ, a dit River qui arrivait de la cuisine. Vous allez en ville, tous les deux, c'est bien ça ?

Reyn a acquiescé.

— Et c'est Reyn qui va conduire, ai-je précisé. Parce que lui, c'est un garçooooon.

River a paru étonnée.

— C'est moi qui conduis pour la simple et bonne raison que, la dernière fois, Nell a éraflé les deux ailes du camion, a répondu Reyn en prenant sa veste pendue à l'une des patères, près de la porte d'entrée. Pareil avec la Toyota. Elle a aussi crevé un pneu de la camionnette.

Nell m'a lancé un regard malveillant avant de rétorquer d'un ton défensif :

— Il fallait bien que je m'habitue à conduire du mauvais côté de la route ! Tout est inversé, ici !

— Tu es là depuis deux ans, lui a rappelé Reyn.

Nell paraissait sur le point d'exploser et j'ai deviné que si Reyn et River ne s'étaient pas trouvés là, elle m'aurait craché son venin en pleine figure. Elle s'est contentée d'attraper son manteau et de l'enfiler avec des gestes brusques.

— Bon, a dit River, l'air perplexe. Justement, Reyn et Nell, j'aimerais que vous emmeniez Nastasya en ville avec vous ce matin – quel que soit le conducteur. Elle a besoin de vêtements. Vous pouvez lui montrer où se situe le magasin d'Early ?

À cet instant, si Nell avait été capable d'émettre un son, ça aurait été un cri strident, atroce. Mais une fois encore, elle a préféré se taire et s'est dirigée vers la porte.

— J'ai une voiture, ai-je fait observer. Je peux m'y rendre toute seule comme une grande.

— Mieux vaut regrouper les sorties autant que possible, cela économise de l'essence, a répondu River d'un ton détendu.

Reyn et moi étions aussi réticents l'un que l'autre. Puis j'ai pris conscience de la drôlerie de la situation : j'allais être l'infect chaperon tout au long de cette petite balade que Nell avait sans doute combinée, histoire d'être seule avec le Viking. J'ai descendu les marches, prête à pourrir la journée de Nell. J'admets honteusement que je venais de faire un autre écart désastreux sur la route du bien. En fin de compte, non, je n'étais pas vraiment honteuse, mais plutôt triomphante. Et puis je reconnaissais au moins que j'avais tort d'agir ainsi : un sacré progrès, pas vrai ?

Early's était le bazar qui se trouvait juste à côté de *MacIntyre's Drugs*. On y trouvait fournitures agricoles, matériel de jardinage, vêtements, jouets, bonbons d'un autre âge et gadgets pour la cuisine. Le plancher était en bois, le plafond de métal peint en marron, et de fines colonnes d'acier soutenaient le toit. Rudimentaire et sans prétention.

— Les vêtements sont par là, m'a indiqué le Viking du ton le plus indifférent qui soit. J'ai des courses à faire, je viendrai te chercher quand j'aurai terminé.

Je lui ai décoché un sourire chaleureux et avenant.

— Merci, ai-je dit d'une voix mielleuse, t'es un chou.

Les pupilles de Reyn se sont brièvement enflammées. Le visage de Nell s'est figé comme du marbre et elle s'est éloignée en direction de la vaisselle. Reyn m'a dévisagée un instant, puis est parti à son tour.

J'ai ricané doucement. Je me suis retournée vers le rayon des vêtements pour femme – des piles de jeans soigneusement pliés, des rangées de pull-overs – et me suis sentie légèrement dépassée par la situation. À quand remontait la dernière fois que j'avais acheté des tenues convenables ? Pas moyen de m'en souvenir. Quand j'étais pauvre, des centaines d'années plus tôt, je confectionnais moi-même mes fringues – ça vous dit, du lin tissé ou de la laine filée à la maison ?

Lorsque j'ai commencé à avoir plus d'argent, j'avais des couturières qui se déplaçaient à domicile. Autant je m'étais réjouie de la disparition des corsets et des jupes à cerceaux, autant la mode ne m'avait jamais particulièrement intéressée. Depuis quelque temps, quand j'étais à court de vêtements neufs, j'appelais une boutique qui me livrait ce dont j'avais besoin. Voilà des décennies que je ne me souciais plus de porter des tenues assorties ou appropriées aux diverses occasions. Je m'en fichais de savoir si j'étais ravissante ou non.

— Merde, ai-je marmonné. Allez, je vais y arriver, je ne suis pas aussi débile que j'en ai l'air.

— C'est à moi que tu parles ?

J'ai sursauté. Une fille au look gothique, un jean noir à la main, m'observait de ses yeux plissés, ultramaquillés. Elle paraissait vaguement familière… Oui, c'était celle que j'avais vue traîner devant le drugstore, le jour de ma fuite.

— Naaan, ai-je répondu en examinant la marée de vêtements. Désolée, je parlais toute seule.

— Au moins, t'es certaine d'être entendue par quelqu'un, a-t-elle murmuré en plaçant le jean contre sa taille.

— C'est comme ça… que tu vérifies s'il va t'aller ? ai-je demandé d'un ton décontracté.

J'ai pris un pantalon de velours et imité le geste de la fille. Il semblait trop grand. Fallait-il plutôt l'essayer ?

— Et ensuite ? ai-je voulu savoir.

— Ensuite ? Je l'achète, a-t-elle rétorqué d'un ton sec, sur le qui-vive.

J'ai posé le pantalon de velours par-dessus mon bras et pris un sweat bleu marine.

— Cette couleur va avec tout, non ?

— C'est quoi, ton problème ? s'est-elle exclamée en reposant brusquement le jean qu'elle avait à la main.

Quelques secondes plus tard, la clochette au-dessus de l'entrée a retenti. Elle avait quitté le magasin. Je n'ai pas pu m'empêcher de rire – un rire embarrassé, preuve que je ne me sentais pas dans mon élément.

— Tu as terminé ?

Odin, impassible, se tenait devant moi, un sac d'au moins cinquante kilos sur l'épaule. J'ai regardé autour de moi. Pas de Nell en vue.

— Euh…

Et merde. Ça allait être une de ces journées où il me faudrait montrer que j'étais capable de mûrir. Je le voyais gros comme une maison. J'aurais dû déguerpir et trouver un bar sympa.

— J'ai du mal à… me décider, ai-je répondu.

Il m'a regardée des pieds à la tête. Je portais un pantalon de satin rayé Lacroix complètement effrangé à la hauteur des genoux. Un pull-over d'homme – Dieu sait où j'avais déniché ce truc – drapé autour de mes épaules, comme un linceul. Mon écharpe rayée vert et blanc était soigneusement enroulée autour de mon cou. Mes adorables bottes de motard complétaient l'ensemble – c'était ça, ou des Manolo à motif léopard, la seule autre paire de chaussures que j'avais emportée dans mon exode.

— Cela fait… au moins deux siècles que je n'ai pas travaillé ainsi, ai-je ajouté avec un petit rire, tout en me sentant intérieurement gauche et stupide. Par chance, les jupons ne sont plus de mise.

Reyn a posé par terre son gros sac ainsi qu'un autre, plus petit.

— Tu connais tes mensurations ?

— Euh, je chausse du 36. Et pour le reste… plutôt dans les petites tailles.

J'étais sèche comme un coup de trique, n'avais à proprement parler aucune rondeur. Et je ne prêtais plus attention à ça depuis des lustres.

— OK, a répondu Reyn avec un long soupir résigné.

Il m'a de nouveau examinée de haut en bas, puis ses longs doigts ont fouillé la pile de jeans.

— Essaie celui-ci, m'a-t-il dit en m'indiquant un réduit séparé du reste du magasin par un rideau. Tu vas devoir retrousser le bas.

J'ai obtempéré. Le pantalon m'allait. Il avait deviné juste, d'un seul coup d'œil – malgré sa réserve monacale, il savait à l'évidence jauger le corps d'une femme. Qui était-il ? D'où venait-il ? Et quelle était son histoire ? J'étais plus que fascinée.

— C'est parfait, ai-je dit en sortant de la cabine.

— Ajoutes-en deux autres ainsi que deux pantalons de velours dans la même taille, m'a-t-il ordonné.

Il était en train de passer les chemises en revue et avait déjà mis de côté une petite pile de pulls en laine.

Bientôt, je me suis retrouvée avec un Caddie rempli de tout un tas de vêtements neufs. À ma grande surprise, Reyn m'a montré comment assortir tee-shirts, chemises de flanelle et sweats. Aucun n'était de marque ou branché, ou même joli, mais tout était à la bonne taille et serait beaucoup plus chaud et confortable pour River's Edge. Évidemment, jamais il ne me serait venu à l'esprit de m'habiller ainsi dans le vrai monde – ça tombait bien, vu que je l'évitais pour l'instant.

— As-tu été valet, par le passé ? ai-je demandé.

Reyn a lancé quelques paires de chaussettes dans le Caddie puis a ramassé son sac et l'a jeté sans peine sur son épaule.

— Non. Je suppose que tu as des… sous-vêtements ?

— Euh… justement, je comptais en acheter quelques-uns, ai-je répondu.

Sa mâchoire s'est crispée.

— De ce côté, m'a-t-il indiqué. Prends des trucs simples qui s'entretiennent facilement. C'est pas ici que tu séduiras ou impressionneras qui que ce soit. Je t'attends à la caisse.

— Oui, chef !

Je n'ai pas trouvé de culottes de satin ou de dentelle. Je les ai choisies en coton, avec des imprimés à motifs de grenouilles et de singes. Quant aux soutiens-gorge, je les ai pris en petite taille – je n'avais pas envie de les essayer et, de toute façon, je ne les porterais sûrement pas. J'ai trouvé une veste en polaire et un manteau doublé qui serait plus chaud, plus léger et lavable – rien à voir avec mon manteau de cuir Roberto Cavalli qui était parfaitement inapproprié pour le travail à la ferme. Et puisque les écharpes faisaient partie intégrante de mon identité vestimentaire, j'en ai ajouté deux au Caddie.

Nell est arrivée à l'instant où je déposais les sous-vêtements sur le comptoir. J'ai réfréné le désir de la provoquer en insinuant que Reyn m'avait aidée à les choisir. Le score était donc de 2 pour le mal et 1 pour le bien ? Ou bien le mal l'emportait-il de 3 points ?

Il était près de midi. J'ai payé, surprise de la somme dérisoire que tout ça coûtait. J'avais parfois dépensé trois fois ce montant pour une seule paire de chaussures – des chaussures fabuleuses, admettons-le, mais quand même.

— Où étais-tu passée ? a demandé Reyn à la donzelle.

Elle a souri – soit elle jouait la comédie, soit elle avait retrouvé sa bonne humeur.

— J'étais à la mercerie, a-t-elle répondu en élargissant son sourire. Ils font aussi de l'artisanat, c'est à quelques pas d'ici. Est-ce que tu as tricoté cette écharpe ? a-t-elle voulu savoir.

— Non, je ne tricote pas, j'en ai bien peur.

Nous sommes retournés au camion et avons chargé nos achats à l'arrière. Reyn les a attachés avec quelques tendeurs et nous sommes montés à l'avant. Comme à l'aller, Nell a pris soin de s'asseoir au milieu, tout contre Reyn, qui n'a pas semblé s'en apercevoir. Bon Dieu, il était bouché ou quoi ?

— J'adore tricoter, a annoncé Nell, une fois que nous nous sommes retrouvés sur la route.

Nous sommes passés devant le drugstore, où la pauvre Meriwether devait être en train de se faire réprimander par sa brute de père. J'irai la voir si j'ai l'occasion de revenir en ville, ai-je pensé.

— C'est très apaisant, a poursuivi Nell avec insistance. Cela occupe les mains et, en même temps, on fabrique quelque chose de beau et d'utile.

J'ai acquiescé.

— Quelles sont tes activités préférées ? m'a-t-elle demandé d'une voix délibérément innocente.

Elle devait compter sur le fait que je n'étais pas du genre à avoir développé des talents de parfaite petite ménagère. J'ai d'abord failli lui répondre d'un ton désinvolte : « boire et me prostituer », quand j'ai subitement pris conscience qu'en réalité je n'avais *aucune* idée de ce que j'aimais ou étais capable de faire. Me soûler ? Tenir l'alcool ? Je savais monter à cheval. Autrefois, j'avais su coudre – mal, mais assez pour ne pas être habillée de sacs à patates. J'avais cuisiné de temps à autre, c'était cependant loin. J'aimais visiter des musées ou aller au cinéma – mais cela ne requiert aucune compétence particulière. Avais-je jamais été capable de parfaire un talent ? Étais-je fière de quoi que ce soit ?

Pas vraiment. Sur le long terme, survivre avait été le seul domaine dans lequel j'avais plus ou moins excellé. Toutes ces années sans rien cultiver de constructif… Sans évoluer. Quand j'avais fini par avoir assez d'argent pour pouvoir arrêter de travailler, j'avais cessé toute activité. Comme mes amis. Et pour la première fois, j'en avais honte. Je me souvenais de sculpteurs immortels qui avaient donné vie au marbre pendant des siècles, passant sans relâche d'un professeur à l'autre. De compositeurs et de musiciens qui avaient su peaufiner leur don au fil de leur longue existence. Des scientifiques qui avaient fait des découvertes après des décennies d'expérimentations et de recherches. Certains artistes étaient encore en vie aujourd'hui, dont les musées achetaient les œuvres, sans savoir qu'ils possédaient d'autres de leurs tableaux réalisés trois siècles plus tôt. Ces immortels avaient évolué, changé, mûri.

Pas moi.

J'avais stagné.

J'ai remarqué que Nell continuait de me dévisager de ses grands yeux bleus. Reyn attendait lui aussi que je réponde, même s'il fixait prudemment la route, ses mains robustes sur le volant.

— Je ne sais pas, ai-je admis, avec une honnêteté qui ne me ressemblait pas. Je n'ai jamais vraiment persévéré dans quoi que ce soit. Mais je… saurai apprendre. Je crois que j'apprends, ici… peut-être.

Reyn m'a brièvement regardée de ses yeux dorés, pareils à ceux d'un lion.

— River's Edge est l'endroit idéal, a repris Nell, mais cela demande de l'investissement. Et du temps. Et pour l'instant, tu ne suis aucun cours, pas vrai ?

— Il y a des leçons qui s'apprennent à chaque moment, ai-je répondu en citant religieusement Solis. Je m'efforce d'apprécier l'instant présent, d'être dans l'ici et le maintenant.

Nell a paru déroutée. Reyn, lui, a laissé échapper un grognement qui s'est transformé en quinte de toux. Un rire, peut-être ?

— Il te faut adopter une attitude plus appropriée, a ajouté la donzelle, en sous-entendant que ça n'était pas le cas.

— C'est ça, ai-je lâché avant de me tourner vers la vitre.

CHAPITRE 12

J'avais atterri dans une nouvelle dimension : celle de River. Je devais reprendre de nombreuses habitudes – ramasser les objets derrière moi parce qu'il n'y avait pas de domestiques, débarrasser la table après les repas, me déchausser avant de rentrer pour ne pas laisser de traces boueuses (ou pire) sur le plancher.

Au lavage, mes vêtements neufs résistaient beaucoup mieux que ma combinaison-pantalon Gaultier et mon pull Chanel en cachemire, que j'avais passés à la machine puis au sèche-linge – le second, rose bonbon, avait tellement rétréci qu'il allait maintenant à Jasper, qui le portait fièrement (pourvu qu'il n'aille pas de nouveau traîner avec la moufette).

Il n'y avait pas la télé par câble, seulement une poignée de chaînes locales à l'image floue. River avait un ordinateur dans son bureau et on pouvait s'inscrire pour s'en servir, mais il ne m'était d'aucune utilité. Nous recevions chaque jour le journal du coin et je m'ennuyais parfois à tel point que je m'absorbais dans la lecture des dernières nouvelles du conseil municipal et des récoltes, des vaches en vadrouille et des granges frappées par la foudre. Le *London Times* avait été rempli de guerres, de scandales politiques, d'arrestations de *people*, de mariages de la haute société, de résultats de courses – une masse confuse d'événements. Les Premiers ministres se succédaient, les populations manifestaient avant de s'apaiser. Ici, le moindre contretemps était traité comme une affaire d'État.

Les autres habitants de River's Edge s'étaient mis à m'enseigner des trucs que je n'avais jamais eu envie d'apprendre – le cycle du Soleil, le nom des étoiles, des arbres, des plantes, des oiseaux et d'autres animaux. Comment cueillir des herbes aromatiques et les mettre à sécher. Comment concentrer son attention sur la flamme d'une bougie. Le yoga. La méditation – que je détestais. Pourtant, chaque fois que mon esprit se révoltait (une bonne centaine de fois par jour), l'idée que je pourrais être ailleurs m'était insupportable. Par conséquent, je ravalais mon élan de rébellion et reprenais ce que j'avais commencé – en attendant de pouvoir trouver une bonne raison de partir. Encore fallait-il que je n'aie plus peur de partir.

Un matin, j'étais occupée à ramasser des œufs dans le poulailler. Il y avait une trentaine de poules en liberté dans la cour, toujours affairées à picorer des insectes et à harceler quiconque passait par là. Le soir, on les enfermait afin de les protéger des belettes, renards, hiboux, chiens errants, etc. Nos chiens les méprisaient, mais ne s'attaquaient jamais à elles.

Bref, tous les matins, une bonne poire (ce jour-là, c'était mon tour) devait se farcir le poulailler, un lieu chaud, humide, qui sentait les plumes, la paille et la fiente. Même moi je ne pouvais pas y tenir debout, et quand j'avais fouillé chaque nid, où il restait parfois un volatile qui avait refusé d'en sortir, j'avais un mal de dos atroce.

— Va-t'en, toi ! ai-je lancé à une de ces bestioles brunes.

Toutes étaient grosses, avaient un plumage luisant et des yeux brillants. Elles avaient l'air heureux et en bonne santé, comme les autres animaux. Mais cette poule-là, une hargneuse, avait décidé de ne pas quitter ses œufs : elle avait tendance à s'en prendre à tous ceux qui s'en approchaient ; sans compter que, ce matin-là (comme d'habitude), j'avais oublié mes gants de cuir.

— Écoute, lui ai-je dit d'un ton ferme. Si ça ne tenait qu'à moi, tu pourrais les garder, tes œufs puants. Mais les autres les adorent. Alors, enlève-toi de là.

Je l'ai repoussée du bout des doigts, mais elle s'est contentée de brailler d'un ton indigné et une lueur agressive s'est allumée dans son regard.

— Bon sang de bois !

J'ai jeté un œil à mon panier. Il était presque plein. S'il manquait un ou deux œufs, personne ne s'en apercevrait. Et celui qui aurait à les ramasser demain les récupérerait.

La poule m'a dévisagée d'un air de dire : « C'est ça, fiche le camp. »

Je m'apprêtais à tenter de nouveau ma chance, lentement, quand…

— Bonjour.

J'ai bondi et me suis cogné la tête sur une poutre. Mon brusque mouvement a effrayé la poule brune, qui a planté son bec aiguisé dans le dos de ma main. J'ai poussé un cri strident et lancé un juron, avant de frotter la bosse qui grossissait déjà au sommet de mon crâne.

— Et merde ! ai-je rugi.

— Euh… désolée. Ça va ?

C'était Meriwether.

— Satanée bestiole ! me suis-je exclamée.

— Excuse-moi, a-t-elle repris. River m'a demandé de venir là. D'habitude, je récupère les œufs dans la maison.

Apparemment, j'étais en retard sur le planning.

J'ai jeté le regard le plus malveillant qui soit à la poule brune avant de sortir du poulailler. Au diable les œufs manquants.

Meriwether m'attendait dehors, une large boîte à œufs en carton recyclé à la main. Grande et dégingandée, elle m'a observée en se demandant où elle m'avait déjà croisée.

— Oh, tu étais de passage, c'est ça ?

— Ouais. Je t'ai acheté des cartes de la région. Combien d'œufs veux-tu ?

— Une douzaine.

Elle s'est servie dans mon panier et a délicatement placé les œufs dans sa boîte. Soudain, cette scène familière m'a transportée deux siècles en arrière, et je n'aimais pas ça du tout.

Meriwether m'a tendu deux dollars. J'ai soupiré et les ai mis dans ma poche. Pas exactement de la haute finance. Je me suis souvenue du jour où, durant une partie de poker, il m'avait fallu parier un tiers de mes actions dans les Chemins de fer transsibériens.

— Merci, m'a-t-elle dit.

Elle avait l'air éteinte, comme sans vie. Qui pourrait s'en étonner, avec un père pareil ? Elle s'apprêtait à s'éloigner, quand je lui ai demandé :

— Comment ça se passe, au magasin ?

Elle s'est retournée, surprise.

— Euh… je crois que ça va. Vu les circonstances. Tout est plus difficile depuis la fermeture de l'usine textile du coin.

— Oh.

— Ils fabriquaient des draps et des taies d'oreiller, a-t-elle précisé en repoussant les mèches de cheveux qui lui tombaient sur le visage. On est le seul drugstore des environs et les affaires marchaient vraiment bien.

— C'est donc pour ça que ton père est un tel crétin ? ai-je demandé tout en la raccompagnant à sa voiture. Parce que les affaires vont mal ?

Elle a paru embarrassée, comme réticente à reconnaître que je disais vrai.

— Eh bien… il est malheureux, a-t-elle marmonné. Ma mère… est morte il y a quatre ans et il… il ne s'en est jamais remis.

Elle est montée dans le véhicule et a desserré le frein à main.

— Oh ! je vois.

Nombre d'immortels s'attachent à des mortels, évidemment. Après la mort de mon Robert, en Inde, j'avais évité de retomber amoureuse. Et mes amis et moi, on avait tendance à ne pas s'appesantir sur l'idée de souffrance – nous prétendions qu'elle n'existait pas et trouvions des distractions ou des moyens d'atténuer nos émotions. N'étant pas habituée à ce que quelqu'un se confie à moi et m'évoque son chagrin, je n'avais rien d'intelligent ou d'utile à dire. C'était dommage, voilà tout.

— Merci encore, a-t-elle répété, avant de faire marche arrière.

— Pas de souci. À plus.

— Nastasya, viens au cours de méditation, m'a dit Anne. Ce sera ta première fois avec le groupe.

Je me suis redressée et j'ai senti ma colonne se dérouler lentement, après des heures passées le dos courbé. J'étais là, à ramasser des noix tombées sur le sol. Une rangée d'une dizaine de noyers bordait la cour et cette corvée de ramassage était interminable et ennuyeuse. J'avais le dos en compote. Mes mains étaient couvertes de brou (encore une fois, j'avais oublié mes gants…) ; ces taches mettraient des semaines à s'estomper. À force d'être agenouillée, mon pantalon était mouillé et boueux. J'avais le nez qui coulait, sans compter que j'étais glacée jusqu'aux os.

— Je me sens prise entre deux feux, ai-je dit d'une voix plaintive.

Anne a eu un grand sourire.

Jusqu'à présent, la méditation s'était avérée une activité déprimante. Rester assise des heures durant à revivre mon horrible passé, non merci. La semaine précédente, j'avais eu droit à une séance particulière avec une seule personne pour me guider. Cette fois, j'allais découvrir cette pratique en groupe. Ô joie.

— Allez, viens, a-t-elle répété en m'indiquant la maison. Au moins, tu seras au chaud.

J'ai jeté un coup d'œil à mon sac en toile. Plein aux trois quarts. J'ai poussé un long soupir et me suis relevée.

— Aujourd'hui, nous allons utiliser une bougie pour faciliter notre méditation, a annoncé Anne sur un ton apaisant.

J'étais assise en tailleur sur un petit coussin bien ferme rempli de graines de sarrasin. Nous étions cinq, installés à chaque pointe d'un pentagramme dessiné à la craie sur le plancher. Nous nous trouvions au premier étage de la maison et je voyais le ciel qui s'obscurcissait lentement à travers une fenêtre au verre irrégulier. Je me demandais si j'allais pouvoir discrètement leur fausser compagnie une fois qu'ils seraient tous en transe. Je n'avais aucune envie de participer à cette séance. Surtout pas avec l'équipe idéale, Nell et Reyn, ni avec Lorenz et Charles, même s'ils étaient très gentils tous les deux.

— Concentrons-nous sur notre respiration, a continué Anne d'une voix basse et mélodieuse.

Elle a mis en marche un CD et une sorte de chant de baleine plein de carillons a doucement envahi la pièce.

— Prêtez attention à votre souffle. Sentez comme il emplit vos poumons, puis quitte votre corps. Vous inspirez de l'énergie et rejetez ce dont vous n'avez plus besoin.

« Du dioxyde de carbone, par exemple ? » avais-je envie de rétorquer.

— Si cela vous aide, comptez jusqu'à quatre en inspirant, puis faites de même quand vous expirez. À la respiration suivante, passez à six. Vous pouvez fermer les yeux, si vous le souhaitez.

Aussitôt dit, aussitôt fait. Si je ne voyais plus les traits crispés de Nell ni le visage glacial de Reyn, peut-être parviendrais-je à rêvasser un moment et à embellir mon dernier fantasme romantique – qui impliquait Reyn, de l'huile d'amande douce et un bain chaud.

— À présent, détendez chacun de vos muscles, un par un, en commençant par ceux des orteils. Sentez-les se relâcher. Vos chevilles, maintenant. Puis vos mollets. Relâchez toute tension que vous éprouvez.

La voix d'Anne flottait au fil de la musique qui tourbillonnait autour de nous, pareille à de la fumée.

Ma poitrine et mon estomac étaient douloureux et mon nez coulait encore. Thanksgiving aurait lieu d'ici deux semaines et je me suis demandé si River célébrait cette fête (et si je pourrais mettre la main sur du chocolat ce jour-là). J'ai repensé à mon équipée en ville en regrettant de ne pas avoir fait de réserves de nourriture de contrebande. Oh ! bon sang, ça me manquait tellement de manger des cochonneries.

Anne ne cessait de nous parler, en arrière-plan. Je me suis installée plus confortablement sur mon coussin et j'ai senti la tension quitter mes épaules. Quelle connerie, ces noix. Mes mains allaient rester tachées pendant des semaines. Le brou de noix est si tenace qu'on s'en servait autrefois pour teindre le tissu ou la laine…

Je lève les yeux vers la lavandière qui est à notre service, Aoldbjörg Palsdottir, occupée à remuer le contenu de l'énorme chaudron à l'aide d'une spatule de bois large comme une rame. Il fait froid, mais le vent n'est pas cinglant. Les flammes lèchent le grand récipient et rougissent ses joues burinées. L'odeur âcre de la teinture de brou de noix se mêle à celle de la fumée de bois et emplit la cour intérieure. Il fait bon, ici. Nous nous sentons en sécurité.

Parfois, ma sœur Eydís et moi grimpons en haut du donjon de Faðir. Nous observons les grandes forêts sombres qui s'étendent tout autour de nous, au-delà des murailles du château. Au loin, les montagnes rocailleuses et nues, où rien ne pousse. Dans la direction opposée, la mer. Le monde qui se trouve à l'extérieur du château nous paraît sinistre et menaçant, mais la cour, où les chèvres réclament du foin en bêlant, où les palefreniers étrillent les chevaux et où l'intendant crie des ordres, est plus vivante.

Mon jeune frère Háakon et moi jouons à un jeu avec des cailloux. De trois ans mon cadet, ce n'est plus un bébé et il n'est plus accroché aux jupes de notre mère : c'est un garçon, un vrai, qui aime courir, s'amuser et garder des secrets. Nous sommes assis à l'écart des autres, sur une haute pile d'une vingtaine de toisons de moutons – des tapis laineux épais qui ont conservé la forme de l'animal. La laine est sale et pleine de brindilles, mais encore huileuse et douce.

— Je déteste cette odeur de brou de noix, déclare Háakon en fronçant le nez.

— Elle est moins horrible que celle de la mousse, lui dis-je.

Il hoche la tête, se souvenant de la puanteur du lichen bouilli récolté sur le rivage, qui permet de fabriquer de la teinture vert foncé.

Un éclair écarlate m'incite à relever les yeux. J'aperçois Eydís et notre sœur aînée Tinna qui traversent la cour à toute allure en riant. Elles se dirigent vers le donjon en tenant leur tablier gonflé des deux mains. Que transportent-elles ? Des baies ? De l'écorce qui servira à faire de la tisane ? Leurs chevelures blondes, lumineuses et cuivrées, flottent derrière elles. L'année prochaine, Eydís, telle Tinna un an plus tôt, devra porter ses cheveux relevés, comme une adulte.

Je souris à Háakon, qui m'imite. Nous menons une existence heureuse.

Meurs.

Le mot a jailli dans mon esprit, comme une bulle à la surface d'un étang. J'ai inspiré lentement en me demandant pourquoi j'avais les fesses engourdies. Sur quoi étais-je assise ? Un instant, je n'ai plus su où j'étais. Pourquoi l'odeur du chaudron avait-elle disparu de la cour ? Puis je suis revenue à la réalité : je n'étais plus une enfant. Et tout ce dont je m'étais souvenue avait eu lieu quatre cent quarante-neuf ans plus tôt. Tout cela n'existait plus. *Ils* n'existaient plus.

Sans raison particulière, j'ai gardé les yeux fermés et continué de respirer calmement, légèrement. Immobile, j'ai ouvert mon esprit aux autres personnes qui se trouvaient là, tandis que mes sens en éveil se déroulaient autour de moi.

Cette salope – je la déteste.

C'était une pensée, non un souvenir. Et qui venait de quelqu'un présent dans la pièce.

Non, non, pardonne-moi, je ne voulais pas dire ça.

Son cou… l'embrasser… la chaleur de son cou…

J'ai pris sur moi pour ne pas réagir. Je venais de tomber sur un truc insensé et, soudain, la méditation de groupe m'a paru plus excitante. Ces pensées n'étaient pas des voix vraiment reconnaissables, mais elles appartenaient à des gens différents.

Je la veux.

Ses yeux. Sa bouche. Ses lèvres sur ma peau.

Oh, comme je la hais ! Je ne peux m'en empêcher !

Non, non, c'est impossible.

Ma respiration s'est accélérée. J'avais pleinement conscience de mes doigts raidis posés sur mes genoux, de mes fesses endolories et de ma gorge sèche. Ces pensées appartenaient-elles à plusieurs de mes compagnons ou seulement à deux d'entre eux ? Je savais que Charles avait le béguin pour Lorenz, mais ce dernier était hétéro, manque de bol. Anne était mariée, mais son époux ne vivait pas à River's Edge et je ne connaissais pas leur histoire. À l'évidence, il s'agissait de Reyn et de Nell, et du *soap opera* tourmenté de l'amour non réciproque qu'elle éprouvait.

Captivée, je retenais à présent mon souffle, impatiente d'en entendre davantage. Cependant, un carillon a résonné, la musique s'est arrêtée et mes yeux se sont ouverts, réticents.

Anne nous a dévisagés tour à tour. Elle paraissait plus alerte et attentive que quelqu'un qui émerge d'une intense séance de méditation. Les paupières des autres se sont soulevées lentement ; certains semblaient tellement détendus qu'ils avaient l'air d'être presque endormis.

Les pensées anonymes ont cessé de venir jusqu'à moi. Je me suis étirée et j'ai remué sur mon coussin.

— Merci, a dit Nell d'un ton empreint de douceur. C'était très agréable.

— Merci à tous, a répondu Anne. Bonté divine, il est déjà l'heure du dîner.

Je me suis relevée et m'apprêtais à quitter la pièce, quand Anne s'est adressée à moi :

— Nastasya, reste un instant, s'il te plaît.

Je me suis sentie comme une élève sur le point d'être réprimandée.

— Qu'en as-tu pensé ? m'a-t-elle demandé une fois qu'elle a eu refermé la porte. Était-ce différent en groupe ?

— Bon sang, oui, ai-je répliqué avec enthousiasme. Je ne savais pas qu'on pouvait entendre ce genre de trucs. C'est mieux que la télé-réalité !

— De quoi parles-tu ?

— Ces pensées. De haine, de désir, d'impuissance. Trop cool. Je suis impatiente d'en apprendre davantage !

Anne m'a regardée d'un air éberlué.

— Quoi ?

Surprise par sa réaction, j'ai expliqué :

— Des pensées ont traversé mon esprit, mais ce n'étaient pas les miennes.

Je me suis soudain sentie hésitante. Avais-je perturbé la séance, d'une façon ou d'une autre ? Aurais-je dû taire ce qui venait de se passer ? Je me suis souvenue d'une des pensées : « la chaleur de son cou »... Drôle de coïncidence, vu à quel point je pouvais être parano quand il s'agissait de mon propre cou. La chaleur, comme une brûlure ? Ha, ha, ha. Non. Impossible, cela ne me concernait pas. Charles était homo, Reyn ne pouvait pas me supporter et Lorenz n'avait jamais laissé entendre que mon allure de rat crevé le séduisait.

Anne ne disait toujours rien.

— Est-ce que... tu te sens bien ? ai-je demandé.

— Tu as souvent pratiqué la méditation ? Je croyais que tu n'aimais pas ça.

— Bon Dieu, non, je déteste ce truc. Ça craint trop.

Sans détacher son regard de moi, Anne s'est assise sur le bord de la table.

— J'ai fait quelque chose qu'il ne fallait pas ? La prochaine fois, je t'en parlerai pas, si tu préfères.

— Non, a-t-elle murmuré. Ce n'est pas ça. Même s'il vaut mieux que tu gardes pour toi ce que tu as entendu. Seulement, j'ai moi aussi détecté ces sentiments que tu as mentionnés, mais je suis très expérimentée. J'ai *beaucoup* de pouvoir. Et je suis certaine que les autres n'ont pas pu accéder à des pensées qui n'étaient pas les leurs.

Avait-elle pu lire dans les miennes ?

— J'ai perçu une autre conscience, sans savoir que c'était toi, a-t-elle continué. J'ai cru que c'était peut-être Solis, qui se trouve dans la pièce voisine.

— Si je comprends bien… cela n'arrive pas, d'habitude ?

— Non, a-t-elle répliqué, jamais. Pas avec des étudiants, en tout cas.

Ce qui suggérait que… j'avais probablement un pouvoir. *Pas vrai, Nastasya ? Tu es une des dernières à posséder des pouvoirs.* Mon esprit s'est aussitôt refermé, repoussant cette idée.

On a frappé à la porte. Solis est entré. Il a parcouru la pièce du regard et a froncé les sourcils.

— Vous êtes seules, toutes les deux ?

— Oui, a répondu Anne. Tu as… Pourquoi es-tu là ?

Solis a souri.

— J'ai cru percevoir quelque chose. Bizarre. J'ai dû faire erreur.

— Non, a-t-elle dit avec sérieux. C'était *elle*.

Solis a marqué une pause, comme s'il lui fallait du temps pour assimiler cette explication.

— Quoi ? a-t-il fini par s'exclamer.

— Pendant la séance de méditation de groupe, Nastasya a pu capter les pensées des autres. Je l'ai même sentie effleurer ma conscience.

Quand allais-je donc apprendre à me taire ? Tous deux m'observaient et j'avais l'impression d'être devenue un monstre de foire.

— J'essaierai de ne plus les écouter la prochaine fois, ai-je proposé.

Solis a incliné la tête de côté.

— D'où viens-tu, exactement ? a-t-il demandé.

La sonnette d'alarme a résonné dans mon esprit. J'étais prête à faire des tas de trucs sans intérêt pour pouvoir rester ici, mais pas question de dévoiler mon passé.

— Du Nord.

Au même instant, la cloche annonçant le repas a retenti. J'ai sursauté.

— Ah ! je suis morte de faim, ai-je déclaré. Merci pour le cours, Anne. C'était génial.

J'avais réussi à les esquiver, mais j'ai senti leurs yeux rivés dans mon dos tandis que je remontais le couloir jusqu'à l'escalier.

Avais-je encore du pouvoir ? Celui dont j'avais hérité ? Était-ce seulement imaginable ? Comment aurait-il pu perdurer après tout ce temps ? *Je devrais le cacher*, ai-je songé quand, tout à coup, une nostalgie intense et nouvelle s'est emparée de moi : j'avais une envie féroce de sentir cette énergie, de la suivre, où qu'elle mène, et d'explorer ses limites.

Jamais je ne pourrais. Jamais je n'oserais. Rien de bon n'en sortirait – je l'avais vu de mes propres yeux. Il fallait être très fort pour contrôler un tel pouvoir. Je ne l'étais pas. Jamais je ne le serais.

En arrivant dans la salle à manger, je me suis glissée à ma place, sur le banc, le cerveau encore en ébullition.

Mais cette sensation avait été… magique.

CHAPITRE 13

— Quoi ? Trouver du travail ? Un *vrai* travail ? Mais... pourquoi ? ai-je demandé.

Le lendemain de la séance de méditation, Solis avait accepté de m'enseigner l'art magique, plutôt que de se contenter de m'énumérer les noms des choses si belles qui nous entouraient. Je lui en voulais encore de m'avoir mise à la porte de son cours la première fois, et je ne me sentais pas encore impliquée à cent pour cent, il faut l'avouer... mais je me suis dit qu'étendre mes connaissances dans cette discipline vaudrait mieux que de rester dans l'ignorance. Je pourrais alors contrôler mon pouvoir, le protéger, le dissimuler aux autres. Jusqu'alors, je m'étais voilé la face : cela ne m'avait pas réussi. J'avais cependant du mal à m'habituer à cette idée – pendant des siècles, j'avais évité toute pratique magique, hormis quelques sortilèges. Cela m'attirait et m'effrayait à la fois.

Mais un *travail* ?

Solis a souri.

— Cela fait partie du quotidien, pour ainsi dire. S'accoutumer à une routine, jour après jour. Travailler, mais ailleurs qu'à la ferme.

Je n'ai pas caché mon dégoût.

— Je m'échine depuis mon arrivée. Je suis votre esclave personnelle !

— Et nous apprécions tes efforts, a-t-il répondu avec humour. Mais un vrai boulot est une étape importante, qui te permettra de t'intégrer dans un nouvel environnement, dans le monde réel : pas celui de l'argent et du temps sans limites, pas aussi superficiel et égoïste que ce que tu es.

Dans l'idéal, j'aurais protesté avec vigueur mais, en fin de compte, je n'avais aucun contre-argument à proposer et je me suis contentée de serrer les dents.

— Tu as déjà travaillé, pas vrai ? m'a-t-il demandé.

— Bien sûr, ai-je répondu.

J'ai hésité à lui révéler que j'avais tenu une maison close en Californie dans les années 1850, où j'avais gagné une petite fortune, ou que j'avais été mannequin pour un couturier parisien dans les années 1930 – j'avais conscience que ce n'étaient pas de vrais boulots. J'ai donc tenté une autre tactique.

— Et moi qui croyais qu'il te suffirait d'agiter une baguette pour que je me sente mieux !

Solis a pouffé, avant de répondre plus sérieusement :

— Tu as des compétences inhabituellement puissantes, Nastasya. Il est essentiel que tu saches les maîtriser.

J'ai failli lui faire le coup de la fausse modestie en lui lançant un « Tu parles, pfff ! », mais je m'efforçais avant tout de refréner l'élan d'angoisse et de fierté qui fourmillait en moi.

— Je suis prêt à être ton professeur, a-t-il poursuivi, mais tu devras te plier à *mes* méthodes. Non parce que je suis un tyran, mais parce qu'elles fonctionnent, je le sais par expérience. Par conséquent, il te faut un travail, comme les autres quand ils sont arrivés ici. Avec un bas salaire, de préférence. Un emploi non qualifié, qui ne puisse satisfaire ton ego. Je crois qu'ils cherchent un magasinier à la bibliothèque de West Lowing.

Je l'ai dévisagé, ébahie.

— File, maintenant, a-t-il ajouté d'un ton gentil.

Il me regardait pourtant d'un air perspicace. J'avais peut-être un pouvoir étrange mais, pour lui, je restais une emmerdeuse, et il avait encore pas mal de doutes à mon sujet. Impossible de lui faire avaler n'importe quoi, sous prétexte que je serais soudain un étonnant phénomène – alors qu'avec d'autres, cela aurait marché.

J'ai quitté sa salle de classe en soupirant et regagné la maison. Asher m'a donné une liste de courses et j'ai pris ma voiture pour me rendre en ville.

Sylvia's, un resto routier qui se trouvait au bord de la nationale, cherchait une serveuse et m'a aussitôt embauchée.

Durant tous ces siècles, j'avais réussi à ne jamais faire ce genre de boulot. Mais cette période était sur le point de s'achever. Pourtant, ce n'était pas si difficile : les gens passaient commande et on leur apportait à manger, voilà tout. Je n'avais pas à cuisiner ni à m'occuper de la caisse. Les doigts dans le nez. La première heure, j'ai dû apprendre à repérer où tout se trouvait. La deuxième s'est transformée en docudrame démoralisant et irritant sur tout ce qui pouvait mal se passer dans un resto graisseux à l'heure de pointe.

J'ai démissionné deux secondes avant d'être virée – sans même avoir pu goûter au cake à la meringue et au citron qui me narguait depuis le comptoir.

De retour dans ma voiture, je me suis rendue dans un petit supermarché où j'ai acheté une glace à la framboise et quelques paquets de biscuits bien chocolatés. Tandis que je savourais des aliments dépourvus de qualité nutritive et qui n'étaient pas bio (et qui n'avaient pas non plus la prétention d'apporter la moindre fibre à mon organisme), j'ai réfléchi à la situation.

Il était 2 heures de l'après-midi. J'étais toujours sans emploi.

Soudain, j'ai repensé à Innocencio. Je l'imaginais attablé dans un restaurant luxueux, sombre et enfumé, où il commanderait des escargots, avant d'allumer une cigarette, déjà en train de déguster son deuxième ou troisième Martini. Le serveur serait aux petits soins, comme toujours. Incy était tellement élégant, svelte et gracieux, vêtu d'une chemise en soie et d'un pantalon taillé sur mesure. Des cheveux si noirs qu'ils tiraient vers le bleu, une peau caramel, des lèvres fines mais légèrement charnues, qui pouvaient paraître dures et cruelles. Il était si amusant, toujours occupé à lâcher des remarques cinglantes à propos des autres clients. Je me suis souvenue d'avoir été allongée sur une banquette, aux *Deux Magots*, à Paris, la tête sur les genoux d'Incy. J'étais fatiguée, j'avais trop bu. Il me donnait la becquée, ses doigts effleurant à peine mes lèvres : de minuscules fraises, les premières de la saison. À cet instant, j'avais songé que j'aurais dû être heureuse, que j'avais tout ce que je désirais – au contraire, j'étais atrocement vide à l'intérieur. Ce que je cachais à Incy et à tout le monde.

Je me rappelais que j'avais refusé d'aller à Nice et qu'Incy m'avait suppliée puis menacée en riant, jusqu'à ce que je cède. Il m'avait emmenée à Saint-Pétersbourg, m'avait convaincue de l'accompagner à Hong Kong. J'avais aimé tous ces endroits, ces voyages. Mais à bien y réfléchir, j'ai compris que je n'avais pas vraiment eu envie de m'y rendre et qu'Incy avait dû insister. Il ne voulait pas partir seul. Il fallait que je sois là.

Les souvenirs tourbillonnaient dans mon esprit, traversé de dizaines d'images. Ces cent dernières années, quand avais-je pu être toute seule ? Incy ne contrôlait pas mon quotidien – moi aussi, je choisissais où aller, comment m'occuper. Mais il avait toujours été à mon côté, même si parfois il ne cessait de se plaindre. Il n'avait jamais accepté que je voyage seule. Il refusait d'être loin de moi.

C'était la première fois que je m'en rendais véritablement compte, et cet enchaînement d'idées me perturbait. J'avais seulement cru que nous étions les meilleurs amis du monde. Que j'avais *envie* d'être avec lui. Alors que, en y repensant, j'aurais pu choisir de faire plus de choses seule ou avec d'autres gens – mais Incy avait toujours été là. Toujours. En dépit de la ribambelle de belles filles et de beaux garçons qui passaient dans sa vie, son appartement, son lit, j'avais été la seule constante dans son existence. Et vice versa. Bizarre, je n'avais jamais pris conscience de cette dépendance de sa part.

Il doit devenir fou, sans moi, ai-je songé. Alors que sans lui, je n'avais pas l'impression d'être malheureuse. Il ne me manquait pas vraiment.

Pourtant, je me suis soudain sentie terriblement seule. Je me suis empressée de redémarrer la voiture avec l'intention de me rendre à l'unique épicerie du coin, *Pitson's*. Il me faudrait rentrer sans avoir trouvé de boulot et cela me gênait – alors qu'avant, un tel échec m'aurait laissée indifférente.

Tandis que je passais devant le drugstore, j'ai repensé à la triste Meriwether. Là, j'ai aperçu une affichette : « On cherche un vendeur. »

Hum.

J'ai poursuivi ma route avant de faire demi-tour au milieu de la grand-rue – ça ne posait aucun problème, l'endroit était mortellement désert.

Je me suis garée devant le magasin. Meriwether avait-elle été renvoyée par son père ? Me faudrait-il la remplacer et ainsi me retrouver dans la ligne de mire de ce type ?

Impossible de résister à la curiosité.

L'intérieur était gris, sinistre. *Aussi terne que Meriwether*, ai-je tout à coup pensé.

— Je peux vous aider ? m'a demandé M. MacIntyre d'une voix bourrue et peu avenante.

Cool. Exactement le genre de patron que je recherchais.

— Je suis là pour l'annonce.

Il m'a examinée des pieds à la tête – un truc auquel je commençais à m'habituer, ces derniers temps.

— Tu as de l'expérience ?

— Oui, j'ai géré le rayon beauté et santé d'un supermarché, à Londres, ai-je menti sans scrupules.

— Ici, c'est pas un supermarché.

Oh, merci pour l'info, ai-je songé. *Je ne m'en étais pas aperçue.*

— J'ai besoin de quelqu'un pour réassortir les étagères, accueillir les clients et tenir le magasin quand la gamine est au lycée.

La gamine. Pas « ma fille ». Décidément, quel sale type !

— Pas de souci.

— Tu sais te servir d'une caisse enregistreuse ?

J'ai jeté un œil vers le comptoir.

— La vôtre est un modèle plus ancien que celles dont j'ai l'habitude. J'aurais peut-être besoin d'un petit cours de rattrapage.

M. MacIntyre semblait se creuser la tête afin de trouver une bonne raison de ne pas m'embaucher.

— C'est le salaire minimum.

— Parfait.

Solis serait fier de moi.

— Pourquoi tu ne vas pas à l'école ? Tu as quel âge, exactement ?

— Dix-huit ans. J'ai fini mes études secondaires et je prends une année sabbatique avant d'entrer à l'université.

— Hum. OK. Je vais te faire visiter.

Ainsi a débuté ma carrière de magasinière glamour dans un trou perdu du Massachusetts.

CHAPITRE 14

Ce soir-là, au dîner, j'ai été en mesure d'annoncer triomphalement que j'avais trouvé un *vrai* boulot à *bas* salaire. Nell a ri, mais Asher l'a fait taire d'un regard. River m'a adressé un sourire entendu et Solis a paru tranquillisé. Une fierté soudaine m'a envahie, à l'idée que j'avais réussi quelque chose de bien. Une fois n'est pas coutume.

— Hé, mon chou, sers-moi, m'a demandé Brynne.

Je lui ai tendu le plat de poisson. J'ai littéralement englouti le contenu de mon assiette, histoire d'assouvir mon appétit grandissant. Jamais je n'avais trouvé du riz et du poisson si délicieux – hormis en période de famine.

Un éclair a zébré le ciel derrière les fenêtres, illuminant un instant la pièce en se réfléchissant dans le grand miroir au-dessus de la cheminée. Quelques secondes plus tard, le tonnerre a grondé dans le lointain.

— C'est très rare, un orage en novembre, a commenté Asher.

River a acquiescé.

— Quel dommage, nous avions prévu une promenade sous les étoiles.

J'ai remercié le ciel en silence et me suis servi une autre tasse de thé brûlant. Les premières gouttes de pluie ont frappé les vitres et je me sentais bizarrement en sécurité dans cet endroit, parmi ces gens que je ne connaissais pourtant pas si bien que ça.

— Ce soir, nous aurions eu une belle vue de Zeru-zakur, aux alentours de 11 heures, a poursuivi River.

Et, croyez-moi ou non, tout le monde a relevé les yeux et a hoché la tête avec intérêt. J'ai marqué une pause, ma fourchette suspendue à mi-chemin de l'assiette à ma bouche. Cela me disait quelque chose. Allez, autant leur demander – il n'y a pas de questions bêtes, seulement des imbéciles.

— C'est quoi, Zeru-zakur ?

Quelques personnes m'ont dévisagée.

— Canis Major, a fini par répondre Solis.

OK, j'en avais entendu parler. Une constellation, le « Grand Chien ». Comme la « Grande Ourse ». Mais quelle était sa signification ?

— Est-ce que Canis Major est l'une des constellations les plus importantes ? ai-je demandé en ajoutant trois sucres à mon thé.

Douze paires d'yeux se sont instantanément posées sur moi et j'ai eu l'impression que la petite ignare que j'étais venait de commettre une belle gaffe.

— J'imagine que ça veut dire oui, ai-je grommelé en sirotant mon breuvage brûlant.

Même River me dévisageait d'un air ébahi. Réussir à surprendre une personne âgée de presque mille trois cents ans n'était pas rien. J'ai alors reposé ma tasse et me suis redressée sur mon banc.

— Que racontes-tu ? s'est étonnée Nell avec un petit rire légèrement mordant.

— Je sais que c'est un ensemble d'étoiles, ai-je répliqué d'un ton irrité.

Je me suis aperçue que Reyn me fixait lui aussi, les yeux à peine plissés, mais sans méchanceté. Plutôt avec… attention.

— C'est… Canis Major, a ajouté Daisuke qui, toujours prévenant et poli, semblait incapable de concevoir mon ignorance.

— Ouais, j'ai capté. Mais quelle est son importance ? Répondez-moi, vous pourrez ensuite vous moquer de moi dans mon dos, je m'en fiche.

Au bout d'un moment, River a pris la parole :

— Zeru-zakur est l'ancien nom de Canis Major. En son centre se trouve Sirius, l'étoile du Grand Chien, la plus brillante.

— D'accord.

Autour de la table, tous sont restés silencieux, hormis Nell qui s'est mise à maugréer – mais River l'a fait taire d'un regard.

— On la trouve mentionnée dans de nombreux mythes et légendes, et plusieurs philosophes Aefrelyffen l'ont étudiée. Puis, il y a environ cinq cents ans, un astronome immortel a découvert que les étoiles de cette constellation correspondaient presque exactement aux huit fontaines. Où du moins qu'elles y correspondaient des milliers d'années plus tôt, a-t-elle ajouté d'un air délibérément désinvolte, avec un sourire. Pour ma part, je n'en sais rien, je n'étais pas encore née à cette époque.

— Les huit… fontaines ? ai-je répété.

— Oh ! bon sang, tu dois au moins connaître ! s'est exclamée Nell.

Cette fois, le regard de River s'est fait sévère. Nell a profondément inspiré et a baissé les yeux vers ses mains, tout en collant un faux sourire sur son visage.

— Les huit fontaines, ou maisons, d'immortels, a continué River tout en scrutant mon visage. Elles sont disposées autour du globe selon un schéma qui correspond à la position des étoiles de Canis Major.

— Il y a… *huit* maisons ?

Un silence de mort a accueilli ma question.

— Tu n'as jamais étudié cela ? a demandé River. Tu as certainement entendu d'autres Aefrelyffen en parler, même par hasard ?

J'ai réfléchi.

— Comme les capitales d'immortels, en quelque sorte ? Au Brésil, ou en Australie ?

— Oui, a répondu Solis d'une voix douce. Tu connais donc ces deux-là. Il y en a, ou plutôt il y en avait six autres. Personne ne t'a jamais enseigné l'histoire des Aefrelyffen ?

J'ai repensé à Helgar, et à sa théorie d'Adam et Ève.

— Non, pas vraiment. Seulement… personne ne connaît nos origines.

— J'ai déjà rencontré des gens qui n'avaient jamais entendu parler des huit fontaines, a dit Jess de sa voix râpeuse. Moi-même, je ne savais pas grand-chose avant d'arriver ici.

— Moi aussi, j'en ai croisé, a ajouté Anne. Généralement, ces connaissances sont communes à tous les immortels, mais certains n'ont pas conscience de leur signification.

Merci, Jess et Anne, ai-je pensé. Peut-être mes parents avaient-ils prévu de m'informer de tout ça lors d'un rite auquel mon frère et mes sœurs aînés avaient participé, avant… cette nuit-là.

Jamais je ne le saurais.

— Je n'avais pas l'intention de te mettre mal à l'aise, Nastasya, a repris River. Les gens évoluent dans des milieux différents, avec des traditions et des préoccupations qui leur sont propres. Il m'arrive de l'oublier.

Elle m'a souri. *C'est la personne la plus sincère que je connaisse*, ai-je songé.

— Et je vais t'expliquer tout ceci avec plaisir, a-t-elle poursuivi. On raconte que ces huit fontaines étaient la source de notre puissance. Soit les immortels étaient originaires de ces endroits, soit ils venaient y tirer leurs pouvoirs magiques. La plus importante des maisons est en

Afrique du Sud, dans un lieu appelé Mogalakwena Rural ; elle correspond à Sirius. Ensuite, le long du tropique du Capricorne, se trouvent celles que tu connais, Coral Bay en Australie et Campinas au Brésil.

J'y étais déjà allée, simplement parce que les immortels ont tendance à y traîner – je ne me suis jamais demandé pourquoi. J'ai un peu rougi. L'étendue de mon ignorance était stupéfiante. Comment avais-je pu vivre jusqu'à maintenant en écartant ce genre de sujet ? J'avais vécu en noir et blanc : à présent, River me révélait l'existence de couleurs qui avaient toujours été là, sous mon nez, mais que je n'avais pas su voir.

— Puis, au nord-est de Mogalakwena Rural, tu as Awaynat, en Libye, non loin de l'Égypte, a continué River sans cesser de manger, comme si cette conversation était parfaitement normale. Cette lignée s'est éteinte il y a environ deux mille trois cents ans.

— Incroyable… ai-je répondu. Qu'est-il arrivé à leur pouvoir ?

— Personne ne le sait. Ensuite, au nord-est de la Libye, on trouve Gênes, en Italie.

Mes yeux se sont écarquillés. River a eu un grand sourire.

— J'appartiens à cette fontaine, oui. Cela explique en partie ma longévité. Mes quatre frères sont eux aussi encore en vie et l'aîné est le… roi de la maison.

— Le roi ?

Un frisson glacé m'a envahie. Le ventre noué, j'ai écarté mon assiette.

— À défaut d'un autre mot. Mais si jamais tu le rencontres un jour, ne l'appelle surtout pas Votre Majesté Ottavio, je t'en prie. Ça l'agacerait.

Solis et Asher ont souri. Visiblement, ils le connaissaient.

— Puis, en partant de Gênes, on trouve Tarko-Sale, en Russie du Nord, mais cette lignée a elle aussi disparu, en

1550. Des envahisseurs ont détruit la capitale et décapité les chefs de la maison.

J'ai blêmi.

Odin l'odieux s'est brusquement levé.

— Je crois que j'ai oublié d'éteindre le four, a-t-il dit avant de filer dans la cuisine.

Qu'est-ce qui lui prenait ? Peu importe. Il avait dû entendre cette histoire des centaines de fois.

— Et qu'est-il arrivé à leur pouvoir ?

— Leurs ennemis n'ont jamais trouvé leur tarak-sin. Ils ont tué tous ces gens pour rien et leur pouvoir magique s'est évanoui pour toujours. Ils se sont alors dirigés vers l'ouest, en quête d'une autre maison à piller.

Oh ! mon Dieu. Mes mains se sont refermées autour de ma tasse.

— C'est quoi, un tarak-sin ? ai-je demandé d'une petite voix crispée.

River a soupiré tristement et j'ai pris conscience qu'elle était déjà de ce monde quand ces événements étaient survenus.

— Chaque maison possède un objet magique, qui demeure généralement secret, même s'il y a des légendes à propos du couteau cérémoniel d'Awaynat. Il peut aussi s'agir d'un livre, d'un globe de cristal, d'une baguette ou d'une bague, où tous les pouvoirs d'une fontaine sont concentrés. Le chef de la maison peut s'en servir pour lancer de puissants sortilèges.

Ou encore une amulette, par exemple. *Mon* amulette. La tête me tournait.

— Un jour, j'ai vu le tarak-sin de Coral Bay, a annoncé Charles.

— Vraiment ? s'est étonnée Brynne.

— Oui, a-t-il affirmé avec gravité. C'était une poupée Barbie.

Un silence a suivi, puis Jeff s'est esclaffé. Asher a éclaté de rire et a lancé un bout de pain sur Charles. River a placé une main contre sa bouche et a secoué la tête.

— Nous taquinons sans cesse mon frère en prétendant que le tarak-sin de notre maison est l'oscar qu'il a gagné comme scénariste, sous un autre nom, a-t-elle admis. Il le cache dans sa salle de bains.

D'autres rires ont retenti. Mais en mon for intérieur, j'avais envie de hurler. River s'est éclairci la gorge et a repris son sérieux.

— Revenons à notre histoire. À l'ouest de Tarko-Sale, il y avait la maison d'Islande, à Heolfdavik, ou plutôt dans un petit village proche de cette cité. Malheureusement, cette lignée est morte elle aussi, en 1561. Détruite par des pilleurs. Et leur pouvoir a été anéanti lui aussi.

Incapable de prononcer un mot, j'ai baissé les yeux vers mon assiette.

— Il a disparu pour de bon ? s'est enquise Rachel. Je n'ai jamais compris comment.

— Les envahisseurs ont tué tous les membres de la famille avant de découvrir le tarak-sin. Ils ont essayé de s'en servir, mais rien ne s'est passé comme prévu. On raconte qu'ils ont été engloutis par une muraille de feu et qu'ils ont été réduits en cendres. Nul ne sait de quel objet il s'agissait.

Une amulette. Dont je n'avais jamais saisi l'importance. Je savais qu'elle était magique, qu'elle était le bien le plus précieux de ma mère, et je l'avais toujours dissimulée car il s'agissait du seul lien qui m'unissait à mon passé. J'en possédais une moitié et nos assaillants avaient dû s'emparer de la seconde. Pas étonnant qu'ils n'aient pu l'utiliser.

J'avais la sensation d'être proche de l'évanouissement. Je m'efforçais de calmer ma respiration, mais je dévisageais River fixement. Elle s'en est aperçue et j'ai cru voir une lueur étrange dans son regard.

Reyn est revenu dans la salle à manger et s'est rassis sans un mot.

J'avais baissé la tête en essayant de ravaler quelque chose de la taille d'une balle de golf qui s'était coincé dans ma gorge. J'avais des questions, mais j'étais incapable de les poser pour l'instant.

— Brynne, y a-t-il du dessert ? a demandé River pour changer de sujet.

L'intéressée a sursauté.

— Du dessert ? Évidemment ! Jamais je ne prépare de repas sans dessert !

Une minute plus tard, elle est revenue avec deux tartes aux pommes sur un plateau.

— Et de la glace ? a ajouté River.

Brynne a acquiescé, avant de repartir dans la cuisine et d'en rapporter un bac de crème glacée bio que fabriquait une laiterie située à quelques kilomètres de là.

J'ai eu l'impression que River agissait ainsi pour me laisser le temps de me ressaisir. Je tentais frénétiquement de me calmer et de paraître normale afin de détourner l'attention des autres.

— Si j'ai bien compris, aucun membre de ces maisons n'a survécu ? a alors demandé Rachel.

— Pas que je sache. Ce qui s'est passé à Awaynat reste une énigme. Quant à Tarko-Sale et Heolfdavik, personne n'a jamais eu vent d'un seul survivant. En tout cas, leurs tarak-sin respectifs ont été perdus à jamais, a répondu River d'un ton posé, tout en ajoutant de la glace sur sa part de tarte.

— Nous pourrons en parler plus longuement une autre fois, a dit Asher en regardant River. Passons à la dernière maison, qui se trouve à Salem, dans le Massachusetts.

— C'est une blague ? me suis-je exclamée en m'obligeant à avaler un morceau de tarte. La ville où s'est déroulé le célèbre procès ?

— Exactement. Et nombre de ces « sorcières » ne sont pas mortes sur le bûcher, a déclaré Solis d'un air sombre.

— Solis appartient à la maison de Salem, a précisé River.

Et dans mon esprit, je l'ai soudain imaginé au milieu des flammes. Sans pouvoir mourir.

— Pourtant, personne ne vivait en Amérique il y a plusieurs milliers d'années… s'est étonné Charles. À l'exception des Amérindiens.

— C'est une longue histoire, a répliqué Solis, dont les yeux ont croisé ceux de River. Quoi qu'il en soit, nous n'irons pas voir les étoiles ce soir.

Comme pour le confirmer, un coup de tonnerre assourdissant a retenti tout près du bâtiment. Tandis que la pluie battait contre les vitres, j'ai essayé d'avaler une nouvelle bouchée de tarte aux pommes.

Plus tard, alors que je sortais d'une longue douche chaude, River m'attendait dans le couloir, l'air grave mais doux.

— Est-ce que ça va ? a-t-elle demandé.

— Bien sûr, ai-je répondu. Pourquoi est-ce que ça n'irait pas ?

Elle s'est tue un instant, tout en me raccompagnant jusqu'à ma chambre.

— C'était beaucoup d'informations à assimiler en une seule soirée, m'a-t-elle dit.

J'ai ouvert ma porte et posé mon drap de bain sur la chaise, près du radiateur.

— Ouais. Étonnant que je n'aie jamais appris tous ces trucs avant. Pourtant, je sais jurer dans huit langues différentes. Au moins.

— Nastasya… a-t-elle repris d'un ton hésitant. Tu es née en 1551. Où donc ?

Mon cœur s'est emballé. J'ai dit la première chose qui me passait par la tête.

— Au Japon.

Elle a pincé les lèvres.

— Il te faudra en parler un de ces jours, ma belle.

— Parler de quoi ?

Je l'ai dévisagée, impassible – une expression que j'avais su parfaire au fil du temps. Elle m'a adressé un petit signe de tête, puis m'a serrée dans ses bras et a tapoté mes cheveux mouillés.

— Va dormir. Tu travailles, demain.

J'ai pâli. J'avais oublié mon nouveau boulot. River a souri et m'a quittée. J'avais besoin de réfléchir. Chercherait-elle à découvrir qui j'étais vraiment ? Que prévoir, dans ce cas ? J'ai passé la main sous mon écharpe. Comment réagirait-elle si elle savait que le tarak-sin islandais était gravé sur ma nuque ?

Je me suis glissée sous mon lit, où un petit morceau de plinthe était fendu. J'ai passé mes doigts dans la fissure, tiré le bout de bois vers moi et posé la main sur la lourde amulette en or qui se trouvait là, dans l'orifice. Elle était bien en place, toujours aussi chaude. Me sentant rassurée, j'ai fermement replacé la plinthe et soufflé un peu de poussière dessus pour que personne ne puisse remarquer ma cachette. Je suis sortie en rampant.

Si mon amulette était véritablement le tarak-sin de ma maison, alors, elle était plus puissante et précieuse que je ne l'avais cru. C'était pour elle que ma famille avait été tuée et que les pilleurs étaient morts.

Quelqu'un soupçonnait-il qu'une de ses moitiés existait encore ? Et cette moitié que je possédais me mettait-elle en danger ?

CHAPITRE 15

Je ne sais pas si le vieux MacIntyre a été surpris de me voir débarquer le lendemain matin ; moi, en tout cas, j'étais sous le choc d'être arrivée à l'heure au drugstore. Il lui a fallu vingt minutes pour préciser en quoi consistait le réassort des étagères, cinq autres pour m'expliquer toutes les subtilités de sa caisse enregistreuse, une vieillerie loin d'être pittoresque, puis quarante autres pour instiller en moi la frayeur divine et me parler des châtiments qui m'attendaient si je me laissais aller à voler quelque chose. En gros, il s'imaginait que je pouvais être tentée de glisser dans mon sac des tampons, du lait pour bébé ou des appâts vivants.

J'ai remonté les manches de ma chemise de flanelle à carreaux (si provocante et sexy), ouvert un carton de teinture pour cheveux et j'ai commencé à mettre chaque boîte en rayon. Si je me concentrais suffisamment sur cette tâche assommante, je ne pourrais pas songer à autre chose. Et j'étais déterminée à ne pas laisser les pensées désagréables envahir mon esprit. La veille au soir, j'avais bu ma tisane et j'avais étonnamment bien dormi. Nul cauchemar, nul souvenir. Il y avait pourtant tant d'éléments de mon passé et de mon héritage dont je ne savais rien. Que je n'avais jamais voulu connaître. Que je craignais de découvrir. J'avais déjà appris ce que représentait mon amulette et voyez où cela me menait : à un nouveau degré de paranoïa. Qu'est-ce que je m'amusais !

Au bout d'un moment, alors que je continuais de trimer comme une bête, j'ai soudain saisi ce que Solis attendait de moi : il espérait que l'ennui et la vacuité de ce travail me submergeraient tant que je perdrais complètement la tête, m'enfuirais en hurlant et disparaîtrais pour toujours de West Lowing et, par la même occasion, de sa vie. C'était *forcément* ce qu'il voulait.

Et j'étais vraiment sur le point de craquer. Mais je me suis forcée à ne pas baisser les bras car je ne pouvais pas m'imaginer ailleurs, occupée à autre chose – une certitude humiliante (et perturbante) à laquelle je me raccrochais coûte que coûte. De plus, même si ma situation actuelle craignait (et ça craignait, croyez-moi), je n'aurais pu rêver meilleure cachette. En effet, parmi mes anciennes connaissances, personne n'aurait pu imaginer que j'avais atterri dans ce patelin. Je me sentais en sécurité, camouflée – et cela atténuait cette crainte que j'éprouvais en permanence et sans raison précise.

Je me suis tout à coup rendu compte que quelqu'un d'autre se trouvait dans le magasin depuis un petit moment. Je percevais son énergie, même si je n'avais pas entendu la clochette de la porte d'entrée. Comme Meriwether l'avait laissé entendre, la ville n'était pas très animée et le drugstore paraissait à l'agonie – aucun client ne s'était encore pointé.

J'ai ramassé quelques cartons vides et me suis dirigée vers l'arrière-boutique, tout en scrutant chaque rayon que je traversais. Je l'ai alors aperçue : la punk gothique que j'avais déjà croisée deux fois, la fille sur laquelle je ne cessais de tomber – phénomène inévitable dans un trou pareil.

Elle m'a dévisagée du même air arrogant – sa marque de fabrique – et j'ai prétendu ne pas la reconnaître. Mais je l'ai observée dans le miroir arrondi, placé au bout du rayon, et l'ai vue glisser du vernis à ongles dans sa poche. J'ai soupiré et suis allée porter les cartons à l'arrière, du côté des poubelles.

À mon retour, elle m'attendait impatiemment devant la caisse. M. MacIntyre était au fond du magasin, en train de préparer l'ordonnance d'une vieille dame. J'ai donc marmonné une courte prière – pourvu que je me souvienne du fonctionnement de la machine…

Le vieux Mac m'avait donné quelques conseils sur la façon de servir la clientèle, mais vu qu'il était l'homme le plus détestable du monde, je ne les avais pas écoutés. J'ai pris les articles que la fille avait posés sur le comptoir et entré leur prix dans la caisse. Pas de vernis à ongles en vue.

J'ai mis les trucs dans un sac plastique, puis j'ai dit à la gothique :

— Il manque le vernis.

— Quoi ?

Elle jouait bien la comédie – un brin d'innocence à demi convaincante et une pointe d'agressivité qui aurait fait reculer la plupart des gens.

— Le vernis que t'as piqué, ai-je précisé d'un ton détaché. Vas-y, donne.

— Je n'ai pas piqué de vernis, a-t-elle rétorqué, furieuse.

J'ai poussé un soupir.

— Tu aurais dû t'y prendre mieux, tu sais. T'as volé deux flacons de vernis en promotion, deux pour le prix d'un. Mais tu paies plein pot cette ombre à paupières qui coûte trois fois plus cher. T'aurais dû faucher ça et payer le vernis. Pfff.

Elle m'a regardée fixement.

— Quand t'as l'intention de voler un truc, laisse tomber les articles en promo, ai-je continué, contente de pouvoir à mon tour donner une leçon à quelqu'un. Allez, donne ce vernis, maintenant. Je veux que tu le paies, par principe. Comme ça, la prochaine fois, tu réfléchiras avant d'agir n'importe comment.

J'ai tendu la main.

La fille a parcouru le magasin des yeux, peut-être pour voir où se trouvait le vieux Mac ou s'il y avait des caméras de sécurité. L'air perplexe, elle a fourré la main dans la poche de son jean et en a sorti les deux petits flacons, qu'elle a déposés sur le comptoir.

— Et alors ? Tu vas me dénoncer ?

Son menton avançait légèrement, et ses yeux maquillés de noir étaient vifs.

— Non, je te le fais payer, c'est tout, ai-je rétorqué en enregistrant le prix. Tu m'as déjà donné ta carte de crédit et la transaction est en cours.

— Tu vas m'interdire de revenir ici ?

Elle a attrapé son sac et m'a lancé un regard de défi. Merde, elle me rappelait quelqu'un… devinez qui ?

J'ai grogné.

— Mais non. T'as été la distraction la plus marrante de toute la matinée.

— *Qui* es-tu ?

— Nastasya. Nasty pour mes amis.

— Et moi, Dray, a-t-elle répondu au bout d'un instant. C'est le diminutif d'Andrea, mais n'utilise pas mon prénom, il craint trop.

— Contente de te connaître, Dray.

Et je disais vrai. Après toute la bonté et la générosité qui suintaient de River's Edge, un peu de délinquance me faisait un bien fou.

— Contente de te connaître, Nasty, a-t-elle répondu en serrant ma main tendue.

— Comment s'est passée ta première journée au travail ?

Suite à la question innocente de River, plusieurs personnes qui se trouvaient à mon bout de table ont relevé la tête et interrompu leurs conversations.

— Je crois que j'y retournerai demain, ai-je répondu, en me surprenant moi-même.

Nell me regardait. Et j'ai soudain eu l'impression d'entendre sa voix mesquine dans mon esprit : *Tu ne t'es pas encore fait virer ? Incroyable...*

Elle n'avait pourtant pas parlé. Avais-je seulement imaginé cette remarque ou bien mes pouvoirs en éveil s'intensifiaient-ils ?

— C'est une bonne chose, a déclaré River, dont la sincérité était si lumineuse que j'en ai été presque embarrassée. Au fait, pas de pluie prévue pour ce soir et c'est la nouvelle lune. Aussi, tout le monde est convié à une séance de magie...

La plupart des convives ont acquiescé. Moi, j'avais envie de rentrer sous terre. Je ne m'étais pas encore remise des révélations de la veille et, pour une raison que j'ignorais, pratiquer la magie me semblait encore plus menaçant que d'habitude. J'ai cherché une excuse vraisemblable, avant qu'une pensée désagréable me vienne à l'esprit : j'avais passé près de quatre cent cinquante ans à tout éviter : la magie, mon pouvoir, mon passé, la souffrance. À prétendre que tout ça n'existait pas. Si j'étais à River's Edge, c'était pour que les choses changent, justement. Je devais me mettre à affronter tout cela, une conclusion indéniable et logique – et s'il y a bien un truc que je déteste, c'est la logique.

Il fallait que je prenne des risques (autres que vestimentaires, bien entendu). Pourtant, les rares cercles magiques auxquels j'avais participé avaient été des expériences déplaisantes. Mais River serait là et je... lui faisais confiance, si étonnant que cela puisse paraître.

À cet instant, j'ai aperçu Reyn qui hochait la tête et Nell, l'observant à la dérobée, a acquiescé à son tour. Impossible de rater une telle occasion. Comme Oscar Wilde, je résiste à tout, sauf à la tentation.

— J'en suis, ai-je annoncé avec témérité.

Nell m'a foudroyée du regard. Oui, j'avais conscience de ne pas encore être sur la voie du bien.

CHAPITRE 16

— Tu te joins donc à nous ? m'a demandé River en me souriant, la main tendue.

Si je n'avais pas été aussi attardée sur le plan émotionnel, je lui aurais pris la main, tout en appréciant sa chaleur humaine et sa camaraderie. Mais puisqu'il s'agissait de moi, j'ai ignoré cette invitation et me suis contentée de resserrer mon écharpe autour de mon cou. River ne m'avait pas reparlé des huit maisons ou de mes origines, et je n'avais pas abordé le sujet non plus. Allait-elle me laisser m'en tirer aussi facilement pendant longtemps ?

Nous avancions, écrasant les feuilles mortes sous nos pieds, tandis qu'un vent glacial s'enroulait autour de nos chevilles. Ainsi que River l'avait annoncé, la lune était absente et l'obscurité, épaisse, comme cela est possible seulement en pleine nature, au milieu de nulle part. Je jetais des regards nerveux autour de moi. Comme si nous allions croiser des loups-garous ou des monstres dans le noir.

— Pour être franche, je déteste les cercles, ai-je dit, mais c'est peut-être bénéfique pour moi, non ?

Vous voyez, je m'efforçais d'être super vertueuse. Et puis, j'allais peut-être aussi assister à un nouvel épisode de la saga tragi-comique avec Reyn et Nell dans les rôles principaux.

— Tu détestes vraiment ça ?

J'aurais mieux fait de me taire.

— Ouais. Les trucs magiques, c'est pas pour moi. J'aime pourtant la montée d'adrénaline, tout ça.

J'entendais les autres, qui marchaient devant nous, se dirigeant vers une clairière, mais je distinguais à peine leurs silhouettes.

— Mais je déteste les nausées, les visions, etc.

Au bout de quelques pas, je me suis aperçue que River s'était immobilisée. Je me suis tournée vers elle.

— Qu'est-ce qu'il y a ?

— Que viens-tu de dire ?

— Euh… quoi donc ?

— Ce que tu as dit à l'instant… que tu avais des nausées pendant un cercle ? des visions ?

— Ben oui, ai-je répondu en haussant les épaules. Je dois mal m'y prendre, je suppose.

— Non, Nastasya, a-t-elle répondu d'une voix solennelle. Même en étant Terävä, ça ne devrait pas te rendre malade. Et d'ordinaire, la plupart des immortels n'ont pas de visions, à moins de le souhaiter.

Je n'ai pas su quoi répondre. Jamais je n'avais parlé de cela avec mes amis. J'avais cru que la magie nous affectait tous de manière différente. Pourtant, à bien y réfléchir, je ne me souvenais pas d'avoir entendu quelqu'un mentionner des nausées après un cercle.

— Comment te sens-tu, pour l'instant ? m'a demandé River avec une grande sollicitude.

Les autres avaient poursuivi leur chemin sans nous et j'étais heureuse de ne pas être seule – j'aurais erré durant des mois dans les bois du Massachusetts… Quel cauchemar !

Je ne comprenais pas pourquoi River insistait de la sorte – à moins que cela n'ait un rapport avec mon histoire et mes origines. J'étais quasi certaine qu'elle avait deviné d'où je venais. Peut-être cherchait-elle à en savoir davantage.

— J'imagine que je manque d'entraînement, rien d'autre, ai-je ajouté lentement. Je n'ai jamais vraiment appris à pratiquer la magie.

Je l'avais surtout évitée comme la peste, oui.

— Explique-moi ce que tu ressens.

— J'ai des nausées, l'impression d'étouffer, comme si ma tête allait exploser ou... mon cœur éclater, ai-je admis, comme s'il s'agissait d'une faiblesse. Et quand tout est fini, j'ai la gueule de bois.

River est restée silencieuse. Elle était si proche de moi que je voyais ses yeux dans la pénombre.

— Au moins, tu seras là ce soir, ai-je enchaîné gauchement, par politesse. Tu sais, je ne refuse pas d'essayer. Si tu restes près de moi.

Je m'attendais presque à ce qu'elle me renvoie à la maison pour faire la vaisselle ou un truc de ce genre.

Asher et Solis ont dû s'apercevoir que nous ne les avions pas suivis, car ils sont venus nous rejoindre.

— Que se passe-t-il ? a demandé le premier en passant un bras autour de la taille de River.

— Nastasya me dit avoir des nausées pendant les cercles. Ainsi que des visions. Asher, ce soir, tu seras notre guide, s'il te plaît. Je veux que Nastasya se tienne entre Solis et moi.

Je me sentais de nouveau comme un monstre de foire, honteuse d'avoir ainsi attiré l'attention sur moi. J'espérais que la présence de River m'empêcherait d'avoir ces réactions, qu'elle-même me montrerait comment faire pour que cette expérience ne soit pas aussi désagréable que précédemment. Je ne pouvais croire que j'étais la seule à réagir ainsi.

Nous sommes arrivés dans une clairière d'environ trente mètres de diamètre, encerclée de grands arbres, tapissée d'herbe sèche. Nous étions treize en tout, un chiffre « bénéfique », même si un cercle pouvait être de n'importe quelle taille. Solis s'est agenouillé au centre, où il a empilé des bouts de bois sec. Il a murmuré quelques mots, a fait un geste et, aussitôt, une flamme vive et lumineuse a embrasé le petit bûcher. *Un sort bien utile*, ai-je pensé. J'aimerais tant savoir donner vie au feu.

— Nous sommes réunis ce soir pour célébrer la renaissance de la lune, a déclaré River d'un ton limpide. Cette nuit, qui sépare ce mois du prochain, est l'occasion d'un renouveau. C'est la nuit de repos de la déesse Lune et, pourtant, sa magie nous entoure.

Autrefois, j'avais entendu des paysans superstitieux évoquer cette déesse, mais je ne savais rien d'elle. Les autres semblaient à l'aise, dans l'expectative.

Comme River le souhaitait, je me suis placée entre Solis et elle, où je me sentais vraiment protégée, et, chose surprenante, j'étais presque impatiente de voir ce qui allait survenir – comme si les cercles précédents ne m'avaient pas déjà servi de leçon. Face à moi, je distinguais le regard attentif d'Anne. La façon dont les autres me traitaient me déconcertait.

— Donnons-nous la main, a demandé River, et que chacun de nos pouces pointe vers la gauche.

Cool, ai-je songé en voyant que nos mains s'entrelaçaient toutes parfaitement.

— Tu as déjà participé à des cercles, m'a dit River. Mais les pratiques varient d'un groupe à l'autre. Contente-toi de nous imiter et tout ira bien.

Nous nous sommes déplacés vers la droite, autour du feu. D'abord le visage, puis le côté gauche face aux flammes, puis le côté droit, et ainsi de suite à chaque pas. Quelques pensées ont traversé mon esprit – alors que j'étais censée me vider la tête et me concentrer sur le feu afin d'accueillir en moi la magie, alléluia !

Je me suis d'abord souvenue à quel point j'avais été contente quand les bals avaient fini par se démoder – il n'y a pas plus balourd que moi, je n'ai aucun sens du rythme, je suis incapable de garder la mesure et je n'ai jamais compris où s'arrêtait mon espace et où commençait celui de mon partenaire. Bon Dieu, le nombre de danses humiliantes que j'avais endurées ! Dans plusieurs pays, on m'avait surnommée « la jolie fille qui danse comme un ours ».

Mais prise en sandwich entre Solis et River, portée par leurs mouvements, je ne me débrouillais pas trop mal. Le feu illuminait nos visages, rappelant l'atmosphère de Halloween, et le contraste entre la chaleur des flammes et la brise me donnait l'impression qu'il y avait deux personnes en moi – l'une froide et obscure, l'autre chaude et lumineuse.

Les participants chantaient, maintenant, mais je n'avais jamais entendu cette musique. Rien à voir avec celle de Kim, à Boston. Au fur et à mesure, j'ai pris conscience que chacun semblait psalmodier un air unique. Voix et mélodies se mêlaient les unes aux autres, mais toutes étaient différentes, composées de mots dans des langues diverses ou bien seulement de sons, de syllabes qui s'étiraient comme le chant des baleines.

C'était beau, mais surtout, je commençais à sentir l'énergie qui s'en dégageait.

Personne ne prêtait plus attention à moi – tous étaient perdus dans leur propre rêverie, leurs propres gestes. Tout doucement, je me suis mise à fredonner à mon tour. Comme cela semblait bien se passer, j'ai intensifié mon chant. Dans les cercles auxquels j'avais pris part, les chansons qui permettaient d'invoquer la puissance magique avaient été dures, exigeantes. Comme des ordres. Parfois séduisantes. Mais ici, cela ressemblait à une offrande adressée au ciel, à la forêt, à la lune nouvelle, à chacun d'entre nous. Et j'arrivais maintenant à suivre le mouvement, je le sentais grandir en moi. J'ai cessé de fredonner pour ouvrir la bouche et me joindre à leur chant des baleines, en émettant des sons qui se fondaient à ceux de mes compagnons. Quelques-unes des voix paraissaient plus séduisantes que d'autres et j'y ai superposé la mienne.

Oh !... quelques minutes plus tard, j'ai perçu un flux de pouvoir m'emplir, me traverser comme du whisky chaud ou une explosion de bonheur – une sensation qui m'a submergée de joie et d'excitation ; j'étais heureuse de n'être qu'un conduit, j'aurais tout donné pour n'être que ça, j'aurais été heureuse quel que soit le but de ce cercle – pour que le blé pousse mieux, pour que la neige ne tombe pas, pour renverser un dictateur. Tout était possible et jamais je n'avais été aussi incroyablement heureuse...

Soudain, je me retrouve dans une petite chaumière aux murs de bois noircis par la fumée, aux poutres sculptées et peintes. Dehors, j'entends des cris, le grondement de sabots de chevaux. Oh ! mon Dieu, mon Dieu. Je m'affole, mon cœur bat à tout rompre, le souffle me manque. J'ai fait tout ce que j'ai pu, mais rien ne m'a préparée à une chose pareille. D'une main tremblante, je mouche mon unique bougie – la maison aura peut-être l'air vide ainsi – et je me blottis derrière la paillasse.

La porte s'ouvre avec fracas. Les hurlements de douleur et de panique s'intensifient. J'entends les chevaux qui pataugent dans la boue glacée du chemin. Des voix dures, cruelles. Un homme entre dans la chaumière, regarde autour de lui. Ses longs cheveux blonds nattés et sa cotte de mailles sont éclaboussés de sang. Il se dirige vers la cheminée où est suspendu le chaudron, s'aperçoit que ce dernier est vide et le jette à travers la pièce en rugissant – le chaudron si lourd que je peux à peine soulever en temps habituel. Les chopes sont vides elles aussi, il ne reste qu'un quignon de pain sec ; pris de fureur, le pilleur renverse la petite table d'un coup de pied et brise violemment une chaise contre la cheminée.

Nous avons entendu parler d'eux, évidemment, ces pilleurs venus du Nord – ils sèment la terreur dans tous les villages. Mais personne ne pensait qu'ils traverseraient les steppes en plein hiver. Nous nous étions trompés.

L'homme s'apprête à repartir quand il perçoit un petit bruit. Il fait volte-face et scrute la chaumière obscure de ses yeux féroces. Je retiens mon souffle. Le chaos qui règne à l'extérieur semble s'être apaisé.

Il me découvre aussitôt et me tire vers lui par le bras. S'il me tranche la tête et l'éloigne de mon corps, il peut me tuer. Mais il peut aussi m'infliger des souffrances qui m'obligeront à le supplier de m'achever, en sachant que ces prières tomberont dans les oreilles d'un dieu sourd.

Il rugit de nouveau, comme une bête, et me repousse en travers de la couche. Il est au moins deux fois plus grand que moi, et dégage une puanteur de guerrier – le sang, la sueur, la terreur de ses autres victimes. Je cache mon visage entre mes mains tandis qu'il retrousse dans un grognement ma jupe et mon jupon en lambeaux. Je ne cesse de me répéter : *Qu'on en finisse, qu'il en finisse au plus vite.*

Il est sur le point d'ôter ses braies quand un autre petit bruit détourne son attention de moi. Me maintenant d'une main sur la paillasse, il examine de nouveau la pièce. Et, tout comme moi, il entend les pleurs d'un bébé. Il se relève et s'avance en direction des cris, alors que je m'agrippe à son bras en essayant de me souvenir de n'importe quel mot de son langage barbare. Je bondis derrière lui, saisis de nouveau son bras, mais il se débarrasse aisément de moi en me secouant comme une feuille morte.

De sa botte souillée de sang et de boue, il écarte la vieille bassine que j'ai appuyée contre un mur, dans un coin de la pièce. Et trouve mon fils.

Il nous dévisage tour à tour, moi et le bébé d'à peine trois mois, et ses yeux se rétrécissent. Je m'effondre en larmes, tombe à ses pieds, prête à lui promettre ou à lui offrir n'importe quoi, quand la porte s'ouvre avec fracas. Nous tournons tous deux la tête vers l'entrée.

Sur le seuil, un autre pilleur dont l'allure n'a rien d'humain hurle un ordre à mon assaillant. Puis, le voyant hésiter, il répète son ordre, plus fort cette fois.

Après quelques instants durant lesquels le temps semble se figer, mon agresseur crache un juron, me donne un coup qui me projette à terre et sort à grandes enjambées de la chaumière, brisant notre pichet d'argile sur son passage.

Je rampe jusqu'à mon fils et le serre contre moi en me blottissant dans l'obscurité qui s'épaissit, tandis que la troupe de pilleurs s'éloigne du village. Je ferme les yeux, me mets à chantonner une berceuse, tout doucement, et alors…

— Nastasya ? Nastasya !

J'ai cligné des yeux.

Il faisait noir. J'étais par terre, dans ma chaumière… Non. Sur le sol humide, couvert de feuilles, de la clairière. River, Solis, Anne et quelques autres étaient penchés au-dessus de moi. Ils m'observaient avec inquiétude. J'ai dégluti plusieurs fois, humant l'air en quête de l'odeur rance de la mort, des maisons en feu, de la chair carbonisée, du bétail massacré, et…

— Nastasya ?

River paraissait très soucieuse.

Le souvenir du cercle a soudain rejailli dans ma mémoire. La sensation de joie que j'avais éprouvée, le pouvoir qui avait grandi en moi, avant que tout explose et que je me retrouve quatre siècles en arrière.

— Qu'est-ce qu'elle a encore ? a demandé Nell.

J'ai entendu quelqu'un dire « chut », puis Nell qui ajoutait, plus lointaine :

— Il faut toujours qu'elle se fasse remarquer, celle-là.

— Sais-tu où tu es ? s'est enquis Solis.

J'ai acquiescé en m'efforçant de me redresser.

— Non, ne bouge pas, a ordonné River. Que ton corps reste au maximum en contact avec le sol.

J'ai secoué la tête.

— Je vais gerber, ai-je répliqué en me relevant difficilement.

Titubante, je me suis dirigée vers des buissons, à l'écart de la lumière du feu. Là, j'ai vomi tripes et boyaux, surprise de ne pas être en train de déverser le porridge à l'eau et les derniers navets de la saison que j'avais avalés quatre cents ans plus tôt.

River m'a rejointe et a passé un bras autour de mes épaules. Elle me caressait les cheveux en murmurant des mots incompréhensibles. De ses doigts frais, elle a tracé quelques symboles sur mon front, mon dos, mes bras et, peu à peu, mes haut-le-cœur se sont espacés. Penchée en avant, les mains sur les genoux, couverte de sueurs froides, pantelante, j'ai eu l'impression d'un grand vide intérieur.

— Viens, rentrons à la maison, m'a dit River en m'aidant à me redresser. Tu boiras une tisane et tu m'expliqueras tout.

J'ai acquiescé faiblement, soulagée de voir que tous étaient partis, à l'exception des professeurs. Anne a éteint le feu en s'assurant qu'il ne restait aucune braise, et nous sommes lentement retournés vers la maison pleine de lumière, accueillante et chaleureuse, qui m'est apparue comme une balise solide et rassurante.

Je savais que je ne raconterais rien de ce que j'avais vécu, ni à River ni à personne d'autre. Ça n'avait pas été une vision, mais un souvenir. Le visage de mon fils. Mon bébé, qui n'était pas immortel. Le fils pour lequel j'aurais donné n'importe quoi, cette nuit-là, en échange de sa vie. Le fils qui était mort trois ans plus tard de la grippe. Dès que je me rappelais son petit visage rond, j'étais de nouveau terrassée, encore et encore. Mais ça n'était pas tout. Pour la première fois depuis des siècles, j'avais regardé mon assaillant en face et l'avais enfin reconnu.

Reyn.

CHAPITRE 17

River a essayé de me questionner gentiment, mais j'ai refusé de lui parler, donnant des excuses si maladroites qu'elle a fini par me laisser tranquille.

Allongée dans mon lit, je suis restée éveillée longtemps, frissonnant sous mes couvertures. Je ne pouvais m'empêcher de penser au pilleur nordique, et au fait qu'il n'y avait pas de verrou sur la porte de ma chambre. J'avais envie de sentir mon amulette contre moi, de la tenir entre mes mains, mais je n'osais pas la sortir de sa cachette.

Selon toute logique, mon agresseur ne pouvait pas être Reyn. Il lui ressemblait, voilà pourquoi j'avais eu l'impression de l'avoir déjà rencontré ; et puis, cela était en totale contradiction avec l'attirance que j'éprouvais pour lui. Par ailleurs, il était trop jeune.

J'ai avalé la tisane que River avait préparée et j'ai trouvé le sommeil, les doigts crispés sur mon écharpe, grâce aux runes qu'elle avait tracées sur mon front et qui ont fait effet au bout d'un moment.

Le lendemain matin, mes yeux se sont ouverts une minute avant l'alarme de mon réveil. J'ai parcouru la pièce d'un regard vif, comme si le pilleur avait pu se trouver là, à quatre siècles et quatre mille kilomètres de distance.

J'avais refoulé cet épisode depuis tant d'années. À présent, il s'échappait de mon crâne, comme de la lave par une fissure. Je suis sortie de mon lit avec difficulté, en remarquant que l'aube perçait de plus en plus tard chaque jour. La chambre était encore froide – le radiateur se mettait tout juste à siffler. J'ai enfilé un jean, un tee-shirt, un caraco et mes grosses chaussures, et je suis descendue avec méfiance, craignant de pousser un cri strident si je croisais Reyn.

— Bonjour, Nas, m'a lancé Lorenz tandis que je poussais les portes battantes de la cuisine.

Il a levé les bras en l'air, une spatule à la main.

— Cueille le jour ! Cueillons cette belle aurore ! s'est-il écrié avant d'entonner un air d'opéra, un extrait de *La Bohème*.

Je lui ai souri. Brynne, équipée d'un tablier, a ri et lui a lancé un torchon à la figure. C'était mon nouveau quotidien et je dois avouer que cet accueil m'a mis un grand coup de pied aux fesses.

Sur le tableau de service, mon nom était inscrit pour la collecte des œufs. J'ai pris un panier et j'ai traversé la pelouse gelée pour rejoindre le poulailler, sans cesser de jeter des coups d'œil inquiets autour de moi, comme si une horde pouvait à tout moment débouler du chemin. J'ai d'abord ouvert la petite porte et les volatiles sont sortis en piaillant et en se bousculant. J'ai ensuite déverrouillé la plus grande ouverture et me suis penchée pour entrer.

Il faisait bien chaud à l'intérieur, le seul avantage de cette corvée. Le reste du monde était couvert de givre dentelé, hérissé de petites pointes.

Selon Nell, Reyn n'avait que deux cent soixante-sept ans. L'épisode que j'avais revécu s'était déroulé à la fin du XVIe siècle, avant 1600 en tout cas. Sur un territoire qui, à l'époque, appartenait au royaume dano-norvégien. On y parlait des dialectes qui n'avaient plus cours aujourd'hui.

À l'évidence, si Reyn n'était pas encore né, il ne pouvait être le pilleur de mon souvenir. Cependant, j'aurais juré que celui-ci ressemblait comme une goutte d'eau au Reyn que je connaissais – à l'exception des cheveux sales et souillés de sang, de la cotte de mailles sommaire et des vêtements de peaux de bêtes qu'il portait.

— Hé, petite, petite, ai-je murmuré en glissant la main sous une des poules.

Celle-ci ne m'avait jamais lancé de coups de bec, même si elle détestait qu'on lui vole ses œufs, j'en étais convaincue.

— Tu t'es perdue en route ?

J'ai fait volte-face, poussé un cri et lâché un œuf.

La silhouette de Reyn bloquait l'entrée du poulailler, la lumière encore pâle du matin lui donnant l'allure du pilleur sur le seuil de ma chaumière. Il m'a scrutée tandis que chacun de mes nerfs se gonflait d'adrénaline.

— Sors d'ici ! ai-je sifflé, furieuse. Sors tout de suite !

Je n'étais plus une villageoise sans défense. On était au XXIe siècle et j'étais prête à l'écraser avec ma voiture ou à le poignarder avec un couteau de cuisine s'il osait me menacer de nouveau. Ce qui… calmerait même un immortel, c'était certain.

— C'est quoi, ton problème ? m'a-t-il répondu en fronçant les sourcils. Brynne attend des œufs frais, il ne lui reste presque rien de ceux d'hier.

Mon cœur battait la chamade, j'avais les yeux écarquillés ; en moins de quelques secondes, la ratée que j'étais s'était transformée en folle tout juste bonne à enfermer. Il a penché la tête, sans me lâcher du regard.

— Tu te sens bien ? a-t-il demandé sur un ton curieux, comme intéressé par ce que la foldingue s'apprêtait à faire.

— Quel âge as-tu ? ai-je répliqué, la gorge serrée.

— Deux cent soixante-sept ans, a-t-il dit d'un ton égal. Pourquoi ?

— D'où viens-tu ? Où as-tu grandi ?

Je lui posais des questions auxquelles moi-même je refusais de répondre. Vous voyez l'ironie de la situation, j'espère.

— Surtout en Inde. Mes parents étaient des missionnaires hollandais. Parmi les premiers.

C'était possible. Pourquoi m'aurait-il menti ? *Pour la même raison que toi, tu mens*, a murmuré une petite voix intérieure. Je l'ai ignorée, comme d'habitude. Lentement, tout en gardant un œil sur lui, je me suis penchée pour ramasser l'œuf qui était tombé dans la paille sans se briser. Je l'ai placé dans le panier et ai parcouru le poulailler des yeux, en comptant les poules. Je les avais toutes passées en revue, à l'exception de la teigneuse – *qu'elle aille au diable, celle-là*, ai-je pensé.

— Tiens, ai-je dit brusquement en lui tendant le panier, impatiente qu'il sorte.

Il m'a désigné les deux seaux remplis de lait qui lui encombraient les mains et s'est écarté du seuil. J'ai inspiré profondément et l'ai suivi dans le matin gris et froid. Nous sommes allés vers la maison en silence, mais je marchais à plusieurs mètres derrière lui. Nos souffles formaient de petites bouffées vaporeuses.

Reyn avait *vraiment* une allure de Viking – plus scandinave, russe ou cosaque qu'hollandaise, en tout cas. Ses yeux en amande étaient légèrement bridés et sa peau était pâle, avec des reflets mats. Rien à voir avec le teint laiteux de la plupart des Néerlandais. Il était grand, environ un mètre quatre-vingt-cinq. Il y a quatre cents ans, il aurait passé pour un géant.

J'avais plaisanté sur son apparence de dieu viking. Mais à présent, cela ne m'amusait plus du tout. Il avait carrément tout du pilleur. Ces gens-là avaient tendance à tous se ressembler, ha, ha, ha ! Évidemment, cela ne voulait pas dire qu'il en était un. Peut-être ne m'avait-il pas menti. Il était probable que mon esprit tordu se soit rappelé un atroce souvenir en y superposant son visage. Cela ne m'était jamais arrivé, mais mes pensées bouillonnaient depuis quelques semaines, et Dieu sait que j'avais passé un sacré bout de temps à fantasmer sur Reyn.

— Nastasya ? Tu es là ?

J'ai pris conscience qu'il essayait de me parler depuis un petit moment.

— Euh ?

Nous nous sommes arrêtés, tout près de la porte arrière de la maison. J'entendais les autres dans la cuisine, leurs rires, leurs conversations, des bruits de casseroles et de poêles, l'eau coulant du robinet. Dehors, tout était paisible, à l'exception des chants d'oiseaux matinaux, tandis qu'une douce brise soufflait entre les dernières feuilles des arbres.

— Que s'est-il passé, hier soir, pendant le cercle ?

Il me dévisageait fixement. J'étais mal à l'aise, mais je n'avais plus peur, pas précisément – j'étais seulement rassurée par la présence des autres pas très loin.

— Comme d'habitude, ai-je répondu en tâchant d'être désinvolte. Des visions, des nausées, des vomissements. J'adore les cercles !

— Pourquoi est-ce que cela t'arrive ?

Les nerfs en pelote, je n'avais qu'une envie : être à l'intérieur, loin de lui.

La porte s'est ouverte et Nell, les joues roses et l'air reposé, est apparue sur le seuil. Je l'ai vue qui s'efforçait en vain de dissimuler jalousie et soupçons de son visage – et je pariais que Reyn n'en avait rien remarqué.

— Ne laisse pas Nastasya te mettre en retard ! l'a-t-elle gaiement réprimandé.

Preuve de mon immaturité et de mon peu de progrès (ajoutons aussi une dose bien saine d'autodestruction), j'ai failli répliquer d'instinct : « Oh, on s'était tous les deux enfermés dans le poulailler », mais je n'avais pas le cœur à rire.

— Nous bavardons, a répondu Reyn. Nous arrivons dans quelques minutes.

Nell a hésité.

— Brynne réclame ses œufs à grands cris.

— Je les ai, ai-je lancé en grimpant les marches, laissant Reyn derrière moi.

Alors que je passais devant Nell, elle a chuchoté avec malveillance :

— Il est à moi !

J'ai vivement tourné la tête pour l'observer, mais son visage était impassible. Elle souriait à Reyn en lui tenant la porte.

La veille, il était mon fantasme le plus torride ; aujourd'hui, il était l'un de mes pires cauchemars. Pour couronner le tout, Nell croyait que j'essayais de lui voler celui qui l'obsédait. Génial. Mon karma était d'une ironie mordante.

En parlant de karma, je suis retournée travailler ce jour-là… et sans être en retard… Incroyable mais vrai ! À quand remontait la dernière fois que ça m'était arrivé ? Euh… j'avais oublié. Peut-être jamais. Et bon Dieu de bonsoir, je me sentais tellement motivée et comblée que j'avais l'impression d'être en bonne voie de guérison, tant et si bien que je ne ferais bientôt qu'une avec l'univers entier… Non. Pas réellement. Car franchement, qui pourrait aimer un boulot pareil et le trouver gratifiant ? Pourtant, un travail assommant me semblait moins déprimant que de m'ennuyer à ne rien faire, et j'avais confiance en Solis et River. Je me demandais cependant combien de temps ils m'obligeraient à garder ce travail. Deux semaines ? Serait-ce suffisant ?

À 3 heures et demie, Meriwether est arrivée. Elle a rangé son sac à dos derrière le comptoir.

— Il paraît que tu as déjà fini le lycée ? m'a-t-elle demandé avec timidité, tout en enfilant le tablier rayé qu'elle portait dans le drugstore.

— Ouais.

— Tu vas aller à la fac ?

— Euh, oui. Mais avant, je veux juste bosser, mettre un peu d'argent de côté. Et toi ? Tu es en terminale, c'est ça ?

Elle a acquiescé.

J'ai appris que son existence se résumait à se rendre à l'école puis à venir au magasin dès que les cours étaient terminés.

— Tu as des projets ?

Elle a hésité, l'air embarrassé.

— Je ne pense pas que je pourrais laisser mon père, a-t-elle répondu à voix basse, comme si elle craignait qu'il ne l'entende. L'université la plus proche n'est qu'à une heure de route d'ici, mais… je ne crois pas qu'il ait envie que j'y aille.

Hum. Depuis que j'avais compris comment Incy s'était accroché à moi et m'avait manipulée, j'étais plus sensible au sort de la pauvre Meriwether, pareille à une marionnette entre les mains de son père. Mais qu'aurais-je pu lui conseiller ? De l'envoyer balader et d'agir comme bon lui semblait ?

Elle se trouvait dans une situation compliquée, j'en avais conscience – un mois plus tôt, je ne l'aurais pas perçu et ses soucis m'auraient paru incompréhensibles.

— Il doit y avoir des cours par correspondance, ai-je suggéré avec maladresse, tout en sachant qu'elle avait besoin de bien plus.

— Ouais, a-t-elle répondu d'un ton résigné. Oh ! tu as bien avancé, a-t-elle ajouté pour changer de sujet.

— Oui, on m'appelle la petite fourmi travailleuse.

J'ai jeté un coup d'œil aux étagères bien rangées tout en essayant de ne pas repenser au jour où j'avais descendu les marches de l'Opéra de Prague, vêtue d'une robe somptueuse. Les têtes avaient pivoté sur mon passage, les hommes n'avaient d'yeux que pour moi et les femmes m'avaient prise en détestation. Le bon vieux temps. Cent cinquante ans plus tôt.

— Je ne finis qu'à 4 heures, ai-je annoncé à Meriwether en essuyant mes mains poussiéreuses sur mon jean. J'ai eu une idée. La saison estivale est terminée, pas vrai ? Pourquoi ne pas déplacer tous ces machins pour la pêche au fond du magasin et mettre en avant, par exemple, les médicaments pour l'hiver ainsi que les mouchoirs en papier ?

Ses yeux ternes se sont écarquillés.

— J'ai envie de faire ça depuis une éternité ! s'est-elle exclamée. J'en ai parlé à mon père, mais il…

— Qu'est-ce que vous avez à caqueter ainsi, toutes les deux ? a soudain hurlé M. MacIntyre en s'approchant de nous. Je ne vous paie pas à bavarder !

Meriwether a sursauté, mais vu que j'avais récemment revécu un cauchemar rempli de barbares nordiques, ce n'était pas un boutiquier grincheux qui pouvait m'impressionner.

— J'expliquais simplement que nous devrions placer le matériel de pêche à l'arrière et les trucs pour l'hiver à l'avant. Vous voulez que les gens entrent en voyant des produits dont ils ont besoin, pas vrai ? Ensuite, ils se diront : « Il y a tout ce qu'il faut chez MacIntyre. » On est en novembre, bon sang. Les crèmes solaires et les leurres sont totalement inutiles.

Il m'a dévisagée fixement. Sans un mot. J'attendais de voir si de la fumée allait sortir de ses oreilles.

Il s'est retourné, a balayé le drugstore du regard, comme s'il le découvrait pour la première fois – les affiches publicitaires jaunies, les taches de rouille au plafond, les étagères démodées, le lino usé.

— Tu es là depuis… quoi ? deux jours ? Et tu te prends déjà pour une experte ?

J'ai grogné.

— Je ne prétends pas savoir gérer un magasin. En revanche, je suis une consommatrice expérimentée. Et puis, je ne suis pas aveugle.

Meriwether retenait son souffle depuis le début de cette conversation – elle semblait sur le point de s'évanouir.

Après une minute de silence total, durant laquelle le vieux Mac et moi nous sommes toisés sans ciller, il a aboyé :

— Surtout, pas de désordre ! Et vous avez intérêt à nettoyer derrière vous ! a-t-il ajouté tout en repartant en direction de son comptoir de pharmacien.

J'ai failli éclater de rire face à l'expression catastrophée de Meriwether.

— Incroyable… il a accepté, a-t-elle murmuré. Quand je le lui avais proposé, il avait explosé de colère.

— Ouais, on ne peut pas dire qu'il soit la bonne humeur incarnée, ai-je dit. Organisons-nous, afin de déplacer tout ça petit à petit, qu'il ne fasse pas trop d'histoires. Je peux m'y mettre demain et tu prendras le relais à ton retour.

— Bonne idée, a-t-elle répondu en m'adressant un sourire, faiblard mais sincère.

J'ai docilement pointé à la sortie, suis remontée dans ma vieille voiture et rentrée « chez moi » – en quelque sorte.

CHAPITRE 18

Voyons voir. Mon existence d'avant – fringues de haute couture, fêtes géniales, amis super, drôles, excitants, voyages à gogo, toujours plus d'amusement. Ou bien ma vie présente – chemises de flanelle, grosses bottes et jeans, boulot de subalterne dans un drugstore proche de la faillite, réveils à l'aube… Aucune raison que ma vie me paraisse meilleure. C'était pourtant le cas.

Ici, pour la première fois depuis des décennies, voire des siècles, mes maux de ventre étaient moins pénibles, alors qu'avant j'avais toujours eu l'impression d'avoir avalé une étoile filante ou un pétard. Un endroit, tout au fond de moi, qui avait toujours été douloureux, tendu. Parfois, cela s'atténuait un peu si je buvais suffisamment, avant de revenir de plus belle. Une sensation qui ne m'irritait pas tant que ça, mais dont je remarquais l'omniprésence. J'avais vécu continuellement avec ce nœud, cette brûlure vive, au creux de mon estomac.

Ce matin, je me suis aperçue que je le sentais à peine. Alors que je n'avais plus pris un seul cacheton depuis des semaines – depuis mon arrivée à River's Edge, célèbre centre de désintoxication. Oui, j'étais là depuis cinq semaines et cela m'a fait un choc quand j'ai fait le calcul. J'avais l'impression à la fois d'être la petite nouvelle et d'habiter là depuis des mois ou des années.

Je suivais plus de cours maintenant. Avec Anne, parfois avec Solis, Asher ou River elle-même. On m'enseignait la méditation, l'astronomie, la botanique, la géologie – à vous de choisir. Ils me réservaient tout ce qui était sérieux et incompréhensible. Il y avait tant de plantes, d'herbes aromatiques et de fleurs qui possédaient des propriétés spécifiques, soit médicinales, soit magiques. Selon les sorts que l'on lance et selon chaque individu, on peut employer des végétaux, des métaux, des pierres précieuses ou des cristaux, des huiles ou des bougies. Je ne savais pas avec lequel de ces éléments mes pouvoirs pouvaient fonctionner le mieux. J'apprenais cependant que, fondamentalement, tout ce qui nous environnait avait une résonance magique et était connecté avec moi. Ils avaient de nouveau abordé le concept des huit maisons et j'avais essayé de ne pas tressaillir ni m'évanouir quand ils avaient parlé de la maison islandaise d'Úlfur.

Je changeais. Même moi, je reconnaissais que je semblais moins maladive. Mon apparence naturelle était certes dissimulée par mes mains calleuses, la poussière et la paille dans mes cheveux, mes vêtements masculins et le parfum d'eau de poulette qui ne me quittait pas, mais ma peau et mes yeux paraissaient plus sains.

Je ne dormais plus quatre ou cinq heures d'un sommeil agité. Je me couchais tôt et sombrais jusqu'au réveil. J'avais pris des forces et soulevais sans mal les cartons et les cageots de MacIntyre ou les plats les plus lourds dans la cuisine, et j'étais capable de pousser les vaches dans leur enclos. Je ne faisais plus de mauvais rêves.

Malgré tout, j'avais la sensation que cette vie saine allait finir par me tuer. Vous pouvez toujours vous payer ma tête si ça vous amuse. Mais bien que je me sente différente, j'avais quand même l'impression de stagner.

Un dimanche, alors que j'étais en cours avec River, nous avons travaillé avec différents métaux. Tout (et pas seulement mon amulette) a de l'énergie, une sorte de vibration. Je sais, ça doit vous paraître New Age et tout et tout, mais c'est la réalité, quoi que vous en pensiez ! J'apprenais à prendre conscience de ces forces et de ces vibrations internes, et à y superposer les miennes. Cela participait de l'expérience Tähti : créer du pouvoir en travaillant de concert avec ces objets, plutôt que de les vider de leurs forces vitales, comme le font habituellement les immortels. Il est plus simple d'aspirer l'énergie d'un métal ou d'une plante que de créer un sort de magie blanche en s'imposant certaines limites.

J'étais donc installée devant une table, occupée à tripoter des morceaux de fer, de cuivre et d'argent sans en tirer grand-chose, tandis que Jess, Daisuke et Rachel étaient évidemment extatiques, en harmonie avec leurs bouts de métal et leur magie ; et tout à coup, cela m'a été insupportable.

— Ça craint, ce truc ! me suis-je exclamée en reposant violemment mon morceau de cuivre sur la table.

Tout le monde a sursauté. River s'est approchée de moi et a posé la main sur mon épaule.

— Qu'est-ce qui ne va pas ?

— Tout ça ! ai-je répliqué en montrant d'un geste le cuivre, la salle de cours, le bâtiment entier. Ça n'avance à rien ! Je n'ai plus rien à faire ici.

Cinq semaines plus tôt, j'aurais pu lancer cette remarque sans y croire, mais, à présent, je craignais d'avoir raison.

River m'a dévisagée, l'air tellement... robuste. Je m'attendais à ce qu'elle essaie de me calmer, de m'expliquer de nouveau comment procéder avec les métaux, peut-être allait-elle me servir un petit sermon, et je m'y suis préparée.

Cependant, elle m'a fixée droit dans les yeux, comme cherchant à percer ma pauvre âme en loques, et m'a demandé :

— Que veux-tu, Nastasya ?

— Je veux faire vibrer ce métal, voilà tout.

— Non, que *veux*-tu ? a-t-elle répété.

Une question piège ? J'ai réfléchi un bref instant.

— Je veux… apprendre à faire ce truc.

— *Que* veux-tu ?

River ne détachait pas son regard du mien et j'étais vaguement consciente des autres, spectateurs fascinés qui n'avaient probablement jamais agi ainsi.

— Je veux… me sentir mieux ?

— Non. Que veux-tu *vraiment* ?

Sérieux, ça commençait à me gonfler. Où cherchait-elle à en venir ? Ça faisait partie de ses méthodes thérapeutiques, tout ce bla-bla débile ?

— Je veux être mieux !

— Non. Que veux-tu *vraiment* ? a-t-elle dit de nouveau d'un ton mordant.

— J'en sais rien ! ai-je hurlé en me levant si brusquement que ma chaise s'est renversée.

River n'était pas fâchée. Ses yeux marron étaient calmes, elle m'acceptait telle que j'étais. Elle a seulement hoché la tête, a ôté sa main de mon épaule et s'est rassise devant sa table.

J'avais envie de filer et de retourner dans la maison, de prendre un bain chaud et de laisser couler mes larmes.

C'était ce que je *voulais*.

Pourtant, j'ai redressé ma chaise. Le visage en feu, j'avais l'impression d'être un gros bébé. J'ai repris ma place. J'ai décidé que le cuivre ne me convenait pas et je me suis alors emparée d'un gros morceau d'argent brut, tordu et rugueux. Sachant que tous les yeux étaient braqués sur moi, j'ai fermé les miens et respiré plus paisiblement, tout en contenant mes larmes. Pas question de me mettre à pleurer en public après m'être ainsi donnée en spectacle.

J'ai bientôt senti que la lourde masse se réchauffait entre mes doigts. Je me suis concentrée autant que possible (sans faire trop d'efforts, je l'admets) en tâchant de vider mon esprit de toute autre pensée. Aucune vibration. Jamais je ne portais de bijoux d'argent – je le trouvais trop froid contre ma peau. Ma mère non plus n'en possédait pas.

Mais Innocencio, oui.

Il en portait sans cesse. Chaînes, bracelets, boucles d'oreilles, boutons de manchette, boucles de ceinture… et j'en passe. S'il voyait un objet en argent, il le lui fallait.

J'ai perçu la présence de River, derrière moi.

— L'argent est puissant, d'un point de vue magique, a-t-elle murmuré de sa voix apaisante. On l'associe à la lune, à l'énergie féminine et à la guérison. Autrefois, les gens en portaient pour éloigner les esprits malfaisants.

— Ils existent ? ai-je chuchoté.

River a placé ses mains sur mes épaules.

— Qu'en penses-tu ?

Soudain, j'ai vu Incy avec clarté. La pièce dans laquelle je me trouvais s'est estompée et j'étais seulement sensible aux mains de River et au morceau d'argent qui chauffait entre mes doigts. J'ai inspiré et un hublot s'est ouvert entre mon monde et celui de mon ancien ami…

Il faisait nuit. Sous le choc, j'ai reconnu son appartement, même s'il semblait avoir été totalement dévasté depuis la dernière fois que j'y avais mis les pieds. Il y avait des trous énormes dans les cloisons, des graffitis sur les murs, un lustre à terre et des meubles renversés et brisés. Que s'était-il passé ?

Innocencio a soulevé un lourd vase iranien qui lui avait coûté une fortune et l'a jeté contre un mur. Il a explosé en milliers d'éclats.

— Où est-elle ? a-t-il rugi.

Boz et Cicely, inquiets, se tenaient près d'une porte.

— Elle est juste en vacances, Incy, a répondu celle-ci. À Paris, à faire les boutiques.

— Elle n'y est pas, merde ! a hurlé Incy en abattant les mains contre le mur, près du visage de Cicely.

Elle a essayé de ne pas tressaillir. À côté de sa tête, j'ai aperçu le mot qu'Incy avait dû peindre sur la cloison : « Salope ».

Il me cherchait. J'en avais le souffle coupé. Vaguement consciente des mains de River, horrifiée, j'observais la scène qui se déroulait sous mes yeux.

— Personne ne l'a vue là-bas ! Je n'arrive plus à… *percevoir* sa présence ! Vous saisissez ? a-t-il mugi en attrapant Boz par le pan de sa veste.

On aurait dit un fou. Incy, habituellement élégant, sophistiqué, avec ses belles chemises de soie faites sur mesure et ses coupes de cheveux à quatre cents dollars, avait l'air d'un clochard pris de démence. Il n'était pas rasé, ses cheveux étaient ébouriffés, ses vêtements, sales et déchirés.

Le visage de Boz s'est durci et il s'est emparé des poignets d'Incy, qu'il a serrés fort.

— Vestuvio ! a-t-il crié à son tour.

Incy a vacillé, comme frappé de stupeur. Vestuvio était le nom que ses parents lui avaient donné à la naissance, quatre cents ans plus tôt.

— Regarde-toi ! a craché Boz en repoussant les mains de son ami. Tu es ridicule ! Lamentable ! Nas est en voyage, espèce d'imbécile ! Elle a peut-être rencontré quelqu'un ! Un trouduc de Français, par exemple, qu'est-ce que t'en sais ? Et elle a dû décider d'aller ailleurs ! Elle reviendra.

Innocencio a dévisagé Boz d'un air confiant, comme un enfant, tandis qu'une lueur d'espoir insensé illuminait son regard.

— Tu crois ? Tu en es sûr ?

— Oui, a répliqué Boz d'un ton ferme. Elle revient toujours. Et que va-t-elle alors penser de toi, hein ? a-t-il ajouté en désignant d'un geste méprisant l'appartement, à douze mille dollars par mois, dévasté.

Soudain plus calme, Incy a parcouru l'endroit du regard, comme s'il remarquait pour la première fois l'étendue des dégâts.

— Franchement, Incy, tu vas trop loin, est alors intervenue Cicely. Nasty nous manque, mais il n'y a pas mort d'homme. Elle a prévu de rentrer. Elle a laissé son appart en l'état, sans rien emporter. Boz a raison, que va-t-elle penser de toi à son retour ?

Innocencio, de nouveau enragé, s'en est pris à elle.

— Elle n'en pensera rien ! Elle comprendra, car elle sait que j'ai besoin d'elle ! Elle aussi a besoin de moi et elle est quelque part, malade d'être loin de moi. Elle est peut-être détenue contre son gré, a-t-il poursuivi, les yeux hantés. Et si elle avait été enlevée ?

— Oh ! je t'en prie, a soupiré Cicely.

Incy l'a repoussée contre le mur en rugissant :

— Tu ne peux pas comprendre !

— Va te faire foutre ! a crié Cicely en retour.

Elle a brusquement écarté la main d'Incy et s'est dirigée vers la sortie.

— Rappelle-moi quand tu auras repris tes esprits !

— Non, Cicely, excuse-moi ! a répliqué Incy, contrit. Je suis désolé ! Reste !

Elle lui a fait un doigt d'honneur et a claqué la porte derrière elle.

— Quelle salope ! Je la déteste ! a-t-il hurlé.

Boz semblait épuisé. Il s'est frotté les yeux et s'est lentement laissé tomber le long du mur.

Incy s'apprêtait à mugir de nouveau, quand il a aperçu son ami. Il s'est accroupi près de lui.

— Boz ? Pardon, pardon. Je ne sais pas ce qui m'arrive. Seulement… je ne supporte pas d'être séparé d'elle.

Excuse-moi, je… elle me manque, c'est tout. Je veux être près d'elle.

— C'est son *pouvoir* qui te manque, a alors répondu Boz, qui avait soudain l'air très vieux et très fatigué. Rien d'autre.

Je me suis écartée d'un bond. Les doigts de River se sont enfoncés dans mes épaules. J'ai brièvement cligné des yeux et la salle de cours a réapparu clairement.

J'avais du mal à reprendre mon souffle, comme si je revenais à moi après un long malaise. Jess, Daisuke et Rachel me regardaient d'un air préoccupé.

Mes mains se sont rouvertes et j'ai lâché le morceau d'argent qui a roulé sur la table. Il était brûlant, presque rougeoyant.

— Qui était-ce ? m'a demandé River d'une voix calme et ferme.

— Mes… amis, ai-je répondu avec difficulté. Incy… il était là la nuit où je t'ai rencontrée. Tu les as… vus ? Tu as vu ce qui s'est passé ?

Elle a acquiescé lentement.

— Oui… je ne sais pas pourquoi, parce que je n'en avais pas l'intention.

Je lui ai alors demandé d'une voix posée :

— Pourrait-il me retrouver, ici ?

— Je vais m'arranger pour qu'il ne le puisse pas. Tant que tu seras à West Lowing, tu resteras cachée.

— Oh, d'accord, ai-je remercié maladroitement.

Évidemment, je ne m'en suis pas tirée aussi facilement. Le soir même, après le repas, Solis, Asher, Anne et River se sont réunis avec moi dans la salle à manger.

— Nous savons ce qui s'est passé, a commencé Solis sans attendre. River nous a parlé de ta vision.

J'ai acquiescé, tout en regrettant, encore une fois, d'être un cas à part.

— Des amis à toi ?

— Oui. J'avais l'habitude de traîner avec eux.

— Pourquoi ton absence bouleverse-t-elle autant cet Innocencio ? a demandé Anne.

— Je n'en sais rien, ai-je répondu, sincère. Nous étions toujours ensemble, mais c'était mon meilleur ami et je trouvais ça… normal. Maintenant, je comprends qu'il devait être dépendant de moi.

— Crois-tu qu'il pourrait te faire du mal ? A-t-il beaucoup de pouvoir magique ? a voulu savoir Asher, qui semblait très préoccupé.

— Il y a quelque temps, j'aurais répondu non à ces deux questions. Jamais je n'aurais cru qu'il puisse me vouloir du mal. Mais maintenant… je n'en suis plus si sûre. Il avait l'air vraiment… furibond.

— Est-il puissant ? a demandé River.

— Pareil, je croyais que non. Mais la veille de mon départ, il s'est servi d'un sort… pour briser la colonne vertébrale de quelqu'un. Je ne savais pas qu'il en était capable.

— Qu'a voulu dire l'autre homme, en parlant de ton pouvoir ? s'est enquise River.

— Boz ? Aucune idée. Je n'ai jamais vraiment fait de la magie. Je n'étais pas consciente de mes capacités.

River a hoché la tête et m'a tapoté le dos. J'ai perçu un léger bruit ; j'ai levé les yeux et vu la porte de la cuisine s'entrouvrir. Charles et Nell étaient de corvée de vaisselle. Cette dernière avait-elle épié notre discussion ?

— Je vais te préparer une tisane et te raccompagner à ta chambre, a annoncé River.

Alors que nous montions ensemble à l'étage, ses pas m'ont semblé familiers. Je me sentais chez moi ici.

— Qu'est-ce qu'il y a dans cette tisane ? ai-je demandé. Un truc qui va m'obliger à dormir ? Ou m'éviter de rêver ?

Elle a souri.

— Rien de très sorcier, a-t-elle répondu en ouvrant ma porte. Hormis les propriétés magiques de chaque plante.

Surtout de l'herbe-aux-chats, qui a un effet relaxant, ainsi que de la valériane et de la camomille. Rien de chimique.

Une porte qui se trouvait à trois chambres de la mienne s'est ouverte. Reyn a passé la tête, a vu qu'il s'agissait de River et de moi, et nous a adressé un signe d'un air raide. Il a refermé sa porte et j'ai fait de même.

River est restée quelques minutes avec moi, pour s'assurer que j'allais bien, j'imagine.

En me quittant, elle m'a seulement dit :

— Et n'oublie pas. Demain est un autre jour.

Un truc rebattu et étrange venant de sa part, mais j'étais trop crevée pour réfléchir à ce qu'elle entendait par là. Le sommeil m'a engloutie sans attendre.

CHAPITRE 19

Le lendemain, j'avais encore les nerfs en boule. Et pour ajouter à mon déséquilibre mental, je me suis vue obligée de partir au travail en compagnie du sinistre Viking, qui avait besoin de se rendre en ville. J'ai voulu protester et prendre ma voiture, mais quelque chose dans les yeux de River m'a stoppée net, et je suis montée dans le camion. Où je suis restée collée contre la portière, la main cramponnée à la poignée.

Tandis que nous nous éloignions, j'ai aperçu Nell qui nous observait depuis la fenêtre du salon et j'ai gémi intérieurement. Elle croyait déjà que j'essayais de m'immiscer entre elle et Reyn et, franchement, son comportement commençait à me sembler louche. Maintenant, à cause d'elle, j'allais me sentir mal à l'aise et parano toute la journée.

Le plus triste dans tout cela, c'est qu'en dépit de mon souvenir, du dédain que Reyn éprouvait pour moi, de notre incompatibilité qui sautait aux yeux, de l'intérêt de plus en plus menaçant que Nell lui portait, je ne pouvais m'empêcher de le trouver aussi torride qu'avant. Je commençais même à apprécier son sens des responsabilités. À présent, je n'avais confiance en personne, excepté River et les autres professeurs – et il fallait l'admettre, aucun individu sain d'esprit n'aurait confié son tracteur ou son camion, voire un élève, à Boz ou à Incy. Moi-même, je n'avais jamais été fiable ni responsable. Incy, avant de devenir apparemment fou, avait été drôle et stimulant, mais certainement pas digne de confiance. Avec les amis d'autrefois, tout était plus libre : les rendez-vous étaient parfois respectés, parfois non, et on ne s'en voulait pas mutuellement. Reyn m'a dit qu'il passerait me prendre à 4 heures à la sortie de mon travail ; je savais très bien que j'allais le retrouver sur le trottoir à l'heure dite, tapant du pied avec impatience. Un comportement que, assez étrangement, je trouvais plutôt agréable. Lui, au moins, ne taguait pas des insultes sur les murs en vociférant. Ma vie était sens dessus dessous, je réagissais au quart de tour… Alors, qu'il soit ou non pilleur nordique, qu'il ait deux cent soixante-sept ans ou mille, je m'en fichais !

Malgré tout, pendant qu'il me conduisait à mon travail, pas une minute je n'ai lâché la poignée de la portière, prête à bondir hors du camion au cas où Reyn dégainerait soudain une longue épée et la dirigerait contre moi. Devant le drugstore, j'ai sauté du véhicule et j'ai resserré mon écharpe autour de mon cou.

— Merci pour la balade, me suis-je forcée à lui dire, sans le regarder.

— Tu sais…

Il s'est interrompu, pinçant les lèvres.

— Quoi ? ai-je demandé avec méfiance.

— Rien, a-t-il répliqué en détournant les yeux.

Je me suis éloignée, quand je l'ai entendu ajouter :

— Tes cheveux. T'as une mèche bizarre.

Jamais il n'avait commenté mon apparence et j'avais surtout l'impression qu'il s'efforçait de me regarder le moins possible. Je lui ai lancé un coup d'œil noir avant de me tourner vers le rétroviseur. Oh ! mon Dieu. Je suis restée consternée. J'avais complètement cessé de me préoccuper de ma teinture et ma couleur naturelle était réapparue. En effet, il avait raison, une longue mèche d'un blond pâle poussait sur le dessus de mon crâne. C'était d'un séduisant…

J'ai fermé les paupières.

— Et moi qui croyais que les choses ne pouvaient empirer… ai-je marmonné.

— Il y a toujours pire, a-t-il répondu.

J'ai décelé une pointe d'amertume dans sa voix.

Connard, ai-je pensé en claquant la portière.

Quand je suis entrée dans le magasin, j'ai vu d'emblée qu'il était malgré tout possible d'améliorer certaines choses : le drugstore avait meilleure allure. Meriwether et moi avions fait du bon boulot ces deux derniers jours, même si le vieux Mac avait refusé de dépenser un sou pour acheter de nouvelles étagères – il était entré en fureur quand je lui en avais touché deux mots. Meriwether avait rangé le comptoir, qui était désormais propre et facile d'accès. Nous avions débarrassé la devanture de tout un tas de cochonneries et lavé les vitres, de sorte que la lumière entrait à flots. L'endroit avait fait un bond dans le temps et appartenait maintenant au XXe, voire au XXIe siècle. Le vieux Mac grommelait, se plaignait sans cesse, mais j'avais vu son visage lorsque des clients l'avaient félicité de ces changements. Il m'avait décoché un regard noir et je lui avais adressé un grand sourire insolent.

Même si Meriwether se montrait chaleureuse en ma présence, elle paraissait toujours aussi terne et épuisée, et son père continuait de la traiter comme une bonniche. Je n'aimais pas partir à 4 heures, car il semblait redoubler de méchanceté à son égard dès que j'avais quitté le magasin. Comment lui venir en aide ?

Et le fait que je m'inquiète pour autrui me surprenait moi-même.

Je n'avais pas revu Dray – éprouvait-elle de l'embarras ou de la colère à l'idée de me croiser de nouveau ? Le temps était trop froid pour errer dehors et boire des bières sur le trottoir et je me demandais où elle traînait à présent.

Ce jour-là, j'ai commencé à me sentir tendue dès 3 heures. Quand Reyn est passé me chercher, j'avais l'estomac carrément noué. En montant dans le camion, je me suis rappelé sa remarque à propos de mes cheveux. Pas question de m'appesantir là-dessus. J'avais juste envie de rentrer à la maison, de boire un thé et de voir de quelle corvée j'allais être chargée avant le dîner – peut-être la préparation du repas lui-même. J'avais oublié de vérifier en partant. Il fallait que je me mette à consulter le tableau de service plus régulièrement… J'ai secoué la tête et l'ai appuyée sur la vitre. Ce genre de pensée m'était si étranger en temps habituel… Que m'arrivait-il ?

Reyn m'a jeté un coup d'œil, mais je suis restée muette.

Il m'inquiétait encore, même si j'étais à présent persuadée qu'il ne pouvait être le pilleur de mon souvenir. Mon inconscient tordu avait choisi de superposer un visage séduisant sur l'un des pires épisodes de ma vie et je détestais ça ; mais j'étais à River's Edge pour purifier mon esprit de toutes ces saletés qui l'encombraient, pas vrai ? Et cela expliquait peut-être pourquoi, dès le premier jour, j'avais eu l'impression de le connaître : il me rappelait un certain genre de physique que j'avais souvent croisé.

Quoi qu'il en soit, j'étais en effet inscrite pour la préparation du repas, ce qui valait toujours mieux que la plonge. J'ai épluché une petite montagne de navets et cinq kilos de poires pour un gâteau, et me suis comportée en petit elfe de cuisine tandis que la nuit froide tombait.

Après le dîner, River m'a tendu la main et demandé de la suivre.

Oh ! mon Dieu, pourvu que ce ne soit pas pour faire de la magie, ai-je songé. Chaque fois que j'approchais la magie, une petite grenade explosait dans mon esprit. Je n'en pouvais plus. River m'a fait signe de prendre mon manteau et j'ai pensé : *Oh ! non, je vous en prie, pas les étoiles… Pas ce soir.* C'était pourtant un domaine qui m'était familier, le seul cours dans lequel je ne me débrouillais pas trop mal. J'avais sillonné plusieurs océans sur divers navires, à l'époque où les traversées pouvaient durer des semaines, voire des mois. Croyez-moi, quand il n'y a pas d'autre occupation que d'observer les étoiles, on s'y résigne.

Nous nous sommes rendues dans la grange. Au bout du couloir se trouvait un escalier étroit que je n'avais jamais remarqué auparavant. Il menait à une autre série de salles, plus petites que celles du rez-de-chaussée.

— Autrefois, c'était le grenier à foin. L'été, on peut encore sentir l'odeur de la paille.

River m'a conduite dans une pièce minuscule, d'environ trois mètres carrés. Une lucarne était percée dans le plafond mansardé, à hauteur de poitrine.

— Nous organisons de petits cercles ou des sessions privées dans ces salles, a-t-elle expliqué en allumant une lampe à gaz. Il y fait plus chaud.

Elle m'a adressé un de ses éternels sourires et s'est affairée devant un petit buffet rustique. Elle m'a donné un bâton de craie.

— Dessine un cercle sur le plancher, assez grand pour nous deux.

Je l'ai fixée.

— Euh… Je ne suis pas encore bien remise du dernier désastre avec le morceau d'argent ni du cercle auquel j'ai participé.

— Nous ne sommes pas là pour ça. Je crois que tu n'auras pas de nausées et je peux tisser quelques fils dans le sortilège afin que tu te sentes bien, si tu veux. À présent, trace ce cercle, aussi rond que possible.

J'avais un mauvais pressentiment, mais j'étais en confiance et j'ai obéi.

— Ne le ferme pas, m'a-t-elle rappelé.

J'ai donc laissé une ouverture de cinquante centimètres. Mon cercle était légèrement irrégulier, mais tant pis !

River a dessiné un second cercle autour du mien en saupoudrant les lattes de bois de gros sel.

— Le sel purifie et protège, a-t-elle précisé.

— Je le savais déjà, ai-je rétorqué.

Elle m'a souri et m'a fait signe de m'installer. Elle est entrée à son tour à l'intérieur des cercles et a refermé le premier avec du sel et le second avec la craie. Nous étions coincées là-dedans, à présent.

En la voyant placer une pierre à chaque point cardinal, j'ai commencé à m'inquiéter.

— Euh… qu'est-ce que tu comptes faire, exactement ?

— Nous allons créer un sortilège de révélation.

CHAPITRE 20

Un sortilège de révélation ? Comme si cela allait m'éclairer. D'instinct, j'ai eu envie de bondir hors des cercles et de m'enfuir. Ou de simplement refuser d'y participer en croisant obstinément les bras – ce que je m'apprêtais à faire quand elle m'a dit :

— Assieds-toi face à moi.

Et pour une raison que j'ignore, j'ai obtempéré. Elle a tendu les mains ; hésitante, je les ai prises entre les miennes. Qu'allions-nous révéler ? Un trésor enfoui ? Un meurtrier ? L'endroit où Solis avait caché son bracelet de cuivre ? Je m'en fichais, du moment que cela ne me concernait pas, ni moi ni mon passé. J'angoissais déjà à l'idée des nausées que je ne manquerais pas d'avoir, malgré les assurances de River.

— Tu n'auras pas de nausées, a-t-elle affirmé.

J'ai sursauté.

— Tu lis dans mes pensées ?

Elle a ri.

— Non, mais je sais interpréter les expressions d'un visage. Cette fois, je vais limiter ton pouvoir et le contrôler. Il part dans tous les sens et ton système ne parvient pas à le canaliser, je crois. Toutes ces forces bataillent et te rendent malade. C'est ma théorie, en tout cas. À présent, nous allons toutes les deux fixer cette flamme, a-t-elle ajouté en allumant un petit cierge qu'elle a placé entre nous.

— Que dois-je faire ?

— Contente-toi de m'imiter, a-t-elle répondu d'une voix calme, déterminée.

Son ton était détaché, un peu rêveur. Ses paupières se sont alourdies tandis qu'elle observait la flamme danser. Elle avait collé la bougie sur un petit miroir à l'aide de la cire.

— Qu'allons-nous révéler ?

— Toi.

— Non.

— Tout va bien se passer, Nastasya. Fais-moi confiance… c'est tout.

Oh ! bon sang, je vais mourir, ai-je pensé, pathétique. *Je n'y arriverai pas.*

— Tu vas y arriver, a-t-elle ajouté.

Sa force tranquille m'irradiait. Malgré mes craintes, j'ai essayé de me concentrer sur la flamme, d'apaiser ma respiration et de vider mon esprit. Pourtant, je sentais les battements de mon cœur s'accélérer.

River s'est mise à chantonner, doucement. Je ne comprenais pas un seul mot, mais je m'y suis abandonnée. Elle a lâché mes mains et a tracé des symboles entre nous : des runes. Je connaissais bien cet alphabet. J'ai reconnu Eolh, « protection », et Beorc, pour « renaissance ». Je ne me suis d'abord pas souvenue de Eoh… « Cheval » ? Puis je me suis rappelé que cela signifiait une sorte de « changement ». Les doigts de River se déplaçaient si rapidement que je ne distinguais pas chaque terme, mais j'ai malgré tout compris la rune Peorth qu'elle a tracée sur mon front : « les choses cachées que l'on révèle ».

Que cherchait-elle à révéler ? Ma vie tout entière ? Ce serait une mauvaise idée. C'était hors de question. Mes pensées ? Quel intérêt, franchement ? J'ai senti ses yeux sur moi et j'ai regardé son visage serein, sa peau mate, à peine ridée, ses cheveux argentés serrés en queue-de-cheval. Sans me toucher, elle a dessiné la forme de mon visage dans l'air et, soudain, j'ai perçu une vague de…

Pouvoir.

Oh ! mon Dieu… J'ai inspiré lentement, fermé les yeux et senti l'énergie grandir en moi puis tournoyer autour de nous et rencontrer un autre pouvoir – celui de River. Tels deux anciens fleuves se fondant soudain l'un dans l'autre. C'était indescriptible, un peu comme un bain de lumière, de bonheur et de vie.

Une sonnette d'alarme a retenti en moi. Les rares fois où j'avais éprouvé ça, un désespoir inévitable avait suivi, comme si des milliers d'insectes noirs avaient jailli d'un égout et obscurci le soleil. Puis étaient venus la douleur, les vomissements.

Les paupières closes, River s'était remise à chanter tout en traçant d'autres symboles sur mon front, mes yeux, mes joues. Elle a effleuré mes épaules et mes genoux. La tension m'a quittée petit à petit – j'attendais la souffrance, je m'y étais préparée. Quand, tout à coup, j'ai eu l'impression d'être une graine qui éclatait sous la terre et s'étirait vers la chaleur. Et j'étais aussi chaleur et lumière… une sensation incomparable.

Je l'ai savourée un instant, avant de percevoir que la magie s'estompait peu à peu. Si j'avais pu la saisir entre mes doigts, je m'y serais accrochée, désespérément. Mais elle a reflué, comme la marée d'un vaste océan.

J'ai rouvert les yeux. River a fait de même, très lentement. Elle m'a dévisagée et j'ai cru voir de l'émerveillement et sans doute de la peur dans son regard. Elle a eu un sourire de satisfaction.

— Comment te sens-tu ?

— Euh… pas trop mal, ai-je répondu, surprise. Fatiguée, détendue et triste que tout soit fini.

— C'est là que réside toute la beauté de la magie, a-t-elle expliqué en s'étirant et en inspirant profondément. Elle n'a pas disparu, elle reste là en permanence, au fond de toi, et tu l'as captée. C'est ainsi que procèdent les Tähti, tu te rappelles ? Il est beaucoup plus difficile d'exploiter le pouvoir qui est en soi, cela demande maîtrise et apprentissage. Il s'agit d'un long processus. Sans le sortilège qui permet de contrôler ton énergie, tu serais malade, comme par le passé. Mais tu vois, les choses peuvent se passer différemment. Tu le sais désormais.

Que penser ? Je me suis subitement sentie exaltée – tout cela valait donc la peine, peut-être allais-je pouvoir apprendre la magie pour de bon… –, avant que cet enthousiasme soit brusquement brisé par mon refus de croire qu'une chose aussi bénéfique pouvait m'arriver.

River a soupiré.

— Je parviendrai à te convaincre, a-t-elle dit en se relevant.

— Mon visage n'est pas si expressif que ça, ai-je fait remarquer en me redressant à mon tour – avec difficulté, comme après une séance de yoga précédée d'un marathon.

— Si, je t'assure, a-t-elle répondu en rouvrant les cercles.

Je l'ai aidée à ramasser les pierres et j'ai parcouru la petite pièce du regard pour vérifier que nous n'avions rien oublié. Soudain, un visage a surgi devant moi. J'ai étouffé un cri et lâché les pierres.

River a fait volte-face et m'a saisi le bras.

— Qu'est-ce qu'il y a ?

Incapable de prononcer un mot, j'ai pointé du doigt le visage étrange, pareil à une apparition flottant sur la vitre de la lucarne. D'instinct, je me suis baissée pour me blottir près du sol, comme pour me cacher.

River s'est immédiatement accroupie près de moi, la main sur mon épaule. Elle semblait à la fois préoccupée et bizarrement amusée.

— Il y a quelqu'un à la lucarne, ai-je murmuré. Un fantôme.

Elle a hoché la tête d'un air solennel et a écarté les cheveux de mon visage.

— Oui, un fantôme, a-t-elle répété.

River est allée chercher un petit miroir dans le buffet et l'a prudemment placé devant moi.

Le fantôme était là. Le fantôme, c'était moi.

Je me suis assise sur le plancher. Je ne parvenais pas à détacher mon regard du miroir. Toute trace de noir avait disparu de mes cheveux, qui avaient retrouvé leur teinte blond pâle. Ils avaient poussé depuis mon arrivée à River's Edge et je pouvais maintenant les coincer derrière mes oreilles ; mes mèches hérissées s'étaient aplaties depuis que je ne les enduisais plus de gel.

Mes yeux étaient sombres, de la couleur d'un ciel hivernal. Mes joues s'étaient remplies et avaient rosi. Aucun fard à paupières ni rouge à lèvres n'altérait mon apparence.

Je ressemblais à une adolescente normale. En bonne santé.

— Ce n'est pas moi, ai-je chuchoté. Je n'ai jamais été ainsi.

— Si, tu l'as été, a répliqué River d'un ton paisible.

J'ai dégluti, avec l'envie de me recroqueviller derrière l'une des pierres que j'avais lâchées.

Oui. J'avais été ainsi. Il y a bien longtemps.

— Sunna, tu vas épouser Àsmundur Olafson, m'annonce ma mère adoptive d'un air détaché, tout en pétrissant de la pâte à pain dans un grand bol en bois.

Je suis tellement surprise que je renverse l'eau de la louche sur la table.

— Quoi ?

— Ton père s'est arrangé avec Olaf Pallson, poursuit-elle. Tu te maries ce samedi.

Je la regarde, mais elle ne relève pas les yeux.

J'essuie la table puis finis de remplir les tasses d'eau. Olaf Pallson élève des moutons, à deux fermes d'ici. Je me souviens vaguement d'avoir croisé Àsmundur Olafson une ou deux fois, les jours de marché. Il est grand et blond, mais j'ai oublié son visage.

Voyant que je ne réponds pas, ma mère s'arrête de pétrir et me dévisage.

— Sunna, tu as seize ans. La plupart des femmes sont mariées, à ton âge, et certaines sont déjà mères. Àsmundur est un bon gars ; il est le fils aîné, il héritera de la ferme paternelle.

— Je ne veux pas me marier.

Je sais pourtant que je n'ai pas le choix.

Ma mère s'essuie les mains sur son tablier. Elle a trente-cinq ans à peine, mais paraît déjà vieille.

— Sunna, nous avons six autres bouches à nourrir.

J'acquiesce et pars au puits avec le seau vide. Ça n'a pas été facile pour eux de me garder, mais j'ai pu me rendre utile en m'occupant des enfants plus jeunes et en aidant ma mère dans la maison. Les six années passées ici ont été… un répit.

Le samedi suivant, il fait beau ; le ciel est dégagé, après trois jours de giboulées de printemps. Il fait encore froid, mais les jours s'allongent lentement. Dans deux mois, l'été sera là.

Mes parents adoptifs m'accompagnent à l'église. Les routes sont boueuses et creusées de nids-de-poule. J'aperçois mon visage dans une flaque d'eau et je songe : *C'est moi, le jour de mon mariage.* Mes longs cheveux nattés sont relevés sur le dessus de mon crâne. Mes vêtements sont propres. Ma mère m'a confectionné une couronne de laurier.

Je lève les yeux et aperçois Àsmundur et son père, qui nous attendent devant l'entrée de l'église. J'examine son visage rude de fermier en pensant : *Voilà à quoi il ressemble.*

Nous sommes en 1567.

Mon jeune mari mourra deux ans plus tard, de la petite vérole.

J'ai cligné des yeux et me suis redressée.

— Allons boire une tisane, m'a dit River en éteignant la lampe à gaz. Nous rangerons cette pièce demain.

Sans lumière, le fantôme avait disparu de la vitre. Nous sommes redescendues au rez-de-chaussée. Je n'arrêtais pas de toucher mes cheveux, qui semblaient plus doux sans la teinture. C'était bizarre. Chaque fois que je regarderais mon nouveau visage dans un miroir, je bondirais, j'en étais certaine. Cela faisait tellement longtemps que je n'avais plus ressemblé à ça.

— Il est plus tard que je croyais, a dit River une fois que nous nous sommes retrouvées dehors.

J'ai levé les yeux vers les étoiles, dont bon nombre étaient cachées par les nuages. Des constellations décrivaient un arc de cercle tout au long de la nuit, je le savais. Selon leur position, j'ai vu qu'il n'était pas minuit, mais que la première heure de la nuit était passée.

— Il doit être 22 heures, ai-je répondu.

— Oui, a répliqué River, l'air ravi. Tu acquiers des connaissances contre ton gré.

J'ai hoché la tête. Tout me semblait nouveau, différent. Comme si le sortilège n'avait pas seulement effacé mon apparence de ces dernières décennies, mais aussi les années elles-mêmes. Je n'avais qu'une envie : me réfugier dans ma chambre et m'observer dans le miroir.

Les ténèbres nous encerclaient et je restais tout près de River, les yeux braqués sur la maison, devant nous. Une chose légère et froide a atterri sur le bout de mon nez : de petits flocons de neige tombaient du ciel.

Il faisait froid, sombre, et il neigeait. Comme dans mon enfance. Voilà pourquoi je préférais des lieux au climat plus chaud. Même à Londres, les températures n'étaient jamais aussi basses. De sombres pensées et une terreur indescriptible m'ont tout à coup submergée.

Nous nous sommes approchées des marches menant à la cuisine, éclairées par un carré de lumière dessiné par la fenêtre. Je me suis précipitée vers la porte, quand River m'a retenue par le bras.

— À l'époque, tu étais *là-bas*, a-t-elle déclaré d'une voix douce, en indiquant un point dans l'espace, sur le côté. Maintenant, tu es *ici*, a-t-elle ajouté en plaçant son autre main à distance de la première. Le temps *avance*. Tu n'es plus *là-bas*, compris ?

J'ai acquiescé sans vraiment saisir.

— Tu es née là-bas, a-t-elle repris, en 1551.

Elle m'a de nouveau montré un point imaginaire. De minuscules flocons tombaient sur ses cheveux et se perdaient dans ses mèches argentées.

— Maintenant, tu es ici. *Ici*, a-t-elle insisté en plaçant une main contre ma poitrine. Tu es ici. Maintenant. Tu es dans l'instant présent.

J'ai dû avoir l'air perdu, car elle a soupiré avant d'ouvrir la porte. Aussitôt, de la chaleur, de la lumière et des odeurs de cuisine sont venues jusqu'à nous. La pièce était vide mais encore éclairée. J'avais faim, ce qui était étrange. Et je n'avais aucune nausée.

— Du gâteau aux poires, voilà ce qu'il te faut, a dit River en se dirigeant vers l'immense réfrigérateur. Et une tisane.

CHAPITRE 21

Quand on a passé la plus grande partie de sa vie à être un caméléon, à se transformer sans cesse, il est choquant de voir son visage d'origine dans le miroir. Au fil des années, la couleur de mes cheveux n'avait jamais été identique – du blanc au noir, en passant par le bleu, le vert, le violet –, de même pour leur longueur – jusqu'à la taille ou bien en brosse. J'avais été maigre comme un fil de fer, agréablement rondelette, forte durant mes grossesses, squelettique en période de famine. Ma peau avait été celle d'une jeune Scandinave, quand le soleil était absent des mois durant, mais elle avait aussi été foncée comme une noix, bronzée sous le soleil équatorial.

À présent, je ressemblais à celle que j'avais été dans mon adolescence. C'était effrayant, perturbant, et je me sentais atrocement vulnérable. Au matin, j'ai enfilé plusieurs couches de pulls, entouré mon cou d'une écharpe vaporeuse et noué un foulard sur mes cheveux – quelle ironie : je ressemblais encore plus à la paysanne que j'avais été. Réticente, j'ai fini par sortir de ma chambre, car j'étais de corvée pour mettre la table du petit déjeuner.

Une fois en bas, j'ai marmonné un bonjour rapide à Charles et Daisuke, qui s'affairaient à la préparation du repas. Comme à leur habitude, ils maintenaient la pièce propre et bien rangée, alors qu'ils cuisinaient pour treize personnes. Tous deux étaient sobres et élégants et travaillaient toujours avec un profond calme. S'il s'agissait de Brynne et Lorenz, la cuisine était toujours en désordre – tous deux avaient une personnalité extravagante, un peu folle et très stimulante. Reyn était ordonné et Nell tout le contraire. Jess et moi étions totalement désorganisés – rien de surprenant à ça.

Bref, je me suis empressée d'attraper le plateau chargé de vaisselle et me suis réfugiée dans la salle à manger, encore plongée dans l'obscurité. Je me sentais nerveuse, angoissée, plus que je ne l'avais été depuis des… semaines. Je prévoyais de m'enfermer dans les toilettes, dès mon arrivée au drugstore, avec un flacon de teinture pour cheveux. Auburn, cette fois.

La porte de la salle à manger s'est ouverte et Solis est entré, portant une brassée de longs rameaux. Je l'ai salué d'un signe de tête, sans croiser son regard. Il a posé un grand vase au milieu de la table, dans lequel il s'est mis à arranger ses rameaux de près d'un mètre de long.

— Je vais les aider à bourgeonner, a-t-il annoncé en caressant gentiment leur écorce. Non par la magie, mais simplement en leur offrant un peu de la chaleur de la maison. Est-il normal de forcer une chose à aller contre sa nature ?

Il paraissait presque se parler à lui-même, et j'espérais que ça n'était qu'une question rhétorique. La philosophie existentielle ? Très peu pour moi avant ma première tasse de café.

Je me déplaçais sans bruit autour de la table, disposant la belle argenterie ancienne de River.

— Qu'en penses-tu, Nastasya ? m'a demandé Solis, me donnant l'impression d'être un papillon pris au piège et épinglé dans un cadre de velours par un collectionneur d'insectes. Crois-tu qu'il est intrinsèquement mal de forcer quelque chose à aller contre sa nature ? Comme ces branchages ? Et au fait, connais-tu leur nom ?

J'ai marqué une pause et examiné le contenu du vase, histoire de gagner du temps. Les rameaux étaient d'une teinte pâle. Ils provenaient d'un buisson plutôt que d'un arbre.

— Du forsythia ? ai-je lancé à tout hasard.

Il a souri et je me suis sentie bêtement contente, comme un animal savant qui a bien retenu sa leçon.

— Et l'autre partie de ma question ?

Mon estomac s'est serré : j'avais compris qu'il comptait me donner un cours improvisé, là, tout de suite, et que je n'aurais jamais dû baisser la garde. Il avait posé sa question avec désinvolture, mais il attendait que j'y réponde avec sérieux. Et les idées ne se bousculaient pas dans mon esprit en manque de caféine.

— Dresser un chien, par exemple ? ai-je proposé.

Il m'a adressé un sourire patient – rien de pire que ce genre de sourire.

— Intrinsèquement, les chiens sont faits pour travailler. Ils ont été domestiqués il y a tant de milliers d'années qu'accepter d'être dressés est dans leur nature, cela leur est même nécessaire. Je parle de forcer ces bourgeons à fleurir hors saison, pour notre propre plaisir. Ou de construire un barrage pour détourner le cours d'une rivière. Ou encore d'obliger quelqu'un à vivre dans l'isolement – par nature, les humains sont des créatures sociales et ne peuvent par conséquent vivre seuls.

Daisuke est entré discrètement et a posé sur la table une panière remplie de biscuits. Il a jeté un coup d'œil à mes cheveux, m'a adressé un petit sourire puis est reparti dans la cuisine.

Je n'arrivais pas à me concentrer. Ma nouvelle apparence me mettait mal à l'aise ; j'avais juste envie de m'échapper et de ne revenir qu'une fois mes cheveux teints. Je n'étais même pas maquillée. Je devais ressembler à un verre de lait.

— Je n'en sais rien, ai-je répondu. Peut-être.

J'ai attendu qu'il me dise d'aller méditer sur la question ou d'aller chercher quelqu'un qui puisse m'aider à y répondre. En vain. Il s'est contenté de caresser de nouveau les branches de forsythia et de répliquer :

— Moi non plus, je ne sais pas. Mais ta nature te dicte d'avoir *cette* apparence, a-t-il ajouté d'une voix plus douce. Essaie s'il te plaît de l'accepter. Selon certains, le visage d'une femme, nu et sans parure, est aussi beau que la lune, aussi mystérieux.

Je l'ai fixé. J'avais l'impression que de minuscules insectes parcouraient ma peau. Les pensionnaires sont arrivés les uns après les autres ; Charles et Daisuke ont apporté des plats chargés de nourriture.

— Ne change plus, je t'en prie, a-t-il poursuivi, si bas que j'étais la seule à pouvoir l'entendre. Continue à redevenir toi-même.

Solis s'est éloigné pour prendre une assiette et se mettre dans la queue.

— Mon visage n'est pas si expressif que ça, ai-je marmonné, avant de l'apercevoir esquisser un sourire.

Je me suis forcée à rejoindre la queue à mon tour, derrière Lorenz. Ses yeux sombres étaient encore tout ensommeillés.

— *'Giorno, bella*, a-t-il murmuré, tandis que l'odeur de son après-rasage au patchouli chatouillait mes narines.

— Ça alors, a dit Charles de son fort accent irlandais. Tu as décoloré tes cheveux ?

— Non, ai-je répliqué.

Au même instant, un fracas nous a fait sursauter. Nos têtes ont pivoté en direction du bruit. Reyn se tenait sur le seuil de la salle à manger, abasourdi. Il était arrivé avec une brassée de bois pour le feu, qui gisait à présent sur le plancher.

L'air horrifié, le visage blême, les yeux écarquillés, il me fixait.

— Non, non, a-t-il lâché en secouant la tête.

Il s'est alors aperçu que nous l'observions tous, bouche bée. Il a baissé les yeux vers les bûches, m'a regardée de nouveau puis, sans un mot de plus, il est reparti dans la cuisine. Quelques secondes plus tard, nous avons entendu claquer la porte de derrière.

— Que lui as-tu fait ? m'a demandé Nell d'un ton sec, en jetant sa serviette sur la table pour partir le rejoindre.

River l'a retenue par le bras.

— J'y vais, lui a-t-elle annoncé gentiment.

— Non, a rétorqué Nell d'une voix fâchée, en dégageant son bras. Nous sommes très proches, Reyn et moi. Je saurai bien m'y prendre.

— Nell, assieds-toi, s'il te plaît, a insisté River. Je vais parler à Reyn.

La donzelle s'apprêtait à protester, puis s'est ressaisie en voyant de quelle manière River la dévisageait.

— Je peux y aller, a-t-elle tout de même ajouté, sans grande conviction.

— Termine ton petit déjeuner, a ordonné River avant de quitter la pièce.

Nell s'est contentée de me fusiller du regard et de secouer la tête d'un air de dégoût. Elle s'est installée en grommelant et a repris sa serviette d'un geste brusque.

À présent, les convives se tournaient vers moi. J'ai haussé les épaules, car je ne comprenais pas plus qu'eux ce qui venait d'arriver. Rachel a demandé à Anne de lui passer un plat et, peu à peu, tout le monde s'est remis à agir normalement. Jess et Brynne se sont empressés de ramasser le bois et de le ranger dans le grand panier prévu à cet effet, à côté de la cheminée. J'ai senti les yeux d'Asher et de Solis braqués sur moi ; machinalement, je suis allée me servir à manger et me suis assise au bout d'un des bancs, à côté de Jess, qui a grogné un « bonjour ». Je le lui ai rendu en marmonnant, tandis que mon cerveau entrait en ébullition.

Les chevelures blond clair étaient courantes dans le nord de l'Europe, surtout dans ma famille et dans notre village. Reyn s'en était-il rendu compte ? Avait-il pris conscience de quelque chose d'essentiel ?

J'ai réfléchi durant quelques minutes enfiévrées, quand je me suis rappelé qu'il avait évidemment vu mes racines reprendre leur teinte naturelle depuis quelques semaines. Ça ne pouvait donc être en rapport avec ma nouvelle couleur.

Comment alors expliquer sa réaction ?

Reyn et River ne sont pas revenus dans la salle à manger et j'ai dû partir travailler avant d'avoir obtenu une réponse. *Je m'en préoccuperai plus tard*, ai-je pensé. *Vis dans l'ici et le maintenant. Concentre-toi sur le présent.*

Quand je suis entrée dans le drugstore, le vieux MacIntyre m'a décoché un regard perçant, mais n'a fait aucune remarque sur mon allure.

— On a reçu un nouvel arrivage de produits pour dame, a-t-il seulement aboyé. Va les ranger dans *votre* rayon réservé à ces articles.

Il m'a observée d'un œil noir puis s'est éloigné d'un pas lourd. J'ai ri intérieurement. J'avais en effet mis en place un nouveau rayon dans lequel étaient regroupés les « produits pour dame ». Meriwether et moi avions ainsi compris comment nous débarrasser de son père : il suffisait de brandir une boîte de tampons en lui en demandant le prix.

Impatiente de raconter cette histoire à Meriwether, j'ai emporté les lourds cartons vers le rayon en question.

Aux alentours de midi, j'ai senti une présence près de moi et j'ai levé les yeux.

C'était Dray. Pour rire, j'ai froncé les sourcils.

— T'es pas au lycée, à cette heure ?

Elle a grimacé.

— J'ai déjà mon bac.

Je me suis relevée en m'étirant.

— Grosse menteuse, va. Tu ne dois pas avoir plus de seize ans.

— Si, j'en ai dix-sept. Et puis, de quoi je me mêle ? Toi non plus, t'es pas au lycée et tu dois avoir… quoi ? dix-sept ans ? dix-huit à tout casser ?

J'ai baissé les yeux et me suis aperçue qu'elle avait un test de grossesse à la main.

— Lequel est le moins cher ? m'a-t-elle alors demandé d'un air de défi.

J'ai vérifié les différents prix avec sérieux.

— Celui-ci, ai-je répondu, quand une idée m'a traversé l'esprit. Les toilettes sont là-bas. Fais-le tout de suite.

Elle a reculé, prête à refuser. Puis a hésité.

— Vas-y, ai-je insisté. Je suis là. Ce sera mieux que chez toi, toute seule.

L'espace d'une seconde, sa façade de rebelle s'est fissurée et j'ai entrevu une adolescente terrifiée, prise au piège. Sa peur l'a emporté : elle a pris le test et s'est dirigée vers les toilettes du magasin, que personne ou presque n'utilisait – au passage, devinez qui se payait le nettoyage : Bibi, bien sûr.

— Ce test est fiable ? m'a-t-elle demandé à son retour.

— Je crains que oui.

Elle a poussé un soupir et m'a montré le bâtonnet : négatif.

— Je te dois combien ?

— Huit dollars soixante-dix-neuf. Dis donc, j'ai une idée ! Pourquoi tu t'achètes pas des préservatifs ? Comme ça, t'auras plus à en passer par là, même si c'est une expérience marrante.

Son regard s'est durci.

— Non, merci.

Quelle idiote, cette fille !

— On en propose de différentes couleurs, ai-je insisté.

Elle a fait non de la tête.

Tout en encaissant le test, j'ai lancé :

— Je crois que je suis passée devant une clinique gynécologique, sur le chemin qui coupe l'autoroute 27. Tu vois où c'est ?

Dray a haussé les épaules. Elle semblait très soulagée, mais ne voulait rien laisser transparaître.

— Non, je vois pas.

— Je parie qu'ils prescrivent la pilule, et pour pas cher. Ou bien ils peuvent t'examiner, s'assurer que tout va bien. Vu que tu dois *fréquenter* des types hautement recommandables, j'en suis convaincue, ai-je ajouté en levant les yeux au ciel.

Je voyais bien qu'elle enregistrait toutes les infos que je lui transmettais.

— Ce n'est pas loin, même à pied, ai-je poursuivi d'un ton blasé. Autant en profiter, non ?

De nouveau, elle a haussé les épaules, mais l'idée avait sans aucun doute fait son chemin dans son cerveau.

Elle s'est dirigée vers la sortie, s'est retournée et m'a dit d'un ton sarcastique :

— Au fait, très branchée, ta couleur de cheveux !

Je lui ai tiré la langue et elle a eu un sourire narquois.

Et voilà, c'était ma BA de la journée. Et j'avais trouvé un nouveau job : « Nastasya à la rescousse des filles perdues ».

Il était tard quand je suis rentrée à River's Edge ; la nuit était déjà tombée. Je me levais avant l'aube, revenais après le coucher du soleil et ne voyais le jour qu'à travers la vitrine du drugstore. Ça craignait vraiment.

Par miracle, mon nom n'était pas inscrit sur le tableau de service et j'avais quelques minutes de répit avant le dîner. Je suis donc montée à l'étage.

J'ai longé le couloir, me dirigeant vers ma chambre aussi sûrement et bêtement que les vaches rentrent à l'étable à l'heure de la traite.

Devant ma porte, j'ai tendu la main vers la poignée. Et me suis brusquement immobilisée. Pour quelle raison ? J'ai regardé à droite puis à gauche. Le couloir était vide. Je percevais pourtant quelque chose d'étrange, d'inhabituel. La porte était fermée. Tout avait l'air normal, et la logique me disait qu'il ne pouvait en être autrement. Malgré tout… je sentais comme une menace dans l'air, et je n'avais pas envie d'entrer.

Je suis allée chercher River.

CHAPITRE 22

River a examiné le chambranle de la porte fermée. En bas, les autres dressaient la table du dîner. Mon estomac gargouillait. J'avais l'impression d'être une vraie mauviette.

— Ce n'était rien, j'en suis sûre. Mon imagination a dû me jouer un tour.

— Non, je ne pense pas, a répondu River.

— Je ne vois rien d'anormal.

— Mais tu as perçu quelque chose. Et tu as préféré ne pas entrer.

J'ai acquiescé. Ces temps-ci, j'avais peur de tant de choses (d'Incy, de Reyn, de l'obscurité, de moi-même, de mon passé...) que je voyais peut-être du danger partout, sans raison.

River a sorti de sa poche une jolie petite boîte en argent, dont le couvercle gaufré représentait une scène de chasse. Elle devait engranger des objets en argent depuis des siècles, ai-je songé. À l'intérieur, il y avait une petite cuillère et une fine poudre gris-vert.

— Ta réserve de coke est périmée ? ai-je lancé, sarcastique.

Elle a fait non de la tête. Elle a rempli la cuillère, murmuré quelques mots puis soufflé la poudre en direction de la porte ; j'ai vivement reculé en étouffant un cri. Des symboles et des runes étaient apparus tout autour du cadre de bois : grâce à la poudre, ils luisaient faiblement, comme argentés.

— C'est quoi, ces trucs ?

— Des sigils, des sortilèges en quelque sorte, a dit River en les examinant.

Elle s'est accroupie et les a suivis du bout du doigt.

— Pas tellement puissants, a-t-elle ajouté en se relevant. Ils ne sont pas mortels. Ils ont surtout pour but de te porter malchance – pour que tu trébuches et te brises la cheville, pour que tu perdes tes clés ou fasses brûler le repas, ou bien que tu aies un petit accrochage en voiture.

— J'ai donc perçu ces… sortilèges ? Et ils auraient fonctionné si j'étais entrée dans ma chambre ?

Qui avait agi ainsi ? River m'avait assuré qu'Incy ne pourrait pas me retrouver ici – et j'étais certaine qu'il ne connaissait pas ce genre de pratique magique. Dans ce cas, qui d'autre ? Reyn ? Nell ? Elle était en rogne contre moi ce matin, quand le Viking avait pété les plombs.

— Ils auraient eu de l'effet sur la première personne à franchir le seuil, a acquiescé River. J'ai pourtant du mal à croire que tu aies pu les sentir, ils sont vraiment faibles…

Elle a marqué une pause, l'air pensif.

— Je me demande… Je crois que je vais avoir besoin d'Asher.

Presque aussitôt, des pas ont résonné dans l'escalier et Asher est apparu quelques secondes plus tard.

River l'a brièvement informé de la situation. Il a froncé les sourcils à la vue des sigils, comme étonné, et a semblé encore plus surpris quand River lui a expliqué que je les avais sentis. Il est resté silencieux un moment, perdu dans ses pensées, en caressant sa courte barbe. Il a finalement levé ses yeux marron foncé.

— Il y a quelque chose à l'intérieur. C'est ce que Nastasya a perçu.

— À l'intérieur ? me suis-je exclamée. Genre, une bête sauvage ? C'est ma chambre !

— Très bien, dans ce cas, nous allons les annuler, a déclaré River d'un ton vif et pragmatique.

— Annuler quoi, exactement ? ai-je demandé d'une voix perçante – je pensais à mon amulette, qui était cachée derrière la plinthe sous mon lit.

— D'autres sortilèges. Plus puissants et beaucoup plus maléfiques.

Je suis plutôt intelligente et dégourdie, et cela m'a bien rendu service au fil des siècles. Mais je ne suis pas un génie. Bref, cela m'ennuie malgré tout d'admettre que, avant cet instant, je n'avais pas pris conscience que quelqu'un avait agi ainsi pour me nuire. En toute connaissance de cause. J'ai de nouveau ressenti la terreur qui resurgissait par intermittence depuis mon départ de Londres. Quelqu'un s'était donc glissé dans ma chambre pour me lancer un sort ? Ça ne pouvait être qu'une personne vivant à River's Edge. Nell, peut-être ? Quelqu'un d'autre ? Chouette.

River et Asher ont vérifié les portes voisines de la mienne. Nulle trace de sigils.

— Nous effectuerons une vérification complète tout à l'heure. Pour l'instant, débarrassons-nous de ce qu'il y a dans ta chambre.

— Besoin d'un balai ? ai-je proposé d'une voix faiblarde.

— En quelque sorte, a-t-elle répondu en souriant, toujours aussi paisible.

Anne est venue nous chercher pour le dîner et ses yeux se sont écarquillés quand Asher l'a mise au courant de la situation. Elle avait l'air sidéré. Elle est repartie sans dire un mot.

River et Asher se sont fait face, front contre front, les yeux fermés, en murmurant plusieurs formules, d'une seule voix ou bien alternativement. Cela a duré quelques minutes. Ils devaient pratiquer la magie ensemble depuis des décennies. Je ne savais pas depuis combien de temps ils se connaissaient. River était certainement plus âgée que lui.

Leur chant s'est arrêté, ils ont rouvert les yeux et se sont écartés l'un de l'autre.

— Ça devrait aller, maintenant, a annoncé Asher. C'était un truc assez horrible.

— De quelle sorte ? ai-je voulu savoir tandis que River ouvrait la porte de ma chambre.

Asher a haussé les épaules et a suivi sa compagne à l'intérieur. J'avoue avoir hésité et j'ai attendu, au cas où un ours se jette sur eux, ou que des araignées leur tombent dessus, ou encore qu'ils s'enflamment. J'ai passé la tête, non sans réticence.

— Tout va bien, a dit Asher, tu peux entrer.

— T'es sûr ?

Depuis quand étais-je devenue une telle trouillarde ?

Dans la chambre, River a soufflé un peu de sa poudre gris-vert sur l'autre face de la porte, elle aussi couverte de sortilèges qui se sont vite estompés. Asher a passé la main sous mon matelas, a retourné mon oreiller puis s'est mis à quatre pattes pour regarder sous mon lit. Quand avais-je balayé pour la dernière fois ?

Jamais. Oups !

— Ah ! a-t-il dit soudain en tendant le bras sous le lit.

Il en a tiré une petite bourse de cuir.

— Une signature ? a demandé quelqu'un depuis le seuil.

Solis se tenait là, ses yeux noisette alertes dans son jeune visage.

River a froncé les sourcils.

— Je ne sais pas.

— Tu ne sais pas ? s'est étonné Solis en entrant dans la pièce.

— C'est quoi, une signature ? ai-je voulu savoir.

Aucun d'eux ne m'a répondu.

Asher a ouvert la bourse de cuir et l'a soigneusement vidée sur le lit – des épingles et des aiguilles en vrac, une minuscule fiole de verre remplie d'un liquide d'un brun rougeâtre, et une pierre noire et luisante qui ressemblait à du métal. *De l'hématite*, me suis-je souvenue en me félicitant intérieurement.

— C'est une sorte de blague qu'on m'a jouée ? ai-je demandé en examinant les objets au-dessus de l'épaule de Solis.

— Non. Ça n'a rien d'une blague, a répliqué Asher.

— Quelqu'un pourrait-il m'expliquer ce qui se passe ? ai-je ajouté en haussant la voix.

Solis m'a dévisagée avant d'aller refermer la porte. Puis il s'est placé contre le battant, a ouvert la main et a murmuré des mots incompréhensibles. Enfin, tous trois se sont tournés simultanément vers moi.

— Que me voulez-vous ? ai-je demandé. Je n'y suis pour rien.

— Nous le savons, m'a assuré River. Connaissais-tu l'un des habitants de River's Edge avant de venir ici ? Hormis moi, évidemment. Quelqu'un que tu aurais déjà croisé quelque part ?

C'est vrai, j'avais cru reconnaître Reyn, et je l'avais imaginé en pilleur scandinave. Mais j'étais désormais certaine de ne l'avoir jamais rencontré avant River's Edge. J'ai passé en revue les visages des autres en essayant de les visualiser dans des accoutrements différents.

— Non, je ne pense pas, ai-je fini par répondre. Pourquoi ?

River m'a regardée droit dans les yeux, d'un air solennel.

— Il y a dans cette maison quelqu'un qui veut ta mort.

J'ai trempé un morceau de pain dans le potage qui restait au fond de mon assiette. Les quatre professeurs et moi étions attablés dans la salle à manger pour partager un dîner tardif. Nous entendions Jess, Nell et Lorenz qui faisaient la vaisselle dans la cuisine. Lorenz, de sa belle voix, chantait une aria de *Tosca*.

— Au fait, qu'est-il arrivé à Reyn, ce matin ?

Il n'avait pas réapparu et je me demandais s'il avait un rapport ou non avec les derniers événements. Malgré tout, je n'en étais pas convaincue.

— Je crois qu'il s'est imaginé t'avoir reconnue, a répondu River avec franchise. La couleur de tes cheveux, quelque chose dans ton allure… Un épisode douloureux de son passé lui est revenu à l'esprit, a-t-elle précisé avec un sourire désabusé. Comme à toi. Tu es certaine de ne jamais l'avoir rencontré avant de venir ici ?

— Non, vraiment, je ne crois pas, ai-je répété. J'ai surtout traîné avec la même… bande pendant des décennies. Pourtant…

— Quoi donc ?

J'ai hésité.

— Eh bien, lors de ce cercle, l'autre soir… j'ai revécu un souvenir, ça n'était pas une vision. Un incident très ancien, survenu avant 1600. Et il y avait un homme qui ressemblait à Reyn. Un pilleur qui avait failli… me faire du mal. Comme ceux qui venaient l'hiver, à l'époque.

Jamais je n'avais raconté cet épisode à qui que ce soit. Je l'avais enfoui pendant quatre siècles, en compagnie d'autres événements tout aussi atroces, qui bouillonnaient à présent à la surface de ma conscience.

J'ai baissé les yeux et me suis affairée avec mon pain et mon potage.

— Mais Reyn n'a que deux cent soixante-sept ans, ça ne peut donc pas être lui, ai-je ajouté. Seulement un type qui était son sosie. Ou bien mon esprit m'a joué un tour. C'était... bizarre.

Les professeurs sont restés un instant silencieux et je me suis aperçue qu'ils échangeaient tous des regards discrets.

— Quelqu'un d'ici a-t-il déjà émis des remarques négatives à ton encontre ? a alors demandé Solis, préoccupé.

— Non, personne, même si ça ne me choquerait pas vraiment, vu la façon dont j'ai pu me comporter. Je crois que Nell ne m'aime pas du tout, mais c'est plus des histoires de gamine, vous voyez ? La seule chose qui puisse aller dans ce sens, c'est ce que Reyn m'a dit le premier jour. Il voulait que je reparte.

— Il t'a demandé de quitter River's Edge ? s'est étonnée River, en haussant ses sourcils bruns à la courbe gracieuse.

Je regrettais déjà d'en avoir parlé. Maintenant, j'avais l'impression d'être non seulement une mauviette, mais aussi une *cafteuse. De mieux en mieux, Nastasya.*

— Je venais d'arriver, ai-je ajouté. Personne ne pensait que j'allais rester. Je ne dégageais pas une aura de bonheur, non ?

River a eu un petit sourire.

— Et c'est pas encore gagné, ai-je précisé, histoire qu'ils ne soient pas trop déçus le jour où j'allais péter les plombs et qu'il leur faudrait me virer.

— Bref, Reyn est dans la voie du bien, à se flageller l'âme et tout ça. Il n'irait pas perdre des bons points karmiques en agissant ainsi, n'est-ce pas ?

Je les ai regardés tour à tour. Ils ont lentement hoché la tête, pensifs.

— Et qu'avez-vous voulu dire en parlant de « signature » ? ai-je alors demandé.

— La magie est une pratique intime, très personnelle, a répondu Anne. Chacun développe ses propres méthodes

– il y a des sorts, des sigils et des runes que l'on préfère et des éléments qui nous réussissent mieux que d'autres. Une fois qu'on a fait de la magie avec quelqu'un, on apprend à identifier les techniques de cette personne. Sa personnalité et ses vibrations s'inscrivent dans ses sortilèges.

— Certains vont même jusqu'à tisser leur signature à l'intérieur des sorts qu'ils lancent, a ajouté Asher. Soit parce qu'ils sont fiers de leur talent, soit pour lancer un avertissement. Aussi, on peut reconnaître leur nom.

— Et personne n'a signé les sortilèges qui envoûtaient ma chambre ?

— Personne n'a laissé de signature précise, a répondu Solis. Mais les sortilèges paraissaient délibérément… déguisés. Créés par un seul individu, mais destinés à faire croire qu'il s'agissait de quelqu'un d'autre. Et le tout était obscurci, comme truqué.

— Quelqu'un serait donc capable de concevoir des sorts pareils ?

Bon sang, c'était plus compliqué que j'imaginais. Jamais je ne réussirais à piger tout ça.

— Oui, a répliqué River.

— Et ces sorts avaient pour but de me… tuer ?

— En quelque sorte. Ce qui peut paraître stupide, étant donné que tu es immortelle. Tu n'aurais pu mourir, pas vraiment. Mais attraper une pneumonie et ne pas t'en remettre. Ou avoir un accident. Être assassinée pendant un cambriolage. Mais rien de prémédité. Pour un mortel, ces sortilèges auraient été fatals. Pour toi, ils auraient attiré une atroce noirceur au-dessus de ta tête. Une chose qui aurait pu te paralyser de terreur ou engendrer une dépression irrémédiable. Je n'ai pas été confrontée à une telle malveillance depuis… des siècles.

— Et le talisman qui se trouvait sous ton lit, c'était de la magie noire, a ajouté Asher.

— Le nécessaire à couture ?

Il a essayé de sourire, en vain.

— Chaque fois que tu te serais étendue sur ce lit, il t'aurait gravement affectée.

J'avais de nouveau l'estomac noué. Je me souvenais de la sensation éprouvée quand j'avais tendu la main vers la poignée, puis hésité. Comme si une ombre obscure, glaciale, m'avait attendue derrière la porte. Une ombre qui se serait emparée de moi, m'aurait enveloppée et m'aurait engloutie, si bien que personne n'aurait jamais pu me retrouver. Reyn aurait-il pu agir ainsi ? Non. Mais dans ce cas, qui d'autre ? Nell ? Une petite garce, sans aucun doute, mais me détestait-elle à ce point ? Était-elle aussi douée en magie ? La tête commençait à me tourner.

— Je ne devrais peut-être pas être ici, ai-je dit d'une voix chancelante. Nous en avons tous eu la preuve ce soir.

— Au contraire, a déclaré River. Pour moi, cela signifie que tu dois absolument rester chez moi.

Asher et Anne ont acquiescé à ces paroles, mais j'ai vu Solis lancer un regard sceptique à River.

— Je suis d'accord, a ajouté Anne en s'adressant aux autres professeurs. Nous en avons déjà discuté. Elle possède un pouvoir inhabituellement puissant, et très ancien. Elle doit apprendre à le contrôler, à le comprendre, à s'en servir de façon bénéfique. Ou bien elle sera à jamais vulnérable.

En entendant les mots « puissant » et « ancien », un frisson m'a parcourue.

— Ce qui importe, c'est de savoir si quelqu'un est au courant de ce pouvoir, a ajouté Asher. S'il représente une menace pour certains individus.

River a fait non de la tête, puis m'a dévisagée, tandis que j'essayais d'adopter une mine détachée.

— Personne ne sait qu'elle a ce pouvoir, hormis son ami Innocencio. Et Boz, j'imagine, puisqu'il l'a mentionné. À part eux, personne, je crois, a-t-elle dit. Elle a du pouvoir, certes, mais elle est incapable de s'en servir. Elle n'est pas suffisamment initiée.

— Si vous pouviez éviter de parler de moi comme si je n'étais pas là, ai-je rétorqué, ça serait pas mal…

Sans prévenir, River a posé ses doigts sur ma tempe. Que fabriquait-elle ? Et soudain, je l'ai senti…

Je sentais l'esprit de River. Un instant, je suis restée là, à m'extasier, avant de prendre conscience de ce que cela pouvait entraîner, et j'ai refermé les murs de mon propre esprit. Elle avait raison, je n'étais pas initiée, je ne savais pas comment utiliser mon pouvoir, mais j'ai continué à envoyer des signaux à mon cerveau pour qu'il défende à celui de River de lire mes pensées.

Ses yeux se sont légèrement écarquillés et elle a retiré sa main. J'ai agi comme si rien ne s'était passé entre nous.

— J'ai de la fièvre, ou quoi ? ai-je réussi à demander.

Elle a secoué la tête.

Plus tard, les quatre professeurs ont déposé des sigils de protection sur mon front, mes bras, mon dos et ma poitrine. Solis et Anne m'ont raccompagnée à ma chambre, où ils ont tracé d'autres sigils sur la porte et son chambranle, et au-dessus de mon lit.

— Et pour les toilettes, comment on fait ? ai-je demandé avec insolence. Je pourrais tomber du siège, me briser le cou.

Mon trait d'humour ne les a pas franchement déridés.

— Tu connais le sortilège permettant de verrouiller une porte ? a voulu savoir Anne.

Je l'ai fixée avec étonnement.

— Ça existe ? Bonté divine ! Tu n'aurais pas pu m'en informer il y a un mois ?

Anne et Solis ont éclaté de rire. Puis elle m'a appris une formule élémentaire – cela n'empêcherait certes pas un taureau de défoncer ma porte, mais, au moins, personne ne pourrait entrer sans ma permission. Le sortilège était simple et j'ai reconnu sa structure de base, grâce aux cours d'Asher. Mais tout sortilège et ses effets ont leurs propres limites – temporelles et spatiales… –, détails qui me donnaient envie de hurler et avec lesquels je n'avais aucune patience.

Pourtant, le fait de ne pouvoir fermer ma porte à clé m'avait déplu. Et j'ai donc décidé d'apprendre sérieusement ce sortilège. Anne s'y est prise à deux fois pour que je le retienne. Ensuite, elle est sortie de la pièce, a refermé la porte et attendu dans le couloir. Lentement, péniblement, j'ai effectué le sortilège avec l'impression d'être une débile mentale, sans oublier un seul mot ni le moindre geste – tout le fatras, quoi.

— C'est bon, ai-je finalement lancé derrière la porte.

J'étais épuisée, comme si je venais de traverser le pont de Brooklyn en courant.

J'ai vu la poignée bouger.

— C'est bien fermé, a répondu Anne d'une voix satisfaite. J'ai beau insister, je n'arrive pas à ouvrir. Bon boulot !

J'étais sacrément fière de moi et puis je me suis rappelé que cela servirait avant tout à arrêter celui ou celle qui, tout près, cherchait à me nuire.

Ce qui a évidemment refroidi mon enthousiasme passager.

CHAPITRE 23

Ce jour-là a marqué une nouvelle étape dans ma carrière à River's Edge. La réaction et l'inquiétude des professeurs m'ont incitée à me montrer plus prudente et plus consciente de mes faits et gestes, tandis que j'essayais de prêter davantage d'attention à d'éventuelles manifestations malveillantes autour de moi.

Pendant les repas et quand ils travaillaient ensemble, j'observais Reyn et Nell. Le premier s'efforçait de ne plus me regarder et prétendait que je n'existais pas. Il ne m'emmenait plus en ville dans le camion et nous ne faisions plus jamais équipe lors des corvées. La seconde semblait avoir mis de côté son hostilité et se montrait de nouveau faussement amicale.

Je n'ai rien remarqué d'inhabituel et personne n'a pu prouver que d'autres sortilèges de magie noire avaient été lancés ailleurs dans la maison. Nous étions tous sur nos gardes, mais, peu à peu, il est apparu que ce qui m'était arrivé n'avait peut-être été qu'un incident isolé – un avertissement sans suite.

C'est ce que je me disais, en tout cas.

Deux jours plus tard, le vieux MacIntyre m'a informée que le magasin fermerait pendant cinq jours. Une ou deux fois par an, il partait pêcher avec quelques amis. J'ai visualisé une bande de vieux types grincheux, les pieds dans l'eau glaciale, en train de lancer leurs lignes. Mais peut-être était-ce pour lui une thérapie, un répit.

C'en était un pour moi : j'ai d'abord exulté – cinq jours de congé ! Avant de paniquer : comment allais-je m'occuper ? Jusqu'à présent, je n'avais jamais manqué d'activités, même si elles étaient détestables ou démoralisantes. J'allais sûrement m'ennuyer et imaginer des trucs débiles, histoire de me divertir. Comme chercher des noises aux gens du coin, frimer dans une voiture aux couleurs criardes, commencer à fumer ou bien quitter River's Edge. Je me laisserais aller et tous mes efforts seraient réduits à néant après une ou deux décisions stupides. Ça me pendait au nez. Car j'avais toujours tout gâché. *Toujours.*

Cette fois, mes craintes n'étaient pourtant pas fondées. J'aurais dû me douter que mes professeurs assoiffés de pouvoir n'avaient pas l'intention de laisser une de leurs esclaves s'en tirer à si bon compte et reprendre sa liberté pendant cinq jours.

— Noël approche, m'a annoncé River d'un ton joyeux en empilant couettes et autres articles de literie dans mes bras. La période idéale pour un grand nettoyage. Ensuite, au solstice, quand la nuit la plus longue de l'année cède finalement la place à la journée la plus courte et qu'on sait que les jours vont s'allonger peu à peu, on éprouve un merveilleux sentiment lorsque l'on voit que tout est propre et net autour de soi.

Je l'ai dévisagée par-dessus ma pile de linge.

— Tu plaisantes ou quoi ?

— Non, a-t-elle répondu avec son éternel sourire. Maintenant, va à la buanderie. Et dis-toi que tu as de la chance qu'on soit en hiver car tu pourras te servir du sèche-linge. En été, nous étendons les lessives dehors.

Elle m'a chassée d'un geste de la main et je suis sortie dans le froid en trébuchant, voyant à peine où je mettais les pieds. Au moins, je n'avais pas à faire bouillir ces saletés dans d'énormes chaudrons en plein air, ai-je pensé, déprimée. La buanderie était une large pièce située dans un coin de la grange, où m'attendaient une rangée de sept machines à laver industrielles et autant de gros sèche-linge.

Une fois à l'intérieur, j'ai lâché les couettes en lançant des jurons et me suis mise à les trier par couleurs.

Des décennies plus tôt, j'avais attrapé une terrible pneumonie. Mes poumons étaient remplis de pus, je brûlais de fièvre et j'étais presque délirante. Un mortel y aurait succombé – ce qui était arrivé à nombre de gens cet hiver-là. Mes amis étaient en route pour la Suisse afin d'y passer les vacances et, puisque j'étais trop malade pour les accompagner, ils m'avaient déposée en chemin dans un couvent allemand en laissant une grosse liasse de billets à la mère supérieure – de quoi me soigner ou me payer de belles funérailles si je ne passais pas l'hiver. Leurs rires entendus résonnent encore à mes oreilles.

Bref, j'y suis restée deux longs mois et, croyez-moi, vous ne pouvez savoir ce qu'est vraiment une religieuse avant d'avoir été confronté à une bonne sœur allemande de la fin du XIXe siècle. Ces femmes, qui menaient tout le monde à la baguette, étaient des obsédées de la propreté.

Pourtant, même elles n'auraient pu rivaliser avec ce qui se passait chez River pendant son grand nettoyage hivernal. Oui, c'était à ce point : il a fallu laver les vitres au-dedans et au-dehors, lessiver les murs, balayer et laver les sols. Pas un placard n'y échappait non plus – ils étaient aérés, nettoyés de fond en comble et rangés. La pile de trucs inutiles qui seraient vendus pour une œuvre de bienfaisance montait de jour en jour. Je n'en revenais pas.

Plus rien de fâcheux ne m'était arrivé – Reyn m'évitait, même si, de temps à autre, je le surprenais en train de m'observer. Quant à Nell, elle passait d'une corvée à la suivante sans se départir de son sourire mielleux et je la voyais souvent faire équipe avec Reyn. Quelle imbécile heureuse ! Je n'avais plus de mauvais rêves, de visions ni de révélations dans un hublot. Je menais une existence quasi normale – ou du moins aussi normale que possible, si l'on tient compte du virage à cent quatre-vingts degrés que j'avais pris quelques semaines plus tôt.

Un soir, au beau milieu de cette frénésie ménagère, je me suis retrouvée à genoux (oui, littéralement) dans la cuisine, à décaper le sol. Quel intérêt, me direz-vous, de nettoyer des dalles en pierre qui sont *intrinsèquement* sales, puisque là est leur fichue *nature* ? Mais allez expliquer ça à River ou à Solis.

Peine perdue, personne n'a voulu écouter mon raisonnement et je me suis retrouvée là.

Une servante vraiment douée, avec des années d'expérience derrière elle, aurait peut-être fini de laver le sol de cette gargantuesque cuisine en à peine deux heures. J'étais là depuis près de trois heures et cela faisait déjà quarante minutes que je lançais des jurons dans divers langages. J'essayais de ne trouver aucun plaisir à voir peu à peu disparaître la saleté des dalles encrassées depuis des mois tandis que je les frottais avec une brosse que je trempais dans un seau. Bref, j'étais là à maudire la terre entière quand j'ai entendu la porte de derrière s'ouvrir et se refermer.

Je me suis accroupie, aux aguets.

Entre la cuisine et la porte, il y avait un vestibule muni de placards. Quelqu'un tapait des pieds comme pour se débarrasser de la neige couvrant ses chaussures et j'ai perçu le bruissement de manteaux que l'on ôte.

Ainsi que des voix. Un homme et une femme.

En silence, je me suis relevée pour aller prendre l'un des grands couteaux de cuisine alignés contre un mur, sur leur support magnétique. Un couteau à découper dont la lame acérée mesurait bien trente centimètres de long. Je savais qu'il n'aurait aucune utilité si quelqu'un me lançait un sort, mais il me rassurait. Je me suis baissée de nouveau, j'ai glissé mon arme sous l'étagère la plus basse du plan de travail et j'ai tendu l'oreille, les yeux fermés, tout en ralentissant le rythme de ma respiration.

— Tu en es capable ! a lancé la voix féminine, pleine d'émotion.

— Non, a répondu la voix de l'homme.

— Si !

J'ai soudain compris intuitivement de qui il s'agissait, comme lorsqu'une odeur est portée par le vent. Nell. Et Reyn. Elle exigeait quelque chose de sa part. Et lui, impassible, refusait avec froideur. Mais il était partagé, il hésitait. Et elle tentait d'avoir l'avantage.

J'écoutais, la tête penchée sur le côté. Ils étaient absorbés l'un par l'autre. Cela ne concernait qu'eux deux, personne d'autre – genre moi. Du moins, elle n'était pas en train de le supplier de m'assassiner.

Leurs voix se sont tues, mais je percevais son désir à elle, la supplication qu'elle tâchait de ne pas rendre trop implorante. Elle n'était pas loin de craquer.

Malgré tout ce qu'on peut penser de moi, je ne suis pas un monstre d'insensibilité. Et qui n'a jamais eu une conversation chuchotée, tourmentée, avec un amoureux qui nous rejette, et qu'on ne voudrait pas que d'autres surprennent ?

J'ai rouvert les yeux, plongé ma brosse à récurer dans le seau d'eau savonneuse et fait de mon mieux pour les prévenir discrètement de ma présence – histoire qu'ils ne perdent pas la face. Je me suis donc mise à chanter à tue-tête, tout en frottant une dalle de bon cœur.

Silence.

J'ai repris mon chant et, cette fois, Nell est apparue sur le seuil. Son joli visage de donzelle anglaise était tendu et une rougeur de fureur enflammait ses joues. Elle m'a fixée. Elle avait une tenue ravissante – des bottes bordées de fourrure, un jean moulant, un pull de grosse laine couleur ivoire et, cerise sur le gâteau, un bandeau de velours dans les cheveux.

De mon côté, je portais un jean sale, un tee-shirt taché et trempé (je ne suis pas très adroite avec les grands seaux d'eau) ; je n'étais pas maquillée et mes cheveux emmêlés et couverts de sueur étaient ramenés derrière mes oreilles – un grand merci à River, à qui je devais cette nouvelle allure !

Un sourire mesquin et satisfait a tordu ses traits et je me suis soudain demandé de nouveau si c'était elle qui avait envoûté ma chambre. J'avais pensé qu'elle n'en était pas capable, qu'elle n'avait pas assez d'expérience en la matière. Mais elle me détestait cordialement, c'était une évidence à présent.

Bien qu'elle se soit aperçue que j'avais déjà décapé une partie de la pièce, elle l'a traversée à grands pas avec un sourire insolent, laissant sur les dalles immaculées des traces de boue, avant de sortir de la cuisine dans un nuage de parfum floral.

Je me suis assise par terre, d'abord consternée puis furibarde. Bon Dieu de merde ! ai-je rugi intérieurement. Quelle salope ! Dès le lendemain, je me débrouillerais pour trouver un sort qui attirerait des tonnes d'araignées dans sa chambre !

Reyn est apparu à son tour. Je l'ai fusillé du regard, la mâchoire crispée. J'étais en colère et j'en oubliais toute prudence.

— Vas-y, ai-je lancé sèchement en lui indiquant le sol. Elle vient de foutre en l'air une heure de boulot ! Te gêne surtout pas pour moi !

— Je suis certain qu'elle ne l'a pas fait exprès, a-t-il répondu avec son léger accent étranger.

C'étaient les premiers mots qu'il m'adressait depuis une semaine.

— Bien sûr que non ! ai-je rétorqué d'un ton sarcastique. Elle n'a pas dû faire le rapprochement entre les dalles propres, que je me suis cassé le cul à récurer, et ma présence dans cette pièce ! Et tu en es certain vu que t'es qu'un gros débile ! ai-je ajouté d'une voix plus forte.

J'avais envie de lui balancer ma brosse à la figure, à défaut de pouvoir la jeter sur Nell. Après des jours passés à l'éviter, il fallait que je donne libre cours à ma fureur, et je parlais sans plus réfléchir.

— De la même manière que tu prétends ne pas voir qu'elle se meurt de désir pour toi ! Ça doit être vachement dur d'être un dieu auprès des femmes ! ai-je poursuivi sans pouvoir m'empêcher de parler. T'es tellement génial qu'elle bave devant toi depuis des semaines, qu'elle s'arrange toujours pour être tout près de toi et qu'elle est peut-être même en train de te concocter un philtre d'amour !

Les yeux dorés de Reyn se sont écarquillés et il m'a dévisagée plus attentivement. Je m'attendais à une réponse plus mesurée, mais ça n'a pas été le cas – lui aussi était peut-être fâché contre Nell et s'en prenait à moi.

— Oui, aussi dur que d'être le fantasme de tous les hommes ! a-t-il vivement répliqué. Des cheveux pareils à la neige, des yeux comme la nuit, des paroles dures, mais une douceur…

Il s'est brusquement arrêté, l'air horrifié. C'était la première fois qu'il laissait entrevoir autant d'émotivité depuis mon arrivée à River's Edge.

— Quelle blague ! me suis-je écriée.

J'ai passé mes mains sales, rougies et mouillées, aux ongles cassés, dans mes cheveux tout aussi dégoûtants, avant de les essuyer le long de mon tee-shirt crasseux, trop grand pour moi.

— Qui serait assez bête pour *ne pas* fantasmer là-dessus ? Évidemment, je suis la femme idéale !

L'espace d'une seconde, j'ai cru voir, j'en aurais juré, une lueur avide dans ses yeux. L'instant d'après, elle avait disparu. J'ai durci ma voix et mon regard.

— Quelle idée, franchement ! J'ai un sale caractère, je suis capricieuse, infidèle, susceptible et égoïste ! Alors, file d'ici pendant qu'il en est encore temps, espèce d'imbécile !

Je criais presque, à présent – *pourvu que personne ne se pointe*, ai-je pensé.

Sa respiration s'était accélérée et je me suis demandé s'il allait me tomber dessus ou bien se mettre à me balancer des trucs au visage – mais il a contrôlé sa fureur. Les traits crispés, il s'est déchaussé, a soigneusement traversé la pièce en chaussettes en tenant ses bottes d'une main, avant de sortir sans un mot ni un coup d'œil dans ma direction.

J'étais tellement énervée que je tremblais. Je ne comprenais rien à ce qui venait de se passer. Je me disputais rarement avec qui que ce soit – mais Reyn avait eu raison de moi. Et peut-être avais-je réussi à vraiment le faire sortir de ses gonds. Il y avait quelque chose d'inavoué entre nous, un secret terrible, probablement.

Ce dont j'avais surtout besoin, c'était d'un verre, une longue gorgée de whisky, peut-être, avec de la glace pilée. J'avais pratiquement l'impression de déjà en sentir le feu emplir ma gorge. Quand j'étais mal, c'était ce que je faisais : je me soûlais, je sortais, trouvais un type, histoire de me distraire. Afin de ne plus rien éprouver.

Mais il n'y avait pas d'alcool à disposition. Et l'idée de m'enfuir pour une virée dans l'obscurité m'effrayait. Et puis il n'y avait personne avec qui s'amuser, tout le monde était déjà couché, et aucun d'eux n'aurait voulu s'amuser avec moi, de toute façon.

J'étais seule avec moi-même. Moi, moi et moi. Et je souffrais atrocement, comme si une blessure profonde s'était rouverte.

Tout en m'efforçant de ne plus y penser, j'ai repris ma brosse d'une main tremblante.

Ce soir-là, je suis retournée si tard dans ma chambre que ma tisane avait refrodi depuis longtemps. Je ne l'ai pas bue. Je me suis déshabillée en laissant mes vêtements sur le plancher et me suis écroulée sur mon lit, trop épuisée pour pleurer.

Au cours de la nuit, les cauchemars ont refait surface. Des rêves auxquels se sont mêlées des bribes de souvenirs. D'autres dans lesquels je voyais tout de très haut, à distance.

J'ai aussi revu mes amis, Boz et Innocencio, Cicely et Katy. Ils étaient dans une voiture lancée à toute allure sur une autoroute sombre et sinueuse. Ils avaient pris un autre véhicule en course, dans lequel se trouvaient deux mortels, des adolescents apparemment. Boz était au volant. Incy semblait avoir retrouvé ses esprits, même s'il ne ressemblait plus à celui que j'avais connu. Il était tard. La lune n'était qu'un mince croissant. Les deux voitures, celle de Boz en tête, prenaient les virages si vite qu'elles dérapaient sans cesse. Katy était assise près de Boz. Incy et Cicely, depuis la banquette arrière, observaient l'autre voiture à travers la vitre. Tous les quatre me semblaient grotesques, leurs visages familiers déformés par le désir de gagner. Ils paraissaient trop fous, trop téméraires et irresponsables. Deux mois plus tôt, j'aurais été parfaitement à l'aise avec eux.

Je savais que cet épisode allait mal finir.

Les deux conducteurs prenaient de plus en plus de risques. Katy et Incy hurlaient des invectives aux passagers de la seconde voiture, ils les narguaient, leur faisaient des doigts d'honneur. Il y avait dans les yeux d'Incy une étrange lueur que je ne lui avais jamais vue. L'autre conducteur avait le visage crispé, les doigts serrés sur le volant. Près de lui, son compagnon semblait terrorisé – la main agrippée à la poignée de sa portière, le corps arqué sur son siège, comme s'il appuyait sur une pédale de frein imaginaire. Il parlait à son ami mais celui-ci, furieux, l'ignorait.

J'aurais voulu ne plus rien voir de cette scène.

L'accident est survenu dans un virage. Boz l'a pris en faisant hurler ses pneus et a dérapé si loin que l'une des roues a carrément quitté la chaussée, et est restée un instant suspendue au-dessus d'une falaise. Paniqués, Incy et les filles ont poussé des cris d'excitation. Boz a repris la voiture en main et ils ont pu repartir.

Ceux qui les suivaient n'ont pas eu cette chance. Le conducteur semblait bien connaître cette route et ce ne devait pas être sa première course. Mais il n'avait pas l'expérience de Boz, évidemment. Il a dérapé au même endroit que mes amis, sa roue arrière a quitté la chaussée… et la voiture s'est inclinée au bord de la falaise. J'ai vu leurs yeux terrifiés, entendu leurs cris. Puis ils ont basculé dans le gouffre. Le véhicule a heurté une roche et le réservoir à essence s'est aussitôt enflammé.

Loin au-dessus d'eux, Boz s'est arrêté. Mes quatre compagnons se sont penchés vers le précipice pour regarder la voiture qui brûlait. Les filles avaient la main plaquée sur la bouche, les yeux ronds. Boz et Incy semblaient sous le choc, mais se sont forcés à rire nerveusement. Ils venaient de tuer ces deux garçons. Ils les avaient froidement assassinés.

Je dormais et, pourtant, j'ai été prise de nausées.

— Il faut qu'on retrouve Nasty, a déclaré Incy en se tournant vers Boz. Tu comprends ? Elle aurait dû être là, avec nous.

L'idée que j'avais pu un jour être la Nasty qu'ils avaient encore à l'esprit me répugnait à présent.

— OK, Incy, a dit Cicely. Assez attendu ! Partons à sa recherche.

Boz a acquiescé, la mine sérieuse. Puis il a regardé droit devant lui, comme s'il me fixait. Comme s'il pouvait *vraiment* me voir.

— Oui, il est grand temps, a-t-il alors déclaré.

Je me suis réveillée en sursaut, le souffle court, et j'ai allumé ma lampe de chevet. J'étais seule dans ma chambre. J'étais bien à West Lowing. Si ce rêve était une autre vision, cela prouvait qu'ils ne savaient toujours pas où je me trouvais. Mais j'avais reconnu ces collines, cette route tortueuse.

Ils étaient en Californie. Boz, Incy, Cicely et Katy étaient aux États-Unis.

CHAPITRE 24

Je sentais que Solis réprimait son impatience à grand-peine.

Ce qui ne faisait qu'aggraver la situation.

J'ai essayé de nouveau. J'ai profondément expiré, en me contraignant à apaiser et à vider mon esprit. À atteindre une immobilité parfaite – ce qui m'était aussi difficile que d'avoir des ailes et de m'envoler. Quand je me suis sentie prête, j'ai une nouvelle fois posé les yeux sur l'eau calme qui remplissait un grand bol. Inspiration. Expiration.

— Qu'est-ce que l'eau ? a demandé Solis d'une voix basse, à peine audible.

Je me suis souvenue de ses mots et j'ai murmuré :

— L'eau est la vie et la mort, la lumière et l'obscurité, la douceur et la force. Dans l'eau s'entremêlent passé, présent et avenir. L'eau est liquide, solide et gazeuse. Elle est tour à tour légère comme la pluie et puissante comme la tempête. Elle est la source de toute connaissance, des secrets les plus enfouis. Eau, révèle-moi mes vérités.

J'ai attendu. C'était ma troisième tentative. Lire dans l'eau est censé être l'une des méthodes de prédiction les plus accessibles, mais cela demande malgré tout un certain talent. J'avais besoin de maîtriser cet art, or je ne cessais d'échouer.

J'attendais toujours, le regard rivé sur l'eau. Jusqu'à présent, je n'avais encore rien vu, que de l'eau dans un bol. J'étais agenouillée sur le sol, j'avais les pieds gelés et je tombais de sommeil. J'étais affamée. Je me suis soudain rendu compte que mon cerveau était loin d'être vide et que les pensées y grouillaient. Sans oublier qu'il y avait des tonnes de choses que je n'avais pas envie de lire dans l'eau. À l'évidence, Solis voulait ma mort.

Soudain, j'ai cligné des yeux. Des images scintillaient à la surface de l'eau et se formaient peu à peu, comme dans un miroir.

— Je vois quelque chose, ai-je chuchoté en remuant à peine les lèvres.

Solis est resté silencieux.

La vision a tremblé, puis s'est stabilisée : c'était moi. L'air heureux, un bébé dans les bras. Je ne l'ai pas reconnu. Je semblais normale, bizarrement. L'image s'est estompée, puis a changé. J'ai eu un mouvement de recul, le souffle coupé. Un château en feu. Puis, l'espace d'une seconde, une fille morte, gisant sur des dalles de pierre. Ses yeux sombres et aveugles étaient grands ouverts, ses cheveux blonds, souillés de sang. Sa tête était séparée de son corps. Une flaque de sang noir se répandait autour d'elle.

J'ai hurlé intérieurement. Le temps a fait un nouveau bond en arrière, et je me suis retrouvée cette nuit-là. Cette nuit de terreur. Quand ma mère nous avait réveillés et nous avait guidés jusqu'au bureau de notre père.

Les pilleurs essaient d'enfoncer la porte du château avec un bélier. De la fumée monte de la cour, où ils ont incendié les maisons de nos serviteurs et les écuries. Des animaux poussent des cris paniqués. Des hommes rugissent. Ma mère, son amulette entre les mains, n'a pas cessé de chanter, une mélopée que j'entends pour la première fois. J'ai toujours aimé l'écouter – lors de l'équinoxe du printemps, afin de célébrer la fertilité à venir de la terre ; lors des solstices, quand on rend grâces au cycle des saisons. Elle chante pour nos villageois s'ils sont blessés ou quand les accouchements se déroulent mal. Mais cette mélodie est différente, légèrement plus sombre, comme un cordon ombilical palpitant qui s'épaissit, grandit. Les ténèbres nous cernent. Tous les cinq, nous la dévisageons de nos yeux écarquillés. Sigmundur et Tinna affichent une mine grave, mais ne semblent pas déroutés. Eydís, Háakon et moi sommes abasourdis.

À l'étage du dessous, la porte principale du château s'ouvre avec fracas après avoir cédé aux coups de bélier. Une fumée âcre entre par les meurtrières et nous prend à la gorge. La voix de Moðir est à présent envoûtante, terrible, remplie de noirceur. La lumière semble faiblir et nous avons du mal à respirer et à voir autre chose que le visage de notre mère, livide et soudain effrayant, presque méconnaissable.

Ils s'attaquent à présent à la porte du bureau, de cinq centimètres d'épaisseur, munie d'une serrure en fer forgé, et que bloque la lourde poutre de bois.

Ma mère interrompt un instant son chant et pose les yeux sur mon frère aîné.

— N'oublie pas, Sigmundur, déclare-t-elle d'une voix qui n'est plus la même.

Terrorisée, je m'agrippe à Eydís en pleurant tandis que Háakon se serre contre moi en retenant ses larmes, car c'est un grand garçon de sept ans.

— N'oublie pas ce que je t'ai dit, répète-t-elle.

Mon frère, les deux mains sur le pommeau de son épée, acquiesce d'un air sombre.

— Oui, Moðir.

La pièce tremble sous les coups du bélier. De fragiles globes de verre tombent d'une étagère. La flamme de la seule torche qui nous éclaire vacille. Le feu danse avec frénésie dans la cheminée.

C'est alors que deux choses surviennent simultanément.

J'assiste à la scène du haut de mes dix ans. Je sens le tissu de la chemise de nuit d'Eydís se déchirer sous mes doigts tellement je m'accroche fort à elle. Je suis la fille d'Úlfur, le loup : je devrais être forte et courageuse. Mais mes mains engourdies ont lâché mon épée et je reste là, incapable d'agir, les yeux braqués sur ma mère.

Dans la cheminée, les flammes bondissent hors du foyer et des étincelles volent sur le tapis. Un objet aussi gros qu'un chou tombe du conduit, atterrit dans le feu, rebondit et roule dans la pièce.

C'est la tête de mon père, tranchée net, encore ensanglantée. Ses yeux et sa bouche sont entrouverts.

Un son strident emplit mes oreilles. C'est mon propre hurlement.

Au même instant, le bois de la porte se fend avec fracas et les gonds de fer sautent. Deux hommes larges, immenses, se ruent à l'intérieur du bureau. Ils portent des cottes de mailles et leurs visages sont striés de rayures peintes en noir, blanc et bleu. L'un d'eux pousse un rugissement et brandit sa hache. Moðir crie des mots implacables, des mots qui me font frémir et qui déchirent mes oreilles, des mots ténébreux, puissants et enragés. Elle ouvre brusquement les mains devant son assaillant et, soudain, des anneaux de métal et du sang sont projetés à travers la pièce.

L'autre homme est comme foudroyé, les yeux rivés sur son compagnon qui vacille légèrement et dont le corps n'est plus qu'un amas de viande sanglante. La magie de ma mère l'a écorché vif : il n'a plus ni peau, ni cheveux, ni vêtements. Seulement deux yeux exorbités et une tête squelettique sur laquelle pendent des lambeaux de chair. Il tombe face contre terre. Mon frère Sigmundur pousse un cri guerrier et bondit sur lui en faisant tournoyer son épée.

Il tranche la tête de l'homme puis l'envoie rouler plus loin d'un coup de pied.

Je suis sur le point de perdre connaissance. Je m'écarte d'Eydís et de Háakon et cours rejoindre ma mère. Je me réfugie derrière elle en agrippant ses jupes. À l'extérieur de la pièce, j'entends d'autres pilleurs qui hurlent, brisent tout sur leur passage et mettent le feu à notre demeure.

Le second homme mugit, brandit sa longue épée et la dirige vers ma mère.

À bout de souffle, la gorge serrée, j'ai reculé brusquement et mon pied a heurté le bol d'eau.

J'étais de retour. La lumière grise de l'hiver entrait dans la pièce, les arbres étaient nus derrière la vitre. J'ai jeté des coups d'œil affolés autour de moi et j'ai vu le visage de Solis, la salle de cours. J'avais l'impression que ma poitrine était creuse. J'ai tenté d'avaler de l'air tout en luttant contre l'obscurité qui survenait toujours avant un évanouissement. L'eau renversée sur le sol a imbibé le bas de mon pantalon. Je me griffais les paupières, comme pour effacer ce que je venais de voir.

— Nastasya ! s'est écrié Solis. Que se passe-t-il ?

À quatre pattes, j'ai vomi sur le plancher et dans le bol. Je me suis entendue pousser un hurlement, comme de très loin. Solis a posé une main fraîche sur ma nuque, mais je l'ai repoussée et me suis relevée gauchement. Incapable de marcher droit, je suis malgré tout parvenue à rejoindre la porte. Je l'ai vivement ouverte et me suis enfuie dans le couloir. Une fois dehors, je me suis mise à courir dans l'air froid de l'après-midi, sans me soucier de ne pas avoir enfilé mon manteau, sans savoir où j'allais exactement.

À l'autre bout d'un champ s'étendait une haute haie de houx qui séparait le terrain de la bergerie. Je l'ai contournée et me suis réfugiée de l'autre côté, hors de vue. J'étais essoufflée, je pleurais et mon cœur battait aussi fort qu'un tambour. Mes jambes ont cédé ; je suis tombée à genoux sur la terre froide, avec la sensation que jamais plus je ne pourrais me réchauffer. Fermant fort les yeux, j'ai tenté d'effacer les images qui m'avaient assaillie. Mais elles étaient gravées dans ma mémoire, de même que les grésillements du feu, l'odeur cuivrée du sang, la puanteur des tapis de laine enflammés, les cris des hommes, les hurlements des serviteurs. Les yeux aveugles de mon père. L'homme écorché vif.

Je me suis blottie contre la haie. Mes doigts grattaient la terre et j'étais engloutie dans une souffrance si vive et inouïe que j'avais l'impression de devenir folle. Ma gorge s'est serrée, mon nez s'est mis à couler et mes yeux à me picoter et, soudain, je me suis retrouvée en train de me lamenter : les larmes qui coulaient sur mes joues étaient celles que je n'avais pas été capable de verser à l'époque. Et c'était comme si jamais je ne m'arrêterais de pleurer.

Je ne sais combien de temps je suis restée là. À un moment, je suis tombée de côté et me suis recroquevillée sur le sol en sanglotant, le visage mouillé et froid, quand le vent s'est mis à sécher mes larmes. Les yeux grands ouverts, je ne voyais que les feuilles des arbres, le ciel, les nuages qui fuyaient vers le sud-ouest et parfois un faucon qui tournoyait très haut. La respiration saccadée, je me demandais comment j'étais parvenue à survivre, non seulement physiquement, mais surtout émotionnellement.

J'avais tout simplement étouffé mes émotions. Pas du jour au lendemain, mais peu à peu, au fil de quelques décennies. Quand j'ai eu cinquante ans, je m'étais formé une carapace bien dure.

Mes sanglots se sont progressivement atténués. Au bout d'un moment, j'ai entendu des voix, puis aperçu deux silhouettes sombres se diriger vers moi.

— Elle est là ! a lancé quelqu'un.

River s'est agenouillée près de moi ; elle a écarté des mèches de cheveux de mon front.

— Ma pauvre enfant. Ma chérie. Je suis tellement navrée. Viens avec nous, il faut te réchauffer.

Mes yeux se sont posés sur son visage. Savait-elle ? Non, impossible. Personne ne pouvait savoir ce qui m'était arrivé. J'étais la seule personne encore en vie à savoir.

— Nastasya, tu es *ici*, maintenant. Plus là-bas. Est-ce que tu comprends ? a-t-elle insisté en me fixant avec attention.

Elle a tiré un mouchoir de sa poche et m'a essuyé les joues.

Solis s'est agenouillé à son tour et a posé mon manteau sur moi. La chaleur soudaine m'a surprise. Ils ont attendu patiemment. River tenait ma main glacée dans la sienne. J'avais envie de rester étendue là pour l'éternité, de laisser les feuilles me recouvrir et m'enterrer lentement. Puis, sans raison, j'ai imaginé Reyn, le Reyn d'aujourd'hui, se tenant au-dessus de moi, les bras croisés, les cheveux agités par le vent glacial, me regardant d'un air soucieux.

Petit à petit, même si j'avais encore du mal à respirer, je me suis redressée sur mes jambes flageolantes. L'adrénaline m'avait comme vidée de mon sang et j'étais épuisée. River et Solis m'ont aidée à enfiler mon manteau, comme si j'étais une enfant. Alors que j'avais l'impression d'avoir plus de mille ans.

— Ma chérie, a murmuré River en me caressant les cheveux. J'imagine ce que tu ressens.

— Non, tu ne peux pas, ai-je croassé.

— Nastasya, a ajouté Solis avec compassion, personne ne peut mener une existence aussi longue tout en restant indemne, je le crains. Chacun de nous a vécu au moins un épisode effroyable, voire deux, cinq ou vingt. Nous avons tous touché le fond un jour ou l'autre, enduré le pire, vu des choses auxquelles un être humain ne devrait jamais assister. Tu n'es pas la seule, et tu n'es pas l'Aefrelyffen la plus sombre de cette planète.

Ses mots filtraient peu à peu dans mes oreilles, dans mon cerveau.

— Et c'est bien pire pour ceux qui ont commis de telles atrocités, a dit River d'une voix presque lointaine, comme si elle était perdue dans ses pensées. Il est terrible d'être une victime et, crois-moi, je sais de quoi je parle ; mais il est une vérité à laquelle on ne peut échapper : il est plus terrible encore d'être le bourreau. De devoir vivre avec ça…

Elle n'a pas terminé sa phrase.

Nous avons marché jusqu'à la maison tandis que, derrière nous, le soleil s'éteignait rapidement. Une fois à l'intérieur, j'ai été assaillie par les odeurs de cuisine, de cire et des branches de sapin coupées comme décorations de Noël. J'avais envie de m'étendre sur mon petit lit bien dur et de ne plus jamais me relever.

River et Solis m'ont raccompagnée jusqu'à ma chambre.

— Viens manger quelque chose, m'a lancé River de sa jolie voix mélodieuse. Ou bien préfères-tu que je t'apporte un plateau-repas ?

Je l'ai dévisagée sans un mot, comme si je ne la comprenais pas.

— Je t'apporte donc un plateau, a-t-elle décidé.

Sur ce, ils m'ont laissée.

Personne n'est au courant, me suis-je répété. *Si je n'en parle pas, nul ne saura jamais.* J'étais la seule encore en vie à avoir vu ma mère et mon frère tuer un homme, la tête de mon père rouler dans la pièce. Personne ne savait que j'étais l'unique survivante de la maison d'Úlfur, que la magie de mon père était enfouie en moi. Tant que je garderais ce secret, personne ne pourrait s'en prendre à moi, personne ne tenterait de m'arracher mon pouvoir par la force.

CHAPITRE 25

Malgré cet épisode, j'ai continué à me soumettre à la routine de ma nouvelle existence. Mes tâches me donnaient un but et un cadre – je savais quoi faire et quand. Et j'arrivais à travailler sans trop me poser de questions : je balayais les feuilles mortes sur les vérandas, nettoyais la cuisinière, allais chercher du bois ou semais du seigle d'hiver dans le potager, machinalement. Tout le monde se montrait gentil avec moi, plus encore qu'à l'accoutumée, à l'exception de Nell et de Reyn, qui m'évitaient.

— Ma mère avait déjà été vendue trois fois quand mon père l'a achetée, m'a un jour expliqué Brynne d'une voix étouffée.

Nous battions des tapis devant la maison. Nous avions recouvert nos bouches d'une écharpe et une fine poussière se répandait dans l'air, tout autour de nous.

— Elle avait été séparée de ses autres enfants, des mortels. Plus tard, elle les a cherchés, pour la plupart en vain ; elle a retrouvé un de ses fils alors qu'il était déjà très vieux et sur le point de mourir.

Je l'écoutais avec attention.

— Mais maintenant, elle a trouvé la paix, a poursuivi Brynne en regardant au loin. Elle est toujours amoureuse de mon père, elle adore tout ce qu'elle fait, elle nous aime tous tant. Elle apprécie d'être ce qu'elle est, une immortelle.

Chacun avait une histoire, à la fois belle et affreuse. Et chaque histoire était racontée, examinée, entendue puis mise de côté, comme appartenant au passé.

Tandis que mon cerveau tâchait de faire la part des choses, j'ai commencé à commettre quelques erreurs – genre, oublier de sortir couettes et couvertures détrempées de la machine, si bien que tout a moisi. J'ai dû relaver trois fois de suite ces fichus trucs, car le détergent bio qui coûtait si cher à River était complètement nul. Chacun sait que l'invention de la Javel a été un sacré pas en avant pour l'humanité, pas vrai ? Eh bien, non. Pas à River's Edge. En même temps, cela m'a permis de jurer tant que je voulais, ce qui me soulageait.

Le lendemain, j'étais dans un des celliers, à genoux au milieu de bocaux en verre, à ranger, à nettoyer et à m'efforcer d'être dans *l'ici* et *le maintenant* – vu que revivre le passé, ainsi que vous avez pu vous en rendre compte, était à l'évidence un satané cauchemar. À travers une fente de la porte, je parvenais à voir Nell et Reyn, affairés à astiquer le lustre en fer suspendu au-dessus de la table de la salle à manger. Nell a dit quelque chose et j'ai aperçu Reyn esquisser un semblant de sourire – apparemment, toute tension entre eux était oubliée, pardonnée, et cela me rongeait le cœur.

Nous avons eu des navets trois jours de suite. Un matin, la poule la plus malfaisante qui soit m'a de nouveau piqué la main. J'ai failli l'étrangler.

Solis m'a gentiment proposé de lire une nouvelle fois dans l'eau. D'après lui, mieux valait remonter aussitôt sur un cheval après une mauvaise chute – une philosophie qui n'était pas la mienne. Je lui ai répondu : « Dans tes rêves. » Pour la peine, il m'a refilé des corvées supplémentaires.

Nell m'évitait plutôt habilement, si bien que personne à part moi ne s'en apercevait. Mais elle me jouait de sales petits tours en douce – je retrouvais les poches de mon manteau remplies de boue, mes bottes pleines d'eau et, aux repas, mes aliments couverts de sel. Je ne la prenais jamais sur le fait et je crois bien qu'elle se servait de la magie pour y parvenir. Mais j'étais convaincue qu'elle était coupable – son petit sourire suffisant et ses regards entendus la trahissaient. J'avais envie de les étrangler, elle et la poule. Les deux en même temps. Ou bien, pourquoi ne pas taper sur Nell avec le volatile ?

Grâce aux tisanes de River, j'avais le sommeil lourd, sans cauchemars.

Une nuit, alors que j'étais endormie, j'ai senti quelqu'un m'attraper l'épaule et me secouer brutalement. Je me suis aussitôt réveillée en bondissant, sur le point de pousser un hurlement.

— Tais-toi, ne réveille pas les autres ! m'a lancé Reyn.

J'ai saisi sa main et essayé de la mordre.

— Arrête ! a-t-il dit d'un ton plus ennuyé que batailleur.

J'ai jeté un regard vers la porte : je ne l'avais pas verrouillée. C'était peut-être la deuxième ou la troisième fois que j'oubliais de lancer le sortilège qu'Anne m'avait appris. Quelle idiote j'étais !

J'ai repoussé sa main et reculé, en me souvenant qu'on avait récemment essayé d'envoûter ma chambre, que quelqu'un m'en voulait, me détestait – puis j'ai pensé que, s'il avait eu l'intention de me faire du mal, il aurait profité de mon sommeil et ne m'aurait pas réveillée.

— Que veux-tu ? ai-je demandé en tâchant d'adopter un ton fâché.

— C'était à toi de changer le foin des chevaux, a-t-il répondu à voix basse.

— Et alors ?

— Tu ne l'as pas fait.

La porte de ma chambre était restée ouverte. Si besoin, aurais-je le temps de sortir avant qu'il me rattrape ? Pas sûr.

— J'ai dû oublier. Solis m'a donné des tas de corvées supplémentaires. Je m'en chargerai demain matin.

— Tu aurais dû t'en occuper après le dîner, a-t-il insisté.

— J'ai compris, mon général. Je le ferai demain, sans faute. Maintenant, sors d'ici.

J'étais vraiment furieuse, à présent, et la peur avait cédé la place à la colère.

— Non, tu vas t'en occuper tout de suite, a-t-il rétorqué. Il faut que je nourrisse les chevaux et nettoie les écuries à l'aube. Je ne vais pas me coltiner ton boulot en plus du mien. Allez, debout.

Il plaisantait ? Après toutes les épreuves que j'avais traversées, ce type venait me harceler au beau milieu de la nuit pour une broutille pareille ?

— Va te faire... ai-je marmonné.

Il est resté là, les poings serrés, les yeux lançant des éclairs.

— Debout, a-t-il répété.

— C'est quoi ton problème ? ai-je aboyé. Fiche le camp d'ici ! Je le ferai demain matin.

— Tu dois déjà traire les vaches aux aurores, a-t-il répliqué. Tu vas te lever une heure plus tôt pour t'occuper du foin ?

Je l'ai dévisagé d'un regard haineux.

— Qu'il aille au diable, ton foin ! T'as qu'à t'en occuper toi-même ! Maintenant, tu sors de ma chambre, connard !

Il ne m'avait pas adressé la parole depuis plus d'une semaine et il osait venir me réveiller à pas d'heure ? Il avait pété les plombs ?

À ma stupéfaction, il m'a attrapée par la cheville pour me tirer hors du lit. Naturellement, je lui ai envoyé un bon coup de pied dans la poitrine et il a reculé en titubant contre ma petite armoire.

— Pour l'amour du ciel, que se passe-t-il ici ?

Nos têtes ont instantanément pivoté. River était sur le seuil, en train de nouer la ceinture de sa robe de chambre de flanelle rouge.

Tout à coup, la scène m'a semblé ridicule.

— Elle n'a pas sorti le foin pour les chevaux, a répondu Reyn en tâchant de contrôler sa colère. Je n'ai pas envie de me payer son travail à sa place.

River l'a fixé d'un air ébahi. C'est alors qu'il a paru prendre conscience de l'absurdité de son comportement. Il avait littéralement voulu me sortir du lit. La chose la plus étrange que Reyn ait jamais faite à River's Edge. Cela ne lui ressemblait pas du tout. Il a baissé les yeux, comme surpris de se retrouver là.

River s'est tournée vers moi.

— J'ai oublié que Solis m'avait donné cette corvée en plus, ai-je expliqué. J'ai proposé de m'en charger demain. Mais Reyn a eu une attaque cérébrale et il a trouvé judicieux de venir dans ma chambre pour me tirer du lit au milieu de la nuit. Va comprendre.

J'ai vu un muscle palpiter dans la joue de Reyn. Il a rougi. River l'a fixé de nouveau, le front plissé, comme s'il s'agissait d'une énigme qu'elle essayait de résoudre.

— Lui as-tu donné un coup de pied ?

— Il voulait me *forcer* à quitter mon lit ! ai-je protesté.

— Elle refusait de se lever ! s'est écrié Reyn, qui semblait proche de l'apoplexie.

— L'as-tu insulté ? m'a-t-elle demandé, d'une voix plus étonnée que fâchée.

— Eh bien, oui, il l'a mérité, ai-je répondu gauchement.

River nous a regardés tour à tour. Puis elle a hoché la tête, comme si elle venait de prendre une décision.

— Vous allez vous occuper de l'écurie tous les deux. Et sans attendre, a-t-elle ajouté d'un ton implacable.

— Moi aussi ? a demandé Reyn, incrédule.

— Oui, puisque cela te paraît tellement important, a-t-elle dit avec grand sérieux.

— Tout de suite ? ai-je voulu savoir.

— Bien sûr.

J'ai ouvert la bouche, sur le point de discuter, mais elle m'a dévisagée d'un regard si déterminé que j'ai préféré la boucler. Puis elle a secoué la tête avant de repartir se coucher.

J'ai jeté un coup d'œil écœuré à Reyn. Celui-ci a quitté ma chambre d'un air furibond tandis que je sortais de mon lit. J'ai attrapé mon jean de la veille et enfilé deux pulls.

Tout cela n'avait aucun sens.

Je me suis dirigée vers l'écurie en grommelant des jurons, le nez et la gorge brûlés par l'air glacial ; j'avançais vite, comme si des spectres se dissimulaient dans l'obscurité, prêts à me bondir dessus et à m'engloutir. Le bâtiment était empli de l'odeur chaude des chevaux et du foin – une odeur inoubliable une fois qu'on l'a connue. Seule une veilleuse était allumée et je me suis arrêtée un instant sur le seuil pour trouver mes repères dans la pénombre.

Soudain, une forme noire est tombée lourdement à mes pieds en m'éraflant le visage. J'ai poussé un cri strident en bondissant en arrière, tout en comprenant qu'il s'agissait d'une balle de foin, lourde d'au moins soixante kilos.

Une silhouette s'est penchée vers moi, depuis le grenier.

— T'as voulu me tuer ! ai-je hurlé, sous le choc.

J'ai palpé ma joue et senti du sang me coller aux doigts. Que cherchait-il ? Peut-être m'avait-il attirée ici pour…

— Quelle idée ! a répondu Reyn. Je ne savais pas que tu étais là. Tu es blessée ? a-t-il ajouté.

— T'as voulu me tuer ! ai-je répété.

Étant donné les circonstances, cette hypothèse semblait tout à fait plausible.

— Bien sûr que non, a-t-il protesté, vexé. Je ne t'ai pas vue arriver. J'étais persuadé que tu traînerais pour venir. Je t'ai blessée, oui ou non ?

— Oui ! ai-je répliqué d'un ton coupant. Vu que tu m'as balancé ce truc dessus !

— Si c'était le cas, tu ne serais pas là, debout, à te plaindre, a-t-il fait observer.

Nous nous trouvions dans la plus petite des granges, qui servait d'écurie. On y rangeait aussi la tondeuse ainsi que d'autres outils de jardinage. Les balles de foin étaient montées dans le grenier par un treuil à l'extérieur du bâtiment, et on les jetait dans le couloir entre les stalles quand on en avait besoin pour les chevaux. D'habitude, les balles éclataient en atterrissant sur le sol, ce qui simplifiait la tâche de celui ou de celle qui devait, à l'aide d'une fourche, mettre le foin dans les râteliers.

Les chevaux ont légèrement soufflé quand je suis passée devant leurs stalles d'un pas lourd pour aller rejoindre l'échelle qui se trouvait à l'autre bout. À contrecœur, j'ai grimpé dans le grenier, éclairé par une petite lampe à piles suspendue à un clou. Reyn m'y attendait.

— J'en ai déjà jeté trois, tu peux t'occuper du reste, m'a-t-il dit.

Dans la lumière tamisée, il paraissait grand, puissant et encore furieux. Je n'avais aucune envie de l'approcher, mais l'idée de me conduire en mauviette m'était insupportable. J'ai donc avancé vers lui en ignorant sa présence. Depuis le début, tout allait de travers entre nous – ironie du sort, il fallait qu'il soit mon type d'homme idéal, ce qui m'irritait encore davantage.

Je me suis armée de courage tout en pensant à Wonder Woman, me suis débarrassée d'un de mes pulls et l'ai laissé sur une pile de balles. Je portais des dessous chauds, un autre pull et bien sûr une écharpe. Depuis que j'avais surpris des pensées anonymes pendant la séance de méditation, j'imaginais régulièrement Reyn en train de m'embrasser le cou – du moins quand je n'étais pas en rogne contre lui.

— Parfait, ai-je déclaré. Tu descends et tu commences à mettre le foin dans les râteliers.

Je lui donnais des ordres et trouvais ça plutôt marrant.

Il a inspiré, comme sur le point de me contredire, quand il a tout à coup décroché la lampe pour en diriger le faisceau sur moi. Les sourcils froncés, il a pris mon menton dans sa main et a tourné mon visage vers la lumière. À son contact, j'ai tressailli et voulu reculer, mais il tenait fermement mon visage.

— C'est moi qui ai fait ça avec la balle ? a-t-il demandé.

— Mais non. Une balle folle, tapie près de l'entrée, m'a attaquée, ai-je répondu d'un ton railleur, tout en m'écartant de lui.

Je voulais me concentrer sur ma tâche du moment. Pas de doute, Reyn avait dû soulever les balles d'un doigt avant de les balancer en contrebas ; mais tout le monde n'était pas M. Muscle.

— Je… m'excuse, a-t-il dit d'une voix bourrue. Vraiment, je ne savais pas que tu étais là. Je ne t'aurais pas volontairement fait mal… du moins, je crois, a-t-il admis, hésitant.

Ses excuses me prenaient de court. J'ai haussé les épaules. Ma joue était effectivement écorchée, mais le sang ne coulait pas à flots, loin de là.

— Laisse tomber. Bon, on a besoin de trois autres balles, c'est ça ?

— Tu veux aller rincer ta blessure ? a-t-il proposé d'un ton à la fois inquiet et irrité.

— Oh ! tu t'en fiches bien, je sais. Tu ne peux pas me supporter. La plupart du temps, tu n'arrives même pas à me regarder en face. C'est bon, je veux vite terminer cette corvée et retourner me coucher.

Je me suis penchée pour attraper la mince ficelle enroulée autour de la balle, qui était plus lourde que moi, et j'ai essayé de faire rouler celle-ci vers le bord du grenier. Elle a bougé de deux centimètres environ – moins que ça, en réalité.

Reyn était toujours là. J'ai levé les yeux vers lui, furieuse qu'il reste immobile à me regarder lutter.

— Qu'est-ce qu'il y a ? ai-je demandé d'un ton hargneux.

Il a effleuré sa propre joue, comme pour signifier à quel point il était désolé.

Je lui ai lancé un coup d'œil noir. Dans ce lieu, tout me rappelait trop le passé – l'odeur du foin et des bêtes, la tranquillité de l'écurie. Je détestais être ici.

— Oublie ça. Je suis certaine que cette griffure ajoute à mon charme naturellement espiègle. Maintenant, si tu pouvais dégager, espèce de gros lourdaud !

Je me suis de nouveau penchée vers la balle, prête à la pousser avec plus de force cette fois.

Ses yeux, à présent ambrés dans la pénombre, se sont plissés. Sans comprendre ce qui m'arrivait, il m'a fait un croche-pied. J'ai perdu l'équilibre et suis tombée sur les fesses, stupéfaite.

— C'est *quoi*, ton problème ? me suis-je exclamée.

— Je ne veux pas… de toi ici, a-t-il rétorqué. Pourquoi es-tu venue à River's Edge ?

Il paraissait furieux, bouleversé et perdu tout à la fois.

Que lui répondre ? Il n'était pas le seul immortel à avoir besoin d'un nouveau départ. Il s'est baissé vers moi, comme s'il avait l'intention de m'aider à me relever. J'ai tressailli et l'ai aussitôt repoussé. Il a cependant saisi ma main et, tandis que j'essayais de reprendre mon souffle, il m'a bousculée sur le foin, son corps au-dessus du mien, et m'a embrassée.

Impossible de réagir ou de réfléchir. Je l'avais bêtement désiré dès notre première rencontre, l'avais tant de fois imaginé à ma merci – pourtant jamais, au grand jamais, je n'avais pensé que quoi que ce soit puisse se passer entre nous.

Et à présent, il m'embrassait, sans hostilité, mais avec chaleur et une détermination séduisante. Dans un grenier, en pleine nuit. *C'est quoi, ce bordel ?* ai-je songé, les seuls mots qui me venaient en tête.

Il s'est écarté de moi et ses yeux étincelants se sont posés sur mon visage ébahi. Ses cheveux blond foncé lui retombaient sur le front et ses hautes pommettes étaient rouges. À cet instant, mettant toutes mes craintes en veilleuse, j'ai compris qu'il était sans doute l'être le plus désirable qui soit sur terre. Je l'ai dévisagé. Il avait le souffle rauque, les lèvres écarlates. Doucement, comme pour me laisser le temps de protester, il a déposé sur ma joue éraflée un baiser qui m'a piquée. Je continuais de le regarder, paralysée par la situation, par la prise de conscience humiliante que, en dépit de tout, je le désirais plus que je n'avais désiré personne au fil de ma loooongue existence. Il a enroulé une mèche de mes cheveux entre ses doigts et, tout en me maintenant dans la même position, il s'est penché de nouveau vers moi.

— Embrasse-moi, a-t-il murmuré en fixant ma bouche. Embrasse-moi.

J'ai alors commencé à me ressaisir ; mon corps engourdi a repris le dessus. Il a plaqué ses lèvres contre les miennes et, peu à peu, tandis que mon cerveau s'accoutumait aux circonstances, je lui ai rendu son baiser.

Je n'avais embrassé personne depuis des mois – et je me souvenais à peine du type près duquel je m'étais réveillée dans cet entrepôt, à Londres. Quand avais-je donné un baiser à quelqu'un en étant sobre et pleinement consciente pour la dernière fois ? Des années plus tôt ? Des décennies ?

C'était… tellement agréable. Je n'arrivais pas à croire qu'il s'agissait de Reyn. De lui et de tout ce qu'il représentait. Les battements de mon cœur se sont accélérés.

Il a glissé ses jambes entre mes genoux et je l'ai senti se coller contre moi, un poids chaud complètement nouveau, unique. Son autre main s'est posée sur ma taille puis s'est faufilée sous mon pull. Il l'a retirée une seconde, m'a dévisagée, puis nos bouches se sont retrouvées, mes bras ont enlacé son cou et une de mes jambes s'est enroulée autour de la sienne.

C'était… incroyablement bon. L'odeur de sa peau, sa main dans mes cheveux, ses lèvres sur les miennes, nos souffles mêlés, nos corps en harmonie… Cela faisait un bail que je ne m'étais pas sentie aussi bien. Ma poitrine s'est gonflée d'un puissant élan de… bonheur ? Je me suis blottie contre lui, puis mes doigts sont remontés au col de sa chemise pour être en contact avec la peau douce et mate de son torse, qui semblait en feu.

Oh ! si seulement il m'appartenait…

Prise de vertiges, j'ai fermé les yeux et vidé mon esprit de toute pensée, histoire de me laisser emporter par les frissons de cette étreinte – oui, j'étais heureuse.

— Tu es si belle, a-t-il murmuré tandis que sa bouche descendait sur ma gorge.

J'ai fixé ses yeux en amande, merveilleux.

— Tu ne m'apprécies pourtant pas.

— Si, trop, a-t-il répondu d'une voix rauque. Je te désire trop. J'ai essayé de te fuir.

Il m'a de nouveau embrassée tandis que ses mots tourbillonnaient dans mon esprit en pleine confusion. Ces instants effaçaient de ma mémoire tous les souvenirs de ceux que j'avais connus – plus de quatre siècles de visages et de baisers. Et j'avais l'impression d'être redevenue une adolescente, à l'âge où le moindre petit incident prend une importance inouïe. Reyn était tout ce que je voulais, tout ce que j'avais toujours voulu, tout ce que je voudrais toujours. Il était l'homme idéal, le seul avec lequel j'avais envie d'être. Et tandis que je le dévisageais, tous deux à bout de souffle, que mes lèvres esquissaient un sourire, j'ai soudain vu une froide hésitation traverser son regard et éteindre la flamme qui y brûlait…

Non, non…

Il a cligné des yeux, comme s'il s'éveillait après un rêve ; une terreur subite a envahi mon cœur et mon ventre. Il m'a observée, semblant me voir pour la première fois. Mes bras l'ont serré plus fort encore alors qu'il s'écartait de moi, les yeux écarquillés.

Non, non… Reviens, je t'en prie…

— Ce regard, a-t-il dit. Ces cheveux. *Tu as changé.*

Sous le choc, il s'est vivement redressé et s'est cogné le crâne sur le plafond mansardé du grenier. Il a craché un mot que je n'ai pas compris, mais qu'on pouvait sans doute traduire par « merde ! ».

— Ouais, bien sûr, ai-je répondu.

Mes bras étaient vides et douloureux, mon corps froid.

— Tu… tu es… a-t-il bredouillé, presque pour lui-même.

Il paraissait horrifié, abasourdi, la main plaquée sur sa bouche charnue et belle. La petite lampe éclairait à peine sa silhouette et les effluves du foin et des chevaux, de même que la nuit froide m'ont éclairci les idées – et j'ai enfin eu une atroce prise de conscience.

Je me suis figée, pendant que les souvenirs défilaient à toute allure dans mon esprit. *Oh ! mon Dieu, non, oh ! non…*

— Tu appartiens à la maison d'Úlfur, a-t-il chuchoté d'une voix désespérée. Cette chevelure, ces yeux… ton pouvoir. Tu es la seule survivante de la maison d'Úlfur.

J'ai eu l'impression que mon cœur allait s'arrêter de battre, que j'allais étouffer… J'ai pâli, ma gorge s'est serrée et tout s'est estompé autour de moi, à l'exception de son visage.

— Et toi… tu es le pilleur, ai-je répondu d'une voix faible et brisée. Le Boucher de l'Hiver.

Reyn a reculé en trébuchant, puis s'est rattrapé de justesse, évitant de basculer dans le vide. Le visage blême, il semblait bouleversé, et je l'entendais respirer par saccades.

Dire que je l'avais *embrassé. Lui.*

— Tu n'as pas deux cent soixante-sept ans, ai-je ajouté lentement. Tu es plus vieux que moi. Cinq cents ans ? Six cents ? Tu venais du Nord, hiver après hiver, pour décimer des villages entiers ; tu as violé mes voisines, tu as failli me violer, moi aussi. Tu as été sur le point de tuer mon fils. Tu volais chevaux, vaches, tout ce qui avait un peu de valeur. Quand tu repartais, les gens dépossédés mouraient de faim. Ceux que tu n'avais pas assassinés, en tout cas.

Tout en moi hurlait, mais j'arrivais pourtant à parler froidement, et mon esprit rassemblait les pièces du puzzle – bribes de souvenirs, rumeurs, scènes, sons et odeurs. L'écurie s'emplissait de ces sinistres réminiscences. Je me suis rassise, adossée contre les balles de foin.

— Tu n'es pas hollandais, ai-je poursuivi en laissant échapper un rire bref. Mais scandinave, viking et mongol. J'ai souffert au moins quatre fois par ta faute, que ce soit en Norvège, en Suède ou en Islande. J'ai fini par t'échapper. Je suis partie en Allemagne en 1627. Là-bas, on entendait pourtant parler des atrocités que tu commettais dans le Nord.

Reyn avait l'air de ne plus rien voir autour de nous, pas même moi.

Et tout à coup, je me suis sentie puissante, déterminée, et je me suis redressée.

— Je t'imagine le visage peint. En blanc, noir et bleu.

Il a étouffé un cri.

— Car c'était toi, pas vrai ? Toi qui as assassiné ma famille et anéanti le village de mon père ? Et c'est ta horde qui a détruit la maison de Tarko-Sale avant de partir vers l'est, en Islande.

Il a levé la tête. Ses yeux étaient exorbités.

— Mon frère a été écorché vif par ta mère. Et ton frère à toi lui a tranché la tête. J'étais là. J'ai tout vu.

— Dans ce cas, qui a tué tous les autres ? Qui a coupé la tête de *mon* petit frère ? ai-je rétorqué d'une voix outragée.

— Mon père, a-t-il murmuré.

— Et où est-il, à présent ?

J'aurais pu le foudroyer sur place, tant j'avais l'impression d'être une sorcière terrifiante, prête à rendre la justice à sa manière.

— Il est mort. Il a essayé de se servir du tarak-sin de ta mère, l'amulette. Mais il n'avait pas assez de pouvoir. Une tempête de flammes et d'éclairs l'a consumé. Lui, mes deux autres frères, sept de ses hommes… Il n'est resté d'eux que des cendres.

— Et toi ? Pourquoi n'as-tu pas péri ?

— Je ne sais pas. Mais j'ai été marqué.

Il a ouvert sa chemise et arraché le haut de son tee-shirt. Là, sur la peau lisse et mate de son torse, j'ai vu une brûlure. En tout point semblable à la mienne.

CHAPITRE 26

Tout en moi s'est déchaîné. Si j'avais su contrôler ma magie, je l'aurais écorché vif à son tour, d'un seul mot, pour qu'il soit aussi nu et vulnérable que mes émotions. Mais vu les circonstances, j'ai dû me contenter de me ruer sur lui en le prenant par surprise. Mon corps a brutalement heurté le sien et nous avons roulé jusqu'au bord du grenier, avant de basculer dans le vide, atterrissant quatre mètres plus bas, sur les balles de foin qu'il avait jetées là.

Je l'ai attaqué des pieds et des mains, pour le griffer, le frapper et le gifler en poussant des cris stridents et en l'insultant en vieil islandais. Il a repris son souffle, s'est emparé de mes poignets sans difficulté et m'a plaquée sur le sol.

Il murmurait des mots en vieil islandais, des paroles qu'on utilise habituellement pour apaiser un enfant en pleurs ou un cheval rétif.

— Calme-toi, chut, tu vas te faire du mal, arrête…

Évidemment, je me débattais autant que possible, en tentant de lui donner des coups de pied et de genou ; et lui, bien entendu, aussi solide qu'un roc, inébranlable, me maintenait à terre, m'immobilisant comme dans une camisole de force.

— Reyn !

La voix de Solis était toute proche.

— Nastasya ! s'est écriée River en se penchant sur moi.

Reyn et moi nous sommes immobilisés. Je l'ai regardé dans les yeux – j'y ai lu douleur et culpabilité, regrets et colère. Il devait voir des émotions similaires dans les miens, j'imagine.

— Ça suffit, tous les deux ! a lancé Solis. Relève-toi, Reyn, a-t-il ajouté en plaçant une main sur son épaule.

Reyn s'est redressé avec prudence en attendant la dernière seconde pour me lâcher les poignets, puis a reculé vivement, hors de ma portée.

River me dévisageait. Son monde avait dû être tellement ordonné avant mon arrivée chez elle, ai-je soudain pensé. Je me suis rassise en brossant mes vêtements pour en ôter le foin, tandis qu'elle s'agenouillait près de moi.

— Je sais qui elle est, a déclaré Reyn, essoufflé.

— Et moi, je sais qui *il* est ! me suis-je exclamée en me relevant maladroitement.

— Maintenant, vous savez, a dit River en se tournant d'abord vers moi, puis vers Reyn.

Incrédule, je l'ai fixée.

— Tu savais ? me suis-je écriée en pointant un doigt accusateur sur lui.

— Oui.

Je n'en revenais pas.

— Vous n'alliez pas tarder à le comprendre, tous les deux, a ajouté Solis d'un ton paisible. Nous en avions conscience.

— Il faut qu'il parte ! ai-je dit, tout en songeant aussitôt que c'était une réaction idiote – j'étais la dernière arrivée et, si quelqu'un devait quitter River's Edge, c'était moi.

— Non, a répliqué River en ôtant des brins de paille de mes cheveux.

Mon cœur s'est serré.

— Parfait. Dans ce cas, je m'en vais ! Sur-le-champ.

J'avais envie de pleurer – car je n'avais aucun désir de partir. Je serais perdue si je partais.

— Mais non, a gentiment répondu River. Tu serais perdue si tu partais. Vous devez rester, tous les deux. Il faudra bien que vous affrontiez cette situation un jour ou l'autre. Restez et nous vous aiderons.

— Il a tué des milliers de gens ! me suis-je exclamée.

— Pas des milliers ! a protesté Reyn. Et ça fait des centaines d'années que j'ai arrêté ! Tout ça est derrière moi, à présent.

J'ai secoué la tête. Comment était-il possible de laisser de pareils actes derrière soi ? Il était qui il était. Rien d'autre.

Et tu l'as embrassé, m'a rappelé une détestable petite voix intérieure. *Et tu as adoré ça.*

— Tout cela appartient au passé. Nous vivons dans le *présent*, a déclaré River. Cette époque est bel et bien terminée. Vous n'y êtes plus, ni l'un ni l'autre. Vous êtes *ici, maintenant*, a-t-elle insisté en plaçant doucement sa main sur ma poitrine. Et voilà qui il est maintenant, a-t-elle ajouté en désignant Reyn.

— Un connard, oui ! ai-je craché.

— Mais plus un pilleur, a rétorqué River avec sérieux. Ni le Boucher de l'Hiver.

Que répondre ? Je les ai regardés tous les trois et j'ai soudain compris qu'ils m'étaient plus familiers et proches que mes anciens amis. Que faire ? Je me sentais épuisée, tout à coup, vide et tremblante.

— Je ne peux pas accepter une chose pareille, c'est trop. Il aurait dû mourir. Je retourne me coucher, ai-je annoncé en me dirigeant vers la sortie de l'écurie.

« *Jamais* je ne te pardonnerai, ai-je ajouté par-dessus mon épaule à l'intention du pilleur.

Je suis rentrée seule à la maison et suis montée directement dans ma chambre. J'ai mis en place le sortilège permettant de verrouiller ma porte, puis me suis étendue sur mon lit sans me déshabiller, les yeux secs.

•○●○

— Nastasya ?

J'ai ouvert un œil. On frappait à ma porte.

— Nastasya ? Réveille-toi.

C'était Asher.

— Quoi ?

Mon réveil indiquait 06 : 15. Il faisait encore nuit noire.

— Réveille-toi, a-t-il répété. Si tu te dépêches, tu auras le temps de prendre ton petit déjeuner après la traite des vaches et avant de partir au travail.

C'était une blague. Je suis allée lui ouvrir. Il se tenait sur le seuil, frais comme un gardon. Il a souri et m'a tapoté l'épaule.

— Il paraît que la nuit a été difficile. Bon, c'est pas le tout, mais les vaches attendent. Je crois qu'Anne est en train de préparer des gâteaux à la cannelle pour le petit déjeuner.

Je l'ai simplement fixé. Tout mon univers avait volé en éclats la nuit précédente. Des centaines d'années de souffrance et de mort avaient été déposées aux pieds de Reyn. Et je devais me cogner la traite des vaches ?

Asher attendait, le regard paisible. Je me suis souvenue de ce qu'on m'avait raconté à son propos. Que sa famille était originaire de Pologne. Et qu'il s'y trouvait encore pendant la Seconde Guerre mondiale.

— Si j'aperçois Reyn, je le tue, ai-je annoncé.

— Je crois qu'il s'est levé très tôt. Il est en train de labourer le champ de choux, a précisé Asher en se grattant la barbe.

Décidément, je vivais dans un monde surréaliste. Et pourtant, c'était ça, ma réalité. Qu'elle soit douloureuse ou atroce, il n'y en avait pas d'autre.

J'ai chaussé mes bottes.

Si étonnant que cela puisse paraître, je suis retournée travailler au drugstore – la partie de pêche du vieux Mac était terminée. En fin de compte, j'étais contente d'avoir une occupation et quelque part où aller. MacIntyre et moi nous sommes salués d'un grognement, puis avons vaqué à nos tâches respectives. Réassortir des étagères n'avait rien de stimulant, mais j'ai essayé de prêter attention à chacun de mes gestes tandis que je déballais des cartons de pansements et de poches à glace. Maintenant que je connaissais par cœur la disposition du magasin (et que les articles étaient rangés logiquement), cela me prenait beaucoup moins de temps.

J'ai parcouru du regard le drugstore. Tout était plus propre, aéré et mieux agencé. Mais soyons francs, l'endroit avait encore triste allure. Les murs étaient couverts d'auréoles d'humidité et émaillés de trous laissés par de vieux clous, l'éclairage datait de Mathusalem et le lino était usé.

— Qu'est-ce que tu fabriques ? a soudain rugi le vieux MacIntyre. Je te paie pas à rester plantée là ou à rêvasser !

Il était à trois mètres de moi, ses sourcils broussailleux formaient un V furieux au-dessus de ses yeux hostiles.

— Il faut commander des produits homéopathiques, ai-je répliqué sans me démonter.

Après les événements de la nuit précédente, le vieux bonhomme allait devoir s'accrocher s'il voulait me décontenancer.

— Et puis des mitaines, par exemple. Un petit présentoir de gants. Sans oublier qu'il y a assez de place dans ce coin, là-bas, pour poser des sacs de gros sel, ce truc qu'on répand sur les trottoirs pour que les gens évitent de se casser la figure.

Il me regardait comme si je venais de lui parler en chinois.

J'ai pris l'un des milliers de catalogues qu'il recevait chaque semaine.

— Regardez tous ces machins ! C'est ce que les gens cherchent à acheter de nos jours, même dans ce patelin perdu. Ce matin, trois clients m'ont demandé si on avait des médicaments homéopathiques. Et il va bientôt neiger encore plus. Les gens vont se ramener pour acheter une bricole et, quand ils verront les sacs de gros sel, ils penseront : « Excellent ! Il m'en faut un ! »

La bouche légèrement entrouverte, il paraissait incapable de répondre à quelqu'un qui ne tremblait pas de peur devant lui.

— De quoi tu te mêles ? a-t-il fini par gronder. T'es seulement de passage, ici ! Mon arrière-grand-père a fondé ce magasin ! Mon grand-père a pris sa suite, puis mon père et maintenant moi ! Et mon fils…

Il s'est interrompu, accablé. Comme s'il venait de se rappeler qu'il n'avait qu'une fille.

— Si j'avais un fils, a-t-il poursuivi d'un ton las, l'air soudain très vieux, il prendrait la suite.

— Vous avez eu un fils ?

Il a hoché la tête, livide.

— Et il est mort en même temps que votre femme ?

Hagard, il a acquiescé de nouveau.

— Je suis désolée, ai-je dit. Il est toujours difficile de perdre quelqu'un.

J'avais connu tant de deuils au fil des siècles. Je me demandais s'il fallait continuer de lui parler. Oui. Il devait laisser le passé derrière lui et vivre dans l'ici et le maintenant.

— Écoutez, mon vieux, ai-je ajouté d'une voix ferme. Il vous reste Meriwether.

Il s'est brusquement redressé et la colère a animé ses yeux.

— Et même si vous la traitez comme une moins-que-rien, c'est une fille bien ! Elle tient à cette boutique, Dieu seul sait pourquoi ! Et quand vous aurez cassé votre pipe, elle transformera cet endroit, gagnera des tonnes d'argent et rira sur votre tombe !

Oui, je sais, j'avais peut-être poussé le bouchon un peu trop loin. Le vieux Mac semblait abasourdi et j'ai fait mine d'examiner la notice d'un médicament pédiatrique.

— Elle déteste ce drugstore, a-t-il marmonné d'une voix amère.

— Elle déteste surtout qu'on la traite comme une minable, ai-je rétorqué. Elle se souvient du magasin quand les affaires marchaient. C'est elle qui a eu l'idée de changer l'agencement des rayons.

— Les affaires ne marcheront plus jamais, a-t-il affirmé en jetant le catalogue sur le comptoir.

— Ouais, l'usine a fermé, etc., ai-je ironisé avec rudesse. Mais il y a encore des gens qui vivent ici et qui ont besoin des cochonneries que vous vendez. La grande surface la plus proche est à perpète, sur l'autoroute. S'ils venaient plus souvent ici, ils soutiendraient l'économie locale et économiseraient du carburant !

Côté marketing, ce nouvel angle de vue était tellement génial que je n'en revenais pas moi-même. Tout excitée, je me suis retournée vers lui, prête à lui exposer mes idées. Il a plissé les yeux.

— Laisse tomber ! Remets-toi au boulot ! Je devrais te virer après ce que tu viens de me dire !

— Vous savez que j'ai raison, ai-je doucement chantonné.

Il s'est contenté de bougonner je ne sais quoi.

Nous nous entendions de mieux en mieux, lui et moi. Et la vie continuait, en dépit de tout. J'étais toujours ici, malgré toutes les révélations de la nuit précédente.

Pour une raison que j'ignorais, Meriwether n'est pas arrivée à 4 heures, comme prévu, mais son père n'a pas eu l'air de s'en inquiéter. Je suis partie, anxieuse de devoir rentrer à River's Edge et de tomber sur Reyn. Alors que je me dirigeais vers ma voiture, j'ai aperçu Dray sur le trottoir d'en face, devant un bâtiment vide. Elle m'a vue mais n'a pas réagi. Je suis montée dans ma vieille bagnole et suis allée la rejoindre. J'ai baissé la vitre.

— Ça te dit de prendre un café ? J'ai eu une journée pourrie. Pour être franche, j'ai eu plusieurs journées pourries de suite.

Dray a hésité, puis a grimpé à côté de moi – j'ai tâché de ne pas avoir l'air triomphant. Elle a claqué la portière et je me suis dirigée vers *Auntie Lou's*, le bar le plus proche. Je n'y avais jamais mis les pieds – j'avais déjà eu du mal à oublier ma brève expérience chez *Sylvia*'s – et, quand je suis rentrée, j'ai cru me retrouver cinquante ans en arrière. Comme le drugstore, le lieu, quoique en bon état, semblait s'être figé dans le temps.

— C'est quoi, cet endroit ? ai-je demandé à Dray. La petite ville bizarre que le monde extérieur a oubliée ? Vous n'avez jamais entendu parler de la modernisation, dans ce patelin ?

Ses lèvres couvertes d'un rouge sombre ont esquissé un sourire en coin. Nous nous sommes installées dans un box, sur des sièges plastifiés.

— T'as tout compris, a-t-elle répondu. Sauf qu'il n'y a rien que du banal, ici.

La serveuse est venue vers nous – une blonde propre sur elle qui devait avoir l'âge de Dray, et qui semblait justement la connaître. Dray l'a jaugée et la fille (qui d'après son badge s'appelait Kimmie) s'est troublée.

— Un milk-shake au chocolat, a commandé Dray.

— Le café est bon ? ai-je voulu savoir. Sur une échelle de un à dix ? Soyez franche.

La serveuse a eu l'air surpris, puis elle a rougi. Elle a jeté un coup d'œil vers la cuisine.

— Ne prenez pas ça, a-t-elle conseillé à voix basse. Il est beaucoup trop fort, c'est de la vraie soupe. Trois clients ont refusé de le boire.

— Je vois... c'est ce que j'appelle un bon café. J'en veux bien une tasse.

— Ah bon ?

— Oui. Je suis en manque de caféine.

La serveuse m'a adressé un petit sourire et, un instant, a paru vraiment jolie.

— Je reviens tout de suite, a-t-elle annoncé.

— Décidément, tu es un véritable rayon de soleil partout où tu vas, a fait observer Dray d'un ton sarcastique.

— Je sais, ai-je rétorqué d'une voix lugubre. Une fichue bonne fée.

Dray s'était assise de côté, le dos au mur et les jambes étendues sur la banquette. Elle semblait encore plus distante que les autres fois et, sous son maquillage, son visage était pâle, comme si elle était en mauvaise santé.

— Pourquoi est-ce que tu restes dans ce trou ? a-t-elle demandé.

J'ai soupiré. Bonne question.

— J'essaie... de terminer un programme de... réinsertion.

Du moins, j'avais essayé. À présent, j'étais totalement désorientée.

— Un truc pour les inadaptés ?

— Ouais, en quelque sorte. Mais en pire. Et mon travail au drugstore fait partie du projet.

— Et moi qui croyais que tu adorais ce boulot.

Kimmie a apporté le milk-shake de Dray, qui semblait délicieux, et mon café, aussi épais que du goudron.

— Ne vous forcez pas à le boire, a-t-elle chuchoté.

— OK, ai-je répondu.

« Elle fréquente le même lycée que toi ? ai-je demandé à Dray, une fois que la serveuse s'est éloignée.

— Il n'y a qu'un seul lycée, dans le coin. Et je n'y vais plus.

— Dans ce cas, que fais-tu de tes journées ?

Alors que je n'avais qu'une envie, me rouler en boule sous une couverture, je m'obligeais à bavarder avec cette fille. Et cela était… agréable. Oui, j'étais contente d'être là.

Dray a haussé les épaules et son visage s'est fermé. Elle s'est redressée en tenant son verre entre ses deux mains, comme une enfant.

— Tu travailles ?

L'air blasé, elle a de nouveau haussé les épaules.

Que ferait River à ma place ? ai-je pensé.

Le moment présent s'est tout à coup effacé et Reyn a jailli dans mon esprit. Nos baisers. Notre étreinte de dingues dans le grenier. Si cette histoire du Boucher de l'Hiver ne nous avait pas interrompus, nous serions allés encore plus loin.

Mes parents. Oh ! mon Dieu.

— Pourquoi tu t'es décoloré les cheveux ? m'a soudain demandé Dray.

J'ai mis un instant à atterrir.

— C'est ma couleur naturelle. Je vais peut-être les teindre en rouge, cette fois.

— Tu devrais pas. C'est cool, ce blond. J'ai oublié à quoi ressemblait ma véritable couleur.

— J'ai connu ça.

Nous sommes restées silencieuses pendant quelques minutes. Il allait falloir que je rentre. D'habitude, je ne traînais pas en sortant du travail. Mais j'adorais me sentir libre et indépendante, chaque fois que je prenais ma voiture – et peu importe si je gaspillais de l'essence.

— Bref, a repris Dray. Il n'y a pas de boulot par ici. Cette ville est morte.

— T'as entièrement raison, ai-je répondu en ajoutant deux sucres à mon café épais.

Une lueur de surprise a éclairé son regard, comme si elle s'était attendue à ce que je défende West Lowing.

— Les gens… ne m'aiment pas, a-t-elle poursuivi. Ils s'imaginent que je vais aussi mal finir que le reste de ma… famille.

— Les gens ne t'apprécient pas ?

Elle a acquiescé, un air de défi sur le visage.

— Et tu te soucies de ce que peuvent penser les péquenots d'un trou pareil ?

Elle a cillé.

— Dray, écoute. C'est juste un petit patelin. Il y a d'autres endroits où tu pourrais vivre, que ce soit au Massachusetts, en Amérique ou ailleurs dans le monde. Les gens du coin sont des moins-que-rien. Comment peux-tu t'inquiéter de ce qu'ils pensent ?

— Tout le monde me méprise, à l'école, en ville…

— Dans *cette* ville, oui, ai-je répliqué. Mais pas forcément *ailleurs*. Va en Californie, dans le Mississippi, ou en France. Là-bas, personne n'a entendu parler de toi, ni des ratés de West Lowing.

Elle m'a dévisagée bouche bée. N'avait-elle jamais projeté de quitter cette ville ? Croyait-elle qu'elle y était coincée pour toujours ?

— Partir… comme ça, ailleurs ?

— N'importe où, ai-je insisté.

— Et comment, sans argent ?

— T'as deux solutions. Soit tu trouves le premier travail venu, n'importe quoi – comme femme de ménage, dans une entreprise de pompes funèbres, dans un magasin. Et tu économises suffisamment pour te payer un aller simple loin d'ici et survivre quelque temps. Ou bien…

Elle était suspendue à mes lèvres.

— Tu peux devenir tout ce que tu veux. Si tu es capable de tenir le choc de l'armée, engage-toi : ils paieront tes études, te donneront un salaire, tu pourras voyager et apprendre à te débrouiller avec un fusil.

Dray a laissé échapper un rire.

— Tu parles, j'ai tout juste dix-sept ans.

— Dans ce cas, tu bosses et tu mets de l'argent de côté pendant un an, ou alors tu demandes à tes parents de t'autoriser à t'engager. Tu as le choix, Dray. Rien ne peut t'empêcher de quitter West Lowing si tu en as vraiment envie. Réfléchis. Bon, il faut que j'y aille, ou bien je vais me prendre un savon.

Elle a terminé son milk-shake, perdue dans ses pensées.

— T'as besoin que je te dépose quelque part ? ai-je proposé, une fois dehors.

— Non, je vais marcher un peu. Merci pour le verre.

— Pas de souci. À bientôt.

Elle s'est éloignée. Elle semblait un peu moins désespérée qu'une heure plus tôt. J'allais monter en voiture quand elle s'est retournée.

— Comment t'es devenue aussi futée ? m'a-t-elle demandé d'un ton amusé.

En me trompant des milliers de fois, ai-je songé.

— J'ai un peu roulé ma bosse, ai-je seulement répondu en haussant les épaules.

Elle a hoché la tête puis est repartie. Elle avait pris de l'importance dans mon existence. Tout comme Meriwether et le vieux MacIntyre.

C'était inhabituel.

Et cela m'effrayait.

Car je savais combien j'allais souffrir quand je les perdrais.

Et je n'aimais pas ça du tout.

CHAPITRE 27

De retour à la maison, River, Asher, Solis et Anne m'ont traitée normalement, comme si rien n'avait changé. Je n'en revenais pas. Mon nom était sur le tableau de service, comme d'habitude. Les quatre professeurs étaient apparemment les seuls à être au courant de l'épisode sordide de la nuit précédente.

J'ai revu Reyn au dîner.

Il est arrivé de la cuisine en portant une lourde soupière. Tous mes sens étaient en éveil et je l'ai examiné avec attention, en essayant de l'imaginer le visage peint, les cheveux emmêlés, souillés de sang. À ma vue, sa mâchoire s'est crispée. Je l'ai aussi visualisé terrifié, sous le choc, tandis qu'une montagne de flammes engloutissait sa famille.

Nous avons fait en sorte de ne plus nous regarder. À un moment, j'ai levé la tête pour prendre du pain et j'ai aperçu Nell, qui me fusillait de ses yeux bleus. Je l'ai ignorée. Reyn n'a pas décroché un mot de tout le repas.

À la fin du dîner, Anne s'est levée.

— J'aimerais travailler avec quelques-uns d'entre vous, pour étudier des cristaux et des pierres. Rachel ?

— Avec plaisir !

— Charles ?

— Excellente idée, merci.

— Reyn ? a ajouté Anne. Et Nastasya ?

Ni l'un ni l'autre n'avons répondu. Chacun attendait que l'autre refuse.

— Parfait, a conclu Anne. Rendez-vous dans dix minutes dans la salle verte.

— Puis-je me joindre à vous ? a demandé Nell avec un peu trop d'enthousiasme. Je meurs d'envie de parfaire mes connaissances dans ce domaine.

Anne a hésité un instant, puis acquiescé.

— D'accord.

Nell était radieuse.

Mes yeux ont croisé ceux de River. Elle semblait compatir, mais elle me défiait aussi de reculer devant cette épreuve. Je me suis levée et j'ai rapporté mon assiette à la cuisine.

J'étais dans la même pièce que quelqu'un dont la famille avait assassiné la mienne, avant de périr par la faute de notre tarak-sin. Nous participions au même cours, lors duquel nous allions essayer de nous *unir* avec des pierres... J'étais assise le plus loin possible de Reyn. Évidemment, Nell était collée à lui, pareille à une sangsue. Son identité, tout ce qu'il représentait, me paraissait encore irréel. J'avais l'impression d'être confrontée aux souvenirs et aux expériences que j'avais tenté d'effacer de mon esprit depuis des siècles, au monstre caché sous mon lit. Car il était un monstre. Mon pire cauchemar portait une chemise à carreaux vert foncé et un jean, et dégageait une odeur de lessive et d'air automnal.

Nous étions assis les uns à côté des autres autour d'une longue table. Anne avait un sac de velours noir rempli de divers cristaux et pierres et nous avait demandé de fermer les yeux, de tendre la main et de choisir celui qui semblait nous convenir le mieux – ou bien « d'être choisi » par lui.

Un travail plus personnel encore que celui que nous avions effectué avec les métaux. Et la pierre ou le cristal que nous choisirions devait influencer notre façon de pratiquer la magie.

Charles venait de tirer un œil-de-tigre du sac.

— Ah ! ce minéral est très en vogue cette saison, a-t-il déclaré avec une lueur espiègle dans le regard.

Rachel a pris une améthyste violet foncé qui produisait un joli contraste avec son teint olive et ses cheveux noirs. Comme à l'ordinaire, elle est restée très sérieuse.

— À toi, Reyn, a dit Anne en tendant le sac devant lui. Libère ton esprit, tout en te concentrant.

La main robuste de Reyn était presque trop grande pour s'introduire dans le petit sac. Ces mêmes doigts s'étaient glissés sous mon pull la veille. Et avaient aussi tenu le bélier qui avait enfoncé la porte du bureau de mon père. Mon passé et mon présent étaient soudain entrés en collision et j'étais obligée de rester là, impassible.

Nous avons attendu que Reyn se décide. Il avait les paupières closes et j'ai pu contempler son visage à son insu, tentant d'y déchiffrer des envies meurtrières ou du désir. J'ai très vite détourné les yeux.

Il a lentement retiré sa main du sac et l'a rouverte. Dans sa paume reposait une pierre vert foncé, tachetée de rouge.

— Un héliotrope, a précisé Anne. On l'appelle aussi la « pierre de sang ». Quelles sont ses propriétés ?

— Il favorise l'honnêteté, a répondu Reyn. Et l'intégrité.

J'ai alors songé que Nell croyait que Reyn avait moins de trois siècles. Elle ne savait rien de lui, contrairement à moi.

— Il calme les angoisses, a-t-il poursuivi. Certains pensent qu'on peut empêcher le sang de couler en plaçant un héliotrope sur une blessure. Autrefois, les guerriers le portaient en amulette pour étancher le sang.

Il semblait détaché, pensif, et tournait et retournait la pierre dans sa main.

— Très bien, l'a félicité Anne. Nastasya, à ton tour.

J'ai placé ma main dans le sac et me suis mise à tâter les minéraux. Que choisir ? Un cristal ? Une pierre ? Bon sang, qu'est-ce que j'en savais ! J'ai sorti une pierre au hasard. J'ai rouvert les yeux. C'était une émeraude brute en forme d'amande.

— Non, pas celle-ci, a déclaré Anne d'une voix ferme, posée.

Je l'ai dévisagée. Comment l'avait-elle deviné ?

— Tu n'es pas concentrée, a-t-elle ajouté avec patience. Il existe une pierre qui te correspond parfaitement. Qui *veut* être en union avec toi. Réessaie.

J'ai obtempéré et me suis efforcée de vider mon esprit – ce qui n'avait aucun sens : étais-je censée penser aux pierres, oui ou non ? *Allez, petite pierre, viens vers maman...*

J'étais tentée de reprendre une pierre au hasard, mais Anne s'y opposerait une nouvelle fois. Comment pouvait-elle savoir ? *Encore un truc de sorcière,* ai-je pensé... quand j'ai tout à coup perçu des vibrations très légères sous mes doigts. J'ai effleuré une autre pierre. Elle était froide et lisse, mais éteinte, sans vie. J'ai remué la main et j'ai de nouveau senti une pierre trembloter. Était-ce un tour d'Anne ?

J'ai ouvert les paupières et ai regardé celle-ci avec curiosité. Ses yeux d'un bleu limpide me fixaient avec intensité. Ses mains, qui tenaient le sac, étaient parfaitement immobiles.

— Alors ? m'a-t-elle demandé.

La pierre palpitait et se réchauffait à mon contact. Elle était polie et arrondie d'un côté, rugueuse et irrégulière de l'autre. Ses vibrations étaient presque imperceptibles, semblables aux battements de cœur d'un oiseau-mouche. Mes doigts se sont refermés sur elle et un élan de joie m'a transpercée.

J'ai retiré ma main du sac. Ma pierre avait la taille d'une grosse cerise et ressemblait à... de la pluie laiteuse, solidifiée. Elle était identique à celle qui se trouvait au centre de mon amulette. Une pierre de lune. Belle et mystérieuse. Je l'adorais. Et elle me rendait la pareille.

— C'est elle, a dit Anne avec satisfaction. Tu la ressens ?

J'ai acquiescé sans un mot – je flippais un peu... J'étais là parce que je voulais désespérément croire à leur enseignement et, pourtant, le fait que ce qu'ils promouvaient s'avère toujours vrai m'étonnait sans cesse.

— Nell, à toi.

Tout sourires, celle-ci a immédiatement fermé les yeux et a glissé la main dans le sac. Elle a émis quelques petits bruits, comme pour prouver à quel point elle se concentrait. Je l'ai observée, tout en me demandant quelle était son histoire. Âgée de seulement quatre-vingt-trois ans, elle venait d'Angleterre ; elle avait dû être encore jeune pendant la Seconde Guerre mondiale. Pourquoi était-elle venue ici ? Pour quelle raison désirait-elle autant Reyn ? Et si elle apprenait qui il était vraiment ? Elle s'en ficherait, probablement.

Elle a retiré ses doigts du sac, une pierre marbrée de bleu et de blanc dans la main.

— Oh, comme elle est jolie ! Elle est assortie à mes yeux ! s'est-elle exclamée en la plaçant contre son visage et en battant des paupières.

Charles a souri.

— Sais-tu ce que c'est ? a demandé Anne.

— Évidemment, s'est-elle empressée de répondre, une...

Elle s'est interrompue, restant soudain silencieuse. Tic, tac, tic, tac...

— Une sodalite ? ai-je proposé, un peu au hasard.

— Oui, a acquiescé Anne. Et quelles sont ses propriétés ?

Nell se taisait toujours. De mon côté, je chancelais sous les tonnes de pierres, de cristaux, de métaux, d'huiles, de plantes, d'étoiles, d'animaux, etc., dont on me bourrait le crâne depuis mon arrivée à River's Edge. J'avais peut-être retenu un demi pour cent de ce qu'ils voulaient que j'apprenne. Mais Nell était là depuis déjà deux ans. Et elle avait insisté pour être présente ce soir.

Elle a souri, rougi, visiblement incapable de répondre. Elle a lancé un regard à Reyn, avec l'espoir qu'il viendrait peut-être à sa rescousse. Mais celui-ci ne cessait de tourner son héliotrope entre ses doigts, sans se préoccuper d'elle. Cet assassin avait exterminé des villages entiers, et pourtant, il était là, à quelques pas de moi – et j'avais encore en tête son odeur, la douceur de sa peau tandis qu'il m'embrassait dans le foin.

— Nastasya, la pierre de lune t'a choisie. Connais-tu ses propriétés ?

J'ai tâché de rassembler mes connaissances. J'adorais cette pierre. Ma mère l'avait-elle aimée elle aussi ?

— On la taille toujours en cabochon, pour mettre en évidence l'œil-de-chat, ai-je répondu lentement.

— Oui… Quoi d'autre ?

Impossible de me souvenir de sa composition chimique, de sa formation ou même de son origine. Ceylan ? Non, ça devait être le saphir…

— Elle subit l'attraction de la lune, me suis-je rappelé tout à coup. Autrefois, on pensait que la teinte de l'œil-de-chat se modifiait en fonction des cycles lunaires.

— Et encore ?

Merde. Des bribes de chiffres et d'informations tournoyaient dans mon esprit. J'ai soupesé la pierre et l'ai examinée. *Révèle-moi tes secrets,* ai-je songé. *Explique-moi pourquoi tu m'appartiens.*

— On la considère plus féminine que d'autres, ai-je poursuivi, sans savoir où j'allais chercher tout ça. On s'en sert afin de convoquer une énergie féminine, surtout pour les rêves et les intuitions, ai-je ajouté en fermant les yeux, histoire de laisser les pensées arriver naturellement jusqu'à moi. On l'utilise pour équilibrer forces masculines et féminines, pour aider à la guérison, surtout des maux liés à nos cycles et à l'enfantement. Elle permet de clarifier nos idées lors de prophéties, par exemple…

J'ai hésité, surprise par le nombre d'informations qui me venaient en tête.

— Et puis… elle permet de réunir les amoureux qui se sont fâchés, ai-je repris, en me demandant où j'avais pu lire un truc pareil, tout en espérant que ça n'était pas un tissu d'âneries. Elle protège ceux qui voyagent sur l'eau.

Je me suis enfin tue et j'ai rouvert les yeux.

— Excellent, Nastasya, a dit Anne, souriante. La pierre de lune te semble tout particulièrement adaptée. As-tu déjà travaillé avec elle ?

— Non, jamais…

— Passons à ma sodalite, nous a interrompues Nell avec un petit rire, comme si elle ne pouvait supporter que je lui vole la vedette.

C'est elle qui devrait avoir la pierre de lune, ai-je songé. *Elle est cent fois plus féminine que moi…*

— Sert-elle à… attirer l'amour ? a demandé Nell.

— Non, pas spécialement, a répondu Anne avec douceur. Fondamentalement, elle aide à éclaircir l'esprit, à identifier ce que l'on éprouve. À mettre de côté colère, peur et culpabilité, afin d'entrevoir son chemin avec plus de clarté.

— Elle remet à leur place les gens qui ont tendance à faire trop de manières, a ajouté Charles.

Le visage de Nell s'était crispé. De mon côté, je restais impassible, mais, intérieurement, je ricanais méchamment.

— Elle permet aussi d'estomper les illusions, a poursuivi Anne, de révéler des vérités, afin que celui qui s'en sert reprenne confiance.

Nell se taisait toujours.

— À présent, vous allez essayer de transmettre vos vibrations et votre énergie à votre pierre, a repris Anne. Chacune d'elles a sa propre personnalité et il vous faut apprendre à travailler avec elle et non *contre* elle, ce qui pourrait s'avérer dangereux.

Elle a pris un petit bol d'argent et l'a rempli d'eau salée.

— Placez-y vos pierres. Nous allons les purifier, car elles ont conservé les énergies et les sortilèges de leurs précédents propriétaires.

Ensuite, avec du sel, elle a tracé un cercle sur le plancher, aussi parfait que s'il avait été dessiné au compas. Nous y sommes entrés et nous sommes assis. Je me sentais vulnérable, à bout de nerfs et, en toute franchise, je n'étais plus capable de supporter de nouvelles visions ou des souvenirs. Pourtant, j'avais conscience que le pire était passé, que tout ce que j'avais refoulé pendant des siècles avait déjà été révélé au grand jour.

J'ai pris soin de me placer entre Rachel et Charles, tout comme Nell s'est empressée d'aller se coller contre Reyn, allant même jusqu'à légèrement bousculer Anne pour ne pas perdre sa place attitrée. J'ai vu Anne lui lancer un coup d'œil étonné. Le cercle était si étroit que nos genoux touchaient ceux de nos voisins.

Près du bol d'eau salée, Anne a déposé une grosse bougie blanche et a murmuré quelques mots. Elle a claqué des doigts près de la mèche, qui s'est aussitôt enflammée. Trop cool.

— Nul besoin de vos énergies pour la purification, a-t-elle annoncé. Contentez-vous de regarder.

Elle a fermé les yeux et s'est mise à chanter dans une langue qui devait être du gaélique ancien. Une psalmodie à la fois belle et effrayante, presque surnaturelle. Elle a placé ses doigts près de la flamme, comme si elle voulait diriger l'énergie du feu vers son visage, puis elle a rouvert les mains au-dessus du bol.

J'ai retenu un cri en voyant que de petites flammèches bleues léchaient le sel contenu dans l'eau. Au bout de quelques minutes, le chant d'Anne s'est tu et les flammes ont vacillé, avant de s'éteindre. Aussitôt, elle a glissé la main dans le bol et en a retiré l'héliotrope de Reyn.

— Attention, les pierres sont encore chaudes, nous a-t-elle avertis en nous les rendant une à une.

La mienne me semblait encore plus belle, son reflet plus vif, comme si une minuscule étoile y était incrustée (*Tiens, je devrais me lancer dans la poésie*, ai-je songé). Bref, j'avais envie de la serrer contre mon cœur, de la bercer entre mes mains.

— Maintenant, nous allons nous unir avec nos pierres, a déclaré Anne en désignant l'obsidienne rugueuse qui lui appartenait.

— Euh… est-ce d'un cercle qu'il s'agit ? lui ai-je demandé un peu bêtement, sans grand enthousiasme.

— Oui, mais ne t'inquiète pas.

Elle s'est alors penchée vers moi et a tracé des runes sur mon front, ma gorge et sur le dos de mes mains, tandis que Nell me dévisageait avec condescendance.

— Je vais vous guider, a repris Anne. Tenez votre pierre dans votre main gauche et couvrez-la de la droite. Entrez en contact avec votre pouvoir. Quand vous vous sentirez prêts, répétez mes mots, d'accord ? Fermez les yeux…

Je n'avais aucune méthode précise pour « entrer en contact » avec mon pouvoir. J'espérais seulement qu'il viendrait à moi. Attentive à la voix incroyablement apaisante d'Anne, j'essayais surtout de ne pas avoir de nausées en pensant à Reyn et à Nell ensemble, tout en me rappelant combien il était ridicule (même si le mot semblait faible) de me soucier du Boucher de l'Hiver, et j'ai reporté mon attention sur la pierre chaude qui reposait sur ma paume.

Peu à peu, je me suis mise à fredonner un vieil air qui m'était revenu. Ma voix s'est fondue dans celle d'Anne. Ma chanson avait une mélodie distincte de la sienne, ancienne et sombre, comme la racine d'un arbre centenaire qui se déploie afin d'atteindre le centre de la Terre. Et soudain, croyez-moi ou pas, j'ai eu l'impression d'être un petit esprit magique lié à sa pierre et tout le tralala. Je devais osciller, même si je ne m'en apercevais pas. Je ne sentais plus les genoux respectifs de Rachel et de Charles, ni même mes fesses engourdies sur le plancher froid. Ma pierre était lourde, chaude, et plus je pensais à elle, plus j'étais heureuse. J'ai commencé à chanter pour de bon, laissant la mélodie me traverser, emplir ma poitrine puis quitter mon corps. Et tout à coup, j'ai reconnu ce chant : en un éclair aveuglant, j'ai revu ma mère le fredonner lors d'un rituel. *Ma mère.*

— Oh !

J'ai entendu un cri suivi d'un bruit. Mes yeux se sont rouverts brusquement.

Ma pierre de lune était si pesante que ma main est retombée sur le sol. J'ai aperçu Nell, les yeux écarquillés, bouche bée. Le bol d'argent et la bougie avaient été renversés. Le sel était répandu sur le sol, mélangé à une petite rivière de cire.

— Qu'est-il arrivé ? a demandé Anne en nous dévisageant tour à tour.

— Ma pierre ! s'est exclamée Nell.

Il y avait dans sa main un petit tas de poudre blanc et bleu. Sa sodalite avait été pulvérisée, broyée. Comment était-ce possible ?

— Qu'est-il arrivé ? a répété Anne.

Soudain, Nell m'a regardée avec fureur.

— C'est toi ! Tu as broyé ma pierre ! J'ai entendu ton chant… maléfique ! Un nuage noir qui emplissait la pièce ! Tu es malfaisante, diabolique !

Deux mois plus tôt, j'aurais été indifférente à de telles accusations, j'en aurais même ri. Pourtant, à présent…

— Non, non, ai-je bredouillé.

« Mon chant n'y est pour rien, ai-je ajouté d'une voix plus ferme. J'essayais seulement de m'unir à ma pierre.

J'ai baissé les yeux vers ma main. Un instant, j'ai eu l'impression que ma belle pierre de lune pesait des tonnes, puis elle s'est tout à coup allégée et j'ai relevé ma main sans mal. Dans ma paume, elle scintillait et son œil-de-chat clignotait.

Anne paraissait perplexe. Sans un mot, elle s'est levée et a rouvert le cercle – nous nous sommes tous mis debout. Elle a ramassé la bougie et le bol, et les a rangés sur une étagère. Finalement, elle s'est tournée vers nous.

— Comment te sens-tu ? a-t-elle demandé à Rachel.

— Très bien, a répondu celle-ci d'un air déconcerté. J'étais en union avec ma pierre.

— Et toi, Charles ?

— Très bien également. J'ai perçu une puissante énergie magique, mais, à mon avis, ça n'était pas Nastasya, et ce pouvoir n'avait rien de maléfique.

Anne a levé les yeux vers Reyn – qui la dépassait de près de deux têtes.

— J'ai moi aussi ressenti un pouvoir, a-t-il dit lentement, sans me regarder. Ancien, puissant. Et mon héliotrope s'est uni à mon esprit, a-t-il ajouté en l'examinant.

Étais-je vraiment maléfique ? Emplie de noirceur ? Mon chant pouvait-il avoir un tel effet ? J'ai brièvement repensé à Boz et à Incy et j'ai failli grimacer. J'avais les joues en feu tandis que la peur courait dans mes veines. Puis je me suis souvenue que River m'avait accueillie ici. Qu'elle avait affirmé que je pouvais devenir Tähti. Et j'ai relevé le menton.

— Elle a broyé ma pierre ! a craché Nell en tendant la main.

— Pourquoi aurais-je fait une chose pareille ? Je me fiche de ta pierre, j'ai la mienne !

— Ce n'est pas ma pierre qui t'intéressait… a-t-elle commencé, avant de se mordre la lèvre.

Charles et Rachel nous dévisageaient, comme s'ils assistaient à une sordide tragi-comédie – ce qui résumait bien la situation, en effet.

— Reyn, Charles et Rachel, a dit Anne, vous pouvez partir, il est déjà tard.

Les intéressés se sont empressés de quitter la pièce. J'ai croisé les bras, sans lâcher ma pierre de lune. Anne s'est tournée vers Nell et moi.

— Pouvez-vous vous expliquer, maintenant ? a-t-elle demandé.

« C'est très simple, Nell est une fichue salope », ai-je failli répondre.

Livide, Nell semblait sur le point de vider son sac – avec une espèce de fascination morbide, j'espérais qu'elle allait le faire. Non sans peine, elle a pourtant ravalé sa colère et a adopté une expression plus neutre mais préoccupée.

— J'aurais préféré ne pas avoir à aborder le sujet, mais j'ai vraiment le sentiment que Nastasya est jalouse de moi, a-t-elle dit avec un sourire humble et charmeur. Et j'ai cru percevoir un pouvoir maléfique pendant le cercle. Cela m'inquiète… elle n'est pas initiée à l'art magique et son énergie est imprévisible. Et puis, que savons-nous d'elle, en réalité ? Ma sodalite a été *broyée* par un sortilège de magie noire ! Tu n'as rien ressenti ?

Elle a frissonné de manière exagérée en jetant autour d'elle des regards effrayés, comme si la Mort était à l'affût dans un coin de la pièce (oui, c'était exactement le genre de trucs que j'étais capable de faire, convoquer la Mort en personne, juste pour m'amuser. Tu parles).

Anne nous a dévisagées tour à tour.

— As-tu broyé la pierre de Nell ? m'a-t-elle demandé.

J'étais ébahie.

— Non ! La magie que j'ai éprouvée… est venue à moi de l'intérieur. Et non d'une source extérieure, comme sa pierre. Pourquoi aurais-je fait une chose pareille ?

— Très bien, a acquiescé Anne. Nell, donne-moi la poudre, a-t-elle ajouté en tendant un bout de tissu dans lequel Nell a déposé ce qui restait de sa sodalite. Tu peux partir. Nastasya, j'aimerais que tu restes un moment, s'il te plaît.

C'est bien ma veine, ai-je pensé. Nell a eu un petit sourire satisfait que j'ai été la seule à voir, et j'ai préféré me taire tant j'étais vexée. Alors qu'elle se dirigeait vers la porte, j'ai aperçu le reflet de son visage dans une plaque de métal, qui maintenait au mur un vieux bougeoir, et servant, en la circonstance, de miroir – là, j'ai aussi vu le reflet d'Anne, qui observait Nell. La première avait donc remarqué le sourire de la seconde. Parfait. Vous savez, ce sont de petits instants gratifiants tels que celui-ci qui rendent la vie appréciable…

Nell a délicatement refermé la porte derrière elle comme pour insister sur notre différence de traitement. Les bras croisés, je me suis alors retournée vers Anne.

— Je n'ai pas pulvérisé sa fichue pierre, ai-je répété.

Même si j'espérais de tout mon cœur ne pas posséder de pouvoir maléfique, je craignais pourtant qu'Anne prétende le contraire et qu'elle exige que je quitte River's Edge.

— Penses-tu que Nell pourrait avoir envoûté ta chambre ?

Sa question m'a tellement déroutée que j'ai mis quelques secondes à la saisir.

— Je ne sais pas… Aurait-elle assez de pouvoir pour lancer de tels sortilèges ? Et je n'avais pas l'impression qu'elle me détestait à ce point, mais maintenant, j'ai de sérieux doutes.

— Pourquoi te détesterait-elle ? a demandé Anne, dont le regard était doux et curieux.

— En fait… je ne sais pas trop, ai-je répondu d'un ton hésitant. Peut-être à cause de Reyn – elle est dingue de lui, et il ne s'en rend pas compte du tout. Mais comme Reyn et moi… franchement, nous cherchons surtout à nous éviter. Et puis il représente le diable. Dans ce cas, elle perd son temps.

Anne paraissait réfléchir.

— Mais je n'ai pas broyé sa pierre, ai-je préféré répéter.

— Je sais. Elle est la seule fautive. Sa pierre a refusé de s'unir à elle.

— Quoi ? Elle s'est… autodétruite ?

— Oui. Même si je suis convaincue que la sodalite était celle qui lui convenait. Bizarre. Et toi, qu'as-tu éprouvé pendant la séance ?

— Je me suis sentie… heureuse. Mon pouvoir n'avait rien de sombre ni d'effrayant. J'ai entendu mon chant et je l'ai trouvé… puissant, merveilleux.

— En effet. Incroyablement beau et puissant. C'est ton héritage.

Elle me fixait avec attention, comme si elle cherchait à mémoriser les traits de mon visage. Un peu anxieuse, j'ai rangé ma pierre dans ma poche et suis allée chercher mon blouson. Dehors, la nuit était tombée brusquement, comme un noir manteau, et il s'était mis à neiger.

— Et qu'éprouves-tu pour ta pierre ?

J'ai baissé les yeux en remontant la fermeture Éclair de mon blouson, puis les ai relevés et j'ai croisé le regard limpide d'Anne. J'étais tentée de répondre par une remarque sarcastique, mais rien ne m'est venu en tête.

— Je… l'adore, ai-je bredouillé, embarrassée par cet aveu. Je l'aime. Elle m'appartient. C'est…

— Elle fait partie de toi, a-t-elle dit calmement.

— Ouais, ai-je marmonné.

— Elle est pour toi la pierre idéale, a-t-elle poursuivi en enfilant son manteau. Grâce à elle, tu vas enrichir ton pouvoir magique. Je suis impatiente de voir ce que tu seras capable de réaliser.

Il m'était impossible de répondre quoi que ce soit.

— Te souviens-tu d'avoir appris le chant que tu nous as fait entendre ce soir ? a-t-elle demandé en refermant la porte derrière nous.

Nous avons longé le couloir côté à côte. Il était tard. Mes paupières étaient lourdes et je me sentais épuisée nerveusement.

— Non, ai-je fini par répondre alors que nous sortions dans l'air froid.

Les ténèbres nous encerclaient, apportant une certaine intimité à notre marche. Soudain, la vérité m'est apparue – ce qui ne me ressemble guère – et j'ai avoué :

— J'ai eu l'impression que mon chant montait du sol, de la terre elle-même. Qu'il me traversait, tu comprends ? Et puis, juste avant que la pierre de Nell soit pulvérisée, je me suis soudain rappelé ma mère, qui chantait parfois le même air.

Jamais je n'avais encore fait volontairement allusion à un membre de ma famille, et je me suis préparée au torrent de questions qui n'allait pas manquer de me submerger.

Mais, naturellement, Anne n'a pas réagi comme je le croyais.

— Il s'agit d'un pouvoir très ancien, tu sais. Tu es la seule personne au monde capable d'y accéder. C'est un don puissant, voire effrayant.

J'ai retenu mon souffle, attendant d'autres révélations du même genre. Et je n'étais pas prête. Pas encore.

Anne s'est pourtant contentée de se frotter les mains et de souffler sur ses doigts pour les réchauffer.

— Tu es consciente que Reyn n'est pas le diable, n'est-ce pas ? a-t-elle fini par dire, tout en esquissant un sourire.

— Non.

Elle a ri.

— Nous ne croyons pas au diable, tu sais. Le mal existe, oui. Nous le combattons sans cesse. Mais le diable ? Non.

— Dans ce cas, c'est l'agent du diable, ai-je répliqué.

Elle s'est arrêtée et a pris une de mes mains entre les siennes.

— Je comprends ce que tu ressens, Nastasya, a-t-elle déclaré avec sérieux, cette fois. Crois-moi. Mais Reyn, quoique immortel, est seulement un homme. Ce qu'il a été, ce qu'il a commis… Cela était normal dans la civilisation dans laquelle il a grandi. Le château de ton père n'a-t-il pas été attaqué par d'autres bandes de pilleurs ?

— Oui, mais seule sa bande a pu y pénétrer, ai-je répondu d'un ton sec.

Mon cœur saignait. Je n'avais pas envie de parler de tout ça.

— Sa horde était-elle la seule à décimer des villages entiers ? a insisté Anne avec douceur. La guerre et l'esclavage existent depuis la nuit des temps. De nos jours, nous condamnons de tels actes. Mais autrefois… cela participait du quotidien, comme la peste, la mortalité infantile…

— Tu cherches donc à justifier ses méfaits ? ai-je demandé d'un ton froid, incrédule.

— Nullement, a-t-elle rétorqué avec fermeté. Même à son époque, certains hommes n'ont pas agi comme lui, n'ont pas choisi cette voie. La plupart désiraient vivre en paix. En effet, Reyn était un guerrier brutal, assoiffé de pouvoir, élevé dans le culte de la violence où il était normal de soumettre d'autres peuples. Il ne s'est pas révolté, il n'a pas fui. Il a adopté l'horreur, la mort, les ténèbres. Mais il y a près de trois cents ans, il a décidé de suivre un autre chemin. Il a abandonné sa cotte de mailles et ses armes. Il a préféré abdiquer et quitter la maison de son père. Son peuple l'a alors banni. Depuis, il lutte différemment, contre lui-même, contre sa nature.

Je me suis souvenue des paroles de Reyn, quand je lui avais demandé pourquoi il rejetait la voie du mal : « Ce serait accepter la mort et les ténèbres, pour l'éternité. Ce qui mènerait à la folie, au désespoir et à une infinie souffrance. »

— Depuis, il livre un âpre combat, jour après jour, a poursuivi Anne alors que nous arrivions devant la maison. Il lui arrive de récidiver. De faire des progrès, puis d'en perdre le bénéfice. Il s'est parfois retrouvé au fond du gouffre, puis s'est de nouveau hissé à la surface. Mais tout comme River, je sais qu'au fond de lui il est bon. Et je crois que tu en es consciente toi aussi, a-t-elle ajouté en me dévisageant d'un air pensif.

J'étais bouche bée. Comment osait-elle affirmer pareille chose ?

Elle a tapé dans ses mains et a humé l'air.

— Oh ! je sens une odeur de feu de bois. Rien de plus agréable quand il fait aussi froid dehors, pas vrai ?

Je n'ai rien dit.

CHAPITRE 28

Le lendemain matin, j'étais de corvée pour préparer le petit déjeuner. Résultat, j'ai fait brûler un kilo de bacon. L'instant d'avant, j'avais la situation parfaitement en main, et je retournais les tranches comme une vraie pro ; je me suis interrompue pour sortir des muffins du four et, lorsque je suis revenue vers le gril, il était couvert de viande de porc carbonisée. Je l'ai examinée avec incrédulité… quand, du coin de l'œil, j'ai entrevu une chevelure châtaine disparaître en un éclair derrière la fenêtre de la cuisine. Je me suis précipitée vers la porte, l'ai ouverte brusquement et j'ai dévalé les marches du perron. Personne. Mais j'étais persuadée qu'il s'agissait de Nell et qu'elle avait lancé un sort à mon bacon. Elle commençait vraiment à me taper sur le système. J'avais envie de lui dire qu'elle pouvait se le garder, son pilleur, que je n'en voulais pas. Pourtant, mieux valait m'abstenir. River ne nous avait pas demandé de garder nos histoires secrètes, à Reyn et à moi, mais, d'après ce que je savais, il n'avait dit à personne que j'appartenais à la maison d'Úlfur et je n'avais pas non plus révélé sa véritable identité à qui que ce soit.

Pour la première fois, je suis arrivée au drugstore avec cinq minutes de retard. Rachel, en route pour Boston, m'avait déposée devant le magasin. Les rues étaient enneigées et la circulation, pourtant fluide, était plus lente que d'ordinaire.

— Oh, mais qui voilà ? a rugi le vieux MacIntyre en me voyant entrer. Ravi que tu daignes te joindre à nous !

Bon sang, je n'avais que *cinq* petites minutes de retard ! Mais la meilleure des défenses est d'attaquer.

— Vous avez pensé à commander les produits homéopathiques dont je vous ai parlé ? ai-je répliqué en me dirigeant vers l'arrière-boutique pour pointer et ôter mon manteau.

— Mets-toi au travail !

Apparemment, il s'était levé du pied gauche. Meriwether étant en vacances scolaires, elle travaillait tous les jours au magasin, mais il nous a tant donné à faire toute la matinée que je n'ai pas eu le temps de lui parler une seconde. Les rayons des articles de Noël étaient déjà à moitié vides et j'ai passé plusieurs heures à remplir les étagères. Plus que deux jours avant Noël – et je ne savais pas comment River comptait le célébrer.

— T'es complètement débile ou quoi ? a soudain lancé le vieux Mac.

Il était à quelques rayons de moi. J'ai compris qu'il s'adressait à sa fille, dont j'ai distingué la voix désespérée.

— Je te l'ai répété des centaines de fois ! Mets de côté les tickets de caisse quand il s'agit de médicaments ! Tu fais exprès de démolir ce qui reste de ce drugstore ?

Deux clientes, qui se trouvaient dans le rayon des cosmétiques, récemment agrandi, ont levé les yeux. Meriwether a marmonné quelques mots inintelligibles.

— Je me fiche de ce que tu penses ! a hurlé son père. Je ne te paie pas à penser ! Contente-toi d'obéir !

Les deux femmes ont pincé les lèvres, reposé les articles qu'elles avaient eu l'intention d'acheter et ont quitté le magasin en jetant des regards désapprobateurs au vieux Mac. J'étais certaine que Meriwether les avait vues – elle devait se sentir tellement gênée...

— Ce n'est pas parce que je t'ai autorisée à faire un peu de rangement que tu peux tout te permettre ! a-t-il poursuivi.

Je me suis redressée, les poings serrés. Il était toujours désagréable, mais rarement aussi cruel.

— Papa… a-t-elle commencé d'une voix douce, au bord des larmes.

J'ai songé à toutes les fois où son père lui avait crié dessus devant moi, à l'existence qu'elle devait mener quand ils étaient chez eux.

Mes mains se sont mises à tracer des signes dans l'air, mes lèvres ont formé des mots, presque sans que je m'en aperçoive. Je n'avais qu'une idée en tête : jamais plus il ne la traiterait ainsi.

— *Gib nat hathor…* ai-je murmuré. *Minn erlach nat haben…*

Le miroir de l'allée montrait que le magasin était vide, à l'exception du vieux Mac, qui continuait de harceler sa fille. Quand, soudain, j'ai entrevu mon visage, mes cheveux blond clair, mes yeux sombres, mes joues rouges de colère, mes mains qui dessinaient des sigils dans le vide… J'étais en train de lancer un sort. D'où me venaient ces connaissances ? Une seconde, j'ai repensé à Incy et au chauffeur de taxi. Et à présent, j'agissais comme lui – une énergie inconnue avait jailli en moi, sans que j'aie besoin de me concentrer. Le pouvoir que mes parents m'avaient légué. Et j'étais sur le point de m'en servir pour… faire du mal à ce vieux bonhomme.

Une infime sensation de chaleur a envahi la poche de mon jean, puis s'est mise à me brûler la cuisse à travers le tissu. J'ai plongé la main dans ma poche pour en sortir ma pierre de lune. Elle étincelait. J'ai soudain compris ce que j'étais sur le point de commettre.

Je voulais punir le vieux Mac, et Dieu sait qu'il le méritait. Plus que d'autres personnes que j'avais blessées au fil des années, que ce soit délibérément ou pas. Mais alors, pourquoi cette réticence ?

Incy avait paralysé le chauffeur de taxi. Boz avait tué ces garçons, sur la route.

River serait affreusement… déçue ? Fâchée ? Non, déçue. Elle me chasserait certainement de chez elle. Dans ce cas, où aller ? Solis et Asher, eux, seraient furieux. Ils attendaient peut-être que je commette un acte pareil. Quant à Nell, elle serait tellement heureuse et triomphante de me voir échouer en beauté.

Car ils sauraient, sans l'ombre d'un doute. Ils décèleraient les effluves de ma magie, ses vibrations autour de moi. Je n'étais pas à River's Edge, où nos pouvoirs étaient plus ou moins protégés, invisibles au monde extérieur, mais en ville. Et j'allais laisser une empreinte de mon énergie dans cet endroit. C'était la première fois que j'en avais conscience. Maintenant, quand j'entrais dans une salle de cours, je sentais si quelqu'un y avait pratiqué la magie. Et parfois, je reconnaissais des signatures particulières.

Je me suis brusquement assise sur un tabouret en plastique. Mon cœur battait à tout rompre. Un bourdonnement avait envahi mes oreilles.

J'avais failli tout gâcher en signalant ma présence à West Lowing à quiconque aurait su la détecter. À Incy, à Boz. Oui, j'étais plus ou moins camouflée, grâce aux sortilèges que River et les autres avaient répandus à travers la ville. Mais l'idée qu'on puisse retrouver ma trace m'effrayait encore plus que la déception de River, je crois.

Je m'étais arrêtée à temps.

J'étais couverte de sueur froide. Deux rayons plus loin, le vieux Mac et Meriwether étaient encore en train de se chamailler. Je me suis relevée, les nerfs en boule, et me suis emparée d'une boîte de tampons. Je me suis dirigée vers eux à grands pas en faisant mine de ne pas avoir entendu leur dispute.

— Hé, est-ce que vous savez si… ai-je commencé avant de feindre l'étonnement devant leurs deux têtes qui avaient pivoté vers moi.

Le visage de Meriwether était boursouflé ; des larmes coulaient sur ses joues. Quant au vieux Mac, il était cramoisi, au point que je me suis demandé s'il n'allait pas nous faire une crise cardiaque.

— Oh, désolée, je ne voulais pas vous interrompre, ai-je repris d'un ton faussement enjoué. Mais j'ai besoin de savoir si on trouve ça en plus grande taille, ai-je ajouté en brandissant la boîte de tampons, ce qui avait toujours pour conséquence de faire fuir le vieux MacIntyre comme un vampire face à une croix.

Meriwether a réussi à reprendre quelque peu ses esprits et à demander :

— Une boîte de soixante-dix-huit, tu veux dire ?

— Non, ai-je répondu tandis que son père battait déjà en retraite en grommelant, les yeux au sol. Je parle de leur taille. Il y a les petits, les moyens, je veux savoir s'ils sont disponibles en maxi… pour des femmes plus grosses, par exemple.

Meriwether parvenait à peine à réfléchir, mais elle fournissait des efforts vaillants – ce qui me rendait encore plus furieuse contre le vieux bonhomme.

— Je crois, oui, a-t-elle répliqué d'une voix faiblarde. As-tu vérifié dans la réserve ?

— Ah, non, excellente idée ! Dis donc, il est bientôt midi. Et j'ai pas faim pour l'instant. Va manger un bout, j'irai quand tu reviendras, d'accord ?

La jeune fille a acquiescé et s'est empressée de sortir du magasin. Son père avait regagné le rayon pharmacie. Il déplaçait bruyamment des boîtes en marmonnant. Meriwether avait une demi-heure de répit. Si seulement je pouvais l'aider, arranger sa situation. Celle de Dray aussi.

Elles comptaient pour moi et je voulais qu'elles aient une vie meilleure. Et soudain, j'ai pris conscience que j'avais moi aussi envie d'avoir une vie meilleure. River avait été dans le vrai : en me souciant de moi-même, j'arrivais à me soucier des autres.

C'était exaspérant, à la fin.

Sans compter que je n'avais pas fait appel à mes pouvoirs pour arrêter le vieux MacIntyre. J'avais choisi de ne pas m'en servir. Un sacré progrès.

Le soir venu, assignée à la plonge, je tâchais de me concentrer sur l'instant présent – songeant à quel point je détestais cette corvée.

— T'as jamais pensé à acheter un lave-vaisselle ? ai-je demandé à River alors qu'elle apportait une nouvelle pile de plats. On pourrait terminer tout ça en deux minutes, tu sais.

J'ai passé la brosse sur une assiette avant de la plonger dans l'eau chaude et savonneuse. J'avais oublié de mettre des gants de caoutchouc (pas de remarque désobligeante, compris ?) et mes mains étaient rougies et gercées – des mains de vieux pêcheur suédois, ai-je songé. J'ai alors pensé à celles de Nell, parfaitement blanches et manucurées, et j'en ai eu une remontée de bile.

River a souri en passant une main dans mon dos.

— Je sais combien il t'est important de gagner du temps. Car tu n'en as jamais assez.

J'ai gémi. Elle a ri.

Sérieusement, cette semaine s'était plutôt mal passée. Nell semblait intensifier ses attaques. Incapable de me sortir Reyn de l'esprit, je ne cessais de revivre mes souvenirs – la manière dont il avait anéanti mon enfance et bouleversé ma vie présente. Je n'avais pas oublié ses baisers enfiévrés, ni son regard horrifié quand il avait découvert mon identité. Il devait être aussi perturbé que moi.

Par-dessus le marché, le vieux Mac se montrait insupportable et j'avais de la peine pour Meriwether, comme j'en avais aussi pour Dray. Sans compter qu'on était en hiver, une saison que je détestais – les journées si courtes, le froid incessant, la neige, le verglas… Pourquoi River ne s'était-elle pas installée aux Bahamas, par exemple ?

— Cette vie n'est peut-être pas faite pour moi ! me suis-je soudain exclamée, sans d'abord me rendre compte que j'avais parlé à haute voix.

— Pardon ? s'est étonnée River en se retournant.

Maintenant que c'était sorti, autant déballer mon sac.

— Je me cogne la plonge, je me fais agresser par des poules – en particulier par une saleté de sournoise – et je deviens l'amie de gamines dont l'existence est encore plus misérable que la mienne, sans oublier, c'est vrai, que je cohabite avec le malade mental qui a assassiné ma famille. Peut-on rêver meilleure situation ?

River se taisait.

— Je n'ai pas l'étoffe d'une scoute, immortelle ou non, ai-je ajouté avec lassitude, sans la dévisager. Tous ces cours, ce bla-bla selon lequel je dois accepter le passé, m'examiner le nombril, me faire des copines et ranger les rayons d'un drugstore paumé… c'est pas *moi*.

River ne disait toujours rien ; au bout d'une minute, je me suis préparée à affronter son regard. Qu'allais-je y lire ? De la déception ? J'ai levé la tête et vu… quelque chose dans ses yeux. De la compassion ?

— Que veux-tu ? m'a-t-elle demandé avec douceur.

Voilà qu'elle remettait ça.

— Je veux me sentir mieux, ai-je répété, comme la fois précédente. Ne plus souffrir.

— Non. Que veux-tu vraiment ?

J'ai serré les dents, inspiré profondément.

— Je ne veux plus avoir l'impression d'être… une ratée.

— Non, a-t-elle répondu avec détermination. Que *veux*-tu vraiment ?

Là, tout de suite ? J'avais envie de hurler et de briser une pile d'assiettes sur l'évier en pierre.

— Je ne veux plus être dans… l'obscurité, ai-je chuchoté.

River n'a dit mot, mais j'avais le sentiment qu'elle attendait une autre réponse. Au bout de quelques secondes, elle a passé une main dans mes cheveux puis a quitté la cuisine.

Si Nell était entrée à cet instant, je lui aurais balancé une assiette à la figure.

Mais j'étais seule. J'ai terminé ma corvée, puis je suis montée dans ma chambre, où je me suis endormie en pleurant.

CHAPITRE 29

Le jour suivant était un samedi. J'avais deux chevaux à étriller, Sorrel et Titus. Le premier était un quarter horse svelte qui servait uniquement de monture, le second, un cheval de trait que l'on attelait parfois à des chariots. Tous deux étaient calmes, patients – rien à voir avec les poules diaboliques. J'ai installé Sorrel dans la traverse pour peigner sa robe avec l'étrille en caoutchouc, tandis qu'il soufflait dans mes cheveux.

Parlons des chevaux, justement – même si, généralement, je préfère ne pas m'appesantir sur la question. Dans les années 1850, alors que je vivais en Angleterre, je m'étais prise d'affection pour ces animaux. Je montais tous les jours et je possédais une écurie. Mais, comme tout le monde, ils ont fini par mourir.

Bref, je préférais désormais les éviter, eux et leurs grands yeux pleins de sagesse, leur nature sensible. Et dès que je percevais leur odeur, nombre de souvenirs affluaient. Et un souvenir associé à une odeur est souvent insoutenable – celle de cacahouètes grillées à Manhattan, de la Méditerranée à Menton, du foin moissonné dans le Kansas, de la neige en Islande, des raisins broyés en Italie, des beignets frits et du café à La Nouvelle-Orléans.

Sans oublier celle des chevaux.

Sorrel a doucement martelé le sol de sa patte avant, tandis que j'essayais de ne pas penser au grenier qui se trouvait à quatre mètres au-dessus de moi. J'avais été heureuse, là-haut.

D'abord l'étrille, puis la brosse, puis la serviette. Quand j'en ai eu fini avec sa robe, on aurait pu le prendre pour une bête de compétition. J'ai ensuite nettoyé la semelle de ses sabots. Il a fourré son museau dans mes cheveux – son souffle était chaud et sentait le foin.

— C'est bon, mon grand, ai-je marmonné avant de le reconduire à son box.

Titus était plus lourd et plus grand, mais pas aussi énorme qu'un percheron ou qu'un Shire horse. J'ai attrapé l'étrille, me suis mise à le brosser malgré mon bras déjà endolori et j'ai repensé aux chevaux de mon père…

Mon père possédait des chevaux de guerre, grands et puissants, que les enfants ne devaient pas approcher. Il avait aussi des chevaux plus petits et légers pour ma mère, mes frères et sœurs et moi. J'avais trois ans quand on m'a fait monter pour la première fois et six quand j'ai eu mon propre cheval. Mes sœurs, Sigmundur et moi nous rendions souvent sur la plage rocheuse, non loin du château, afin de nous exercer ; nous apprenions à rester debout sur le dos de notre monture en tenant les rênes d'une main et en levant l'autre. Nous trouvions cela incroyablement téméraire.

Quand, plus tard, mes parents adoptifs m'ont mariée à Àsmundur, le père de ce dernier nous a offert un petit cheval de trait en cadeau de noces. Un présent inestimable ! On l'appelait Moussu, à cause de sa crinière et de sa queue. Il était robuste et courageux. Je l'adorais, même si je ne pouvais le monter – car, lorsqu'il ne travaillait pas, il fallait qu'il se repose. Quand mon époux est mort, c'est Moussu qui a tiré le chariot dans lequel reposait le cercueil, tandis que nous marchions derrière. J'ai dû vendre ce cheval : je n'avais pas les moyens de le nourrir durant l'hiver, et je n'étais pas capable de me charger seule de la petite ferme. Par ailleurs, si j'étais restée dans ce village, on m'aurait très vite trouvé un autre mari – une jeune veuve en bonne santé était un excellent parti. J'ai donc vendu Moussu, emballé dans un baluchon tout ce que pouvait supporter mon dos et j'ai dit adieu à mes parents adoptifs et à la famille d'Àsmundur. Plus tard, j'ai pris conscience qu'ils avaient un autre fils, âgé de quatorze ans à l'époque, et qu'il aurait été pratique que je l'épouse.

Un voisin m'a emmenée dans sa charrette à foin jusqu'au bourg le plus proche, Aelfding. Le voyage a duré un jour et une partie de la nuit suivante et, tout au long du trajet, j'ai pleuré – en partie pour le pauvre Àsmundur, mais surtout pour le brave petit Moussu que je n'allais plus jamais revoir et qui allait me manquer.

Une fois à Aelfding, j'ai retrouvé Berglind, qui vivait dans un grenier, au-dessus d'une écurie ; elle gagnait sa vie en tissant d'épaisses toiles de lin. Comme elle était très vieille et presque aveugle, il a fallu que je me place tout près d'elle pour qu'elle s'aperçoive de ma présence. Elle a incliné la tête en plissant les yeux. J'avais changé – j'avais dix-huit ans, j'étais une femme, une veuve, et nous ne nous étions plus revues depuis huit ans. Mais dès qu'elle m'a reconnue, elle a reculé, comme effrayée.

— Que veux-tu, mon enfant ?

— Tu te souviens de moi ? J'étais… orpheline et tu m'as placée chez des fermiers, dans la vallée. La famille de Gunnar Oddursson…

— Oui, a-t-elle fini par répondre à contrecœur.

— Mes parents vivaient près de Heolfdavik, ai-je précisé. Sais-tu si l'endroit est encore habité ?

Elle jetait des coups d'œil inquiets autour d'elle. À l'évidence, ma visite ne semblait pas lui faire plaisir. J'avais eu l'intention de la remercier de m'avoir trouvé une famille adoptive, mais elle avait l'air impatient de me voir partir.

— Non, il ne reste plus personne.

— Et dans le village ? ai-je insisté.

— Non ! Plus personne n'y vit !

Elle semblait en colère à présent et m'a tourné le dos pour aller se rasseoir devant son rouet. Embarrassée par son attitude, je suis repartie sans un mot.

J'imagine qu'il était naturel de retourner là-bas. Ce n'était pas aussi loin que je croyais – quand j'étais enfant, la distance entre le *hrökur* de mon père et Aelfding me paraissait immense. Mais six heures de marche m'ont suffi pour atteindre le village, sur une route étroite et boueuse. Dans mon souvenir, elle était plus large et très passante, car elle menait d'Aelfding à Heolfdavik et traversait les terres de ma famille. À présent, il me fallait parfois me frayer un chemin entre les buissons qui l'avaient envahie. Étrange que plus personne ne l'emprunte.

J'ai failli manquer le carrefour d'où partait la route conduisant au village. Seuls quelques rochers brisés, couverts d'herbe, indiquaient qu'il s'agissait de l'entrée du bourg. Au bout d'une demi-heure, les pieds douloureux et le dos cassé par mon baluchon, j'ai aperçu la cour du château. Jadis, elle était entourée d'épais murs de pierre d'environ six mètres de hauteur. À présent, il n'y avait plus que des ruines.

À l'époque, les hameaux de plus de quatre ou cinq chaumières possédaient un mur d'enceinte – cela n'arrêtait pas les pilleurs, mais les ralentissait un peu. C'était le cas de notre village. Autrefois, il comportait des maisons, des cabanes et des lopins de terre pour les chèvres, les cochons, les moutons et parfois un cheval. L'ensemble était dominé par le petit château de mon père, au sommet de la colline

– l'édifice, le plus vaste et le plus sophistiqué sur des centaines de kilomètres à la ronde, pourtant sommaire, avait été bâti en pierre, non en torchis et en bois.

Mon père avait régné sur cette terre, comme son père et son grand-père avant lui. J'étais donc de sang royal – une royauté moins importante qu'en Europe, mais qui détenait un immense pouvoir : le pouvoir magique de la quatrième fontaine immortelle, la maison d'Úlfur. Le mur d'enceinte, muni d'un chemin de ronde, était épais et plus élevé que celui du village. Un énorme portail, couvert de pointes de fer, s'ouvrait vers l'extérieur – ce qui ne facilitait pas l'emploi d'un bélier. À l'entrée, derrière la porte, on avait aménagé une plate-forme de bois couverte de boue tassée qui pouvait être dégagée en cas d'attaque – au-dessous se trouvait un trou profond au fond duquel se dressaient des pics de bois destinés à empaler les éventuels assaillants.

Nos serviteurs vivaient dans la cour, dans de petites maisons construites contre les murailles, et nous possédions nos propres chevaux, moutons, chèvres et cochons. Si des pilleurs s'en prenaient au village, les habitants s'emparaient de leurs possessions et couraient se réfugier dans le *hrökur*, que nulle horde n'était jamais parvenue à envahir. Jusqu'à cette effroyable nuit.

Ce jour-là, près de neuf années plus tard, je ne savais pas ce que j'allais trouver. J'avais cru qu'on aurait peut-être reconstruit le village. Qu'un nouveau seigneur se serait installé dans le château. Je me trompais.

Tout était en ruine, couvert de gravats. Même les grosses pierres qui avaient servi à édifier les murailles semblaient avoir été pulvérisées, à l'instar de la sodalite de Nell. Je savais maintenant que le père de Reyn avait essayé de se servir de l'amulette de ma mère, mais que, dépourvu du pouvoir et des connaissances de cette dernière, il avait été réduit en cendres.

Les pilleurs détruisaient toujours les bourgs qu'ils attaquaient – en incendiant tout sur leur passage, en volant ou en tuant bétail et habitants. Mais généralement, il restait les fondations des chaumières, quelques squelettes de maisons. Parfois, les survivants reconstruisaient leur village, mais toujours un peu plus loin – car, à l'époque, on croyait dur comme fer que de dangereuses bandes de trolls marchaient dans le sillage des pilleurs.

Cependant, jamais je n'avais vu une telle scène de désolation : il ne restait rien de l'énorme bâtisse en pierre qui avait compris une quinzaine de pièces. Même la nature n'avait pas réinvesti l'endroit, la terre était encore carbonisée et rien n'y avait repoussé.

Je me suis assise sur le sol. Mon périple avait été vain. Il n'y avait personne pour me renseigner sur ce qui s'était réellement passé. J'avais espéré retrouver quelques-uns des livres de mon père, peut-être légèrement roussis mais encore lisibles. Ou des bijoux ayant appartenu à ma mère. J'avais vécu là les dix premières années de mon existence. Nous avions été riches et mon père puissant. Des gens importants parcouraient de longues distances pour le rencontrer. Nous avions eu des serviteurs, des précepteurs, des livres, des instruments de musique et une petite charrette tirée par des chèvres, pour mon tout jeune frère.

Tout avait disparu. Je n'avais plus rien. J'étais seule au monde.

Tout ce qui me revenait en mémoire de la nuit du carnage était des images éparpillées, des rugissements, un vacarme sans fin. Le château en feu, des pleurs d'enfants qui s'arrêtaient net, des hommes armés envahissant le couloir… Le pilleur que ma mère et Sigmundur avaient tué gisait sur le sol. L'instant d'après, son compagnon, cheveux dorés et visage peint, se précipitait sur ma mère en brandissant sa hache. Il m'a semblé que tout se passait au ralenti, mais j'ai vu tournoyer la lame aiguisée, mon frère bondir adroitement pour l'esquiver et la lame s'enfoncer dans son épaule, manquant lui trancher le bras. Sigmundur a hurlé, tandis que de nouveaux assaillants entraient dans la pièce. Certains gardaient la porte, empêchant les hommes de mon père d'y pénétrer. Mon frère aîné, pourtant titubant, a levé son épée contre le pilleur. Mais ce dernier a de nouveau brandi sa hache et, cette fois, a tranché la tête de Sigmundur – elle a roulé sur le sol, loin de son corps qui s'est lentement effondré.

Cachée derrière la jupe de ma mère, j'entendais son chant sombre et terrifiant, voyais des éclairs jaillir de ses mains et frapper le visage des pilleurs. Ceux-ci poussaient des cris stridents et s'écroulaient à terre, mais il en arrivait toujours d'autres.

L'un d'eux a tranché la tête de ma sœur Eydís : elle est tombée telle une fleur arrachée. Comme son visage était encore proche de son corps, elle continuait de cligner des yeux et ses mains tressaillaient. Une lourde botte a repoussé sa tête à plusieurs mètres – au bout de quelques minutes, elle s'est immobilisée et ses paupières se sont refermées.

Tinna a été la suivante. Elle qui avait toujours détesté se battre et s'entraîner au combat se trouvait là, en chemise de nuit, le visage blême ; elle a soudain lâché son épée. Un homme s'est emparé d'elle, l'a passée par-dessus son épaule. Il est sorti de la pièce en se frayant un passage entre les corps, mais quelques gardes de mon père l'ont intercepté et lui ont transpercé le ventre, pendant qu'une autre hache tranchait le cou de Tinna.

Le plus grand de nos assaillants, le plus âgé aussi, hurlait des ordres – il était encore en vie, mais son visage était éclaboussé de sang, si bien que ses peintures de guerre coulaient le long de ses joues. Il parlait dans un autre dialecte que le nôtre, cependant proche, et j'ai compris qu'il disait : « Tuez-les tous ! Même les enfants ! S'il en reste un seul vivant, leur magie sera maudite ! »

Háakon s'est agenouillé, sans pourtant lâcher sa courte dague. Un homme s'est rué vers lui et mon petit frère a planté sa lame dans son mollet. Mais la seconde suivante, sa tête a roulé à son tour.

Ma mère était toujours debout, immense et terrible, inondée de pouvoir. J'ai vu un éclair lumineux traverser la pièce et atteindre l'œil du chef des pilleurs. Il a hurlé, puis a lâché sa hache en plaquant une main sur son visage. Alors que ma mère, toujours munie de son amulette, levait de nouveau les mains dans sa direction, l'homme a dégainé sa longue épée plus vite que je n'aurais cru possible. Agrippée à sa jupe, les yeux fermés, j'ai senti le corps de ma mère tressaillir sous le coup, puis, lentement, s'effondrer vers l'arrière. Elle est tombée sur moi et mon front s'est cogné si fort contre les dalles de pierre que j'ai failli perdre connaissance. Son corps pesait sur moi et je suffoquais sous son épaisse jupe de laine. Je ne voyais plus rien, ne pouvais plus me mouvoir. Les cris que j'entendais encore venaient comme de très loin et d'horribles odeurs de chair, de tissu et de cheveux brûlés arrivaient jusqu'à moi.

Je ne sais combien de temps je suis restée là. Peu à peu, le silence est retombé, mais je n'ai pas bougé, même si j'avais du mal à respirer. De la fumée me brûlait les narines et la gorge. J'ai fini par comprendre que j'allais suffoquer. De toutes mes forces, j'ai repoussé le corps de ma mère, qui a roulé sur le côté. J'ai rouvert les yeux. La pièce était remplie de cadavres – mes frères et mes sœurs. La tête de ma mère, au visage apaisé, reposait à quelques mètres de moi. Le couloir était vide, mais j'entendais des hurlements à l'extérieur du château. La pièce et le reste de la bâtisse étaient en feu et la chaleur en devenait presque insupportable.

Je me suis relevée lentement, tout engourdie. Je ne pensais à rien ni ne ressentais quoi que ce soit. Comme si j'étais morte – m'avait-il tuée moi aussi ? Étais-je à présent un esprit ? Mais j'ai dû enjamber le corps d'Eydís, puis celui de Háakon… si j'avais été un fantôme, j'aurais pu flotter au-dessus d'eux.

Je me suis dirigée vers la porte du bureau, quand j'ai entrevu, du coin de l'œil, un étroit pan de mur bouger : une pierre se déplaçait en effet, puis a pivoté. Je me suis blottie près du sol et mes doigts ont accidentellement effleuré la chevelure sanglante de Sigmundur.

De l'autre côté de la petite ouverture, une femme a jeté un regard terrifié dans la pièce. À la vue du massacre, elle a plaqué la main devant sa bouche. Je l'ai reconnue : Gildun Haralddottir, l'épouse de Stepan, le palefrenier de mon père. Il est apparu à côté d'elle. Lui aussi a contemplé la scène avec horreur.

Je me suis redressée.

Ils ont reculé avec inquiétude, en me voyant, entourée de cadavres, au milieu des flammes. Puis Gildun m'a fait signe d'approcher. J'ai obéi, sans rien saisir de la situation, quand j'ai senti quelque chose sous mon pied. Une lourde chaîne d'or, celle à laquelle l'amulette de ma mère était accrochée. Mais l'amulette avait disparu. J'ai continué d'avancer vers Gildun, sans ramasser la chaîne.

Je n'avais jamais vu ce passage secret, ne savais pas où il menait. À présent, je comprenais pourquoi ma mère nous avait réunis dans cette pièce. Les choses s'étaient passées trop vite pour qu'elle ait le temps d'actionner cette ouverture, ou bien celle-ci ne pouvait être dégagée que de l'autre côté. Je ne le saurais jamais.

Le tapis que je traversais à présent s'était enflammé à son tour. Dans un instant, ma chemise de nuit allait prendre feu. Je n'avais alors pas encore conscience d'être immortelle – je venais d'assister au massacre de ma famille. Un pas de plus, et j'ai trébuché sur un autre objet. Je craignais qu'il ne s'agisse d'une main, n'avais pas envie de baisser les yeux. Mais c'est pourtant ce que j'ai fait. Je me tenais sur un tas de laine fumant, qui dégageait une atroce puanteur. Et sous les braises, j'ai vu l'amulette de ma mère. Du moins une moitié du bijou. J'ai cherché l'autre moitié, celle qui contenait la pierre de lune, mais ne l'ai pas vue. Je me suis penchée pour ramasser l'amulette, qui m'a brûlé la main. Je l'ai aussitôt lâchée.

— Dépêche-toi, Lilja ! a chuchoté Gildun, d'une voix apeurée.

J'ai déchiré l'ourlet de ma chemise de nuit, enroulé la bande de tissu autour de ma main, repris l'amulette, puis de nouveau avancé vers Gildun. Dès que je l'ai rejointe, Stepan m'a attrapée et m'a déposée dans le passage secret, plongé dans l'obscurité. Gildun a fait pivoter la pierre derrière nous et a ramassé sa torche. J'ai donné la main à Stepan, qui m'a guidée dans le tunnel.

— Attendez ! ai-je crié.

J'avais besoin d'être libre de mes mouvements. J'ai alors enveloppé l'amulette dans la bande de tissu que j'ai fermement nouée autour de mon cou. Puis j'ai repris la main de Stepan et nous avons suivi en courant le tunnel exigu et bas de plafond, qui sentait la terre humide. Il m'a semblé que notre fuite durait des heures. Je trébuchais sur des racines et des pierres, si bien que Gildun a dû m'aider à me relever une ou deux fois. Nous sommes finalement arrivés devant une grosse roche dans laquelle une étroite fissure naturelle, dissimulée à l'extérieur par d'épais buissons, permettait de sortir à l'air libre. Nous nous y sommes faufilés pour nous retrouver sur un chemin de campagne qui se trouvait assez loin du château. En me retournant, j'ai vu que le bâtiment entier était en flammes.

Je ne savais pas si nous allions courir jusqu'à Aelfding, mais, à quelques centaines de mètres de là, un fermier que je ne connaissais pas nous attendait, perché sur sa charrette à foin. Gildun et Stepan y ont rapidement aménagé une cachette, puis m'y ont déposée comme un paquet. Ils m'ont ensuite couverte de foin, mais de façon que je puisse respirer. Le fermier a lancé un ordre à son âne et la charrette s'est mise en branle.

Le lendemain, le fermier m'a emmenée chez Berglind, qui m'a conduite à son tour chez Gunnar Oddursson, où je suis devenue Sunna Gunnardottir. Lilja n'existait plus – un livre fermé que je refusais de rouvrir. J'ai vécu chez eux pendant six ans, jusqu'à mon mariage. Je n'ai jamais revu Gildun et Stepan, ni le fermier.

Au fil du temps, je me suis habituée à être la fille d'un paysan et la seule trace de ma vie passée était la brûlure que l'amulette avait laissée sur ma nuque, brûlure dont je ne m'étais même pas rendu compte sur le moment.

Je suis revenue à la réalité. J'étais assise au milieu des ruines. Le soleil était haut dans le ciel et il me fallait repartir si je voulais être de retour à Aelfding avant la nuit. Soudain, j'ai senti des picotements sur ma nuque. Je me suis vivement relevée en mettant ma main en visière pour observer les bois au loin. Je n'ai rien vu, ni personne. En réalité, je n'avais rien vu ni entendu depuis que j'étais arrivée là, pas un seul oiseau, ni le moindre animal. Pas même un insecte. Non seulement cet endroit était mort, mais encore il paraissait maudit.

Je me suis remise en route après avoir ramassé mon baluchon qui me semblait cinq fois plus lourd, tout comme mes gros sabots de bois. Tout me pesait. Une tranquillité oppressante planait sur ces lieux. J'ai hâté le pas pour fuir cet endroit où régnait une noirceur qui paraissait atténuer la lumière du soleil elle-même. Cet endroit qui baignait dans l'horreur, le sang et le mal.

Quand, tout à coup, une douleur atroce m'a transpercée, m'obligeant à me plier en deux et à lâcher mon baluchon.

Je continuais d'étriller gentiment les pattes de Titus, dont la puissance musculaire était bien visible. Si, à l'époque, j'avais eu toutes ces brosses, j'aurais pu prendre soin de Moussu. Il aurait été si content de se retrouver dans une belle écurie comme celle-ci, avec ces grosses bottes de foin.

Tout cela était tellement loin. Je me suis redressée en prenant appui sur le flanc du cheval. Et soudain, une idée m'a traversé l'esprit, un éclair de lucidité. À mon grand étonnement, j'ai saisi ce que River avait voulu me dire. Il y avait le passé, là-bas, un monde lointain dans le temps et l'espace et une autre que moi. Je n'étais *plus* cette fille qui appartenait au passé. Allez comprendre pourquoi cela m'avait échappé jusqu'à ce moment.

Peut-être River avait-elle voulu m'expliquer que le temps était une rivière qui allait toujours de l'avant, qu'il fallait être une nouvelle rivière à chaque heure de la journée, à chaque instant. Alors que toute ma vie durant, j'avais eu l'impression d'être un lac, où tout était endigué pour l'éternité. Tout ce que j'avais possédé et perdu, toutes mes expériences, tous ceux que j'avais connus… je les charriais avec moi. Ils formaient les strates d'une carapace endurcie, qui avait protégé mon âme flétrie, à demi morte, incapable d'avoir des relations normales avec les autres ou le monde environnant.

Depuis que j'étais arrivée à River's Edge, ces minces strates disparaissaient les unes après les autres et mon être misérable, jusqu'alors recroquevillé sur lui-même, s'épanouissait peu à peu… et reprenait force, comme une fleur sur le point de se faner soudain arrosée par la pluie. Pourquoi ce phénomène ? Et pourquoi maintenant, alors que je me l'étais interdit pendant tant de temps ?

Ce jour-là, plus de quatre cent quarante ans plus tôt, j'étais restée étendue sur la terre brûlée du château de mon père, à verser des larmes de douleur et de terreur. Je venais de faire une fausse couche – le dernier lien qui me rattachait à ma vie commune avec Àsmundur. J'ai alors pris conscience que j'avais tout perdu – mes parents, mon foyer, ma famille adoptive, mon époux, mon cheval bien-aimé et mon enfant, qui avait grandi en moi sans que je le sache et qui était mort avant que je m'en aperçoive. Je n'avais plus rien, plus d'endroit où aller. Je n'étais plus personne.

Le lendemain, quand j'ai pu me relever, j'ai rassemblé mes affaires et me suis mise en route, loin de ce lieu. J'ai marché jusqu'à ce que je trouve une grande plante d'où jaillissaient de petites fleurs violettes. J'ai mangé une poignée de ses feuilles épaisses et de ses fleurs, à peine capable de les avaler. Notre lavandière nous avait toujours répété que l'aconit était une plante mortelle que nous, les enfants, ne devions toucher sous aucun prétexte. J'en ai mangé autant que j'ai pu, en sentant le poison me brûler la bouche. Mes mains se sont engourdies et d'horribles maux d'estomac m'ont obligée à me plier en deux. J'ai pleuré, hurlé et vomi pendant des heures jusqu'à en perdre connaissance.

Je ne savais toujours pas que j'étais immortelle. Quelle ironie ! Après cette vaine tentative de suicide, j'ai repris ma route et suis arrivée à Reykjavik, où j'ai été embauchée comme servante dans la maison que dirigeait Helgar. Ma vie d'immortelle a débuté ainsi et j'ai enterré mon existence passée sous une première carapace.

— Si tu continues à brosser ce cheval de la sorte, il ne lui restera plus un poil sur le dos.

À ces mots, j'ai brusquement relevé la tête et j'ai vu les larges épaules de Reyn. Celui-ci avait les bras chargés de selles.

Reyn, qui avait été parmi les pilleurs cette nuit-là. En réalité, il n'avait pas tué lui-même les membres de ma famille – ce qui était un vrai soulagement : sinon, il aurait fallu que je le tue à mon tour (et autant que vous le sachiez : décapiter quelqu'un n'est pas une mince tâche). Mais il avait été présent. Lui et moi étions les seuls survivants de ce massacre. Et il était là, en jean et en bottes de travail, sans peinture sur le visage, sans épée. Un type normal, bougon et coincé, dont la famille avait elle aussi été décimée.

Titus a tourné la tête vers moi et m'a lancé un regard lassé.

— Désolée, lui ai-je murmuré en posant l'étrille et en le détachant.

Je l'ai ramené dans son box, ai vérifié qu'il avait suffisamment de foin et suis repartie vers la maison, perdue dans mes pensées.

CHAPITRE 30

Encore un petit peu…

J'ai avalé une nouvelle cuillerée, les yeux baissés vers mon assiette, mais je continuais de concentrer toute mon attention sur le morceau de pain de Nell. Je respirais lentement, en m'efforçant de le déplacer petit à petit afin qu'il reste hors de sa portée.

À trois reprises, je l'ai vue tendre la main tandis qu'elle bavardait avec Reyn, totalement indifférent, et avec Lorenz, plutôt animé. Chaque fois que sa main se dirigeait machinalement vers sa portion de pain, ses doigts se refermaient sur le vide. Elle posait alors les yeux sur le pain, en prenait un bout puis le replaçait près de son assiette.

Et je recommençais mon manège, m'amusant à l'éloigner de nouveau de l'assiette, grâce à mes ondes cérébrales surpuissantes. Un incroyable triomphe.

J'étais arrivée dans la salle à manger un peu plus tôt afin de préparer les sortilèges nécessaires à cette opération – je ne voulais pas que les autres morceaux de pain se déplacent, seulement celui de Nell. J'avais consulté quelques bouquins dans la bibliothèque et je m'étais exercée dans ma chambre ces deux derniers jours. Il s'agissait de magie blanche – rien ne se flétrissait autour de moi, je ne privais aucun être vivant de son énergie. C'était moi, désormais Tähti, qui me servais de mes pouvoirs. Évidemment, j'avais conscience que c'était à mauvais escient (dans ce cas, était-ce vraiment de la magie blanche ? L'intention comptait-elle autant que la méthode employée ? Il y aurait probablement un cours sur ce sujet un de ces jours...).

Je réfrénais à grand-peine mon excitation, et j'avais mal au ventre à force de réprimer un ricanement. Mais j'avais réussi. Et Nell semblait se troubler un peu. Il ne s'agissait que d'un détail, mais ce genre de petit incident peut décidément agacer.

J'ai avalé une autre cuillerée de soupe, sans me départir de mon calme. À un mètre de moi, les doigts manucurés de Nell se sont de nouveau refermés sur le vide. Cette fois, elle a fixé son pain avec irritation.

J'ai failli recracher ma soupe par les narines. Elle a levé les yeux, parcouru les convives du regard. Autant que je sache, personne ici ne se servait de la magie de cette façon. Depuis l'incident de la pierre pulvérisée, Nell montrait ostensiblement qu'elle me surveillait. Elle ne s'asseyait plus près de moi et m'évitait. Elle voulait être certaine que tous s'aperçoivent que la douce Nell n'avait aucune confiance en moi. Après tout, elle vivait ici depuis deux années. Tous la connaissaient, alors que j'étais encore une étrangère pour eux.

— Au fait, Nastasya, as-tu découvert les plants d'oignons ce matin ? a demandé Brynne.

Elle avait un nouveau foulard bariolé sur la tête, qui créait un contraste étrange avec son pull de laine.

— Ouais, ai-je répondu en trempant mon pain dans ma soupe.

— Et les as-tu recouverts avant le coucher du soleil ? a ajouté Asher.

— Ouais, ai-je répété en tendant la main vers le plat de légumes.

— Les épinards ne donneront plus cette année, pas même dans la serre, nous a informés Jess de sa voix rocailleuse.

Palpitante information – j'ai toutefois fait mine d'être déçue.

À présent, Nell ne lâchait plus son bout de pain, le serrant d'une main crispée. Son sourire était forcé, son rire un peu exagéré. Tout en gardant le visage aussi neutre et innocent que possible, je mangeais lentement et écoutais les autres parler de Noël, qui aurait lieu le lendemain.

— La bûche est prête, a dit Charles, elle sèche depuis l'année dernière.

— Nous l'allumerons dès la nuit tombée, a répondu Solis. Comment s'en sort l'équipe chargée du repas ?

— C'est Charles, Lorenz et moi, a précisé Anne. Et je crois que nous serons au point.

— Parfait, a ajouté Solis. Hurlez si vous avez besoin d'aide !

— Je peux préparer des cookies, si vous voulez, a proposé Jess.

Anne a acquiescé, l'air content. L'idée que Jess le buriné, aux allures de clochard, puisse se transformer en chef pâtissier m'amusait. Du coin de l'œil, j'ai vu que Nell avait enfin reposé son pain dans son assiette.

— La décoration est presque terminée, ai-je dit en affichant un sourire enjoué. Et nous allons pendre du gui, alors gare à vous !

Autour de la table, tout le monde a ri – même moi, pendant que doucement, tout doucement, je repoussais le morceau de pain de Nell vers le bord de son assiette.

Ce léger mouvement a attiré son attention : elle a brusquement baissé les yeux. En face de moi, Lorenz m'a demandé de lui passer le sel, ce que j'ai fait avec aisance, sans perdre une once de concentration. J'ai même été capable de me renseigner sur les cadeaux de Noël.

— Nous organisons une sorte de « père Noël secret », m'a répondu Lorenz. Chacun dépose son nom dans un chapeau, puis tire un de ces bouts de papier. Nous devons alors offrir quelque chose à cette personne.

Jusqu'où irait Nell pour tomber sur le nom de Reyn ou pour qu'il tombe sur le sien ?

Machinalement, j'ai levé les yeux vers elle et l'ai vue déchiqueter son pain en tout petits morceaux avant de les plonger dans sa soupe, où elle les a aplatis avec sa cuillère. J'ai failli éclater de rire, mais son expression déterminée, sérieuse, m'a refroidie.

Les autres s'en rendaient-ils compte ? Elle semblait sur le point de piquer une crise. Reyn, toujours impassible, la surveillait du coin de l'œil.

Tout le monde continuait de parler des préparatifs de Noël et l'atmosphère était joyeuse, légère, douillette. À l'exception de Reyn et de Nell, tous paraissaient réjouis. À quand remontait la dernière fois que j'avais vu des gens aussi contents ? Impossible de m'en souvenir. Pas mes anciens amis, en tout cas, qui, le temps et l'éloignement aidant, me donnaient désormais l'impression d'être de véritables sociopathes. J'avais longtemps fréquenté des individus riches, puissants, qui ne connaissaient aucune limite, mais quand les avais-je vus heureux ? Triomphants, oui. Victorieux, aussi. Mais certainement pas nimbés de bien-être. C'était pour moi un phénomène nouveau.

Les gens qui m'entouraient ne changeaient pas le cours de l'Histoire, ne dirigeaient pas de multinationales ni n'envahissaient d'autres territoires. Ils ne se comportaient jamais de manière extrême. Ils ne soumettaient pas les autres à leur loi, ne cherchaient pas à amasser des richesses, n'essayaient pas de dominer quoi que ce soit, hormis eux-mêmes. Et pourtant, chacun d'eux avait vécu des événements parfois atroces ou des triomphes par le passé.

Même Jess, ravagé par le temps et l'expérience, paraissait satisfait de son sort. Personne ici ne se prenait pour un être parfait, et chacun avançait à son rythme, se construisait peu à peu. Nous avions tous des boulots peu reluisants et travaillions comme des forçats sur la ferme.

Alors pourquoi tant de bonheur ? Ce n'était pas comme si chacun avait trouvé l'âme sœur – excepté River et Asher, personne n'était en couple ici.

Mes pensées se sont soudain éclaircies et j'ai senti une chose éclore en moi, une limpidité nouvelle. Sans doute ma pierre de lune m'aidait-elle. Et soudain, j'ai finalement su ce que je voulais. C'était désormais une évidence. Jusqu'alors, j'avais été aveugle.

Je me suis aperçue que River me dévisageait fixement. Elle a légèrement relevé les sourcils, a dirigé son regard vers les bouts de pain de Nell, puis s'est de nouveau tournée vers moi et ses yeux semblaient me dire : « Je sais que c'est toi. »

Je me suis mordu la lèvre.

Le repas s'achevait. Je m'étais bien amusée.

J'ai alors découvert que j'étais de corvée de plonge avec Reyn. Nous ne nous étions pas retrouvés dans la même équipe depuis l'incident de l'écurie. Et je n'avais pas vu mon nom sur le tableau de service avant le dîner, je l'aurais juré. J'ai regardé River, qui n'a pas réagi. Souhaitait-elle me punir de ma mesquinerie envers Nell ? Comment pouvait-elle être certaine que j'étais fautive ?

Dans la cuisine, Nell se tenait près de Reyn, qui remplissait l'évier d'eau savonneuse. Elle riait, les yeux levés vers lui, murmurant quelque chose de sa voix sucrée.

— Nell ? a dit River.

Elle s'est retournée. À ma vue, son sourire ravissant s'est évanoui. Mais très vite, elle l'a de nouveau plaqué sur ses lèvres en m'adressant un charmant petit signe de la main.

— Tu peux y aller, Nastasya, je prends ta place ce soir.

Je m'apprêtais à quitter la pièce quand River a déclaré :

— Nell, j'aimerais que Nastasya s'occupe de la vaisselle avec Reyn, ce soir.

Nous étions tous étonnés – d'ordinaire, il n'y avait rien d'anormal à échanger nos tâches. Visiblement, River estimait que j'avais une nouvelle Leçon de Vie à retenir – voilà pourquoi je devais rester cloîtrée dans la cuisine avec mon ennemi juré. Je n'avais pourtant aucune envie d'apprendre quoi que ce soit ce soir-là.

J'ai poussé un soupir et me suis mise à ranger les restes dans des boîtes en plastique. River a attendu que Nell sorte à contrecœur de la pièce pour s'approcher de moi.

— Nous avons senti que… quelqu'un te cherchait, Nastasya. D'ordinaire, nous ne pouvons déceler ce genre d'informations, mais comme nous avons placé des sorts pour dissimuler ta présence ici, nous avons découvert que quelqu'un essayait de te retrouver à l'aide de la magie.

Mon cœur s'est accéléré.

— Incy ?

— Oui, c'est mon avis, a-t-elle répondu en me tapotant le dos. Je ne veux pas t'alarmer, mais il fallait que tu sois au courant. Les autres professeurs et moi allons mettre en place de nouvelles mesures pour assurer ta protection. À moins que tu souhaites parler avec Innocencio ?

— Non. Pas maintenant.

Et peut-être jamais.

— Parfait. Surtout, ne t'inquiète pas, a-t-elle ajouté avant de quitter la cuisine.

Derrière les fenêtres, la nuit était froide et sombre. Une atmosphère festive régnait sur la maisonnée, mais ce que River venait de m'apprendre m'oppressait. Et puis j'étais coincée là avec Reyn.

— River pense que nous avons besoin de parler, toi et moi, a alors annoncé Reyn, occupé à vider les assiettes dans le seau pour les cochons – ils adoraient nos restes. Elle a raison. Comme d'habitude.

— Pas cette fois, vu que je n'ai pas l'intention de bavarder avec toi.

— Ni toi ni moi n'avons envie de quitter River's Edge, a-t-il répliqué d'une voix basse et posée. Mais il y a cette *chose* entre nous. Et il ne faudrait pas que ça devienne une source de problèmes pour nous ou pour les autres.

« Cette chose entre nous » ? Comme s'il s'agissait seulement de mésentente ! Comment osait-il ?

— Quand tu dis « les autres », tu entends « Nell », je suppose ?

Il m'a jeté un coup d'œil. Bon sang, qu'il était beau. C'était tellement, tellement injuste.

— Je ne comprends pas pourquoi tu me rebats les oreilles avec elle. Il n'y a rien du tout entre elle et moi.

J'ai ricané.

— Et Nell le sait-elle ? Étant donné qu'elle est pratiquement sur le point de choisir votre argenterie.

Voyant qu'il ne saisissait pas, j'ai ajouté :

— Pour votre liste de mariage.

— Tu es ridicule, a-t-il rétorqué, l'air horrifié.

— Arrête de te comporter comme un imbécile sans cœur, ai-je rétorqué en me dirigeant vers le cellier pour aller chercher d'autres boîtes en plastique.

J'ai tressailli en m'apercevant que Reyn m'y avait suivie – la pièce était tellement exiguë qu'il était difficile d'y tenir à deux.

— Sors de là, lui ai-je ordonné, les bras pleins de boîtes.

— Nous pourrions choisir de nous entre-tuer, a-t-il déclaré en refermant la porte derrière lui.

Il était grand, robuste et sentait drôlement bon pour quelqu'un qui avait massacré des villages entiers. J'avais les yeux rivés sur le triangle de peau que délimitait le col de sa chemise et je me suis rappelé la brûlure qu'il portait. Lorsque, soudain, j'ai saisi le sens de ses mots.

— Quoi ?

Mon ventre s'est serré. En guise d'armes, je ne pourrais pas compter sur les boîtes en plastique pour me défendre.

— Oui, je pourrais te tuer pour me venger et tu pourrais faire de même, vu les rôles que nous avons respectivement joués autrefois. Nos familles ont disparu, il ne reste que toi, héritière de la maison d'Úlfur, et moi, héritier de la maison d'Erik le Sanglant.

— Et tu penses qu'on devrait en finir une bonne fois pour toutes ? J'ai du mal à imaginer comment on s'y prendrait…

Ses lèvres ont esquissé une petite grimace.

— On pourrait se tenir par la main et sauter en même temps dans une turbine industrielle.

Je l'ai dévisagé, abasourdie.

— Tu trouves ça drôle ?

Il a eu un geste d'impatience.

— Nous sommes à quatre siècles de distance de ces événements, maintenant, voilà ce que j'en pense. Et si tu avais voulu te venger, tu m'aurais pourchassé bien avant.

— J'avais dix ans !

— Et moi, à peine vingt !

Nous nous sommes fusillés du regard pendant quelques instants.

— À peine vingt ans ? ai-je fini par demander. Et pas deux cents ?

— Non, mon père était âgé de cinq siècles. J'avais trois frères, de respectivement quatre cent soixante, deux cent quatre-vingt-dix-neuf et cent soixante-dix ans. J'étais le petit dernier. Et je n'avais pas encore compris la notion d'immortalité.

— Ils sont tous morts ?

— Oui, a-t-il répondu d'une voix sombre. L'un est mort cette nuit-là. Les deux autres ont disparu avec mon père quand ils ont tenté de se servir de l'amulette de ta mère.

— Et pourquoi n'es-tu pas mort avec eux ?

Cela aurait été tellement pratique, ai-je pensé.

— Je n'en sais rien. Et toi, comment as-tu échappé au massacre ?

— Ma mère s'est effondrée sur moi, j'étais cachée sous sa jupe.

Nous nous sommes tus, chacun revivant en silence des souvenirs qui étaient beaucoup plus douloureux quand ils restaient secrets. Je n'en revenais pas de pouvoir parler de cette nuit-là avec quelqu'un qui avait été présent sur le théâtre des événements.

— Et maintenant ? a-t-il repris. On en finit ? On s'entre-tue ? L'un de nous doit-il partir ? En tout cas, ça ne sera pas moi.

— Je ne veux pas partir, moi non plus.

Les deux mois passés à River's Edge avaient jusqu'à présent été les plus bénéfiques de toute mon existence. Je me sentais tellement différente. Je souffrais encore, mais moins profondément. Une fois que les souvenirs étaient sortis, ils étaient devenus moins destructeurs.

— Par conséquent, nous restons tous les deux, a-t-il affirmé.

— Je suppose que nous n'avons pas d'autre solution pour l'instant. Je vais cependant réfléchir aux atrocités que je pourrais te faire subir. Pourtant, si tu étais un gentleman, tu partirais.

Il a esquissé un petit sourire tendu. J'en ai eu le souffle coupé.

— Toi comme moi, nous savons bien que je n'en suis pas un.

— Ouais, OK. Maintenant, laisse-moi sortir de là, je suis crevée.

— Il y a autre chose, a-t-il ajouté.

J'ai poussé un gémissement.

— Quoi encore ?

— Ça.

Il s'est avancé, si près que les boîtes en plastique se sont retrouvées prises en sandwich entre nous. Il me fixait de ses yeux dorés, intenses, comme ceux d'un lion.

— Oh, non, pas ça ! ai-je sifflé en lâchant mes boîtes.

Je l'ai repoussé de toutes mes forces – autant essayer de déplacer un arbre.

— Si, justement, a-t-il murmuré en se penchant vers moi.

Je me suis tortillée pour me dégager. Vraiment, je vous le jure. Mais vous comprenez, il était tellement plus fort que moi… Et puis je suis une idiote de première. Alors, quand il a enfin pu me serrer contre lui et qu'il a plaqué ses lèvres contre les miennes, toute pensée cohérente a disparu de mon esprit et j'en ai oublié de me débattre. Les pensées qui m'embrouillaient l'esprit (comme « ennemi mortel », « je le déteste », « Nell va être un obstacle »…) se sont évaporées, pareilles à de la fumée emportée par la brise.

J'ai écarté ma bouche de la sienne. Je me sentais écartelée, perdue, et je brûlais pourtant d'un désir qui me martelait la poitrine.

— *Pourquoi ?* ai-je chuchoté.

— Je ne sais pas. Sincèrement, a-t-il répondu d'un ton frustré, hésitant, comme déboussolé. Je te… veux, c'est tout. Sans cesse. J'ai conscience que je ne devrais pas, que je ne peux pas, que c'est mal… mais même lorsque tu m'agaces, même quand tu me rappelles les douleurs, le désespoir, les tourments passés… je te désire. Je suis las de lutter. J'ai déjà tant lutté que je n'ai plus envie de me battre contre ça.

Nos fronts étaient appuyés l'un contre l'autre. Ses mains étaient refermées autour de ma taille. Les miennes, posées sur ses épaules. Un roc sous mes doigts. J'ai effleuré son torse, là où se trouvait sa brûlure, sous sa chemise. J'avais envie de me fondre en lui, de l'emmener vers le grenier à foin – tout en sachant que c'était une idée folle, que je devrais être internée sur-le-champ, subir des électrochocs et certainement enfiler une camisole de force. La raison me dictait de le repousser, alors que mon cœur savait que nous étions parfaitement semblables, lui et moi, à quel point nous nous connaissions intimement.

J'ai oublié combien de temps nous sommes restés là et pourquoi nous nous sommes écartés l'un de l'autre (peut-être un léger bruit qu'a enregistré mon cerveau enfiévré ? un sifflement ? un bruissement sur les dalles de pierre derrière la porte du cellier ?).

Mais quelques minutes plus tard, nous avons entendu des cris et, presque instantanément, senti de la fumée.

— Au feu ! a hurlé quelqu'un.

Un appel aussitôt repris par d'autres voix, suivies de l'alarme à incendie.

Reyn m'a saisie par la main et m'a entraînée vers la sortie arrière de la cuisine. Nous nous sommes retrouvés dehors, dans l'air glacial, et nous sommes précipités vers l'avant de la maison, où tout le monde était réuni, sous le choc.

— Où est River ? ai-je demandé à Brynne alors qu'elle passait devant moi en courant.

— Elle est avec les autres professeurs, en train d'éteindre le feu, a-t-elle répondu à bout de souffle. Je suis censée vérifier qu'il ne manque personne.

Elle s'est mise à nous compter – certains s'étaient trouvés dans la maison, d'autres à l'extérieur, et Jess était arrivé de la grange. Nous étions huit en tout, Reyn et moi compris. Au bout de quelques minutes, la lueur des flammes qu'on apercevait à l'étage a disparu.

— C'était dans l'aile des chambres, a dit Daisuke, en se frottant les bras pour se réchauffer.

La plupart d'entre nous ne portaient pas de manteau. J'avais pris soin de ne pas rester trop près de Reyn – au fond de moi, je hurlais à la fois d'horreur et de joie, mais il fallait que je garde ces pensées pour moi tant que je ne parviendrais pas à vraiment comprendre ce qui m'arrivait.

— Oh, Reyn ! Te voilà ! s'est écriée Nell en passant son bras sous le sien.

J'ai détourné le regard. *Surtout, ne pas réagir*, ai-je songé.

— Bonté divine ! Que se passe-t-il ? J'ai senti de la fumée… a-t-elle ajouté.

Elle a parcouru les alentours des yeux et, soudain, m'a aperçue. Elle a sursauté et m'a dévisagée bouche bée, comme incrédule.

— Un feu s'est déclaré, a répondu Rachel. Tu as raison, Daisuke, c'était dans les chambres. Il a fallu que j'utilise l'escalier de secours de l'autre côté de la maison.

Une minute plus tard, Anne, River, Asher et Solis nous ont rejoints dehors.

— Le feu est éteint, a déclaré Solis.

Quelques étudiants ont applaudi.

— Qu'est-il arrivé ? a voulu savoir Charles. Où a-t-il commencé ?

— Nous n'avons pas encore découvert la cause de l'incendie, a dit River, sérieuse et l'air fatigué.

Je me suis demandé s'ils avaient utilisé leurs pouvoirs magiques pour maîtriser les flammes.

— Où était-il exactement ? s'est enquise Nell.

Du coin de l'œil, j'ai vu Reyn repousser la main de cette dernière et s'écarter d'elle. Elle lui a jeté un regard langoureux.

— Devant la chambre de Nastasya, a dit Anne en se tournant vers moi. Tout autour de sa porte.

Je suis restée abasourdie.

Nell a secoué la tête.

— Il y en a qui cherchent tout le temps à se faire remarquer, a-t-elle murmuré, assez fort pourtant pour être entendue de quelques-uns de nos compagnons.

Je m'apprêtais à répliquer, quand River m'a devancée :

— Oui, Nell, je vois ce que tu veux dire.

Celle-ci a rougi, comme prise de court.

— Je n'ai pas allumé ce feu, ai-je alors rétorqué avec colère. Ma chambre est-elle endommagée ?

— Non, je ne pense pas, a répondu River. Tu peux aller vérifier, si tu veux.

— Mais alors, où étais-tu passée ? a voulu savoir Nell en me regardant d'un air préoccupé. Tu n'étais pas dans la cuisine, ni dans la grange. Tu n'étais pas en promenade avec les autres. Tu devais donc être dans ta chambre. Comment en es-tu sortie ? Si ça se trouve, c'est toi qui as mis le feu !

Les mains sur les hanches, je me suis retenue de balancer une gifle dans son visage arrogant.

— Ça suffit, Nell, est intervenu Asher. Nastasya, allons voir si tout est en ordre dans ta chambre.

— Mais… pourquoi la croyez-vous ? s'est exclamée Nell d'une voix atterrée.

Les autres étudiants se sont approchés de nous – ils ne devaient pas assister très souvent à ce genre de scène. Grâce à moi, la vie à River's Edge devenait si palpitante !

— Nastasya était avec moi, a soudain déclaré Reyn.

Nell a écarquillé les yeux.

— Non… elle était dans sa chambre. Et toi, où étais-tu ? Tu n'étais pas dans la cuisine. Je… j'avais besoin de te demander quelque chose, et tu n'y étais pas.

— Nastasya ne m'a pas quitté un seul instant depuis la fin du repas. Elle n'était *pas* dans sa chambre, a-t-il insisté.

Sa mâchoire était crispée : il était furieux. L'idée que Reyn puisse prendre ma défense n'avait pas traversé l'esprit de Nell.

— Où étiez-vous ? a-t-elle demandé, troublée. Elle a très bien pu partir un moment, courir jusqu'à sa chambre, y mettre le feu, puis revenir, a-t-elle ajouté.

— Non, a rétorqué Reyn.

— Nell… on dirait que tu en veux à Nastasya, a dit Rachel.

— Non ! Mais je ne comprends pas pourquoi tout le monde ici lui fait confiance. Pourquoi vous la croyez, *elle*, et pas moi ? Depuis qu'elle est arrivée à River's Edge, tout se passe mal ! Elle est pleine de noirceur ! Malfaisante ! Elle a tout gâché !

Soudain, River et Solis se sont placés de chaque côté de Nell.

— C'est terminé, Nell, a annoncé Solis d'une voix douce.

— Que se passe-t-il donc ? s'est étonné Charles.

— Nell, a ajouté River en plaçant une main sur son épaule, tu devines ce que je vais te dire. Nous en avons déjà parlé, toi et moi. Tu as dépassé les bornes. Je te demande de quitter River's Edge.

Nous sommes tous restés éberlués.

— Non ! s'est écriée Nell. Qu'est-ce que tu racontes ? C'est *elle* qui doit partir ! Elle est malveillante, violente ! Elle ne cesse de s'en prendre à moi ! Je ne voulais pas le dévoiler par crainte de causer des problèmes, mais elle m'a lancé des sortilèges ! Il faut te débarrasser d'elle !

— Nell, a répondu patiemment River. Nous avons déjà discuté des sortilèges avec lesquels tu as envoûté la chambre de Nastasya et des autres méfaits que tu as commis. Tu t'es servie de magie noire et cela est inacceptable. Nous t'avons accordé une seconde chance, afin que tu choisisses une autre voie, mais tu sembles incapable de surmonter ta haine. Nous avons décidé de t'envoyer au Canada, chez ta tante. Tout est arrangé. Asher va t'y accompagner et t'aider à t'y installer, si tu le souhaites.

— Que se passe-t-il ? ai-je demandé. Je ne comprends pas…

— Tu ne comprends pas que tu as *gagné* ? a soudain explosé Nell, comme enragée. Espèce de salope ! Tu essaies de te débarrasser de moi depuis le début ! C'est *moi* qu'il aime ! C'est avec *moi* que Reyn veut être ! Et toi, tu l'as ensorcelé pour qu'il te désire ! Je vous ai vus vous embrasser !

Je ne savais plus où me mettre. À cet instant, j'aurais souhaité que le sol s'ouvre sous mes pieds, m'engloutisse dans un gouffre sans fond et que je m'y consume. Mais peut-être était-ce trop demander ?

Nell s'est ruée sur moi, mais Solis l'a retenue par les bras tandis que River murmurait des paroles apaisantes tout en traçant des symboles sur son dos et ses épaules. Nell s'est alors mise à hurler et à se débattre en donnant des coups de pied.

— Non ! Arrêtez ! Vous faites erreur ! C'est elle ! Elle est pleine de noirceur ! Nous l'avons tous senti ! Obligez-la à partir ! a-t-elle crié d'une voix stridente.

Je la détestais, mais c'était néanmoins une scène horrible, douloureuse et humiliante à voir.

Quelques instants plus tard, elle s'est affaissée en sanglotant. Solis a passé un bras autour de ses épaules et l'a conduite vers la camionnette. Anne les a suivis en disant d'une voix douce qu'on lui ferait envoyer ses affaires. Nell continuait de marmonner, le visage couvert de larmes – et très franchement, elle avait l'air d'une sorcière à qui il manquait une case.

De mon côté, j'essayais de me faire à l'idée que River m'avait crue et avait pris ma défense. Reyn se tenait près de moi, sans me toucher. Ses poings se serraient et se desserraient, et j'avais conscience que les autres nous regardaient tour à tour, comme s'ils étaient en train d'assister à un match de ping-pong.

River s'est approchée de moi. J'avais l'impression d'avoir été passée au mixeur, d'être en lambeaux.

— Est-ce que ça va ? m'a-t-elle demandé.

J'ai réfléchi avant de répondre :

— Non, pas vraiment.

Elle m'a adressé un sourire des plus sincère et m'a frotté les bras ; elle s'est tournée vers Reyn, puis m'a dévisagée de nouveau d'un air curieux, comme si elle percevait qu'un changement avait eu lieu dans mon âme. J'ai laissé échapper un profond soupir.

— Que veux-tu ? m'a-t-elle demandé tout doucement.

— Je veux vivre ici, ai-je répondu, lui avouant ce dont j'avais pris conscience durant le dîner. Me sentir en paix, heureuse, satisfaite de mon sort. Je veux être en sécurité, ne plus être une étrangère ici. Je veux… être digne de ce lieu. Aussi longtemps que possible.

Bêtement, j'étais au bord des larmes, comme une gamine, et je commençais à paniquer, mais j'ai ignoré mes craintes. Le regard de River s'est aiguisé et j'ai entrevu plus d'un millénaire d'émotions dans ses yeux.

— Oui ? a-t-elle ajouté.

— Mais… surtout… je veux être moi-même. Je veux être Lilja, de la maison d'Úlfur, ai-je repris en passant une main sur mon visage fatigué. Je le sais, à présent, je veux me réapproprier mon pouvoir, mon héritage. Je veux être la fille de ma mère, l'héritière de mon père, ai-je ajouté d'une voix étranglée.

Tout me semblait limpide à présent. Inéluctable.

Une lueur nouvelle a animé les yeux de River : de l'étonnement. J'ai cru y percevoir aussi soulagement, contentement, appréhension. Elle a entouré mes épaules de son bras.

— Oui. Oui, je veux tout ça pour toi.

— *Attendez*, est alors intervenue Brynne d'une voix forte, qui a résonné dans la nuit. Vous vous êtes embrassés, tous les deux ?

J'ai gémi et caché mon visage entre mes mains. Reyn, qui ne savait plus où se mettre non plus, a évité de croiser mon regard. Rien n'était terminé entre nous – ni ce qui nous séparait, ni ce qui nous unissait. J'avais envie de connaître la suite, de voir comment les choses allaient évoluer.

J'en avais fini de fuir.

CE ROMAN VOUS A PLU ?

DONNEZ VOTRE AVIS ET
RETROUVEZ L'AGENDA BLACK MOON
SUR LE SITE

www.Lecture-Academy.com

Comme Nastasya, Morgan va apprendre
à ses dépens qu'on ne choisit pas la magie :
c'est elle qui vous choisit.
Découvrez son destin extraordinaire
dans une autre série de Cate Tiernan

wicca

(prochainement en librairie)

PLUS D'INFOS SUR CE TITRE
DÈS MAINTENANT SUR LE SITE

www.Lecture-Academy.com

« Pour l'éditeur, le principe est d'utiliser des papiers composés de fibres naturelles, renouvelables, recyclables et fabriquées à partir de bois issus de forêts qui adoptent un système d'aménagement durable. En outre, l'éditeur attend de ses fournisseurs de papier qu'ils s'inscrivent dans une démarche de certification environnementale reconnue. »

Composition *JOUVE* - 45770 Saran
N° 568618T

Imprimé en France par CPI BRODARD ET TAUPIN
Dépôt légal : janvier 2011
20.19.2089.9/01 - ISBN 978-2-01-202089-4
N° d'impression : 60829

Loi n° 49-956 du 16 juillet 1949
sur les publications destinées à la jeunesse.